SCIENCE FICTION

Herausgegeben
von Wolfgang Jeschke

Von Caroline Janice Cherryh erschienen in der Reihe
HEYNE SCIENCE FICTION & FANTASY:

Brüder der Erde · 06/3648
  auch in: Chroniken der Zukunft,
  hrsg. von Wolfgang Jeschke, Band I · 06/1001
Weltenjäger · 06/3772
Der Biß der Schlange · 06/4081
Die letzten Städte der Erde · 06/4174
Das Kuckucksei · 06/4496
Der Engel mit dem Schwert · 06/4526
Der Paladin · (in Vorb.)

DIE MORGAINE-TRILOGIE

Das Tor von Ivrel · 06/3629
Der Quell von Shiuan · 06/3732
Die Feuer von Azeroth · 06/3921
Alle drei Romane in einem Band als illustrierte Sonderausgabe
unter dem Titel:
  Tor ins Chaos · 06/4204

EALD-ZYKLUS:

Stein der Träume · 06/4231
Der Baum der Schwerter und Juwelen · 06/4514

DIE DUNCAN-TRILOGIE
(auch ZYKLUS DER STERBENDEN SONNEN)

Kesrith — die sterbende Sonne · 06/3857
Shon'jir — die sterbende Sonne · 06/3936
Kutath — die sterbende Sonne · 06/3948
Alle drei Romane in einem Band als illustrierte Sonderausgabe
unter dem Titel:
  Sterbende Sonnen · 06/4763

DER PELL-ZYKLUS

Pells Stern · 06/4038
Kauffahrers Glück · 06/4040
40000 in Gehenna · 06/4263
Yeager · 06/4824

DER CHANUR-ZYKLUS

Der Stolz der Chanur · 06/4039
Das Unternehmen der Chanur · 06/4264
Die Kif schlagen zurück · 06/4401
Die Heimkehr der Chanur · 06/4402

DER CYTEEN-ZYKLUS

Der Verrat · 06/4710
Die Wiedergeburt · 06/4711
Die Rechtfertigung · 06/4712

C.J. CHERRYH

YEAGER

Ein Roman aus dem Pell-Zyklus

Aus dem Amerikanischen
übersetzt von
Rosemarie Hundertmarck

Deutsche Erstausgabe

Science Fiction

WILHELM HEYNE VERLAG
MÜNCHEN

HEYNE SCIENCE FICTION & FANTASY
Band 06/4824

Titel der amerikanischen Originalausgabe
RIMRUNNER
Deutsche Übersetzung von Rosemarie Hundertmarck
Das Umschlagbild malte Don Maitz
Die Illustrationen im Text
zeichnete John Stewart

Redaktion: Wolfgang Jeschke
Copyright © 1989 by Caroline Janice Cherryh
Copyright © 1991 der deutschen Übersetzung
by Wilhelm Heyne Verlag GmbH & Co. KG, München
Printed in Germany 1991
Umschlaggestaltung: Atelier Ingrid Schütz, München
Satz: Schaber, Wels
Druck und Bindung: Elsnerdruck, Berlin

ISBN 3-453-05011-8

DIE NACHKRIEGSPERIODE

**Aus: »*Die Company-Kriege*« von Judith Nye
2534: Universität der Cyteen Press,
Nowgorod, U.T.
Amt für Information, Lit.Verz.
9795 89 8759**

*Im Jahr 2353, als die Flotte der Earth Company unter dem
Kommando Conrad Mazians von Pell floh, herrschte bei der
Union wie auch bei der Allianz die Furcht vor, Mazian werde
sich zur Erde zurückziehen und sich ihre großen Menschen-
und Materialreserven zunutze machen. Deshalb gingen die
strategischen Überlegungen sofort dahin, der Flotte diesen
Zufluchtsort zu verschließen.*

*Schnell wurde offenbar: Die Großfirmen der Sol-Station,
die die Flotte gebaut hatten, würden Mazian in seinem Bestre-
ben, den Krieg in das Sol-System zu tragen, nicht unterstüt-
zen, und da die Kriegsschiffe der Union eintrafen, bevor die
Mazianni auch nur Reparaturen hatten vornehmen lassen
können, wurde Mazian zu einem zweiten Rückzug gezwungen.*

*Allianz-Schiffe, die dicht hinter der Union-Flotte ins Sol-
System eintraten, nahmen sofort Verhandlungen auf, um die
Erde in die Allianz einzubeziehen. Union-Schiffe, die aus der
Schlacht zurückkehrten, boten ähnliche Bedingungen an. Die
Regierungen der Erde sahen in dieser Rivalität eine Situation,
die es ihnen ermöglichte, vor keiner von beiden Seiten zu kapi-
tulieren. Nun mag zwar einerseits die uneinheitliche Politik
der Erde zu den Company-Kriegen geführt haben, doch war es
andererseits die lange terranische Erfahrung in der Diploma-
tie, die einen vernünftigen Friedensvertrag ermöglichte und
das Überleben der Allianz sicherte.*

Tatsächlich kann behauptet werden, daß die Allianz ohne die Unabhängigkeit der Erde keinen Bestand als politische Einheit gehabt hätte, und ohne die Allianz wäre die Erde niemals unabhängig geblieben. Die Allianz, die damals nur aus dem einen Sternsystem Pell bestand, erhob sofort Anspruch auf die aufgegebenen Hinder-Sterne — eine Brücke dicht beieinanderliegender Massepunkte, die Pell mit der Erde verbanden und wirtschafliches Wachstum für die neugeborene Allianz versprachen.

Die Union, die mit intakter Industrie durch den Krieg gekommen war, beanspruchte die vom Krieg verwüsteten näher gelegenen Sternenstationen Mariner und Pan-paris, einfach weil sie die einzige Regierung war, die die riesigen Kosten des Wiederaufbaus tragen konnte. Außerdem bot sie bestimmten Flüchtlingen, die von diesen Stationen nach Pell evakuiert worden waren, Repatriierung, kostenlosen Transport und einen vollen Stationsanteil an. Es handelte sich vor allem um Personen, die technische Kenntnisse nachweisen konnten und sich nicht an dem kriminellen Profitmachen beteiligt hatten, das in Pells Quarantäne-Zone eingerissen war. Dieses Programm der Repatriierung, das Werk von Präsident Bogdanowitsch und Verteidigungsrat Azow, zog eine große Zahl qualifizierter Flüchtlinge in die Union zurück, und dazu ging die Rechnung auf, daß für die Allianz der lästige Personenkreis zurückblieb, der für die Union unerwünscht war.

Außerdem war die Pell-Station nicht in der Lage, eine solche Zahl von Ungelernten und Mittellosen einzugliedern.

Dieses Problem versuchte die Allianz zu lösen, indem sie auf ähnliche Weise Stationsanteile und freie Beförderung zu den sieben eingemotteten Stationen in den Hinder-Sternen anbot, auf die sie Anspruch erhoben hatte.

Die Verbündeten hatten gehofft, sie hätten der Company-Flotte jede Möglichkeit einer Rückkehr aus dem tiefen Raum genommen und sie habe sich in der Zwischenzeit erschöpft. Aber Mazian war offenbar aus dem Sol-System zu einer geheimen Nachschubbasis geflohen — an genau welchem Massepunkt, ist immer noch ein Rätsel. Die Mazianni tauchten plötzlich wieder im Sol-System auf, doch dank der alliierten Streitkräfte, die dort Wache hielten, wurden sie ein zweites Mal verjagt.

Nach diesem Scharmützel ging die Strategie der Union dahin, die Mazianni ihres Nachschubs zu berauben, indem sie sie auf der anderen Seite von Sol in den tiefen Raum trieben. Die Union vertrat die Ansicht, wenn die Hinder-Sterne neu eröffnet und der Handel mit der Erde wiederaufgenommen werde, schaffe das eine potentielle Versorgungslinie für Mazian, der seine Schiffe während der letzten Phasen des Krieges regelmäßig durch Überfälle auf Handelsschiffe versorgt hatte. Die neugeborene Allianz, die auf der Habenseite nur die Hinder-Sterne und deren Nachbarschaft zur Erde aufzuweisen hatte, entschloß sich jedoch, das Risiko ungeachtet des Protestes der Union einzugehen.

Es war eine seltsam zusammengesetzte Gruppe von Freiwilligen, die auszogen, diese verlassenen Stationen wieder in Betrieb zu nehmen, Abenteurer, Überlebende der von Aufruhr geplagten Quarantäne-Zone Pells und bestimmt auch ein paar, die von einem neuen Great-Circle-Handel träumten ...

Die Allianz bewog kleine, unrentable Frachter, diese gefährlichen Routen zu wählen, eine Gelegenheit, die diesen Schiffen bei einem aufblühenden Nachkriegshandel die Aussicht bot zu überleben. Aber sie rechnete nicht mit der Entdeckung eines Massepunktes bei Bryants Stern, der vier der kürzlich neueröffneten Stationen umging, und vor allem rechnete sie nicht mit der Konkurrenz der von der Union gebauten Superfrachter wie Dublin Again, die bald abseits der Langsprung-Routen der Union auftraten — Schiffe, die via dem winzigen Gaia Point, bis dahin für jeden Frachter unerreichbar, die Hinder-Sterne ganz umgehen konnten ...

1. KAPITEL

Jeden Tag kam sie in das Stellenvermittlungsbüro, und Don Ely fing an, sie zu beobachten: Eine große, dünne Frau, unauffällig unter den anderen, die einen Job suchten, auf Thule gestrandeten Männern und Frauen. Sie waren am Ende und hofften auf einen neuen Anfang, irgendwo, in einer anderen Station oder an Bord eines Schiffes, das in dieser Zeit des zweiten Niedergangs von Thule andockte und Handel trieb.

Ihr Jumpsuit, einst entschieden blau, war fadenscheinig, in letzter Zeit nicht mehr glatt, aber immer noch sauber. Ihr helles Haar war hinten und an den Seiten kurz geschnitten, oben auf dem Kopf saß ein wirrer Schopf, der vor frisch gewaschener Statik knisterte. Jeden Tag kam sie in das Stellenvermittlungsbüro und unterschrieb das Bewerbungsformular: *Elizabeth Yeager, Raumfahrerin, Maschinistin, Zeitkraft,* und setzte sich mit gefalteten Händen an einen Tisch hinten. Meistens saß sie für sich, ließ sich auf kein Gespräch ein und sah durch jeden Unentwegten, der ihre Gesellschaft suchte, hindurch. Regelmäßig um 17.00 Haupttag schloß das Büro, und sie ging. Wenn es am nächsten Haupttag um 08.00 öffnete, war sie wieder da.

Tag für Tag. Sie ging zu Vorstellungsgesprächen, und manchmal nahm sie eine Zeitarbeit an und ließ sich für einen oder zwei Tage nicht sehen, aber sie kam immer zurück, so regelmäßig wie Thules Bahn um seinen trüben, an Handelsverkehr armen Stern, sie setzte sich, und sie wartete mit ausdruckslosem Gesicht. Die übrigen Klienten kamen und verschwanden mit den seltenen Schiffen, die hier anlegten, teils als zahlende Passagiere, teils, indem sie sich die Fahrt verdienten. Nicht Elizabeth Yeager.

Der Jumpsuit — es war anscheinend jeden Tag derselbe — verlor seinen Glanz und schlotterte um ihren Körper, und sie ging langsamer als anfangs, immer noch aufrecht, aber in letzter Zeit mit geschwächten Schritten. Sie setzte sich auf den Platz und an den Tisch, wo sie immer gesessen hatte, und in diesen letzten paar Tagen hatte Don Ely begonnen, sie zu beobachten. Er hatte tatsächlich zusammengerechnet, wie lange sie zwischen ihren Zeitarbeiten und Aushilfsbeschäftigungen schon herkam.

Eines Hauptabends sah er sie gehen, er sah sie am nächsten Morgen hereinkommen und unterschreiben, eine von siebenundvierzig Bewerbern. Es war Wochenende, und es war diese Woche nichts im Dock, wenig Handel auf den Dockanlagen und nichts in Thules sterbender Ökonomie, das auch nur eine Zeitbeschäftigung geboten hätte. In diesen letzten Monaten war ganz Thule von ständiger Verzweiflung, schwindenden Hoffnungen und dem Warten auf die lange Nacht erfüllt, länger als die erste, als die Entwicklung der Schneller-als-Licht-Technologie die Station schon einmal geschlossen hatte. Jetzt wurde von einer neuen Schließung geredet, vielleicht würde die Thule-Station auf eine sonnenwärts gerichtete Bahn geschickt, damit sogar ihr Metall verdampfte, weil es unwirtschaftlich sei, es zu bergen, und weil man Thule nur noch wünschen konnte, ihr werde eine dritte Wiedergeburt als Mazianni-Basis erspart bleiben.

Nichts im Hafen, keine Jobs in der Station, ausgenommen das Minimum an Wartungsarbeiten, das die Station zugestand.

Und er sah die Frau zu ihrem gewohnten Tisch gehen, ihren gewohnten Platz einnehmen, einen Blick auf den Nachrichten-Monitor, die Uhr und die Theke werfen.

Er ging zu dem leeren Arbeitsplatz hinter der Theke, setzte sich und holte die Akte auf den Schirm: *Yeager, Elizabeth A., Maschinistin, Frachter. 20 Dienstjahre.*

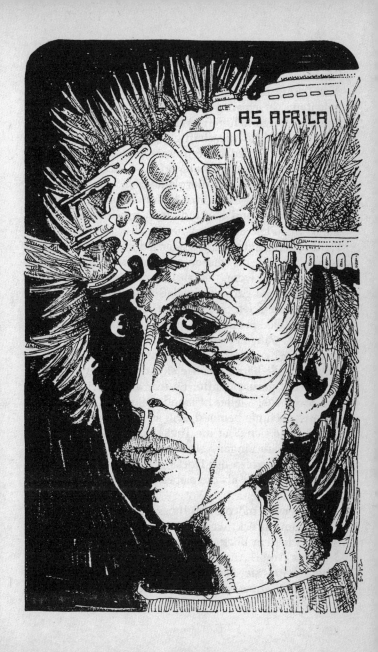

Weiter? fragte der Computer. Ely bestätigte.

Geboren als Tochter einer Fremdarbeiterin auf dem Frachter *Candide*, Staatsangehörigkeit Allianz, Alter 37, Ausbildung Level 10, keine Angehörigen, frühere Tätigkeiten: verschiedene Schiffe, Wartungsarbeiten auf interplanetaren Schiffen, Pell.

Die Liste der Beschäftigungen floß über seinen Schreibtisch, und dabei erinnerte er sich an andere Bewerber in der gleichen Kategorie. Sie arbeiteten entweder auf Thule an den interplanetaren Schiffen — Thules paar Boote in Betrieb zu halten, erforderte konstante Wartung — und häuften einen beachtlichen Kontostand an, oder sie waren nach Pell oder weiter nach Venture hinausgezogen. Yeager jedoch bekam Dreckarbeiten, sprang bei dieser oder jener unqualifizierten Tätigkeit ein, wenn jemand krank wurde. Offenbar wartete sie die ganze Zeit, daß sich etwas ergab. Und es hatte sich in letzter Zeit nichts ergeben.

Ely sah sie bis zum Nachmittag dasitzen, als das Büro schloß, sah sie aufstehen und übertrieben gerade zur Tür gehen. Betrunken, hätte er gedacht, wenn er nicht gewußt hätte, daß sie sich den ganzen Tag nicht vom Stuhl gerührt hatte. Es war diese Art steifrückigen Stolperns. Vielleicht stand sie unter Drogen. Aber er hatte noch nie bemerkt, daß sie high wirkte.

Er beugte sich über die Theke. »Yeager«, sagte er.

Sie blieb im Eingang stehen und drehte sich um. Vor den Scheinwerfern der Docks draußen war ihr Gesicht hohl, müde, älter als die siebenunddreißig Jahre, die in der Akte standen.

»Yeager, ich möchte mit Ihnen reden.«

Sie kam zurück, weniger stolpernd, aber mit dieser Art von leerem Blick, der sagte, sie erwarte nichts anderes als Ärger. Aus der Nähe, über die Theke weg gesehen, hatte sie Narben — zwei, sternförmig, über dem linken Auge, eine lange auf der rechten Seite, eine am Kinn. Und die Augen …

12

Ely wußte, wie eine Frau aussieht, die Schwierigkeiten hat, und jetzt hatte er sich die Schwierigkeiten aufgehalst. Augen wie Wunden. Augen ohne Vertrauen, ohne jede Hoffnung. »Ich möchte mit Ihnen reden«, wiederholte er. Sie musterte ihn zweimal von oben bis unten und nickte lustlos, und er führte sie nach hinten durch den Flur mit den Glaswänden in sein Büro. Er schaltete das Licht wieder an.

Vielleicht machte sie sich Gedanken um ihre Sicherheit. Ganz bestimmt machte er sich Gedanken um die seine, um seine Karriere, die er gefährdete, wenn er die Frau nach der Dienstzeit mit nach hinten nahm. Er stellte den Com auf seinem Schreibtisch an, winkte Yeager zu einem Sessel und nahm selbst hinter dem Bollwerk seines Schreibtischs Platz. Er hoffte, seine Kollegin sei noch nicht zur Eingangstür hinaus. »Nan, Nan, bist du noch da?«

»Ja.«

Das war eine Erleichterung. »Ich brauche zwei Becher Coca, Nan, mit viel Zucker. Dafür hast du bei mir einen Gefallen gut. Macht es dir etwas aus?«

Pause. »In beiden?«

Er trank seine Coca immer ungesüßt. »Ja. Hast du ein paar Waffeln, Nan?«

Wieder eine Pause. Ein trockenes: »Will nachsehen.«

»Danke.« Ely lehnte sich in seinem Sessel zurück, betrachtete Yeagers finsteres Gesicht. »Woher stammen Sie?«

»Geht es um einen Job?«

Heiser. Sie roch stark nach Seife, nach der desinfizierenden Seife in öffentlichen Toiletten, und er brauchte eine Weile, bis er den Geruch untergebracht hatte. Unter der Deckenbeleuchtung fielen ihre hohlen Wangen und der Schweiß auf, der ungesund auf ihrer Oberlippe glitzerte.

»Was war Ihre letzte Heuer?« fragte er.

»Maschinistin. Auf dem Frachter *Ernestine*.«

»Warum sind Sie von Bord gegangen?«

»Ich hatte meine Überfahrt abgearbeitet. Schwere Zeiten. Sie konnten mich nicht behalten.«

»Sie haben Sie entlassen?« Es war verdammt hart, wenn eine Schiffsfamilie eine Fremdarbeiterin ausgerechnet auf Thule hinauswarf, es sei denn, sie hatte es auch verdient, weil sie dieses oder jenes angestellt hatte.

Yeager zuckte die Achseln. »Wirtschaftliche Gründe, nehme ich an.«

»Nach was suchen Sie«

»Frachter, wenn ich einen bekommen kann. Interplanetares Schiff geht in Ordnung.«

Ein bißchen Hoffnung belebte ihr Gesicht. Ely fühlte sich schuldig, weil er die Verantwortung für diese Illusion trug. »Sie sind schon lange Zeit hier.« Um es schnell und geradeheraus hinter sich zu bringen, setzte er hinzu: »Ich habe nichts für Sie. Es gibt jedoch Arbeit in der Station. Sie wissen doch, daß Sie solche Arbeit bekommen können. Damit könnten Sie sich das Notwendigste verdienen, Unterkunft, Essen, Sie bekämen automatisch eine Bescheinigung, daß Sie keine Schulden zurücklassen, wenn Sie wieder auf einem Schiff anheuern. Hier ist es ziemlich leer. Das Essen ist scheußlich, aber als Unterkunft könnten Sie sich in der ganzen Station aussuchen, was Sie wollen. Eine Maschinistin könnte ganz bestimmt mehr als das bekommen, wenn sie gut ist.«

Yeager schüttelte ablehnend den Kopf.

»Warum wollen Sie nicht?«

»Raumschiff«, antwortete sie.

Ely konnte es nicht so ganz verstehen. Er hatte es schon hundertmal gehört — die Leute, die lieber verhungerten als sich auf einer Station niederließen, einen Job annahmen, Verpflegung faßten. Sie verfielen Drogen oder begingen gleich Selbstmord, statt daß sie ihren Platz oben auf der Heuerliste des Büros verloren,

14

weil die Reihenfolge bestimmte, wer als erster zu einem Vorstellungsgespräch gehen durfte.

»Papiere?« fragte Ely, denn in der Akte waren keine gewesen, vermutlich eine Computer-Panne, nichts Ungewöhnliches bei Thules häufig defekten Systemen.

Yeager berührte ihre Tasche, ohne Anstalten zu treffen, ihm den Inhalt zu zeigen.

»Lassen Sie sehen«, sagte Ely.

Sie holte einen Aktendeckel heraus, hielt ihn Ely hin. Ihre Hand zitterte wie die einer alten Frau.

»Mein Name ist Don Ely«, sagte er im Gesprächston, da ihm einfiel, daß er sich noch nicht vorgestellt hatte. Er öffnete die Mappe. Sie enthielt nicht die Dokumente, die er erwartet hatte, sondern nur einen Brief.

An jeden Kapitän, lautete er.

Hiermit bescheinigen wir den guten Charakter und die ausgezeichnete Leistung von Bet Yeager, die in den Jahren 55 und 56 bei uns an Bord war und die Fahrt mit ehrlicher Arbeit bei der Wache in der Kombüse und mit kleinen technischen Augaben bei der Instandhaltung bezahlte. Sie bewies darin viele Kenntnisse, die sie sich unter Aufsicht erfahrener Raumfahrer angeeignet hat und die sie mit Eifer und Sorgfalt anwendete. Sie verläßt dieses Schiff zu meinem und der ganzen Familie Bedauern. Sie hat ihre Überfahrt verdient und bei ihrem Ausscheiden ein Guthaben im Computer.

Bet Yeager kam ohne Papiere unter Notfall-Bedingungen an Bord und diese Schiffsfamilie bezeugt, daß wir sie als Elizabeth Yeager kennen, deren Daumenabdruck und Beschreibung angeheftet sind, und die ehrenhaft auf diesem Schiff gedient hat. Kraft meiner Vollmacht nimmt dieses die Stelle der verlorenen Personalpapiere ein und bestätigt sie gemäß der Pell-Konvention Artikel 10 als diese Person Elizabeth Yager.

Unterschrieben und beschworen von:

T. M. Kato, Senior-Kapitän, AM Ernestine, *Basis neuerdings Pell.*

E. Kato, Schichttag-Kapitän.

O. Jennet Kato, Chefingenieur, Interstellar-Pilot.

Y. Kato, Zahlmeister.
G. B. Kato, Supercargo, IS-Pilot.
R. Kato; W. Kato; E. M. Tabriz;
K. Kato ...

Ely warf einen Blick auf die Rückseite. Die Unterschriften setzten sich fort. Das Papier begann, in den Kniffen zu brechen. Die Mappe enthielt kein anderes Blatt, nichts Offizielles außer dem geprägten Siegel der Ernestine und dem Datum.

»Das ist alles?« fragte er.

»Der Krieg«, antwortete sie tonlos und schnell.

»Flüchtling?«

»Ja, Sir.«

»Von wo?«

»*Ernestine*«, sagte sie. »Sir.«

Abgeblitzt. Gehen Sie zur Hölle, Sir.

Durch die Glaswand sah er Nan mit einem Tablett kommen. Sie fing diskret seinen Blick ein, erhielt sein Nicken und betrat das Büro.

Yeager nahm den Becher, den Nan ihr anbot. Ihre Hand zitterte. Sie ignorierte die Waffeln und stellte den Becher unberührt auf den Tisch neben sich.

»Stelle es dahin«, sagte Ely zu Nan und zeigte auf denselben Tisch. Er meinte das Tablett mit den Waffeln. Er trank einen Schluck von dem süßen Zeug aus seinem Becher, während Nan alles Übrige bei Yeager ließ. »Nehmen Sie eine Waffel«, forderte er Yeager auf.

Yeager nahm eine, ergriff den Becher und trank.

Zum Teufel mit Ihnen, sagte der Blick immer noch. Ich nenne es Gastfreundlichkeit; Sie täten gut daran, es nicht für Wohltätigkeit zu halten.

»Danke«, sagte Ely zu Nan. »Geh bitte noch nicht.«

Nan musterte ihn, zählte zwei und zwei zusammen und ging, erfüllt von irritierter, besorgter Geduld. Nan hatte ihre eigenen Probleme, wahrscheinlich wurde das Essen im Herd kalt, wenn sich dies in die Länge zog, vielleicht hatte sie eine Verabredung einzuhalten. Ely war ihr dafür etwas schuldig, und Nan hielt ihn offensichtlich für einen Trottel. Als Veteranin des Stellenvermittlungsbüros auf Pell hatte Nan wahrscheinlich Hunderte von Yeagers gesehen, während er in einsamer Glorie in Mariners Reederei gesessen hatte. Ganz bestimmt hatten sie in diesem Büro mit merkwürdigen Typen zu tun. Alle hatten Schwierigkeiten. Einige von ihnen *machten* Schwierigkeiten.

Er legte Yeagers Brief vor sich auf den Schreibtisch. Ihr Blick folgte seiner Bewegung — die erste Spur von Nervosität, jetzt, da Nan fort war —, hob sich wieder und traf auf den seinen. »Wie lange«, fragte Ely, »sind Sie schon hier?«

»Ein Jahr. Ungefähr.«

»Wie viele Jobs?«

»Ich weiß nicht. Vielleicht zwei, drei.«

»In letzter Zeit?«

Ein Kopfschütteln.

»Vielleicht kann ich etwas für Sie finden.«

»Was?« fragte sie, sofort mißtrauisch.

»Hören Sie, Yeager«, sagte er, »reden wir offen miteinander. Ich sehe Sie hier seit — langer Zeit. Das da ...« — er schnippte mit dem Finger nach dem Brief von der Ernestine — »behauptet, Sie wüßten, wie man arbeitet. Zeigen Sie diese Bescheinigung bei Vorstellungsgesprächen?«

Ein Nicken. Ausdruckslos.

»Aber Sie nehmen keine Stationsarbeit an.«

Ein Kopfschütteln.

»Hier steht nichts von einem Abschlußzeugnis. Oder einem Dienstgrad.«

»Der Krieg«, sagte sie. »Alles verloren.«

»Was für Schiffe?«

»Frachter.«

»Wo?«

»Mariner. Pan-paris.«

»Name.« Mariner war sein Heimatterritorium. Er kannte die dortigen Namen.

»Ich habe auf vielen Schiffen gearbeitet. Die Flotte kam durch, jagte uns zum Teufel. Ich war in der Station.« Sie verriet keine Empfindung, sie machte nur einen Bericht, sachlich, mit heiserer Stimme, die ihm an den Nerven zerrte. Für einen Augenblick wurde alles zu lebendig, stürmten zu viele Erinnerungen auf ihn ein: die Flüchtlingsschiffe, der Gestank und das Sterben.

»Mit welchem Schiff wurden Sie transportiert?«

»Mit der *Sita.*«

Das war ein richtiger Name.

»Keine Akten, keine Papiere der Stellenvermittlung.« Yeager stellte den Becher hin, an dem sie kaum genippt hatte, und steckte die Waffel in die Tasche. »Sie wurden mir gestohlen. Wie alles andere auch. Trotzdem vielen Dank.« Sie stand auf.

»Warten Sie. Setzen Sie sich wieder. Hören Sie mir zu, Yeager.«

Sie stand da und blickte auf ihn herab. Leichter Schweiß glitzerte auf ihrem Gesicht vor dem Dunkel draußen und der einsamen Schreibtischlampe in der nächsten Glaszelle, die Nans Büro war.

»Ich war dort«, sagte er. »Ich war auf der *Pearl.* Ich weiß, wovon Sie reden. Ich war in Q, genau wie Sie. Wo wohnen Sie? Von was leben Sie? Woher bekommen Sie Geld?«

»Ich komme zurecht, Sir.«

Ely holte tief Atem, griff nach dem Brief, reichte ihn ihr, und sie nahm ihn mit zitternder Hand. »Es geht mich also nichts an. Sie nehmen also keine Almosen. Ich sehe Sie Tag für Tag herkommen. Sie warten schon lange, Yeager.«

»Ja«, bestätigte sie. »Aber ich nehme keine Arbeit in einer Station an.«

»Lieber verhungern Sie. Hat man Ihnen andere Jobs angeboten?«

»Nein, Sir.«

»Sie lehnen sie ab?«

»Nein, Sir.«

Das hätte in der Akte gestanden. Es war ungesetzlich, eine Arbeit abzulehnen, wenn der Bewerber mittellos war.

»Also führen bei Ihnen die Vorstellungsgespräche zu nichts. Keines. Warum?«

»Ich weiß es nicht, Sir. Ich bin wohl nicht das, was die Leute suchen.«

»Ich mache Ihnen einen Vorschlag, Yeager. Sie tun ein paar Wochen lang die Dreckarbeit in diesem Büro, Sie kehren den Boden und sortieren den Abfall. Wollen Sie das für einen Cred pro Tag tun?«

»Ich bleibe auf der Liste?«

»Sie bleiben auf der Liste.«

Eine Weile stand sie bloß da. Dann nickte sie. »Bar«, verlangte sie.

Anders ging es gar nicht. Ely nickte. Sie sagte: »In Ordnung«, und sie war seine Verantwortung, ein nicht leicht zu lösendes Problem, und seine Frau würde ihn ansehen und ihn fragen, was, zum Teufel, er sich dabei denke, wenn er einer Fremden sieben Creds die Woche gab. Ein Posten im Stellenvermittlungsbüro auf Thule war keine Luxuskoje, und wenn Abschnitt Blau es nachprüfte, hatte er keine Erklärung. Wahrscheinlich verletzte er Vorschriften. Drei oder vier fielen ihm auf der Stelle ein.

Zum Beispiel Beschäftigung von Schwarzarbeitern in einem Stationsbüro.

Zum Beispiel Unterlassung der Meldung bei der Sicherheit, daß es sich hier wahrscheinlich um eine illegale Verbraucherin handele. Es war absolut ausgeschlossen, daß Bet Yeager sich ein Zimmer leisten konnte. Es stand absolut fest, daß sie die Einrichtungen der Station in Anspruch nahm und nichts dafür zahlte.

Tag für Tag in der Stellenvermittlung. Mit dem Geruch der Seife aus öffentlichen Toiletten.

Er fischte in seiner Tasche herum. Was herauskam, war ein Zwanzig-Creds-Schein. Kleineres Geld fand er nicht. Er hielt ihr den Schein hin, wenn auch bedauernd.

»Nein, Sir«, lehnte Yeager ab. »Ich kann jetzt noch nicht sagen, wo ich in zwanzig Tagen sein werde. Es ist ein Schiff fällig.«

»Geben Sie es mir zurück, wenn Sie eine Heuer haben. Dann haben Sie das Geld.«

»Ich mag keine Schulden, Sir.«

»Von Prinzipien werden Sie nicht satt, Yeager. Wenn Sie nicht essen, können Sie nicht arbeiten.«

»Nein, Sir. Aber ich komme zurecht. Mit Verlaub, Sir.«

»Seien Sie nicht …« *so verdammt dumm,* wollte er sagen. Wahrscheinlich würde sie dann gehen. Er sagte: »Ich möchte, daß Sie morgen früh hier sind. Mit vollem Magen. Nehmen Sie das Geld. Bitte.«

»Nein, Sir.« Ihre Unterlippe zitterte. Sie sah das Geld, das er ihr hinhielt, nicht einmal an. »Keine Wohltätigkeit.« Sie berührte die Tasche, in der sie die Mappe mit dem Brief hatte. »Ich habe, was ich brauche. Danke. Bis morgen.«

»Morgen«, wiederholte er.

Sie nickte knapp, drehte sich um und ging.

Militär, dachte er, seine Eindrücke zusammenfassend. Und dann wurde er nervös, denn in dem Brief stand nichts dergleichen. Sehr wenige Frachter waren dermaßen peinlich sauber, und Militär bedeutete Stationsmiliz oder, was ebensogut sein konnte, Flotte oder Union, wenn Yeagers Dienstzeit mehr als ein paar Jahre zurücklag.

Das machte ihm Angst — denn große, bewaffnete Handelsschiffe waren selten, und wo die *Norwegen,* das einzige richtige Schlachtschiff im Besitz der Allianz, zu irgendeinem gegebenen Zeitpunkt war, wußte Gott allein, und wo die Flotte der Earth Company war, wußte auch Gott allein, und bei jedem nicht identifizierten Blip, der sich in der Station auf den Schirmen der Fernerfassung zeigte, zitterte ganz Thule.

Ruf die Sicherheit an, hallte es in Elys Schädel wider. Eine Überprüfung war noch keine Festnahme. Die Sicherheitsleute konnten Yeagers Werdegang nachgehen, herumfragen, feststellen, ob sich unter den dreitausend Seelen auf Thule jemand befand, der sich an Bet Yeager auf der *Sita* oder in Pells berüchtigter Q-Zone erinnerte.

Doch natürlich würden die Sicherheitsleute sie festnehmen, wenn sie ihnen mit dieser Das-geht-Sie-nichts-an-Haltung kam. Thules sehr nervöse Sicherheit würde sie einbuchten und verhören ... nun ja, und ihr zu essen geben ... aber man würde ihr immerfort unbeantwortbare Fragen stellen wie: Wo wohnen Sie? und: Wovon leben Sie? Und vielleicht war Bet Yeager das, was sie zu sein behauptete, und hatte in ihrem Leben kein anderes Verbrechen begangen, als auf Thules Docks zu hungern, aber wenn sie auf die Fragen über ihre Finanzen die falschen Antworten bekamen, würden sie Bet Yeager auf die Liste der Stationsbewohner setzen und sie mit dem, was sie schuldig war, belasten, und damit hätten sie Bet Yeager zur Verbrecherin gemacht.

Eine Raumfahrerin würde in einer kleinen Zelle im Abschnitt Weiß eingesperrt werden. Eine Raumfahrerin, die bereit war, alles zu erdulden, um nur in der Nähe der Docks zu bleiben und sich die Chance auf eine Heuer zu erhalten, würde damit enden, daß sie für eine sterbende Station arbeitete, bis man die Lichter abschaltete.

Das alles konnte seine Rückfrage Bet Yeager antun.

Ely ging in das vordere Büro, stellte sich hinter die Theke, sah Yeager die Eingangstür öffnen.

Er hatte keine Ahnung, wo Yeager die Hauptnacht verbrachte. Vielleicht verkroch sie sich in irgendeiner kalten Ecke der Docks, ebenso wie in den früheren Nächten. *Warten Sie!* hätte er jetzt noch rufen können. Er konnte sie mit nach Hause nehmen, ihr ein Abendessen geben, sie im Vorderzimmer schlafen lassen. Aber er dachte an seine Frau, er dachte an ihre eigene Sicherheit und an die Möglichkeit, daß Bet Yeager mehr als ein bißchen verrückt war.

Der Ruf kam ihm nicht über die Lippen, und Yeager ging aus der Tür, hinaus in das helle Licht und die tiefen Schatten der Dockanlagen.

»Hu«, sagte er und kehrte aus seinen Gedanken zurück ins Büro, zurück zu Nan, die an ihrem Schreibtisch stand und ihn ansah.

Er deutete mit einer Kopfbewegung zur Tür hin. »Kennst du die?«

»Sie ist jeden Tag hier«, antwortete Nan.

»Weißt du etwas über sie?«

Nan schüttelte den Kopf. Sie schalteten die letzten Lichter aus, gingen zur Tür. Die Tür schloß sich hinter ihnen, und sie gingen zusammen die Dockanlagen hinunter, unter dem kalten, erbarmungslosen Gleißen des Flutlichts oben, in der Kälte und in den Gerüchen nach kalten Maschinen und schalem Alkohol.

»Ich habe ihr einmal einen Fünfer angeboten«, erzählte Nan. »Sie wollte ihn nicht nehmen. Glaubst du, daß sie richtig im Kopf ist? Meinst du, wir sollten — vielleicht — die Sicherheit benachrichtigen? Diese Frau ist in Schwierigkeiten.«

»Ist es verrückt, hier wegzuwollen?«

»Es ist verrückt, es immer weiter zu versuchen«, sagte Nan. »Sie brauchte nur abzuwarten. Noch ein Jahr, dann wird hier zugemacht, man packt uns zusammen und bringt uns irgendwohin. Dort könnte sie ebensogut eine Heuer finden wie hier. Es würde leichter sein als hier.«

»Solange lebt sie nicht mehr«, gab Ely zu bedenken. »Nur kann man ihr das nicht sagen.«

»Ich mag es nicht, daß sie ständig bei uns herumsitzt«, murmelte Nan.

Ely wünschte, er könnte etwas tun. Er wünschte, sich im klaren zu sein, ob sie die Sicherheit benachrichtigen sollten.

Aber die Frau hatte nichts getan außer zu hungern. Er hatte ein Jahr an dem Stellenvermittlungsprogramm mitgearbeitet, hatte geholfen, ein System aufzustellen, das human sein sollte, das den Bewerbern, die am längsten auf der Liste standen, den Vorrang gab und sie als erste zu Vorstellungsgesprächen schickte. Doch es endete damit, daß Fälle wie Bet Yeager ermutigt wurden, es endete mit Verbissenheit, die Leute erduldeten alles, bloß um ihren Platz auf der Liste zu behalten und keinen anderen vorzulassen. Woher sollte im Augenblick wohl ein Raumfahrer kommen, der Yeager ihren Platz streitig machen könnte, es sei denn, von der erwarteten *Mary Gold?* Nur sage einer das Yeager! Und dabei war sie bis auf die kleinen Zeitjobs heruntergekommen, die es ihr ermöglichten, noch ein Weilchen durchzuhalten, und jetzt gab es auch die nicht mehr. Noch ein paar Tage, und es bedeutete, daß die Station sie auf die Liste der Mittellosen setzte: Die Justizverwaltung der Station berechnete illegalen Verbrauchern für jeden Tag, an dem sie keine Zahlungsfähigkeit nachweisen konnten, zehn Creds. In Bet Yeagers Fall war das Geld wahrscheinlich schon vor einem Jahr zu Ende gegangen. Und sie hatte es so verdammt lange versucht.

Nächste Woche, hatte sie gesagt. Vielleicht nächste Woche. Es wurde ein Schiff erwartet.

Aber keins der anderen Schiffe hatte sie genommen.

2. KAPITEL

Bet ging vorsichtig. Sie hatte einen Zufluchtsort in Sicht, die Damen-Toilette auf Dock Grün, eine schrankähnliche Einrichtung, nachträglich installiert, wie das ganze Dock nachträglich installiert worden war, die Bars und die Hotels, die billigen Restaurants. Die Station war für die alten Unterlicht-Schiffe gebaut worden und versuchte später, in ihrer zweiten Jugend, den Schneller-als-Licht-Schiffen und ihren völlig anderen Bedürfnissen gerecht zu werden.

Und da war diese Toilette. Sie war mit Graffiti vollgeschmiert, und sie stank, und es war nur eine matte Lampe im Vorraum und eine nicht hellere drinnen. Sie hatte vier Kabinen und zwei Waschbecken, und in der frühen Blütezeit der Station hatten Raumfahrerinnen Schiffsnamen und Grüße für später eintreffende Schiffe eingekratzt:

Meg Gomez von der *Polaris*, hieß es zum Beispiel. Hallo, *Golden Hind*.

Legendäre Schiffe. Schiffe aus der Zeit, als Stationen sich glücklich schätzen konnten, wenn alle zwei Jahre oder so ein Schiff anlegte. Die Wartungsabteilung hatte einiges davon übermalt.

Verdammte Dummköpfe.

Es war Heimat, dieses kleine Loch, ein sicherer Ort. Bet fand den schäbigen Raum wie üblich verlassen vor. Sie wusch sich das Gesicht und trank von dem tröpfelnden kalten Wasser, das das bessere der beiden Waschbecken lieferte.

Ihre Beine ließen sie im Stich. Sie hielt sich an dem Becken fest, taumelte und sank an der Wand daneben zu Boden. Der Raum drehte sich um sie, und sie fürchtete einen Augenblick lang, das Bewußtsein zu verlieren.

Sie war Essen nicht mehr gewöhnt. Die Coca hatte sie des Zuckers wegen gewollt, aber das bißchen, das sie getrunken hatte, hätte sie beinahe gleich in Elys Büro wieder von sich gegeben, und jetzt drohte die halbe Waffel hochzukommen. Ihre Augen tränten, und sie versuchte mit gleichmäßigem Atmen und wiederholtem Schlucken, ihren Magen zu bändigen.

Schließlich konnte sie ein Stückchen Waffel aus der Tasche nehmen und daran knabbern, nicht, weil es gut schmeckte, es schmeckte jetzt nichts mehr gut, und sie fürchtete sich zu essen, weil ihr von dem letzten Bissen schlecht geworden war und sie es sich nicht leisten konnte, das bißchen Nahrung zu verlieren, das sie im Magen hatte. Aber sie versuchte es, immer nur eine Krume, wartete, bis sie sich auf der Zunge aufgelöst hatte, und schluckte sie trotz der widerlichen Süßigkeit hinunter.

Das hast du mal wieder sehr schlau angefangen, Bet.

Diesmal sitzt du so richtig in der Scheiße.

Auf Pell hatte sie sich schon einmal so versteckt. Auf Pell war sie einmal beinahe ebenso verzweifelt gewesen. Es war schwer, einen Tag von dem anderen zu unterscheiden, wenn es so schlimm wurde. Irgendwie lebte man weiter, das war alles.

Irgendwie hielt man es durch, an diesem schmutzigen Ort, saß auf einem eiskalten Fußboden im Klo und versuchte, die Eingeweide zusammenzuhalten. Aber mit immer einem kleinen Bissen hielt man das Essen unten und sich selbst am Leben, auch wenn man bis auf eine Waffel in der Tasche und die Hoffnung auf einen Job für einen Cred pro Tag heruntergekommen war. Für einen Cred bekam man ein Käse-Sandwich. Ein Cred verschaffte einem einen Fischkuchen und einen Becher Synth-Orange. Man konnte davon leben, und man mußte diese Nacht überleben, um den Cred zu bekommen, das war alles.

Bet hatte gestern aufgehört zu glauben, einfach aufgehört. Sie war nur ins Stellenvermittlungsbüro gegangen, weil die Wartung die Löcher ab und zu überprüfte, weil sie dort im Warmen war und weil sie damit bewies, daß sie immer noch nach Arbeit suchte, für eine nicht registrierte Einwohnerin die einzige Möglichkeit, den legalen Status zu behalten. Und vor allem behielt sie ihren Platz oben auf der Liste, wenn der erwartete Frachter irgendeinen Job zu vergeben hatte. Darauf zu hoffen war eine gute Art zu sterben, zu tun, was sie nach eigener Wahl tat, zu erstreben, was ihrer Meinung nach allein erstrebenswert war. Eine gute Art zu sterben. Sie hatte die schlechten Arten gesehen.

Und wenn es zu schlimm wurde, gab es einen Ausweg, und wenn das Gesetz sie erwischte, gab es Möglichkeiten, das Hospital zu vermeiden. Sie trug eine in der Tasche. Sie war schon so weit, daß sie über das »Wann« nachdachte, aber sie wollte es noch nicht gleich tun. Sie wußte nur, wenn sie das Bewußtsein verlor und Leute den Rettungsdienst riefen, konnte sie es tun, oder wenn man sie verurteilte, ihre Schulden gegenüber der Station zu bezahlen — dann konnte sie es immer noch tun. Einfach abhauen, dem Gericht ein Schnippchen schlagen.

Und jetzt bekam sie eine kleine zusätzliche Chance. Sie hatte also recht daran getan, bis jetzt durchzuhalten. Es mochte sich noch herausstellen, daß alles, was sie bisher getan hatte, auch richtig gewesen war. Sie konnte nur gewinnen. Dem Schiff nächste Woche konnte eine Arbeitskraft fehlen. Das war immerhin möglich.

So saß Bet im Schatten des Waschbeckens, bis eine ganze Waffel unten angekommen war, und dann sagte sie sich, daß sie sich bewegen müsse, weil ihre Beine und ihr Hintern taub wurden. Sie zog sich an dem Becken hoch und brachte noch etwas von dem metallisch schmeckenden Wasser in ihren Magen. Dann ging sie in eine der Kabinen, setzte sich, die Arme auf den Knien und den Kopf auf den Armen, und versuchte, sich auszuruhen und ein bißchen zu schlafen, denn das war der wärmste Platz, die Wände der Kabine hielten die Zugluft ab, die überall sonst zu spüren war, und gute Manieren hinderten die Leute daran, Fragen zu stellen.

Zwei Frauen kamen herein, noch spät unterwegs, wahrscheinlich Dock-Instandhaltung. Bet hörte das Stimmengemurmel, die Flüche, die Diskussion über irgendeinen Mann in der Crew, auf den sie ein Auge geworfen hatten. Es klang, als seien sie betrunken. Sie gingen weg. Das war der einzige Publikumsverkehr, und Bet döste, nickte ein, malte sich aus, daß sie morgen abend an eine Verkaufsmaschine gehen und diesen einen Cred in einen Schlitz stecken und eine Dose heiße Suppe haben konnte ... um damit anzufangen. Sie besaß Erfahrung mit dem Hunger. Halte dich an Flüssigkeiten, wenn du das erstemal wieder etwas zu essen bekommst, nimm immer nur ein bißchen, nichts Fettes. Ihr Magen mühte sich mit der aufgelösten Waffel und dem Drittel eines Bechers Coca ab und wußte nicht recht, wie er damit fertigwerden sollte.

Auf den Docks draußen wurde es stiller, es gab weniger Maschinenlärm, weniger Transporte. Auf Thule war es kaum der Mühe wert, am Schichttag wachzubleiben. Kaum eins der Büros hatte geöffnet, es kamen keine Schiffe, die das nötig gemacht hätten, die wenigen Bars waren größtenteils leer. Früher, als Bet noch ein paar Scheine übriggehabt hatte, war sie in Bars gegangen, um es warm zu haben. Docks waren immer kalt, jedes Dock, das jemals gebaut worden war, fror einem den Arsch ab. Wenn auf Thule Schichttag war, wurde Feierabend gemacht, genau wie in irgendeiner alten Erdenstadt. Wahrscheinlich sank die Lufttemperatur in den Dockanlagen so rapide, weil dann in ganz

Thule so viele Maschinen den Betrieb einstellten und die Leute es in ihren Wohnungen warm haben wollten. Was bedeutete, es war höchst unwahrscheinlich, daß Bewohner der Station während der Hauptnacht hierherkamen, und die Zeitpläne dachten nicht daran, das zu ändern.

Deshalb wurde überall da draußen auf den Docks nichts verladen, nichts unterschrieben, bewegt, getan, bis am Hauptmorgen die Lichter wieder angingen. Thule starb. Der Handel mit der Erde war nach dem Krieg wieder aufgeblüht, aber Thule hatte sich als überflüssig erwiesen, ein paar große neue Superfrachter wie die *Dublin Again* waren fähig, eine Abkürzung an den Hinder-Sternen vorbei zu nehmen, und die Entdeckung einer neuen dunklen Masse jenseits von Bryants Stern bedeutete sodann, daß Thule, Venture, Glory und Beta umgangen wurden, also mehr als die Hälfte der wiedereröffneten Stationen auf einen Streich.

Eine Route direkt zur Erde via Bryants Stern, vorbei an dem Ort, wo die *Ernestine* sie zurückgelassen hatte, und der Alte hatte entschuldigend gesagt: »Sei nicht dumm, Bet. Wir müssen nach Pell zurück, das geht nicht anders. Wir werden knapp an Arbeitskräften sein, aber wir können es dennoch schaffen. Hier ist nicht gut sein, und weiter draußen ist es noch schlimmer.«

Ich hoffe, du hast es geschafft, wanderten ihre Gedanken zu dem alten Kato. Doch sie wußte, wie gering die Chancen der *Ernestine* waren, dieses kleinen Schiffes, das meistens leer fuhr und gegen die Strömungen von wirtschaftlichen Bedingungen und Glück und unter der Bürde seiner eigenen Masse versuchte, nach Pell zurückzugelangen. Denn die Hinder-Sterne stellten eine große Gefahr dar, die Hinder-Sterne hatten mehr als ein kleines Schiff verschlungen, und die letzte Hoffnung der *Ernestine war,* nachdem sie durch einen größeren Maschinenschaden ihren ganzen Frachtkredit verloren hatte, Pell zu erreichen, und wenn es als Wrack wäre, ein paar Passagiere an Bord, deren Fahrgeld ihr ein bißchen Kredit in Pells Banken verschaffen würde.

Pell war jedoch nicht der Ort, an den Bet Yeager wollte.

»Ohne mich«, hatte sie gesagt. »Ohne mich.«

Die Leute von der *Ernestine* hatten ihr zugeredet; sie hatten wiederum gewußt, welche Chancen Bet hatte. Die Fremdarbeiter, die von anderen Schiffen abmusterten, fanden hier einen neuen Job und zogen weiter. Jim Belloni hatte versucht, ihr ein Drittel seines Handgeldes zu geben, als er mit der *Polly Freas* abreiste. Er hatte sie königlich betrunken gemacht. Er hatte es in ihrem Bett zurückgelassen.

Da hatte sie sich von neuem betrunken. Sie bereute diese Extravaganz immer noch nicht. Nicht einmal, als ihr Magen sich verkrampfte. Erlebnisse wie dieses hielten einen in Nächten wie dieser warm.

Bet nickte wieder für eine Weile ein und wachte davon auf, daß sie die Eingangstür gehen hörte.

Ihr Herz machte einen Satz. Es war ungewöhnlich, jetzt, am Schichttag, in der Hauptnacht, daß jemand ausgerechnet in diesem Winkel ausgerechnet diese Toilette brauchte. Vielleicht die Instandhaltung. Ein Klempner oder so jemand, der das eine Waschbecken reparieren wollte.

Bet zog die Knie in den Armen hoch, blieb einfach, wo sie war, zitterte ein bißchen in der Kälte. Dem Schritt nach war es ein Mann, der hereinkam. So ein Flegel. Keine Ankündigung für eine eventuelle Benutzerin der Toilette.

Sie hörte, daß die Tür sich schloß. Hörte ihn atmen. Roch den Alkohol. Also war es kein Klempner.

Du hast die falsche Tür erwischt, Kumpel. Hau ab! Du siehst doch, daß du hier falsch bist.

29

Der Mann ging die kleine Strecke bis zur Tür und blieb stehen.

Hau ab, Kumpel! Geh weg! Bitte.

Die Tür schloß sich. Bet ließ den Kopf auf die Knie sinken.

Und immer noch hörte sie ihn atmen.

O Gott.

Sie erschauerte. Sonst bewegte sie sich nicht.

Die Schritte kehrten zu der Kabine zurück. Bet sah schwarze Stiefel, einen blauen Overall.

Er versuchte, die Tür zu öffnen. Ratterte mit der Klinke.

»Mach, daß du hier wegkommst!« rief Bet.

»Sicherheit«, sagte er. »Kommen Sie heraus!«

Teufel.

»Raus!«

Es war verkehrt. Es war verdammt unhöflich. Und er stank nach Alkohol.

»Nie im Leben bist du von der Sicherheit«, sagte Bet. »Ich bin eine Raumfahrerin, die hier Zwischenstation macht. Schwing du deinen Arsch aus dieser Toilette, Stationsmann, bevor du mehr bekommst, als du hast haben wollen.«

»Es ist gar kein Schiff da, Mädchen.« Er bückte sich. Bet sah ein unrasiertes Gesicht mit Hakennase. »Los, komm da raus!«

Sie seufzte. Sah ihn müde an. Schwenkte die Hand. »Paß auf, Stationsmann. Wenn du was von mir willst, schuldest du mir einen Drink und ein Zimmer. Dann bekommst du es die ganze Nacht. Andernfalls ist bei mir nichts zu machen.«

Sein Grinsen entblößte ein Pferdegebiß. »Klar. Paß nur auf, du wirst sicher Spaß mit mir haben. Komm da raus!«

»Also gut.« Bet holte tief Atem. Sie setzte einen Fuß auf.

Sie hatte es kommen sehen. Sie versuchte, dem

plötzlichen Griff nach ihrem Knöchel auszuweichen, aber ihre Knie schlotterten, sie wankte, und er versuchte es von neuem, unter der Tür weg.

Sie trat zu, knallte seinen Kopf auf die Fliesen, aber er rollte sich herum und bekam ihren Knöchel zu fassen und verdrehte ihn, und es gab keine Stelle, auf die sie den Fuß setzen konnte, als ihn, und er zog. Bet taumelte gegen die Kabinenwand, fühlte, wie seine Finger fester zufaßten, versuchte, sich vor dem Fallen zu bewahren, und ließ sich gegen den Toilettensitz sinken. Schmerz durchfuhr eine Seite, Schmerz war in ihrer Wange, als sie abprallte und gegen die Wand schlug und dann auf den Fußboden neben der Toilette. Seine Hände waren auf ihrem ganzen Körper, er kroch unter der Kabinentür auf sie, seine Arme wickelten sich um sie, und sie sah nichts mehr als verschwommene Lichter und sein Gesicht. Er schlug sie, knallte ihren Kopf einmal und zweimal gegen die Fliesen, und eine Weile waren da nur noch explodierende Farben, ein nach Alkohol stinkender Atem, sein Gewicht und seine Hände, die an ihren Kleidern zerrten.

Verdammte Scheiße, dachte sie und versuchte, sich schlaff zu machen, ganz schlaff. Er riß ihren Jumpsuit auf und befingerte sie, und sie konnte sich nicht dagegen wehren, denn er hatte sie zwischen der Toilette und der Kabinenwand eingeklemmt.

Nur ein bißchen mehr Atem. Nur ein bißchen Zeit, damit die Sterne aufhörten zu explodieren.

Er fing an, sie zu würgen. Und es gab verdammt wenig, was sie tun konnte, außer zu zappeln. Außer, ihre rechte Hand an die Tasche zu führen, während sein stoppeliger Mund auf ihrem lag und er sie würgte, daß sie das Bewußtsein zu verlieren drohte.

Sie hatte die Rasierklinge. Sie hielt die Finger ungeachtet des Schmerzes und des Nebels in ihrem Gehirn darum geschlossen, und sie brachte sie heraus und fuhr ihm damit das Bein entlang. Er bäumte sich heulend auf, den Rücken an der Tür. Sie nagelte ihn mit dem Stiefelabsatz fest, und er keuchte und fiel wieder auf sie, und da erwischte sie ihn von neuem mit der Rasierklinge.

Dann tat er nicht mehr viel, als daß er versuchte, aus der Kabine zu rutschen, und sie ließ ihn. Sie bekam einen Ellenbogen über die Toilette und hievte sich hoch und schloß die Tür auf. Er kotzte draußen.

Er lag auf den Knien. Bet stemmte sich gegen die Reihe der Kabinen und trat ihm von unten gegen das Kinn. Er wurde gegen das Waschbecken geschleudert, dann fiel er, ein Bein unter dem Körper, zu Boden. Sie wartete, bis er versuchte, wieder in die Höhe zu kommen, und trat ihm gegen die Kehle.

Danach war er ein toter Mann. Sie hätte ihn erledigen können, wie er dalag und sich zu Tode würgte, aber sie starrte ihn nur an. In ihrem Kopf hämmerte es, vor ihren Augen wurde es grau — als sie wieder zu sich kam, lief das Wasser, und sie hatte Wasser in den hohlen Händen und spritzte es sich ins Gesicht. Was dumm war. Sie konnte sich darin täuschen, wie schwer er getroffen war. Er konnte ein Messer haben, er konnte aufstehen und sie töten. Das Wasser tropfte ihr vom Gesicht und von den Händen und lief ihr in den Kragen, aber sie sah zu ihm hin, und da lag er mit offenen Augen.

Also war er tot. Schwindel packte sie. Sie ließ kaltes Wasser auf ihn rinnen, um sich zu vergewissern, daß er nicht markierte, aber er blinzelte nicht und zuckte nicht.

Wieder das Schwindelgefühl. Sie erinnerte sich, daß er gebrüllt hatte. Jemand mochte ihn draußen gehört haben. Sie sah nach, ob sie Spuren an sich trug. Am Hals und die ganze Brust hinunter waren Kratzer. Auf ihrem Jumpsuit war Blut, ein Knie war von Blut getränkt. Deshalb zog sie sich aus und wusch das Hosenbein im Waschbecken, bis das Wasser blaßrosa ablief

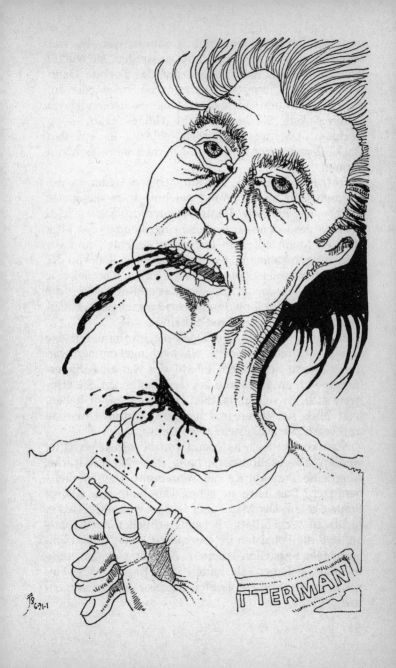

und der Jumpsuit so ziemlich sauber war. Es war schwer, dabei nicht ohnmächtig zu werden, sie stützte beim Schrubben die Ellbogen auf das Becken. Dann wrang sie den Jumpsuit aus und zog ihn wieder an, das eine Bein und eine ganze Menge Stellen anderswo waren eiskalt. Sie benutzte das Gebläse, um sie zu trocknen. Das war gefährlich, solange es auf den Docks derart ruhig war. Die Sicherheit hätte es hören können.

Trotzdem hätte sie sich am liebsten weiter in der warmen Luft an die Wand gelehnt, wäre die ganze Nacht hiergeblieben. Immer wieder drückte sie den Schalter des Gebläses, die Füße eingestemmt, den Blick auf den Mann auf dem Fußboden gerichtet, und vor ihren Augen kamen und gingen Grau und Rot. Von der Kabine bis zu der Stelle, wo er gestorben war, lief eine Blutspur. Bet dachte an die Rasierklinge, aber die steckte wieder in ihrer Tasche, sie überzeugte sich. Zusammen mit zwei Ein-Cred-Scheinen.

Sie ging draußen die Dockanlagen hinunter. Sie konnte sich nicht erinnern, wie sie hingekommen war. Sie erinnerte sich an die Toilette, das war alles. Sie erinnerte sich an den Mann auf dem Fußboden. Sie erinnerte sich, in seinen Taschen nachgesehen zu haben. Jetzt blieb sie stehen und hielt ringsherum Umschau und versuchte festzustellen, wo sie war.

Man konnte auch aufgrund von Beweisen verhaftet werden. Die Stationsbank hatte ihre Fingerabdrücke. Aber eine Frau durfte die verdammte Damentoilette benutzen. Das hatte sie getan. Das hatte eine Menge Frauen getan. Der Mann aber war an einem Ort, wo er nichts zu suchen hatte. Bet ging schneller, dachte daran, daß die Polizisten ihr Genmuster unter seinen Fingernägeln feststellen konnten. Aber erst einmal mußte man sie haben, sie hatten viele Karten, viele Fingerabdrücke, und sie mußten all diese Frauen vernehmen.

Wieder eine dunkle Stelle. Bet war schwach vor Hunger. Sie ging weiter, kratzte ein paar wenige durchweichte Waffelkrumen aus der Tasche und aß sie, und schließlich ging sie festeren Schrittes als vorher mit zwei Creds in der Tasche in eine Bar. Sie ließ sich einen Plastikbecher mit einer wässerigen Fischsuppe geben, und es gelang ihr sogar, sie zu essen.

Der Barmann fühlte sich einsam, sie blieb sitzen und sprach mit ihm. Wie sich herausstellte, wollte er mehr als das. »Gut«, sagte sie. Der Kopf tat ihr weh, und ihr war schlecht, und sie war müde. Sie hatte es schon getan, um eine Wette einzulösen, aber noch nie, um ihre Zeche zu bezahlen. Doch er war ruhig, er war einsam, es interessierte sie nicht, wie er hieß, er hatte ihr etwas zu bieten, und sie war endlich so weit unten angelangt, wenn es ihr nur ein warmes Plätzchen verschaffte und sie im Augenblick vor der Polizei in Sicherheit war. »Ein Platz zum Schlafen«, sagte sie. »Zum Teufel, was soll's.«

»Das kannst du haben«, sagte er. »Aber geschlafen wird erst nachher.«

Sie ging mit ihm nach hinten in den Lagerraum, er breitete eine Decke aus, sie legte sich mit ihm darauf, und er tat, was er tun wollte, während sie dalag und an Pell und an alte Schiffskameraden dachte.

Sein Name war Terry. Er merkte, daß sie verletzt war, und sie erzählte ihm, ein Dockarbeiter sei im Zimmer grob geworden, und sie sei ihm davongelaufen. Er gab ihr etwas gegen ihre Kopfschmerzen, und er war vorsichtig mit ihr, er entschuldigte sich, als er sich um einen Gast kümmern mußte, und er kam zurück und wollte noch mal. Sie schlief schon halb.

Das war also auch in Ordnung. Er ging sanft mit ihr um. Er war schlapp, verschwitzt und nervös, sie ließ ihn tun, was er wollte, er weckte sie ein paarmal auf, als er ihn endlich drin hatte, aber sie war zu schwach, um mitzumachen. »Ich komme morgen abend wieder«, sagte sie. »Dann werde ich besser sein. Werde tun, was du willst. Du gibst mir Frühstück.«

Er antwortete nicht; er schnaufte gerade heftig und kam. Sie kippte wieder weg, zurück in die Dunkelheit. Ein paarmal spürte sie, daß er es von neuem versuchte. Am Morgen spendierte er ihr ein Frühstück. Sie saß an einem Tisch in der Bar und aß trockenen Toast und sah sich die Morgennachrichten an: Eine Frau hatte in einer Damentoilette auf Dock Grün einen toten Mann gefunden.

Terry war damit beschäftigt, mit dem Eigentümer die Abrechnung durchzugehen. Er war unterwürfig, etwas übergewichtig, nichts fürs Auge und nicht allzu sauber. Er sah dem Eigentümer niemals ins Gesicht. Der Eigentümer sandte einmal einen langen abschätzenden Blick zu Bet herüber. Aber Terry Sowieso war pfiffig genug gewesen, ihr Frühstück bar zu bezahlen, so daß Bet irgendein Gast hätte sein können und der Eigentümer nichts gegen Terry in der Hand hatte.

Der Tote war ein Dockarbeiter, lebte seit zwei Jahren auf Thule, hatte vor kurzem seine Stellung verloren. Seine Firma hatte zugemacht. Er hatte seitdem für die Station gearbeitet. Sein Kontrolleur hatte ihm gestern für drei Tage Lohn abgezogen, weil er während der Dienstzeit getrunken hatte.

Es hieß, ihm sei die Luftröhre eingedrückt worden.

Es hieß, man überprüfe Fingerabdrücke. Natürlich. Und wenn man an ihre kam, konnte sie zugeben, dort gewesen zu sein.

Terry sagte vielleicht aus, sie habe die ganze Nacht in der Bar gesessen. Terry sagte vielleicht aus, sie hätten eine Prügelei gehabt, wenn es ihr gelang, sein Interesse wachzuhalten.

Bet schlürfte vorsichtig einen Löffel nach dem anderen. Der Kopf tat ihr weh. Der ganze Körper tat ihr weh. So etwas hatte sie noch nie getan, sich ficken zu lassen, nur um ein Bett und eine Mahlzeit zu bekom-

36

men. So dreckig war's ihr noch nie gegangen, nicht einmal auf Pell.

Aber nächste Woche sollte ein Schiff kommen. Nachdem Wochen seit dem letzten Schiff vergangen waren, kam ein Schiff namens *Mary Gold,* und verdammt, sie hatte die Absicht, an Bord zu gehen.

Sie würde jetzt alles tun, alles, um von Thule wegzukommen.

3. KAPITEL

Die Frau, die Ely ›Nan‹ nannte, sah von ihrem Schreibtisch im äußeren Büro hoch und stand nach einem einzigen Blick auf Bet ruckartig auf.

»Gefallen«, behauptete Bet, denn ihr Auge wurde blau, das hatte sie in der Toilette der Bar festgestellt. Sie sah schauderhaft aus, sie hatte den Reißverschluß des Kragens ganz zugezogen, um die Kratzer an ihrem Hals zu verdecken, sie war immer noch wackelig auf den Beinen, und sie roch nach Schweiß und nach wer weiß sonst noch. Aber sie war pünktlich. Sie schrieb sich am Schreibtisch ein und ignorierte Bets Starren so lange. Dann hob sie den Kopf.

»Madam, mir wurde schwindelig, und da bin ich gefallen. Es tut mir leid. Ich habe heute morgen gefrühstückt. Ein freundlicher Mann hat mir etwas zu essen gegeben. Es wird mir gleich besser gehen.«

»Ach du lieber Gott«, sagte die Frau mit schockierter, bestürzter Stimme und stand einfach da, so daß Bet sich Auge in Auge mit dieser Stationsfrau wiederfand, dieser aufrechten, respektablen Stationsfrau, die sie mit einem Anruf bei den Behörden töten konnte. »Gott. Setzen Sie sich.«

»Ich bin hier, um zu arbeiten«, erklärte Bet. »Mr. Ely hat gesagt, er werde mich bezahlen.«

»Sie sollen sich setzen!« befahl Nan scharf und zeigte auf einen Stuhl hinter der Theke. Und als Bet saß, brachte Nan ihr Coca und Waffeln.

Bet nahm sie. »Danke«, sagte sie demütig, denn ihr war klar, daß sie im Augenblick nicht in der Position war, einen Streit anzufangen. »Madam, ich möchte den Job wirklich.«

Das war gebettelt. Aber ihr blieb nichts anderes mehr übrig.

»Ich werde das Krankenhaus anrufen«, sagte Nan.

»Nein.« Bets Herz raste plötzlich. Sie hätte beinahe ihre Coca verschüttet. »Nein. Tun Sie das nicht.«

»Sie sind nicht gefallen«, stellte Nan dunkel fest.

Bet blickte hoch und begegnete bei dieser trockenen, unscheinbaren Frau mehr gesundem Menschenverstand, als sie erwartet hatte. Nan beschuldigte sie nicht. Sie wußte nur verdammt gut, daß ein Sturz ein Gesicht nicht auf diese Weise zurichtete. »Ich bin an einer Mauer entlanggeschrammt. Eine schlimme Nacht. Bitte. Ich möchte keinen Ärger. Das sind nur Kratzer. Geben Sie mir eine Chance. Ich werde hinten in den Büros arbeiten. Da erschrecke ich die Klienten nicht.«

»Lassen Sie mich mit Mr. Ely reden. Wir werden Sie irgendwie versorgen.«

»Keinen Arzt. Bitte. *Bitte*, Madam.«

»Bleiben Sie hier.«

Nan ging. Bet saß da und trank die Coca. Sie tat ihrem zerrissenen Mund weh; der Zucker biß sich in einen losen Zahn. Bet hielt den Becher mit beiden Händen, kämpfte die aufsteigende Panik nieder, hielt den Blick auf den Gang mit den Glaswänden gerichtet, wo die Privatbüros waren, versuchte, nicht an Telefone und Sicherheit und die Damentoilette von heute nacht zu denken.

Ihr Herz schlug in harten, schmerzhaften Stößen, von denen ihr schwindelig wurde. Ely kam mit Nan zurück und sah auf sie hinab. »Eine Wand, so? Sie sehen grausig aus, Yeager.«

»Ja, Sir.«

Er betrachtete sie lange. Die Arme gekreuzt. Dann sagte er: »Ich möchte mit Ihnen reden, in meinem Büro.«

»Ja, Sir«, antwortete sie. Sie stellte den Becher auf die Theke. »Danke«, sagte sie zu Nan. Ely forderte sie auf: »Nehmen Sie Ihre Coca mit.« Das tat sie und folgte ihm den Gang hinunter in sein Büro.

Er setzte sich. Sie setzte sich, der Becher wärmte ihre Hände.

»Sind Sie in Ordnung?« erkundigte er sich.

Sie nickte.

»Haben Sie Anzeige erstattet?«

Sie schüttelte den Kopf.

»Sind Sie beraubt worden?«

»Ich habe nichts, was man stehlen könnte«, sagte sie.

»Sind Sie in Ordnung?« wiederholte er, und jetzt erst ging es Bet auf, daß das die zartfühlende Art eines Stationsmannes war, wenn er wissen wollte, ob sie vergewaltigt worden sei.

»Mir geht es gut«, behauptete sie. »Es war nichts als eine Unstimmigkeit. Mir ist ein verdammter Betrunkener über den Weg gelaufen.« Gott, wenn er oder Nan das mit den Morgennachrichten zusammenfügte ...
»Ich war gestern abend nicht sehr sicher auf den Beinen. Er stieß mich. Ich verwünschte ihn. Ich fiel gegen die Mauer. Verlor das Bewußtsein. Er entschuldigte sich. Spendierte mir ein Frühstück.«

Ely sah sie an, als glaube er ihr nicht. Er sah sie lange Zeit an. Dann: »Wo wohnen Sie?«

Bet dachte verzweifelt nach. Es war ein Jahr her, daß jemand das gefragt hatte. Der Name der Bar fiel ihr ein. »Ricos Bar.« Eine ebenso gute Adresse wie irgendeine andere.

»Sie wohnen dort?«

»Ich bekomme meine Post dorthin.«

»Wer schreibt Ihnen?«

Sie zuckte die Achseln. Das Herzklopfen verdoppelte sich. Aber Ely brauchte ihr nicht zu helfen. Ely brauchte einer heruntergekommenen Raumfahrerin keinen Geldschein zu geben. Er brauchte, wenn er mit ihr sprach, keine Freundin hereinzurufen, damit die Schicklichkeit gewahrt blieb, und sie verstand, daß er nicht hinter ihr her war, sondern eine gute Tat tun

40

wollte. Die Sorte war auf Stationsdocks selten. »Niemand«, antwortete sie. »Aber wenn mir jemand schreiben würde, dann dahin. Wenn etwas käme.«

Er sah sie nur an. Schließlich: »Sie sortieren den Abfall. Sie machen Botengänge. Sie melden sich jeden Morgen, und Sie sorgen dafür, daß Sie in jeder anderen Beziehung wie eine Klientin aussehen, wenn jemand außer Nan und mir hier ist. Ich will nicht, daß die Personalabteilung Sie sieht. Wenn jemand hereinkommt und Sie im Gang zu den Privatbüros erwischt, tun Sie so, als wollten Sie zur Toilette.«

Bet nickte. Sie setzte sich in das Hinterzimmer und sortierte den Abfall zum Recycling. Sie wog ihn und notierte das Gewicht auf jedem Bündel, weil die Abfallverwerter einen manchmal betrogen. Das hatte sie über Thule am ersten Tag gehört, den sie in der Station war.

Hauptmittags bekam sie ihren Cred-Schein von Ely, ging in ein Restaurant mit Sitzplätzen und leistete sich wieder eine Suppe.

Am Abend kehrte sie in Ricos Bar und zu Terry zurück, dessen Nachname Ritterman war. Er lud sie zu einem Bier und einem Becher Fischsuppe ein.

Dann nahm er sie mit nach hinten. Sie zog sich aus, sie sagte, sie müsse ihre Kleider waschen. Also brachte er ihr einen Eimer, und sie wusch ihren Jumpsuit und ihre Unterwäsche und hängte sie zum Trocknen über den Wärmeschlitz. Er trat hinter sie, während sie das tat, und legte die Hände auf sie. Ohne etwas zu sagen. Sie ließ es zu. Sie ließ es zu, daß er sie auf den Fußboden zog, und er wollte sie immer noch berühren, das war alles. Sie schloß die Augen oder starrte an die Decke, und schließlich kam jemand vorn in die Bar, er fluchte und ging, sich um den Gast zu kümmern.

Bet drehte sich auf die Seite und wickelte sich in den Teppich und schlief eine Weile, bis er wiederkam und sie aufweckte, sie zurückrollte und in sie eindrang.

Gäste kamen. Er war eine Weile weg. Er kam zurück, und er legte sich wieder zu ihr, und sie dachte, er müsse wohl lange Zeit ohne gewesen sein und irgendwann werde er müde werden und vielleicht einschlafen oder sie für den Rest der Nacht schlafen lassen. Aber er wurde nicht müde. Immer wieder drang er in sie ein, und sein Stoßen weckte sie aus dem Halbschlaf.

Am Morgen zog sie sich an, er gab ihr Frühstück. Er wollte, daß sie in seine Wohnung kam. »Ich muß zur Arbeit«, sagte sie.

Sie verdiente sich ihren Cred. Sie überlegte, ob sie die Nacht irgendwo anders verbringen könne, sie hatte sich bereits genug erholt, um wählerischer zu sein, und bei Terry bekam sie irgendwie eine Gänsehaut. Doch das hätte kein Abendessen und kein Frühstück bedeutet.

Deshalb kehrte sie in Ricos Bar zurück.

So ging es jeden Tag. Jeden Tag bekam sie den einen Schein. Jeden Hauptabend kehrte sie in die Bar zurück. Terry wurde komisch. Er wollte, daß sie in seine Wohnung kam. Er wollte ihr seine Wohnung zeigen, sagte er.

Er fing an, verrückte Dinge zu verlangen, zum Beispiel wollte er sie fesseln. »Laß das bloß bleiben«, sagte sie. »Solche Spielchen mag ich nicht.«

Er geriet in Verlegenheit. Aber danach machte sie sich Sorgen wegen der Getränke, die er ihr gab. Sie machte sich Sorgen, wenn sie bei ihm schlief. Andauernd betastete er ihre Narben und fragte, wie sie zu dieser und zu jener gekommen sei, und es war verrückt, einfach verrückt, wie er dabei zum Sex überging. »Laß das!« sagte sie schließlich und schüttelte ihn ab. Er schleuderte sie zurück. Ihr verletzter Kopf schlug auf die Fliesen, und sie sah Sterne. Sie lag still, weil sie ihrem Unterbewußtsein gesagt hatte, sie sei in Schwierigkeiten — *nicht reagieren, nicht reagieren, er ist ein Dummkopf, mehr nicht ...*

»Die Nacht, als du herkamst«, sagte er. »Das blaue Auge und all das.«

Er tat ihr weh. Sie bekam eine Hand frei und gab ihm eine Ohrfeige. »Au, verdammt noch mal!« Er hielt ihren Arm fest, und sie stieß mit dem Knie zu. Er schrie. Sie rollte sich von der Decke bis dahin, wo ihre Schultern gegen die Ecke und die Regale stießen.

»Du verdammte Schlampe«, schimpfte er.

»Bleib bloß weg!« Sie stemmte sich hoch und setzte sich auf ein Bierfaß. Es war kalt. Die Luft war kalt. Der ganze Raum stank. »Bleib weg, Freund!«

»Komm wieder her!«

»Nein. Laß mich in Ruhe! Ich bin müde. Dies ist meine Nachtzeit, Mann, ich arbeite am Haupttag. Bleib bloß weg!«

»Du und dieses blaue Auge. Der Mann, von dem du sagtest, er habe dich geschlagen ...«

»Zum Teufel, laß mich in Ruhe! Du hast den Gegenwert für das Abendessen bekommen.«

Die Eingangstür läutete. Er ignorierte es, saß da, schnaufte.

»Du hast Gäste, Junge.«

»Die Sicherheit sucht nach einer Frau, die in Abschnitt Grün war, in derselben Nacht, als du herkamst, voll von Kratzern und blauen Flecken. Du hast keine Karte, keinen Ausweis, du kommst in zusammengeschlagenem Zustand hier an — Ruf ja nicht den Rettungsdienst, hast du gesagt. Ich will nichts mit den Ärzten zu tun haben — Ja, darauf möchte ich wetten, Süße.«

Jemand kam in den Flur. Schrie nach Bedienung.

»Geh hinaus, verdammt«, zischte sie. »Willst du die Polizei hier drin haben?«

»Du bist diejenige, die die Polizei nicht will, Süße.« Er legte ihr die Hand auf den Schenkel. »Ich tue, was ich will. Kapiert? Ich weiß, wo du dich tagsüber herumtreibst. Ich bin dir zur Stellenvermittlung gefolgt.

Hörst du? Wenn ich jetzt die Polizei rufe, kann ich ihr sagen, wo sie suchen soll, auch wenn du nicht im Computer bist, und ich wette, das bist du nicht, Süße ...«

»Du willst die Polizei, verdammt, geh raus und bediene diese Kerle, bevor sie die Sicherheit rufen!«

Er streichelte ihre Haut. »Du bleibst hier. Denk daran, ich habe dich für lange Zeit gekauft. Das weißt du selbst am besten.«

Weiteres Gebrüll. »Eine Minute!« rief er zurück. Er stand auf, hinkte herum und suchte seine Sachen zusammen, schloß seine Hose, während er zur Tür hinausstolperte.

Bet saß auf dem Bierfaß, die Arme um die Knie geschlungen. Ihr war zum Kotzen zumute.

Sie dachte es durch, überlegte, was sie tun konnte. Sie lauschte den Stimmen in der Bar, stand auf, nahm ihre Kleider von dem Wärmeschlitz weg, zog sich an und ging in die Bar hinaus, wo Ritterman einen Tisch lärmender Dockarbeiter bediente.

Er maß sie mit einem wütenden Blick. Sie trat an die Theke, bestellte sich einen Drink und hörte sich die groben Bemerkungen der vier Dockarbeiter an, die Aufforderungen, ein Glas mit ihnen zu trinken, mit ihnen aufs Zimmer zu gehen und diese oder jene exotische Nummer zu schieben.

Eine attraktive Idee, wenn sie es recht bedachte. Aber kalt und klar stieg der Gedanke an die Oberfläche, wie schnell Terry Ritterman die Zentrale anrufen würde.

Und mit ihren Fingerabdrücken auf dem Schauplatz brauchten die Polizisten nur einen Blick auf ihr blaues Auge und diese Kratzer zu werfen, und schon würden sie wissen, daß sie nicht in der Station seßhaft und eine Illegale war, und dann würde ein Untersuchungsrichter ihr die wirklich gemeinen Fragen stellen.

Unter Beruhigungsmitteln.

Bet betrachtete die Dockarbeiter mit finsterer Miene. Stauer. Lausige Bande. Immerhin sauberer als Terry Ritterman. Nüchtern und solo vielleicht sogar anständige Typen. Terry kam und legte ihr die Hand auf die Hüfte.

Sie ließ es sich gefallen. Sie lehnte sich an die Bar und trank ihren Wodka Schluck für Schluck, sie betrachtete die Dockarbeiter mit dem Gedanken, daß jeder von ihnen eine verdammt bessere Wahl wäre.

Sie nahm eine Flasche, ging zu ihnen und goß ihre Gläser voll. Die Männer protestierten, das hätten sie nicht bestellt.

»Das geht auf meine Rechnung.« Sie spielte im Geist ein Drehbuch durch, wie sie einen Aufstand entfesselte, bei dem einem schlappen kleinen Mann durchaus von einem Dockarbeiter der Hals gebrochen werden konnte. Aber das bedeutete immer noch die Polizei. Es bedeutete immer noch Fragen.

Die Männer tranken, sie heizte ihnen ein und genoß es, daß Terry zappelte und sich aufregte, und die ganze Zeit hoffte sie, die Dockarbeiter bis zum Hauptmorgen festzuhalten, wenn der Eigentümer kam.

Terry buchte ihre Zeche auf seine eigene Karte, Terry sah sie finster an und winkte sie zu sich, aber sie ignorierte es, bis er zum Telefon griff.

Dann ging sie zu ihm.

»Du kommst mit mir nach Hause«, befahl er und unterbrach die Verbindung. »Dafür wirst du bezahlen.«

Sie antwortete nicht. Er kniff sie in die Hüfte. Sie starrte in die Spiegel hinter der Bar, und als er eine Antwort von ihr verlangte, nickte sie.

Die Dockarbeiter gingen fünfzehn Minuten vor dem Hauptmorgen. Bet goß sich eine Synth-Orange ein.

»Meine Wohnung«, sagte Terry. »Kapiert?«

Wieder nickte sie. Er streichelte ihre Schulter. Sie zuckte zurück und setzte sich an einen Tisch und aß ihr Frühstück. Der Eigentümer kam und überprüfte die

45

Abrechnung. Er sah zu ihr hin und grüßte mit einem lakonischen »Guten Morgen«.

»Morgen«, antwortete Bet. Wahrscheinlich war er mehr als mißtrauisch, warum auf Terrys Karte ständig ein Orangensaft mit Toast auftauchte. Es war diese Art von Blick.

Wahrscheinlich folgte dieser Blick ihnen, als Terry kam und ihr sagte, sie solle mitkommen, sie gingen jetzt.

»Du wirst es lernen«, sagte er und schob seinen Arm durch ihren. Wie ein Liebespaar gingen sie zum Aufzug. Er mußte sich benehmen; es waren andere Leute in der Kabine. Aber dann stiegen sie auf seinem Stockwerk aus, drüben in Grün, und er packte von neuem ihren Arm. Er strahlte Hitze aus wie ein Schmelzofen. Andauernd quetschte er ihre Hand in seiner weichen, schwitzenden Faust. Halb flüsternd erzählte er ihr, sie werde nett zu ihm sein, er müsse ihr zwar erst beibringen, wie sie sich zu benehmen habe, aber sie würden schon miteinander auskommen, sie könne in seiner Wohnung bleiben, und so lange sie tue, was er wolle, werde sie bei ihm vor der Polizei sicher sein.

Sie sagte nichts, doch er quetschte ihre Hand und bestand darauf, daß sie ja sage. Also sagte sie ja.

Er nahm seine Schlüsselkarte aus der Tasche. Er führte Bet zu einer schäbigen Tür in der schäbigen kleinen Eingangshalle, die mehr nach den Eingeweiden eines Schiffes aussah als nach dem Wohnabschnitt einer Station. Er öffnete die Tür, und er schaltete das Licht von Hand an, und er schloß die Tür wieder.

Es war eine häßliche Wohnung. Sie war voller Unordnung. Sie stank nach schadhafter Installation, schmutzigem Geschirr und alter Wäsche. Ritterman zog den Mantel aus und warf ihn über den Tisch. Seine Hände zitterten.

Bet beobachtete ihn. Sie wartete, bis er sich umdrehte und nach ihr langte. Sie nahm seine Hand und drehte sie um, und er fiel zu Boden. Hart.

»Ich möchte dir etwas erzählen«, sagte sie in diesem Augenblick des Schocks. »Der Name meines Schiffes ist *Afrika.*«

Er riß die Augen auf. Er krabbelte auf die Füße. Sie ließ ihn. Er stolperte zur Wand. Ganz bestimmt befand sich in dem Durcheinander dort ein Telefon. Bet gab ihm eine Chance, sich darauf zu stürzen, stützte sich auf eine Stuhllehne, wartete ab. Aber er erstarrte, weiß im Gesicht.

»Du lügst!« Die Haare standen ihm zu Berge. »Du verdammte Hure, du lügst mich an!«

»Wurde von meinem Schiff getrennt, als die Flotte abzog. Mischte mich einfach unter die Flüchtlinge, arbeitete eine Weile in den Docks, schwindelte mich an Bord eines Frachters.« Sie klopfte sich auf die Brusttasche. »Ich habe mir sogar ein Allianz-Zeugnis beschafft. Sagte, ich hätte meine Papiere verloren. Allzu schwer war es nicht, so weit zu kommen. Ich bin als Raumfahrerin geboren, Kumpel, das ist eine Tatsache. Aber *ausgebildet* bin ich als Soldatin.«

»Geh weg!« Er machte eine flatternde Handbewegung. »Hau ab! Für dich gibt es hier nichts zu holen. Ich habe keinen Vorteil davon, wenn ich etwas sage.«

Bet schüttelte langsam den Kopf. »O nein, Kumpel, du weißt genau, daß ich dich töten werde. Und in deinem Fall werde ich mir Zeit dazu nehmen.«

4. KAPITEL

»Morgen, Nan«, sagte Bet vor der Tür des Stellenvermittlungsbüros. Nan sah sie merkwürdig an und neigte den Kopf auf die Seite. Sie schloß die Tür auf.

»Sie sind richtig fröhlich«, stellte Nan fest.

Bet nickte. Und ging und trank hinten, außer Sicht der beiden Klienten, die gerade hereinkamen, ihren morgendlichen Becher Coca — das war das Privileg einer Angestellten.

Rico würde sich an diesem Hauptabend vielleicht eine Stunde lang wundern, wenn Terry nicht aufkreuzte. Und vielleicht würde er Terrys Wohnung anrufen und eine Nachricht hinterlassen. Aber Terrys Sorte war billig, es war die Sorte, die eine Zeitlang regelmäßig arbeitet und dann irgendein Kuddelmuddel in ihrem Leben anrichtet und außer Sicht gerät. Bis zum nächsten Haupttag mochte Rico einen neuen Schichttag-Mann eingestellt haben, das war alles, was Rico wahrscheinlich tun würde. Mittlerweile hatte Terrys Karte immer noch Kredit bei der Bank, sie funktionierte an den Verkaufsmaschinen. Bet war nicht so dumm, daß sie in ein Restaurant spazierte und behauptete, Terrence Ritterman zu sein; sie benutzte nur die Maschinen, kaufte billiges Zeug, damit jeder, der zufällig die Aufzeichnungen der Kartenbenutzung kontrollierte, glaubte, Terry Ritterman laufe noch herum. Es gab keinen Grund zur Beunruhigung, solange niemand einen besonderen Grund hatte, beunruhigt zu sein.

Und war es ungewöhnlich, daß eine Schichttag-Hilfskraft in einer schäbigen Bar bei einem Schichtwechsel mit einem Frauenzimmer davonging, das möglicherweise mehr Geld hatte als er, und sich nicht die Mühe gemacht hatte, dem Eigentümer mitzuteilen, er werde nicht wiederkommen?

Bet konnte von den Vorräten in der Wohnung leben, aber sie wollte die Karte aktiv halten. Deshalb hatte sie sich heute morgen ein Frühstück aus den Verkaufsmaschinen in den Dockanlagen gezogen. Man brauchte dafür keinen Zugangscode, man steckte die Karte einfach in den Schlitz, und heraus kam das Frühstück. Oder ein Lunch. Oder ein Dinner. In Rittermans Tasche war ein bißchen Bargeld gewesen. Acht Creds. Sie wußte, wo sie dafür einen billigen Matchsack bekam. Den konnte sie gebrauchen, wenn das Schiff eintraf, den und ein paar andere notwendige Sachen. Doch sie hatte es nicht nötig, Elys Cred pro Tag dafür auszugeben, den würde sie sparen.

Sie hatte die Leiche im Schlafzimmer gelassen, sie hatte die Heizung dort abgestellt, die Lüftungsschlitze und die Ritze unter der Tür verstopft und alles mit Klebeband luftdicht gemacht. In einer Woche oder so konnte es richtig unangenehm werden, aber es gab keine unmittelbaren Nachbarn, und wenn den Leuten auffiel, daß eine schmuddelige Raumfahrerin in Terry Rittermans Wohnung kam und ging, würden sie sich nichts weiter dabei denken, als daß sie ebenso verrückt sein mußte wie er, weil sie sich mit ihm abgab. Und niemand kümmerte sich um eine verrückte Frau.

Sie hatte den Jumpsuit gewaschen, sie hatte geduscht, sich mit parfümierter Seife gewaschen und sich die Haare geschnitten. Ely sah ein zweites Mal hin, als sie hereinkam. Er war angenehm überrascht, sie so sauber und fröhlich zu sehen, als habe er mit seiner Wohltätigkeit tatsächlich eine spektakulär gute Tat vollbracht.

»Sie sehen gut aus, Yeager.«

»Eins kommt zum anderen.« Sie grinste. »Ein paar Mahlzeiten schaden einem nicht, Stationsmann.«

Sie hegte richtig herzliche Gefühle für Leute wie Nan und Ely. Wahrscheinlich machte es sie echt glücklich, Gutes zu tun. Und es war zu schade, sie würden wahrscheinlich den Kopf schütteln und verspätete Überlegungen anstellen, ob man Fremden helfen solle, wenn die Stationspolizei fand, was in jenem Schlafzimmer lag, und eine Verbindung zwischen verschiedenen Ereignissen herstellte.

Es war schon eine verdammte Scheiße. Sie mußte auf ein Schiff, weg von hier, geradenwegs zurück nach Sol, wenn es sein mußte, das Schiff wechseln, wo immer es möglich war, sich einfach weit genug und lange genug bewegen und am Leben bleiben.

Der Alte war nach wie vor in Tätigkeit, nur viel zu weit von hier entfernt. Die *Afrika* lebte noch, und vielleicht hatte sie soviel Glück, daß es ihr gelang, ihren Kurs irgendwann, irgendwie dem der Flotte anzugleichen. In der Zwischenzeit konnte sie nur hoffen, daß sie es schaffte, der Allianz-Polizei und der Aufmerksamkeit von Kapitänin Mallory aus dem Weg zu gehen. Am meisten Angst hatte sie davor, daß Wendehals Mallory sich auf die Jagd nach ihren alten Freunden gemacht hatte, und da Mallory jetzt respektabel war, lief die *Norwegen* diese Häfen von Zeit zu Zeit an. Die übrigen hatten sich auf die Seite der Verlierer gestellt, das war alles, und Mallory war schlau, Mallory hatte mit Mazian gebrochen, dann trat ein glücklicher Umstand ein, und Mallory präsentierte ihre glänzend neue Loyalität. Eine kluge Kapitänin. Verdammt gut, das mußte Bet ihr zubilligen. Wenn sie selbst Glück gehabt hätte, wäre sie in der Mannschaft der *Norwegen* statt in der der *Afrika* gewesen und hätte jetzt eine saubere Personalakte — Geld in der Tasche, eine feine Unterkunft, ein Bett zum Schlafen, und sie wäre so reich, wie ein Mannschaftsdienstgrad nur werden konnte. Ja sicher, die Kapitänin der *Norwegen* war eine kaltschnäuzige Teufelin, die auf die Schiffe der eigenen Seite gefeuert und versucht hatte, die *Afrika* in Stücke zu schießen — es herrschte absolut keine Liebe zwischen Mallory und Porey. Sie hatten im Raum gegeneinander gekämpft, im Dock gegeneinander gekämpft, Mallory hatte drei Soldaten der *Afrika* festgenommen, und Leute der *Afrika* hatten in den Docks von Pell die der *Norwegen* aus dem Hinterhalt beschossen, bevor sie in den offenen Raum gelangten. Es war gar keine Frage, was die Leute der *Norwegen* mit einer Frau von der *Afrika* machen würden, wenn sie sie an Bord bekämen.

Sie würde lange, lange brauchen, um zu sterben, das war ihr klar.

Und wenn die Stationspolizei sie erwischte, hielt man sie für Mallory fest, die ein unmittelbares, ja, sogar persönliches Interesse an ihr haben würde.

Bet erschauerte. Sie tat ihre Arbeit, sie dachte an das gemeldete Schiff und wie lange es im Hafen liegen würde — noch drei, vier Tage bis zu seiner Ankunft. Und noch einmal drei, vier Tage, um die Tanks der *Mary Gold* zu füllen ...

In dieser Zeit mußte sich der Inhalt jenes Schlafzimmers immer stärker bemerkbar machen, und die Zeit war lang genug, daß die Untersuchung der Geschichte in der Damentoilette ihr verdammt nahe auf den Leib rückte.

Es hieß, Thule solle geschlossen werden. Die Station solle gesprengt und die Trümmer in die Sonne geschoben werden, damit die Flotte nicht einmal mehr die Möglichkeit habe, das Metall zu bergen. Dann gab es kein Thule mehr, zu dem ein Schiff zurückkehren konnte, die Bewohner würde man über ein Dutzend Lichtjahre verteilen. Und vielleicht machte man sich gar keine Mühe mit den gespeicherten Akten, verschrottete einfach alles, vergaß all die alten Aufzeichnungen, die keinen Nutzen mehr hatten, und sie brauchte sich nie mehr im Leben Sorgen zu machen, daß die Geschichte auf Thule sie eines Tages einholen könnte. Dazu war nichts weiter notwendig, als daß sie noch eine Woche lang unentdeckt blieb, weiter Ritter-

51

mans Karte an Orten benutzte, an denen Rittermans
Auftauchen plausibel war, und die Computer überzeugte, daß Ritterman noch lebte. Thule war nicht wie
Pell, wo es Verwandte hätte geben können, die Fragen
stellten. Die Typen, die in diese Achselhöhle des Uni-
versums gekommen waren, hatten keinen Anhang, sie
waren größtenteils der Abschaum Pells, der Dreck, den
man aus dem Q-Abschnitt gefegt hatte, Flüchtlinge
und Niemande, die auf eine Chance hofften, die hätte
kommen können, aber jetzt nicht mehr kommen würde. Und Ritterman war nicht von der Sorte, die eine
Menge Freunde hat.

Sie mußte sich nur anschaffen, was sie brauchte, respektabel genug aussehen, um *Mary Gold* zu beein-
drucken, sich bis zum nächsten Hafen durcharbeiten
und versuchen, sich so nützlich zu machen, daß sie auf
der Weiterfahrt bleiben durfte — einerlei, wohin es
ging, wenn es nur nicht Pell war, denn das war der
Heimathafen der *Norwegen*.

Deshalb hatte sie dem alten Kato gesagt, sie wolle
auf Thule bleiben, denn die *Ernestine* kehrte nach Pell
zurück. Und Kato hatte den Unsinn geglaubt, sie wolle
ihr Glück am Rand versuchen, aber Kato hatte verzweifelt wichtige Dinge auf Pell zu erledigen und ein
verschuldetes Schiff, und so hielt Kato sie für dumm
und ließ sie da, alles Gute, Kamerad, gib acht auf dich,
ich hoffe, du hast Glück.

Teufel.

Bet kehrte in Rittermans Wohnung zurück, sie las die
Botschaften auf dem Bildschirm, die nur in einer Nachricht der Stationsbibliothek bestanden, es seien Bänder
überfällig. Sie fand die Bänder, die die Bibliothek haben wollte, und legte sie auf den Tisch, um sie gleich
am nächsten Morgen mitzunehmen und einzuwerfen.
Sie schlug im Adreßbuch der Station nach, wo das
war.

Und sie ließ hoffnungsvoll die Verkehrsnachrichten eingeschaltet, während sie sich ein bequemes Bett auf der Couch machte und Rittermans Wodka trank, Rittermans Chips und Süßigkeiten aß und Rittermans Porno-Bilderbücher las, bis es Zeit zum Schlafen war.

Am nächsten Morgen war sie wieder in den Dockanlagen an der Reihe der Verkaufsmaschinen, die spinwärts von den Aufzügen standen. Sie hatte den Mund voll von Käsegebäck, als die Glocke erklang. Es war dieser laute, lange Ton, der bedeutete, ein Schiff sei soeben ins System eingedrungen. Bet nahm einen Schluck Sodawasser, schluckte alles hinunter und holte tief Atem.

Dann schlenderte sie gemächlich zu der Ecke, wo der öffentliche Monitor war, denn die Fernerfassung hatte die Information gerade erst von der Zenit-Boje erhalten, und die war anderthalb Lichtstunden entfernt.

Thule war ein trüber Doppelstern, kaum mehr als ein einigermaßen trügerischer Springpunkt, kein Verkehr: Die Boje war weit drinnen, und dieses Schiff, falls es die *Mary Gold* war, einen und einen halben Tag zu früh, hatte wahrscheinlich mit den Bremsmanövern ungefähr eine Lichtstunde von dieser Entfernung zurückgelegt, seit die Information sich auf ihren Weg zur Thule-Zentrale gemacht hatte. Dann war sie bei Realraum-Geschwindigkeit immer noch einige Stunden entfernt, und dazu kam eine weitere Stunde für das Andocken, sobald sie da war.

Die *Mary Gold* war ein Frachter, der nur die regulären Lieferungen von Pell brachte. Und von Thule ging es weiter nach Bryants Stern, das war der Fahrplan. Bet sagte sich, sie werde weniger Masse befördern, als zu erwarten gewesen war. Das konnte einem Schiff leicht einen Tag einsparen. Gott sei Dank.

Aber als Bet an die Ecke kam, wo der Monitor seine

müden grauen Informationszyklen zeigte, war der Name des Schiffes *AS Loki*.

Ihr Herz machte einen einzigen erschrockenen Sprung.

Wer, zum Teufel, ist *Loki*?

Bet blieb stehen, aß zwei Käsecräcker, spülte sie hinunter und starrte die Bahnmarkierung auf dem Schirm an. Sie war nicht die einzige. Dockarbeiter versammelten sich und staunten.

Das Schiff kam flott herein. Der Kennzeichnung nach gehörte es zur Allianz.

Bets Magen reagierte. Sie hörte jemanden Spekulationen anstellen, es sei ein Handelsschiff der Union, gerade erst in die Allianz aufgenommen.

Sollte das stimmen, dachte Bet, mußte es ein verdammt kleines Schiff sein, das von irgendeinem gottverlassenen Arm wie Wyatts Stern, vom Arsch der Union gekommen war. Sie kannte jeden Schiffsnamen, der es wert war, gekannt zu werden, kannte den Familiennamen, die Frachtklasse — und die Bewaffnungsklasse. In den Zwischendecks der *Afrika* waren Schiffsnamen und -eigenschaften ständiges Gesprächsthema gewesen. Die Leute in den Zwischendecks konnten bei einem Raumkampf zwar nichts tun, aber wenn man in seiner Koje festgeschnallt ist und die Schießerei anfängt, ist es ein sehr wichtiges Thema, welche Kapazität das andere Schiff hat, und wenn man danach an Bord des anderen Schiffes gehen muß, vielleicht eines Handelsschiffes mit engen, gewundenen Korridoren, bestens geeignet für einen Hinterhalt, weiß man gern über diese kleinen Einzelheiten Bescheid. Das war auch verdammt richtig.

Bet aß ihre Käsecräcker, sie betrachtete die über den Schirm laufenden Daten — und plötzlich dachte sie an die Zeit, schlängelte sich aus der Menge und eilte in das Stellenvermittlungsbüro hinunter.

Sie schlüpfte in die Tür. »Ich habe mich gefragt, ob

Sie heute kommen würden«, sagte Nan an ihrem Schreibtisch.

»Tut mir leid.« Es gab eine Vorschrift über das Essen und Trinken im vorderen Büro. »Frühstück. Ich werde das hier in den Recycling-Eimer werfen. Entschuldigung.«

»Wissen Sie, was für ein Schiff das ist?« fragte Nan.

Bet schüttelte den Kopf. »Ich glaubte, sie alle zu kennen. Ein Spuk.« Das war ein Soldatenausdruck. Er wurde seit dem Krieg langsam Allgemeingut, aber sie wünschte doch, ihn nicht benutzt zu haben. Sie schob sich rasch an Nan vorbei und in den hinteren Gang, wo Ely ihr entgegenkam und fragte: »Sie kennen das Schiff?«

»Wie ich eben schon sagte, nein, Sir. Es ist ein neues.«

Ely blickte besorgt drein. Nun, dazu hatte er auch Grund. Bet ging in das hintere Büro, schüttete sich die letzten Cräckerkrumen in den Mund, spülte sie mit den letzten Tropfen Soda hinunter, warf die Folie und die Dose in den Recycling-Eimer und kehrte dahin zurück, wo der Monitor war.

Wo alle waren: Ely, Nan, die drei anderen Klienten, die diesen Morgen nach Arbeit suchten, alle standen, alle betrachteten den Schirm und sprachen kein Wort, nur daß die drei Stationsleute ihr Blicke zusandten, die sie als echte Raumfahrerin und vielleicht Informationsquelle einstuften.

»Wissen Sie ...?« setzte einer zu einer Frage an.

Bet schüttelte den Kopf. »Ist mir neu, Kumpel. Keine Ahnung.« Sie kreuzte die Arme und sah sich die Zahlen an, hörte eine Frau unter den Stationsleuten sagen, das sehe nach einer ordnungsgemäßen Annäherung aus, die Zahlen ließen nicht auf feindliche Absichten schließen.

Das hängt davon ab, Stationsfrau. Das hängt von der Masse ab. Von dem Eintrittsvektor. Von vielen Dingen,

Dummkopf. Manchmal muß man manövrieren. Und diese Bojen haben wir auch schon belogen, jawohl.

Sie betrachtete den Schirm, stand da mit gekreuzten Armen, dachte ebenso wie die Stationsleute, es könne ein Schiff der Flotte sein, spürte, anders als die Stationsleute, eine kleine, den Magen in Aufruhr bringende Hoffnung, es sei eins von Mazians Schiffen.

Sie hoffte nur, es war kein Flottenschiff, das aus irgendeinem Grund die Station angreifen und durchlöchern wollte.

Und wenn sie schon einmal dabei war, konnte sie auch gleich hoffen, daß dieser einzelne Blip jede Minute andere Blips speien und der Schirm rot werden und mit Geblinke die Übernahme bekanntgeben und die *Afrika* selbst, nachdem sie ihre Beiboote ausgestoßen hatte, sich auf dem Stationssender melden und der alte Junker Philips persönlich der angstschlotternden Thule-Station mitteilen würde, ein Flottenschiff werde andocken, ob es Thule passe oder nicht.

Sie betrachtete den Schirm. Sie biß sich auf die Lippe und schüttelte den Kopf, wenn einer der Stationsleute ihr Fragen wegen der Zahlen stellte. Sie hörte zu, während der Kommunikationsfluß von der Station sich mit dem des Ankömmlings kreuzte, alles ganz kühl und sachlich. Die Station bat den Eindringling um eine weitere Identifikation und eine Absichtserklärung. Der Eindringling war jetzt nur noch ein paar Lichtminuten entfernt und wurde viel, viel langsamer.

Das Schiff bremste weiter ab, sagten die Zahlen.

»Hm«, brummte Bet schließlich. Eine Weile würde jetzt nichts passieren. Deshalb zog sie sich ein Stück zurück und setzte sich, was kurz die Aufmerksamkeit der Stationsleute erregte. Sie sahen sie an, als hofften sie, das bedeute etwas Gutes.

Sie entspannte sich. Sich die Sache so auf dem Bildschirm anzusehen war verdammt viel bequemer, als sie es im Zwischendeck gehabt hatten, nur über den Lautsprecher, der ihnen nur mitteilte, was sie unbedingt wissen mußten, während sich die Schwerkraft erhöhte und Kojen und Wände ächzten, als flögen sämtliche Bolzen hinaus, und die Ausrüstung von irgendwem, die nicht festgezurrt gewesen war, als es bimmelte, zu einem Schwarm von Wurfgeschossen wurde.

Nan und Ely machten sich langsam wieder an die Arbeit. Einer der Klienten ging an die Theke, um sein Antragsformular fertig auszufüllen. Die anderen beiden blieben stehen und blickten weiter zum Bildschirm hoch.

»*Hier ist das Kommando der* Loki«, erklärte der Schirm schließlich mitten durch die verstümmelten, von Statik überlagerten Informationen, die bisher durchgekommen waren. »*Erwarten Ihre Anweisungen, Station Thule. Wir sind ein Fünfzehner Tank, fast vollständig leer.*«

Gott. Das war kein kleiner Tank auf diesem Ding.

»*Hier ist der Stationsmeister von Thule. Wir erwarten ein fahrplanmäßiges Schiff,* Loki. *Wir können Ihren Tank nur teilweise füllen.*«

Bet saß da, die Füße auf einem verkratzten Plastikstuhl, und lauschte. Ihr Herz hämmerte, ihre Gedanken rasten. Die zeitliche Verzögerung zwischen Schiff und Station wurde geringer, war aber immer noch zu groß.

Ein unbekanntes Schiff und ein Tank von dieser Größe. Und angeblich Allianz-Registrierung.

Thule Control meldete, der Ankömmling habe die planmäßige Zündung durchgeführt.

»*Thule-Stationsmeister*«, erklang dieselbe Stimme wie vorhin, »*hier ist das Kommando der* Loki. *Das Füllen unseres Tanks hat Vorrang. Erbitten Einweisung an ihren Hauptliegeplatz.*«

Langsam drang das Wort *Vorrang* in das Bewußtsein der Stationsleute. Sie wirkten angespannt. Bet saß da mit hochgelegten Füßen, die Arme gekreuzt, und wußte, es würde schon noch eine Weile dauern. Ihr Herz

57

schlug in dem bleiernen Rhythmus der Ruhe vor dem Sturm.

Vorrang. Es gab auf Thule nur einen Liegeplatz mit einer Pumpanlage, die ein Sternenschiff bedienen konnte. Die Pumpe war zweihundert Jahre alt, und sie funktionierte noch, aber langsam, und die Tanks der Station waren weit davon entfernt, zwei Schiffe mit hohem Fassungsvermögen innerhalb einer Woche abfertigen zu können — Thules drei Boote und sein Massentreiber brauchten *Zeit*, um eine Schiffstankladung Eis hereinzuholen.

Wenn dieses Schiff Vorrang hatte und wenn es zur Allianz gehörte, dann war es wieder in Dienst gestellt, vielleicht von Mallory persönlich hergeschickt, vorausgesetzt, es sagte die Wahrheit und schwindelte sich nicht ins Dock, um sie alle in die Hölle zu pusten.

Und wenn es amtlich bevollmächtigt war und wenn es die drei Tage hier saß, die es wahrscheinlich brauchen würde, um Thules Tanks bis auf den Grund leerzutrinken, gab es absolut keine Möglichkeit, daß ein Frachter wie die *Mary Gold* vor Ablauf einer Woche in diesen einzigen Liegeplatz herein- und wieder hinauskommen konnte.

Es mochte auch zwei oder drei Wochen dauern.

Informationen tröpfelten aus der Stationszentrale. Die Zentrale bekam ein Bild auf den Schirm. »Gott«, ächzte Nan, als es erschien. Bet saß nur da, die Arme über dem nervösen Magen gekreuzt.

Kleine Mannschaftsunterkünfte, ein nacktes, mageres Rückgrat und ein Maschinenpack, der größer als notwendig war.

»Zum Teufel, was ist denn das?« sagte Bet zu einer Handvoll aufgeregter Zivilisten und stellte plötzlich einen Fuß auf den Boden. »Verdammt, zu welcher Klasse gehört das Ding?«

Ely kam wieder aus seinem Büro, um den Bildschirm in diesem Raum zu betrachten, der genau das gleiche

zeigte wie sein eigener. Die Menschen neigen dazu, sich zusammenzuscharen, wenn sie fürchten, sie könnten weggepustet werden.

»O Gott, o Gott«, murmelte einer der Klienten andauernd.

Bet stand auf. Die Kommunkation kam als Tonübertragung herein, als sei alles ganz normal, und dabei wollte ein offenkundiges Kriegsschiff andocken.

»Bet«, fragte Nan, »was ist das?«

»Weiß nicht«, antwortete Bet. »Weiß nicht.« Ihre Augen suchten verzweifelt die schattenhaften Einzelheiten ab, den Mittschiffsabschnitt, die riesigen Schaufeln. »Das ist irgendein Umbau.«

»Von wem?« fragte ein Zivilist.

Bet schüttelte den Kopf. »Weiß ich nicht. Da es ein Umbau ist, könnte es alles sein.«

»Wessen Seite?« fragte ein anderer.

»Könnte alles sein«, wiederholte Bet. »Ich habe das Schiff nie gesehen. Im tiefen Raum sieht man überhaupt keine Schiffe. Man hört sie bloß. Man spricht bloß mit ihnen im Dunkeln.« Sie umschlang sich fester mit den Armen und zwang sich zur Ruhe und setzte sich auf die Tischkante. Es ließ sich tatsächlich nicht sagen. Das Schiff war, was es zu sein wünschte. Ein Spuk kannte keine Loyalität.

Doch es sah nicht so aus, als wolle es das Feuer eröffnen und die Station vernichten. Nicht, wenn es seine Tanks gefüllt haben wollte. Nicht, wenn seine Tanks tatsächlich so leer waren. Entweder transportierte es Masse, die man nicht sah, oder es kam von weit, weit her.

Die Informationen liefen weiter. Die Stationsleute scharten sich vor dem Schirm zusammen, erinnerten sich an das, woran Stationsleute sich eben erinnern, die durch zuviel Hölle, zu viele Umwälzungen, zuviel Krieg gegangen sind.

Keine Dummköpfe. Auch keine Feiglinge. Nur Menschen, die einmal zu oft auf einer Station, die überhaupt keine Verteidigungsmittel hatte, das Ziel gewesen waren.

Bet umklammerte sich mit den Armen. Ihr Herz schlug in einer eigenen Panik, die nichts mit den Gründen der Stationsleute zu tun hatte.

5. KAPITEL

Auf Thule dauerte es immer seine Zeit, bis man etwas ins Dock bekam — ein Minimum an Hilfsmitteln, eine kleine Station. Die Prozedur zog sich in die Länge, eine Folge von geheimnisvollen Kommunikationen zwischen dem Ankömmling und der Stationszentrale, dann wieder Stillschweigen, wenn die Computer der Station und des Schiffes miteinander sprachen und sich abstimmten. Das war normal. Die Stationsleute erkannten, daß der Ankömmling tatsächlich ankam, statt zu schießen, und das nahm ihnen ihre schlimmsten Ängste.

Also verlagerten sich die Aktivitäten auf die Docks. Die Menschen lösten sich ein bißchen von den verfügbaren Schirmen. Bet fuhr zum Lunch zu den Verkaufsmaschinen an den Aufzügen hinunter.

Die Büro-Typen sahen ihr nach — als sei plötzlich jeder, der nach einem Raumfahrer aussah, wichtig geworden, ob er von diesem Schiff kommen konnte oder nicht. Sie ignorierte die Blicke, holte sich ihre Chips, ihr Sandwich und ihr Soda, steckte die Chips in die Tasche und spazierte auf Thules kleines Dock Nummer Eins hinaus. Lichter flammten weiß auf der Kranbrücke und leuchteten die Stelle aus, wo die Dockarbeiter ihre Vorbereitungen trafen. Auf Thule funktionierte selten etwas auf Anhieb.

Bet zuckte angewidert die Achseln, sah sich diesen Hafen an, biß von ihrem Sandwich ab und trank zwischendurch von ihrem Sodawasser.

Verdammt, dieses Schiff war ein Problem, es war ein großes Problem, es konnte sie den Hals kosten. Wahrscheinlich war es tatsächlich von der Allianz, schließlich hatte sie in dieser Beziehung zwei Jahre lang kein Glück gehabt, aber ihr Herz schlug schneller, das Blut kreiste ihr durch die Adern, wie es das lange Zeit nicht mehr getan hatte. Das verdammte Ding konnte sie umbringen. Das verdammte Ding konnte der Grund werden, daß das Gesetz sie doch noch zu fassen bekam und sie auf links drehte und für Mallory festhielt. Trotzdem war ihr zumute, als sei ein Teil von ihr, während sie hier stand, bereits auf der anderen Seite dieser Mauer, bereits auf dem Schiff — und wenn es sie umbrachte, hatte es ihr immerhin für eine Weile dieses Gefühl gegeben.

»Scheiße«, murmelte sie, weil es ein ausgesprochen blödsinniges Gefühl war, das ihre Gedanken durcheinanderbrachte, so daß sie die Gerüche wahrnahm und die erhöhte Schwerkraft spürte, wenn das Schiff sich bewegte, und die Geräusche wieder hörte ...

Sie schluckte den letzten Bissen von ihrem Sandwich hinunter, sie betrachtete das Dock, und sie war hier, das war alles, und ihre Angst vor dem Sterben wurde größer und wurde geringer, sie wußte einfach nicht, warum.

Aber sie ging zu Nan zurück und stellte sich mit dem Rücken zu den Einheimischen auf der anderen Seite der Theke vor Nans Schreibtisch und erklärte: »Nan, ich muß es bei diesem Schiff versuchen.«

»Bet, es ist ein Randläufer. Wir erwarten einen Frachter — er müßte eigentlich schon da sein. Dieses Ding ...«

Als rede sie mit einer Drogensüchtigen, die einen Schuß in Sicht hat.

Aber: »Ich muß«, sagte Bet. »Ich muß, Nan.«

Aus Gründen, die sie ein bißchen verrückt machten, das war sicher, aber verrückt genug, daß sie den Nerv hatte — als seien die Bet Yeager, mit der es Nan und Ely zu tun gehabt hatten, und die Bet Yeager, die jetzt sprach, zwei verschiedene Personen. Immerhin war sie vernünftig genug, um zu ihren Freunden zurückzukehren, vernünftig genug, um es sich nicht mit den einzigen hilfsbereiten Menschen hier zu verderben, sollte die Sache schiefgehen.

»Sie reichen doch meinen Antrag ein?« fragte Bet. »Nan?«

»Ja«, brummelte Nan, und sie sah aus, als mache sie sich um Bet Sorgen, wie es in Bets ganzem Leben noch wenige getan hatten.

Bet ging.

Im Dock war allerhand los. Die stumpf gewordenen Oberflächen der Maschinen schimmerten unter dem Flutlicht, Mannschaften arbeiteten in Thules nachträglich für die Bedürfnisse eines modernen Sternenschiffes umgebauten Anlagen daran, die Verbindungen herzustellen. Es war kein Ort für Zuschauer. Es waren auch nur wenige da. Thules Bewohner erinnerten sich an Angriffe, an Leichen auf den Platten, an Schüsse, die durch den Qualm blitzten, und so hatten sich keine müßigen Gaffer eingefunden — nur die Leute, auf die Arbeit wartete, und der übliche Zollbeamte, mehr nicht.

Ausgenommen Bet, die sich im Schatten der Träger hielt, die Hände in den Taschen, und aufpaßte, was sich tat. Sie sog die eisige, nach Öl riechende Luft ein, sah zu, wie auf dem hellgrauen Monitor über der Pumpenkontrolle die Zahlen vorbeitickten, und fühlte sich für eine Weile lebendig.

Das ganze Dock donnerte von den zufassenden Greifern, hydraulische Kupplungen kreischten und quietschten, der Ladebaum stöhnte, und schließlich kehrte der Krach des Kontakts durch die Deckplatten zurück und fuhr den Zuschauern in die Knochen.

Es war ein weiches Andocken in Anbetracht der Winzigkeit von Thules Dockkegel und der hauchdünnen Außenwand des kleinen Thule — ein verdammt kitzliges Manöver, und ein weiterer Grund, warum das Dock im allgemeinen leer war. Es bestand die wenn

64

auch entfernte Möglichkeit, daß die Wand bei dem Zusammenstoß durchbrochen wurde. Aber ebenso möglich war es, daß eine Pumpe unter der Last oder aus Gott weiß welchem anderen Grund explodierte, es gab überall auf Thule Dutzende von Möglichkeiten, in Stücke gerissen zu werden. Heute passierte es nicht. Bet dachte, sie könne vielleicht — es war ein großes Vielleicht — eine Runde entlang den Verkaufsmaschinen machen und sich genug Essen kaufen und es da und dort in den Ritzen der Thule-Docks verstecken und wegzutauchen, wenn jemand entdeckte, was sich in Rittermans Schlafzimmer befand. Sie könnte dieses Schiff einfach ignorieren, auf die *Mary Gold* warten und hoffen, daß es ihr gelang, sich an Bord zu schwindeln, wenn und falls sie kam. Das war die verdeckte Karte, die sie zurückbehielt, wenn die *Loki* war, was sie befürchtete.

Aber die *Mary Gold* war zu einer kleinen Chance geworden, zu einem Nichts von einer Chance mit zu vielen Risiken.

Bet wartete, sie wartete zwei Stunden, bis das kleine Thule seine Versiegelungsprobleme gelöst und die *Loki* sicher an Ort und Stelle bugsiert hatte. Sie war sehr froh über die von Ritterman stammenden Kleidungsstücke unter dem Jumpsuit, die für die Kälte der Dockanlagen wie gemacht waren. Ihr Atem war immer noch als Wolke sichtbar, und die unbekleidete Haut wurde gefühllos. Bet behielt die Hände in den Taschen. Auf den Wellblechplatten hatte sich stellenweise Eis gebildet, und das leckende Siegel, aus dem Wasser oben auf die Kranbrücke tropfte, würde in fünf Tagen Dockzeit einen gewaltigen Eiszapfen erzeugt haben.

Schließlich rastete das Rohr ein, die Luke winselte und sprang auf und entließ dabei einen Hauch warmer, anderer Luft sowie ein bißchen Druck, und natürlich war der Zollbeamte der erste, der die Rampe hinaufstieg.

Bet fand im Winkel eines Trägers einen Platz zum Sitzen, so kalt es dort auch war, setzte sich und paßte auf, und schließlich kam der Zollbeamte wieder heraus.

Bet erschauerte. Sie hatte das Gefühl — Gott, wieder irgendwohin zu gehören, nur wie sie da draußen hockte und sich den Hintern abfror, ebenso wie bei einem Dutzend anderer Gelegenheiten, an die sie sich erinnerte. Und es war verdammt dumm, solche Gedanken aufkommen zu lassen. Es war selbstmörderisch.

Aber sie hatte keine Angst, da war bloß ein Flattern im Bauch, das ihr gesunder Menschenverstand und die Unsicherheit der Situation war. Sie hatte keine Angst, sie wartete nur darauf, ihren Hals zu riskieren, mehr nicht. Sie dachte darüber nach, wo sie gewesen war und wohin sie gehen konnte, und das war alles sehr weit weg von hier.

Sie hörte, daß sich die Innenschleuse von neuem öffnete, hörte jemanden kommen. Diesmal waren es zwei von der Crew, in Zivil, *kein* Militär. Ihr Herz schlug schneller und schneller. Die beiden trafen mit dem Dockchef zusammen, sie tauschten all die üblichen Redensarten aus.

Weitere Mannschaftsangehörige kamen herunter. Wieder in Zivil, nichts an ihrer Kleidung glich einer Uniform, sie hatten auch keine Familienähnlichkeit miteinander. Bet rieb sich die kalten Hände, stand von ihrem eingezwängten Platz zwischen den Trägern auf und stampfte das Gefühl in die Beine zurück. Dann steckte sie die Hände in die Taschen und ging auf das letzte Paar zu, das die Rampe verlassen hatte.

»Sie da!« rief ein Dockarbeiter.

Bet ignorierte das. Sie erreichte die beiden, nickte ihnen ein freundliches ›Hallo‹ zu — es waren ein Mann in der Wiederverjüngung und eine Frau auf dem Weg dahin, beide in braunen Overalls, nichts Auffälliges.

Arbeitskleidung. »Tag«, sagte Bet. »Willkommen im Hafen. Ich halte Ausschau nach einem Schiff. Habe ich eine Chance?«

Keine besonders freundlichen Gesichter. »Wir nehmen keine Passagiere«, antwortete der Mann.

Bet berührte die Tasche, in der der Brief steckte. »Maschinistin. Hier hängengeblieben. Mit wem muß ich sprechen?«

Ein langer prüfender Blick aus einem kalten, tief durchfurchten Gesicht, aus einem hohlwangigen weiblichen Gesicht mit einer auffälligen Brandwunde an der Schläfe.

»Sprechen Sie mit mir«, sagte der Mann. »Mein Name ist Fitch. Erster Offizier.«

»Jawohl, *Sir*.« Bet holte Atem und ließ die Hände wieder in die Taschen gleiten, fast als habe er ›Rührt euch!‹ gesagt. Verdammt, entspann dich! Das ist ein Zivilist, zum Teufel. »Mein Name ist Yeager. Von der *Ernestine*. Ich war das dienstjüngste Mannschaftsmitglied, und es mußte Personal entlassen werden. Da blieb ich hier, aber seit etwa sechs Monaten waren die Gelegenheiten, anderswo anzuheuern, rar.«

»Wir brauchen eigentlich niemanden«, sagte Fitch.

»Ich bin verzweifelt.« Bet spannte den Unterkiefer an, atmete flach. »Ich mache die Dreckarbeit. Ich verlange keinen Anteil.«

Eine lange analysierende Musterung vom Kopf bis zu den Füßen und wieder zurück — als schätze er das Gute und das Schlechte an dem, was er betrachtete, ab.

»Ich weiß nicht«, meinte Fitch endlich und wies mit einer knappen Geste auf die Rampe. »Sprechen Sie mit dem Kapitän.«

Bet war ganz erstarrt vom Stehen in der Schleuse, in dieser trockenen Kälte, die Wasserdampf in weißen Rauhreif auf den Oberflächen verwandelte und die

67

Knie steif machte, so daß sie ihr den Dienst verweigerten, als sie über die Schwelle in die düsteren Eingeweide der *Loki* trat. Im Ring (es sah aus, als gebe es nur einen Korridor) waren die Knie dann in der Schlotterphase angelangt, so daß Bet wie betrunken das enge Branddeck hinunterstolperte. Ein einziges Licht brannte, und abgesehen von den Luken, die wahrscheinlich in die unteren Laderäume führten, stand nur eine einzige Tür offen.

Bet erreichte sie, sah den blonden, ziemlich kleinen Mann hinter dem Schreibtisch. Einfacher brauner Jumpsuit. Durch die kardanische Aufhängung des Fußbodens war eine kniehohe Stufe entstanden. Bet blieb im Korridor stehen und rief hinauf: »Ich suche nach dem Kapitän.«

»Sie haben ihn gefunden«, antwortete der Mann und blickte von dem Schreibtisch auf sie herunter. Also stieg sie mit Hilfe des Zehenhaltes im Rand des Decks hinauf und duckte sich unter der Tür weg.

»Bet Yeager, Sir.« Fitchs Name hatte sie hineingebracht. Jetzt zitterte sie heftig, ihre Zähne versuchten zu klappern, nicht allein von der Kälte. »Maschinistin. Frachter-Erfahrung. Suche nach einer Heuer, Sir.«

»Sind Sie gut?«

»Jawohl, Sir.«

Ein langes Schweigen. Helle Augen musterten sie. Eine dünne Hand drehte sich mit der Fläche nach oben.

Bet faßte in die Tasche und zog ihre Mappe heraus. Sie gab sie ihm und bemühte sich, ihre Hand nicht zittern zu lassen.

Er öffnete die Mappe, faltete das Papier auseinander, las es ohne Ausdruck, sah auf die Rückseite, auf die letzten paar Unterschriften — das tat jeder. Faltete es wieder zusammen und gab es ihr zurück.

»Wir sind kein Frachter«, stellte er fest.

»Jawohl, Sir.«

»Und vielleicht sind Sie keine Raumfahrerin.«

»Doch, Sir.«

»Sie wissen, was wir sind?«

»Ich glaube schon, Sir.«

Ein sehr langes Schweigen. Dünne Finger drehten den Schreibstift immer wieder rundherum. »Welcher Rang?«

»Dritter, Sir.«

Wieder Schweigen. Der Schreibstift drehte sich weiter. »Wir bezahlen nicht nach Norm. Sie bekommen hundert pro Tag, wenn Sie ausscheiden. Punkt. Der Bordruf geht zehn Stunden vor dem Ablegen hinaus. Mein Name ist Wolfe. Irgendwelche Fragen?«

»Nein, Sir.«

»Das ist die richtige Antwort. Vergessen Sie es nicht. Sonst noch etwas?«

»Nein, Sir.«

»Bis dann, Yeager.«

»Jawohl, Sir«, sagte sie. Und zog den Kopf ein und ging, hinunter von dem Deck, den Korridor entlang, aus dem Schiff, immer noch wie betäubt.

Sie dachte darüber nach, ob sie in das Stellenvermittlungsbüro gehen solle. Sie hätte so gern einen Drink gehabt, sie wäre so gern mit ein bißchen Geld in der Tasche in den Dockanlagen umhergelaufen und in die Bars gegangen, um die Kälte aus den Knochen zu bekommen, aber sie war der *Loki*-Mannschaft fremd, und sie konnte Rittermans Karte nicht benutzen.

Deshalb kehrte sie in die Wohnung zurück und machte sich einen Steifen.

Die *Loki* war kein Frachter. Damit hatte der Kapitän die Wahrheit gesagt. Bet war immer noch erschüttert, die alten Nerven reagierten immer noch. *Loki war* kein Name, den sie kannte, aber der Name brauchte vor sechs Monaten nicht *Loki* gelautet zu haben oder ebenso wie vor einem Jahr. So, wie es von innen aussah, war das Schiff eins von den ganz, ganz alten, ein kleiner Zerstörer mit übergroßen Tanks da, wo die Geschosse hätten sein sollen, ein Ding, das von Natur aus übergroße Maschinenanlagen hat — an Tanks ist einfach zu kommen, sie sind leicht zu montieren, sogar auf einer unzulänglichen Werft wie Viking, die drei solche Schiffe gebaut hatte, von denen die Flotte wußte — Schiffe, die sich vor bestimmten Sprungpunkten auf die Lauer legten und dann mit den Informationen davonliefen.

Nur gab es keine feste Grenze, und die Spuks betätigten sich auf der einen wie auf der anderen Seite, und die Flotte hatte ihnen ebensowenig vertraut, wie es die Union getan hatte. Wenn man an einen Punkt kam, wo ein Spuk war, schaltete man ihn aus und stellte keine Fragen.

Dieser besondere Spuk gehörte also ganz offiziell zur Allianz. Die Freihändler hatten sich zu einem Boykott zusammengeschlossen, die Handelsschiffer hatten Pell übernommen, und jetzt kamen die Spuks, die die Stationen gebaut hatten, um informiert zu bleiben, an die Öffentlichkeit, versehen mit Papieren der Regierung und allem, was dazugehört.

Klar, daß der Kapitän wegen ihrer Papiere nicht heikel sein würde. Sollte dagegen jemand anheuern wollen, der gebügelt und geschniegelt und mit tadellosen Ausweisen versehen war, dann würde *Loki* unter Umständen wirklich bohrende Fragen stellen.

Bet trank Rittermans Wodka. Und versuchte, nicht daran zu denken, daß das, was sie vorhatte, ob das Schiff nun ein Spuk war oder nicht, beinahe ebenso schlimm war, als trete sie bei Mallory in Dienst. Sie mußte diese Impulse unterdrücken, die ihr zum Beispiel befahlen, strammzustehen, *Sir* und *Madam* zu sagen, die militärische Genauigkeit im Umgang mit ihrer Ausrüstung ...

Höchstwahrscheinlich waren sie Mallorys Spione — aber nicht bei Mallory, nicht zu legitim, da Spuks Informationen regelmäßig an jeden Bieter verkauft hatten. Und wenn sie auf dieses Schiff ging, war es, als wolle sie sich verstecken, obwohl sie deutlich sichtbar blieb. Wenn sie lernen würde, wie ein Spuk zu sprechen, sich zu bewegen, sich zu benehmen — dann konnte sie auf einem Spukschiff zurechtkommen, ganz sicher.

Gefährlich. Aber in mancher Beziehung weniger gefährlich, als auf einem im Aufstieg befindlichen Handelsschiff anzuheuern, dessen Crew voraussetzte, daß ein Händlerkind eine Menge wußte, über Standorte, auf denen sie nie gewesen war, vor allem über Frachtvorschriften und Stationsgesetze, Dinge, um die sie sich in ihrem bisherigen Leben noch nie hatte kümmern müssen.

Ein paarmal hatte sie ihren Platz ganz in der Nähe von *Afrikas* Altem gehabt. Die *Afrika* beherbergte zweitausend Soldaten in ihren Eingeweiden, und Porey steckte seine Nase selten da unten hinein, außer er ging mit ihnen, wenn sie ein anderes Schiff enterten. Porey war immer mittendrin, und als sie damals dicht neben ihm gewesen war — da hatte sie seine Kraft gespürt, sie hatte erkannt, *warum* er der Alte war und warum jeder sprang, wenn Porey es befahl. Porey war der verdammt kälteste Mensch, neben dem sie jemals gestanden hatte, und vielleicht lag es ja nur daran, daß sie so verzweifelt war und die *Loki* ihre einzige Hoffnung darstellte, auf die sie Alles oder Nichts gesetzt hatte, aber die Art, wie sich dieser Wolfe bewegte, wie er sprach, verriet Kompetenz, verriet Nüchternheit und daß er richtig gemein werden konnte und man bei ihm sehr vorsichtig sein mußte. Und das weckte bei ihr schlummernde Instinkte. Sie wußte genau, wie sie mit ihm dran war. Er würde einem einer Wette wegen den Hals abschneiden, aber wenn man ihm bewies, daß man gut war, konnte man mit einem solchen Kapitän prima auskommen.

Ein Spuk-Kapitän. Mit diesem Fitch war auch nicht leicht umzugehen. Die Frau, die bei ihm gewesen war, ließ sich bestimmt nichts gefallen. Auch das sagte einem allerhand über den Kapitän.

Bet goß sich das Glas noch einmal voll. Vielleicht, dachte sie, bin ich verrückt: Sie war sich nicht sicher, ob es nicht doch das Beste wäre, sich jetzt einfach unsichtbar zu machen, bis der Bordruf kam, in der Wohnung zu bleiben, überhaupt nicht mehr in das Stellenvermittlungsbüro zurückzukehren. Nur wollte sie Rittermans Karte aktiv halten, und sie wollte es nicht riskieren, daß irgendwelche Nachforschungen angestellt wurden, weil Ritterman sich nicht mehr rührte.

Fünf Tage würde es mindestens dauern, bis die Tanks der *Loki* gefüllt waren. Rechnete man die zehn Stunden ab, die der Bordruf früher ergehen sollte, waren es immer noch mehr als vier. Wenn sie so lange kein Aufsehen erregte, wenn sie ihren täglichen Gang zu den Verkaufsmaschinen und zurück in die Wohnung machte und sich sonst nicht vom Fleck rührte, dann konnte noch alles gut werden.

Sie mußte nur die Nerven behalten und den Computer überprüfen, ob Leihbänder zurückzugeben seien, oder andere Mitteilungen dieser Art vorlagen, auf die hin Ritterman etwas unternehmen mußte.

Vorerst holte sie Rittermans Dia-Sammlung hervor und ging sie durch. Solche Handelsartikel hatten wenig Masse und ließen sich leicht verpacken. Den Zollbehörden von Thule machten nur Waffen und Energiepacks und Messer und Rasierdraht und Sprengstoffe und so etwas Sorgen, Gebühren gab es überhaupt keine, auch keine Vorschriften, was alkoholische Getränke betraf.

Bet machte sich ans Packen, das heißt, vorerst an das Aussortieren.

Wie immer legte sie sich auf Rittermans Couch zum Schlafen nieder, sah sich einen Film an und betrank sich. Sie wachte mit Kopfweh und der glasklaren Erinnerung auf, daß sie eine Heuer hatte.

Es war die verdammt beste Nacht des letzten halben Jahres gewesen.

6. KAPITEL

Bet unternahm die morgendliche Reise zu den Verkaufsmaschinen, sie sättigte sich mit Chips und Sodawasser und den Käse-Sandwiches, die sie warm machte und mit Rittermtans Pickles und Soße ergänzte. Das war jetzt der zweite Tag. Sie blieb ansonsten in der Wohnung und sortierte alle Dinge in den vollgestopften vorderen Räumen danach aus, was es wert war, mitgenommen zu werden.

Sie überprüfte den Computer, sie trank, sie aß ein weiteres Käse-Sandwich zum Abendbrot, sie sah sich Pornobilder an und sie stopfte einen von Rittermans verwendbaren Pullovern. Sie räumte herum, sie stopfte, sie wusch, sie schrubbte alles, was nicht zurückschlug, aber der Teufel sollte sie holen, wenn sie Ritterman einen guten Ruf verschaffte, indem sie diese Höhle säuberte. Sie beförderte sein Zeug mit Fußtritten aus dem Weg und spülte nur das Geschirr ab, das sie benutzte.

Aber in dieser Nacht kam der Schlaf schwerer, und der Spiegel in der Wodka-Flasche sank beträchtlich, bevor sie Ruhe fand.

Immerzu dachte sie über die Ausreise nach und die eine Formalität, die es dabei gab. Dieser Zollbeamte mußte ihr ein Protokoll der Stationsaufzeichnungen über sie geben. Zur Zeit mochte sie schwer zu finden sein, da sie auf Rittermans Karte und in Rittermans Wohnung lebte und nicht einmal das Stellenvermittlungsbüro wußte, wo sie sich aufhielt, und nur Nan und Ely imstande waren, eine Verbindung zwischen ihrem Namen und ihrem Gesicht herzustellen — aber das alles änderte sich in dem Augenblick, wenn sie der Zollstelle auf dem Dock ihren vorläufigen Personalausweis aushändigen mußte und der Beamte die Information durch die Stationscomputer schickte, gleich von seinem Terminal aus, um sich zu vergewissern, daß sie die Person war, die zu sein sie behauptete.

Abgesehen von Waffen, war die Allianz nur in einem Punkt heikel, und das waren Personen, denn Mariner und Pan-paris hatten auf die harte Tour gelernt, daß Personen viel gefährlicher waren — die Sorte Personen, die unter falschen Namen und mit falschen Ausweisen kamen und gingen, auf Befehl von Leuten, die Parseks entfernt waren. Der Zoll bestand darauf, die Identitäten der Mannschaftsmitglieder zu überprüfen: Man hatte die ihre überprüft, als sie von der *Ernestine* nach Thule kam, und man würde sie überprüfen, wenn sie Thule verließ, um an Bord der *Loki* zu gehen.

Und wenn man nach ihr suchte, wenn man auch ihr unter hundert anderen Frauen Fragen wegen der Fingerabdrücke stellen wollte, wenn der Zollbeamte sich für die Kratzer in ihrem Gesicht interessierte ...

Bet grübelte, wie sie die Kontrolle umgehen könne. Sollte sie vielleicht die paar Bars auf Thule besuchen, die Männer der *Loki* ausfindig machen, mit einem davon schlafen und ihn beschwatzen, vorzeitig mit ihr an Bord zu gehen, so daß sie nicht überprüft würde? Wenn die *Loki* mitspielte ...

Aber noch mehr Angst als vor der Kontrolle hatte sie davor, etwas zu tun, das die *Loki* veranlassen würde, sie doch noch abzuweisen.

Außerdem brauchte sie Geld, um sich der Crew während des Landurlaubs anzuschließen, und sie hatte keins, und von einer Frau erwartete man, daß sie ihre Rechnung in der Bar selbst bezahlte.

Sie war bestimmt schon mit schlechteren Zukunftsaussichten eingeschlafen, aber Einsamkeit war eine neue Anfechtung. Immer wieder wanderten ihre Gedanken zu alten Schiffskameraden von der *Afrika*. Lebten sie noch? Lebte der Major noch, und mit wem mochte Bieji Hager jetzt schlafen?

75

Teo war tot. Zu kaltem Raum zerblasen. Ebenso Joey Schmidt und Yung Kim und tausend andere — zumindest.

Verdammte Mallory.

Und sie, Bet, war hier und hatte auf einem Spuk-Schiff angeheuert, einem, das sehr wohl unter dem Befehl von Mallory stehen mochte. vielleicht war es eine Bezahlung alter Schulden, wenn ihr die Mallory-Leute zum Schluß den Hals retteten. Sie stellte sich vor, wie Teo den Kopf schüttelte über das, was sie tat, doch Teo würde sagen: Ach was, Bet, Tote zählen nicht. Und Teo würde es ihr nicht verübeln.

Sie drehte sich auf den Bauch und versuchte, nicht zu denken, Punkt, versuchte, wegzusacken, nichts zu sein, nirgendwo zu sein, wie sie es gemacht hatten, wenn der Druck gleich ansteigen und die Geschosse losfliegen würden und man ein einfacher Soldat im Zwischendeck eines Truppentransporters war. Man ließ es einfach über sich ergehen. Sollten die Spezialisten dafür sorgen, daß das Schiff nicht getroffen wurde.

Verdammt richtig.

Vierter Tag. Bet stand auf, stolperte durch die Unordnung in der Wohnung und schaltete an Rittermans Schirm den Nachrichtenkanal ein, um zu sehen, für wann der Bordruf festgesetzt war. Haupttag 21.00, hieß es. Tanks zu 97 % gefüllt.

Gott sei Dank, Gott sei Dank. Die *Mary Gold* war da, die *Mary Gold* war während der Nacht im Thule-System angekommen, und der Schirm teilte mit: Keine Veränderung. Das bedeutete, die *Mary Gold* näherte sich langsam, trödelte herum, und wahrscheinlich war ihre Crew verflucht wütend und verzweifelt. Die Leute hatten mit einer schnellen Weiterfahrt gerechnet und mußten sich jetzt mit einer Verspätung von Wochen abfinden — während die Bewohner der Station von

76

Bryants Stern, dem nächsten Haltepunkt auf der Route der *Mary Gold*, wichtige Versorgungsgüter einen Monat zu spät bekommen würden, ebenso wie alle anderen in den nächsten Häfen. Eine kleine Abweichung vom Fahrplan an einem Ort wie Pell, einer großen, modernen Station, das war nichts. Aber hier ...

Die Frage war, aus welchem Grund die *Loki* Vorrang hatte, ob sie einfach von ihrem Recht Gebrauch machte und sich einen Dreck um die Stationen und die entstehenden Schwierigkeiten kümmerte oder ob sie etwas Dringendes vorhatte.

Und Dringlichkeit bedeutete bei dieser Art von Schiff ...

Bet dachte an die *Afrika*, sie dachte an die Möglichkeit, daß sie sich bei einem Feuergefecht auf der falschen Seite wiederfinden würde.

Daß sie zusammen mit einem Spuk zur Hölle fuhr, das würde passieren. Hinbefördert von ihrem eigenen Schiff, ihren eigenen alten Schiffskameraden.

Sie schob Gedanken dieser Art beiseite, sie frühstückte ihre Chips, sie saß da und las, und sie sah nach, welche Botschaften im Computer waren.

Werbung, nichts als Werbung, wie immer. Kein einziger Anruf für Ritterman, in der ganzen Zeit, die sie hier war, nichts als diese überfälligen Bänder.

Ein beliebter Mann.

Endlich machte Bet sich ernsthaft ans Packen. Sie hatte es hinausgeschoben, wie sie Dinge, die sie sich zu sehr wünschte, immer hinausschob. Sie verputzte einen weiteren Beutel Chips, sie duschte, sie schnitt ihr Haar nach, und dann suchte sie ihre persönlichen Habseligkeiten zusammen, das Letzte, das Allerletzte, was in den Matchsack kommen sollte.

Der Türsummer ertönte.

Bet erstarrte. Sie stand da im Bad und atmete noch, mehr aber auch nicht, und hatte Angst, es sei jemand mit einem Schlüssel. Und wenn, ja, dann konnte Rico bezeugen, daß sie mit Ritterman zusammen gewesen war. Sie hatte die Wohnung aufgesucht, als es feststand, daß sie Thule verlassen würde — sie hatte ihr Zeug hier untergestellt, sie hatte Ritterman seit Tagen nicht mehr gesehen, nie danach gefragt, wo er steckte, er hatte immer gesagt, komm einfach herein ...

Es wurde ein zweitesmal auf den Türsummer gedrückt.

Ein drittesmal.

Aber wer das auch war, er ging weg.

Bet stieß den angehaltenen Atem aus. Und brachte ihren kleinen Beutel mit persönlichen Dingen ins Wohnzimmer, packte fertig. Wieviel Uhr war es?

15.27.

Das Telefon piepte.

Gott. Von neuem hielt Bet den Atem an, bis der Anrufer aufgab.

Sie stand da, wußte nicht, wie sie gehen sollte, wohin sie gehen sollte, nur *schnell* mußte sie gehen, schnell und zielbewußt, und wenn jemand draußen im Flur oder unten am Aufzug wartete und aufpaßte, wer herauskam ...

O Gott, sie hatte im Stellenvermittlungsbüro Ricos Bar als Adresse angegeben.

Wenn irgendwelche Leute in Ricos Bar nach ihr gefragt hatten, wenn Rico ihnen erzählt hatte, eine Frau mit einem blaugeschlagenen Auge sei mit Ritterman weggegangen, wollte man möglicherweise *sie*, nicht Ritterman finden ...

Und Ritterman würden sie bestimmt finden, sobald sie einmal in der Wohnung waren.

Bet sah in ihren Taschen nach, ob sie die Karte auch sicher verwahrt hatte, nahm den Matchsack und ging mit klopfendem Herzen den schäbigen Metallflur zum Aufzug hinunter.

Niemand. Gott sei Dank.

Sie ließ die Karte neben dem Aufzug hinter eine lose

Fußbodenleiste gleiten. Nun befand sie sich nicht mehr in ihrem Besitz, falls sie durchsucht werden sollte, und war doch an einem Ort, wo sie sie holen konnte, wenn sie sie brauchte — die Stelle hatte sie sich schon vor zwei Tagen ausgesucht. Sie fuhr zu den Dockanlagen hinunter, sie verließ die Kabine, sie benahm sich ganz normal. Falls man ihre Spur nicht schon bis zur *Loki* verfolgt hatte, falls es ihr gelang, durch das Dock und an Bord zu kommen, falls sie sich auf Thules übliche Untüchtigkeit verlassen konnte ...

Bis zum Bordruf kamen und gingen immerzu welche von der Crew, irgendwer hatte etwas vergessen, irgendwer mußte umkehren, weil er noch etwas mit dem Zahlmeister zu regeln hatte. Andererseits war ein Schiff nicht erpicht darauf, daß andere Leute als die von der eigenen Crew seine Schleuse passierten, vor allem in einem solchen Drecksshafen. Deshalb ging der Zoll davon aus, daß ein Schiff ein starkes Motiv hatte, seine Eingänge zu bewachen, und kümmerte sich bis zum letzten Augenblick nicht darum — jedenfalls hielt es der Zoll auf Thule so. Es gab nur diese Ausreiseformalität, wenn das Schiff Passagiere mitnahm ...

Und Schiffe ließen frisch angeheuerte Leute normalerweise erst herein, wenn der Bordruf ergangen war und sich Mannschaftsangehörige an Bord befanden, die sie im Auge behalten und dafür sorgen konnten, daß sie sich anständig benahmen.

Es war jetzt 16.00. Bet war fünf Stunden zu früh dran.

Sie ging auf den Liegeplatz und auf die Lichter zu, und die ganze Zeit dachte sie, daß die Stationspolizei es gar nicht nötig hatte, sie auf dem langen Weg über Nan und Ely bis zu Ricos Bar und zu Ritterman zu verfolgen. Denn schließlich *wußte* man, daß sie Raumfahrerin war. Sie stand auf der Liste des Stellenvermittlungsbüros, Nan und Ely konnten diese Tatsache nicht abstreiten, selbst wenn sie bereit wären, für sie zu lü-

gen, und selbst wenn Nan nicht die Hälfte von dem erzählte, was ihr bekannt war. Sobald ein Polizist anfing,
nach ihr zu suchen, brauchte er nur eine einzige funk-
tionierende Gehirnzelle, um auf die Idee zu kommen,
daß ein Schiff im Hafen lag, zu dem Bet ihre Schritte
lenken würde.

Verdammt, eine Frau *durfte* nicht dafür verhaftet
werden, daß sich ihre Fingerabdrücke in einer verdammten Damentoilette befanden.

Na gut, dachte sie, während sie sich der Schiffsram-
pe näherte, diesem dunklen Gewirr aus Linien und
Kranbrückenstreben und dem Irrgarten aus Pumpen-
häusern und Pfeilern, *na gut, Bet Yeager, sollte etwas
schiefgehen, hat es keinen Sinn, den Polizisten die Köpfe einzuschlagen. Es gibt so viele davon, daß sie doch durchsetzen,
was sie wollen. Nehmen sie dich fest, gehst du mit ihnen,
spielst die Unschuldige, du bringst sie dazu, daß sie Nan rufen, ja, das ist das Richtige, Nan hat gesunden Menschenverstand — ihr könnte es gelingen, die Sache so auszudeu-
ten, daß man dir nichts anhaben kann . . .*

Sie ging bis zu der Arbeitszone und hatte den Fuß
schon auf der Rampe, als eine Stimme brüllte: »Sie
da!« Blitzschnell unterdrückte sie den Impuls, die Rampe hochzurennen, wobei sie einen Schuß in den Rükken riskiert hätte, und sagte sich vernünftig, daß die
Schleuse der *Loki,* selbst wenn sie so weit kommen
sollte, geschlossen sein würde. Unter gar keinen Umständen würde man sie weit offen lassen, damit die
Kälte des Docks eindringen konnte.

»Ich gehöre zur Crew«, sagte sie zu den Männern,
die sich ihr näherten — das waren keine Dockarbeiter,
das waren ganz bestimmt Typen von oben. »Ich gehöre
zur Crew der *Loki.* Muß etwas an Bord bringen. Warum die Aufregung?«

»Elizabeth Yeager«, sagte der eine und zeigte ihr einen Ausweis. »Wir möchten Ihnen ein paar Fragen
stellen — oben.«

»Wieso? Ich erwarte in zwei Stunden meinen Bordruf!«

»Sie werden ihm folgen können, sobald Sie die Justizbehörde zufriedengestellt haben. Wir haben ein
paar Fragen, das ist alles.«

»Über was?«

»Kommen Sie mit, Miss Yeager.«

»Teufel! — Dann muß ich jemanden anrufen. Nur eine Minute.«

»Keine Anrufe, Miss Yeager. Sie können jeden, den
Sie wünschen, oben benachrichtigen.«

Bet sah sich die beiden an. Ein flüchtiger irrationaler
Impuls drängte sie, ihr Glück zu versuchen, loszuren-
nen, ihnen in den Dockanlagen aus den Augen zu
kommen, sich zur Mannschaft durchzuschlagen. Aber
der bereits gefaßte Entschluß hatte in einer Krise mehr
Gewicht, hatte es immer. Man machte einen Plan, und
besonders dann, wenn es zum Schlimmsten kam, hielt
man sich daran, man durfte vor allen Dingen nicht die
Nerven verlieren und etwas Dummes tun. »Gut«, sagte
sie und schwenkte die Hand gegen die Aufzüge an der
anderen Seite der Dockanlagen. »Gut. Bringen wir diese Sache in Ordnung.«

Sie war jedoch am Rand einer Panik. Jetzt war sie
sich gar nicht mehr sicher, ob das, was sie sich zu tun
vorgenommen hatte, richtig war. Sie mißtraute automatisch gefaßten Entscheidungen, sie wollte erst nachdenken, sicher sein, aber, o Gott, sie saß in der Patsche, das wußte sie nur zu genau, und das bedeutete,
daß sie es mit Stationsleuten zu tun bekam. Und Stationsleute handelten nach Regeln, die keinen Sinn er-
gaben, jede Station war in dem, was sie erlaubte und
wie sie funktionierte, exzentrisch und nicht voraussagbar.

Sie kannten also ihr Gesicht. Das bedeutete, sie hatten ihr Bild von der Karteikarte genommen, von dieser
Karte, die sie ausgefüllt hatte, als sie die Formalitäten
der Einwanderung nach Thule erfüllen mußte und ihre

vorläufige Karte bekommen hatte. Sie hatten ihre Fingerabdrücke, sie hatten eine Raumfahrerin mit einem blauen Auge und einer Menge Kratzer, und sie hatten eine sehr tote Leiche in einem Zimmer, in dem sie letzten Endes noch viele weitere Fingerabdrücke von ihr finden würden ...

Das würde Zeit kosten. Die Frage, die erste Frage war, ob sie die Tür dort aufbrechen würden, ob sie die Verbindung zu Ritterman überhaupt hergestellt hatten, ob sie im Augenblick die Macht hatten, sich von der Justizbehörde der Station einen Haftbefehl ausstellen zu lassen, mit dem sie sie ins Krankenhaus bringen und unter Beruhigungsmitteln verhören konnten.

Danach würden zwei Tote eins ihrer kleineren Probleme sein.

Die beiden Männer führten Bet einen weiten Weg quer über die Docks, bestiegen mit ihr einen für Dienstgebrauch reservierten Aufzug und schossen geradenwegs zu Thules kleinem Abschnitt Blau hoch. Dann ging es nur noch ein Stockwerk nach oben und einen Korridor entlang zu angsteinflößenden kleinen Büros.

»Ausweis«, befahl der Beamte am Schreibtisch, und Bet reichte ihm ihre vorläufige Karte. »Papiere«, verlangte er als Nächstes, was ihr mehr Furcht einjagte als alles andere. Dieser kleine Aktendeckel war alles, was sie hatte. Aber sie hatten das Recht, danach zu fragen, und sie hatten das Recht, ihre Papiere zurückzubehalten, bis sie zufriedengestellt waren. Sie sagten, sie würden ihren Matchsack hinter dem Schreibtisch aufbewahren, da sei er in Sicherheit. Sie forderten Bet auf, sich hinzusetzen, und ließen sie einen Fragebogen ausfüllen, der Punkte enthielt wie: *Gegenwärtige Anschrift* und *Augenblickliches Arbeitsverhältnis* und Letztes davorliegendes Arbeitsverhältnis: Datum.

Sie bohrten tiefer und tiefer. Sie wollten Dinge wissen, die Bet nicht beantworten konnte — zum Beispiel,

wie der Saldo ihres Kreditkontos aussehe und wo Quittungen seien, die bewiesen, daß sie seit dem Verlassen der *Ernestine* Bargeld ausgegeben habe.

Sie wollten, daß sie Stationsleute als Referenzen nannte. Sie gab die Namen von Nan und Ely an.

In ihrer Verzweiflung behauptete sie, bei Nan gewohnt zu haben. Vielleicht deckte Nan sie. Etwas anderes war ihr nicht eingefallen.

Gott, wenn sie die genaue Anschrift nennen sollte ... Nan wohnte in Grün, Bet erinnerte sich, daß Nan und Ely einmal darüber gesprochen hatten.

Geschätztes Einkommen in diesem Monat, stand da. Bet rechnete und schrieb hin: *25 Cred*.

Sie hatte aufaddiert, was sie aus Ritterman, aus dem Dockarbeiter, aus Ely herausgeholt hatte. Sie mußte lügen, aber ihr sprang die nächste Frage ins Auge, und die bot einen Fluchtweg aus sämtlichen Fallen.

Andere Einkommensquellen.

Nan Jodree, schrieb Bet. *Zimmer und Verpflegung, auch Bareld für Putzen und Botengänge.*

Sie sah auf die Uhr. *17.10.* Sie schwitzte. Die letzte Antwort machte sie zu einer Legalen. Wenn Nan ihr Rückendeckung gab — und sie setzte einiges Vertrauen darauf, daß Nan es tun würde —, konnte man sie nicht mehr wegen der wahrscheinlichsten Anklage des illegalen Verbrauchs festhalten, und unter dieser Anklage würde man sie festhalten wollen, bis alles andere überprüft war.

Falls es auf Thule legal war, für Privatpersonen zu arbeiten.

Falls Nan nicht in Panik geriet und/oder auf eine Fangfrage hereinfiel und sie, ohne es auch nur zu wissen, in die Pfanne haute.

Sie nahmen den Fragebogen, sie sahen ihn sich an, und dann forderten sie Bet auf, in ein Verhörzimmer zu gehen — »um ein paar Fragen zu beantworten«, sagten sie.

»Ich habe sie beantwortet!«

»Miss Yeager ...«, die Männer hielten die Tür auf.

Bet mußte sich an einen Tisch setzen, die Männer setzten sich ihr gegenüber und stellten ihr Fragen wie: »Was haben Sie mit Ihrem Gesicht gemacht, Miss Yeager?«

»Schlägerei mit einem Betrunkenen«, antwortete sie, genauso, wie sie es Terry Ritterman erzählt hatte.

»Wo?«

»Dock Grün«, sagte sie.

»Wann?«

Darin mußte sie ehrlich sein, das Auge machte es offenkundig, und möglicherweise erinnerte Rico sich, an welchem Tag sie aufgetaucht war. »Letzte Woche. Den Tag weiß ich nicht mehr.«

»Mittwoch?«

»Weiß nicht. Könnte sein. — Hören Sie, ich muß mein Schiff anrufen. Ich habe das Recht, mein Schiff anzurufen ...«

Sie fragten: »Wie lautet Nan Jodrees Anschrift?«

Und Bet, die plötzlich wie ein Handelsschiffer dachte, erklärte: »Ich habe das Recht, meinen Kapitän anzurufen.«

»Wie heißt er?« fragten sie.

»Wolfe!« Das war die erste Antwort, die sie mit absoluter Sicherheit gab.

Aber dann kehrten sie zu den ersten Fragen zurück.

»Ich brauche Ihnen nicht zu antworten«, sagte Bet. »Ich habe Ihnen das schon einmal beantwortet. Rufen Sie meinen Kapitän an.«

»Möchten Sie vor den Richter kommen?«

Zivilisten-Recht. Allianz-Recht. Das Recht der Stationen und Richter und Krankenhäuser, wo sie die Wahrheit aus einem herausholten. Wo *niemand* verschweigen konnte, was er jemals getan oder zu tun beabsichtigt hatte. »Ich brauche nicht mit Ihnen zu reden, ohne daß mein Kapitän davon weiß.«

»Na, na«, sagten sie, »Sie gehören noch nicht zur Crew, Sie haben die Ausreise-Formalitäten noch nicht erfüllt.«

»Ich gehöre zur Crew der *Loki*, und ich habe das Recht, meinen Kapitän zu benachrichtigen!«

»Nein, das Recht haben Sie nicht«, sagten sie. »Sie können einen Anwalt zuziehen, das ist das einzige, was Ihnen erlaubt ist.«

»Dann ziehe ich den juristischen Stab der *Loki* hinzu.«

Das stopfte ihnen den Mund. Sie gingen hinaus und berieten sich, vielleicht darüber, was sie jetzt tun sollten, vielleicht darüber, welche Möglichkeiten sie hatten oder ob sie gezwungen waren, dieses oder jenes zu unternehmen. Bet hatte keine Ahnung.

Sie diskutierten heftig. Dann gingen drei von ihnen und ließen Bet in diesem Loch von einem Zimmer, das ein einziges großes Fenster hatte, zurück. Einer stellte sich an die Tür.

Bet wußte nicht, was sie vorhatten. Vielleicht setzten sie sich jetzt mit Nan in Verbindung.

Vielleicht riefen sie endlich Wolfe an, der unmöglich erfreut darüber sein konnte, einen Anruf dieser Art von einer frisch Angeheuerten zu bekommen.

Man hatte sie nicht durchsucht. Bet schloß daraus, daß sie noch nicht richtig verhaftet war. Sie besaß also die Rasierklinge noch. Daran dachte sie, als sie da saß. Sie dachte, daß Wolfe nur einen Katzensprung von Mallory persönlich entfernt war, wenn Wolfe sich mit ihrem Fall befaßte — wenn ein Gerichtsbeschluß erging, sie unter Beruhigungsmitteln zu verhören, und man herausfand, wer sie war. Aber das konnte nicht passieren, außer es wurde in aller Eile und im letzten Augenblick zwischen dem Bordruf und dem Ablegen Anklage erhoben, wenn die *Loki* fort mußte, um das zu erledigen, was so dringend war, daß sie Vorrang vor einem ehrlichen Frachter hatte und sämtliche Stationen auf dem Fahrplan dieses Frachters in eine Notlage bringen durfte.

Bet konnte durch das Fenster die Uhr draußen sehen. Es wurde 17.45 und 18.00 und 18.30, und schließlich stand sie auf und versuchte, die Tür zu öffnen, um mit dem Mann draußen zu sprechen. Aber die Tür war verschlossen. Sie schlug mit der Faust gegen die Metallfüllung.

»Ich muß an Bord!« schrie sie. Der Mann draußen antwortete nicht, zeigte überhaupt kein Interesse, und so kehrte Bet zu ihrem Stuhl zurück, setzte sich wieder, fuhr sich mit der Hand durchs Haar und geriet bedenklich nahe an den Rand der Panik.

Sie hoffte, auch wenn es sonst nichts zu hoffen gab, sie hatten Nan angerufen und Nan oder Ely hatte ihr Rückendeckung gegeben und Nan oder Ely werde durch diese Tür kommen und ihre Partei ergreifen, irgend etwas Kluges tun, sie freibekommen. Wenigstens konnten diese beiden Wolfe für sie anrufen, wenn es sonst keiner tun wollte.

Aber als sich die Tür öffnete, stand dort weder Nan noch Ely. Es waren Sicherheitsleute in Uniform.

»Bet Yeager«, sagte einer, »Sie sind verhaftet.«

»Weswegen?« fragte sie, ganz Entrüstung.

»Wegen Mordes an einem gewissen Eddie Benham, wegen Mordes an einem gewissen Terrence Ritterman ...«

»Terry ist nicht tot!« schrie sie zurück. Sie hatte sich darauf vorbereitet, während sie da gesessen hatte. »Ich habe heute nachmittag meine Sachen aus seiner Wohnung geholt! Und einen Eddie Benham kenne ich nicht!«

»Sie haben Ihre Sachen dort abgeholt. Den Matchsack im Vorzimmer? Sie sagten, sie hätten bei einer Miss Jodree gewohnt.«

»Habe ich auch. Ich habe dort gewohnt. Ich habe meine Sachen bei Ritterman gelassen. Ich hatte mir einen Fünfziger von ihm geliehen, ich habe versucht, ihm das Geld zurückzuzahlen!«

»Mr. Ritterman ist tot. Sie sind nicht ins Schlafzimmer gegangen?«

»Nein, ich bin nicht ins Schlafzimmer gegangen! Wie käme ich dazu, in irgend jemandes Schlafzimmer zu gehen?«

»Das ist eine der Fragen, die wir Ihnen stellen möchten, Miss Yeager.«

»Ich will meinen Anwalt!«

»Leeren Sie Ihre Taschen auf den Tisch, bitte.«

Sie dachte daran, sich zu weigern, sie dachte daran, zwei Sicherheitsleute niederzuschlagen, und ebenso wie auf den Docks kam sie wieder davon ab. Sie leerte ihre Taschen. Zum Vorschein kamen ein Ein-Cred-Schein und die Rasierklinge. Sie legte beides auf den Tisch.

Man führte sie den Flur hinunter und steckte sie in Untersuchungshaft. Sie widersetzte sich nicht.

Dann saß sie da, starrte die Tür an und redete sich ein, Nan könne jede Minute erscheinen, bestimmt hatte man inzwischen mit Nan geredet, und Nan würde kommen und die Leute von der Rechtsabteilung auf eine Weise behandeln, die allein eine Stationsbewohnerin kannte.

Und sie würde Nan sagen, nur der Schein spreche gegen sie, sie würde Nan alles erzählen — wenigstens die Sache mit Ritterman und dem anderen Kerl, und Nan würde das verstehen, Nan würde bestätigen, sie sei keine illegale Verbraucherin gewesen. — Und der Stationsmeister von Thule würde sich persönlich bei ihr entschuldigen und ihr außerdem tausend Cred geben, aber sicher würde er das tun, so funktionierte die Justiz einer Station, das wußte jeder in der Flotte, ebenso wie jeder wußte, daß es von Stationsleuten Dank für erwiesene Gefälligkeiten gab oder ein Denkmal für die Toten der Flotte oder ein kleines bißchen

Unterstützung von den Handelsschiffern, die ständig Kriegslieferungen und Nachrichten hinüber und herüber geschmuggelt und dann Piraterie geschrieen hatten, weil die Flotte sich auf die einzige ihr mögliche Art selbst versorgte — ohne die verdammte Hilfe der Stationen oder der Händler und erst recht nicht der Erde.

Sie konnte Mallory immer noch um einen Posten auf der *Norwegen* bitten. Und wenn sie schon einmal dabei war, konnte sie sich um ein Offizierspatent in der Allianz bewerben.

O Gott!

Jetzt war es 19.00 vorbei, 20.00 vorbei. Bet lief hin und her und studierte die Schwielen an ihren Händen und die Fliesen des Fußbodens. Sie spürte den Schmerz in ihrem Magen, der eigentlich Hunger war, nur daß sie doch nichts hätte bei sich behalten können.

Endlich öffnete sich die Tür, und da war wieder ein Sicherheitsmann.

Und Fitch. Gott, es war Mr. Fitch.

»Das ist sie«, sagte Fitch zu dem Sicherheitsmann. »Lassen Sie sie unterschreiben.«

Bet starrte ihn an. Der Sicherheitsmann winkte ihr, und sie kam, und Fitch faßte sie für eine Sekunde am Arm, als sie an ihm vorbei durch die Tür ging, und sagte: »Sie stecken bis zum Hals in Schwierigkeiten, Yeager.«

Aber sie wußte nicht, wohin sie sonst gehen sollte, als ein Stationsanwalt auftauchte und ihr auseinandersetzte, sie habe die Wahl: Sie könne entweder auf der Station bleiben oder sich mit der Auslieferung an die *Loki* einverstanden erklären, und in letzterem Fall werde über ihren Fall nach dem Kriegsrecht der Allianz entschieden.

Bet dachte an den kleinen Raum da hinten, sie dachte an das Dock und das Schiff und die Notwendigkeit, von Thule wegzukommen, sie dachte für ein paar lange Atemzüge an Mallory und daran, was geschehen könne, wenn sie sich Wolfe gegenüber irgendwie verriet und Wolfe dahinterkam, was sie wirklich war.

Aber früher oder später würde es auf das gleiche hinauslaufen, wenn die Stationsleute mit ihrer Befragung unter Beruhigungsmitteln anfingen, und in der Loki sah sie ihre einzige Chance.

»Geben Sie mir das Papier.«

»Ist Ihnen klar«, fragte der Stationsanwalt, »daß Sie, wenn Sie dies unterschreiben, jeden Anspruch auf einen Prozeß unter der Zivilgerichtsbarkeit und damit auch die Möglichkeit einer Berufung aufgeben? Das Kriegsrecht kennt die Todesstrafe.«

Bet nickte. Ihr Magen verkrampfte sich, sie war verrückt vor Angst. Sie schrieb ihren Namen *Elizabeth A. Yeager* hin und reichte dem Stationsmann das Papier.

Fitch faßte ihren Arm. »Ich habe einen Matchsack dabei«, sagte Bet, und Fitch rief einen weiteren Mann von der *Loki* aus dem äußeren Büro. Man legte ihr Handschellen an. Fitch und der Mann von der *Loki* führten sie in den Korridor von Abschnitt Blau hinaus und zum Aufzug.

Alles ging kühl und ruhig vonstatten. Fitch sprach kein Wort, und Bet sagte sich, unter diesen Umständen sei Schweigen das Beste. Der Aufzug fuhr zum Dock hinunter. Bet starrte die Tür an. Dann ging sie zwischen Fitch und dem Mann von der Crew übr die Docks, hinüber zum Liegeplatz der *Loki*. Offenbar hatte der Zollbeamte Bescheid bekommen, denn es wurde kein Einspruch erhoben, als sie die Rampe hochstiegen und im Rohr verschwanden.

Sie kamen an die Schleuse, und Fitch öffnete sie. Fitch faßte Bet beim Arm und brachte sie ins Innere.

»Verstauen Sie das«, befahl Fitch dem Mann, der den Matchsack trug. Er stieß Bet mit dem Rücken gegen die Wand. »Haben Sie mir etwas zu sagen?« fragte er.

90

»Ich danke Ihnen, Sir.«

Fitch stieß sie ein zweitesmal zurück. »Sie sind ein verdammtes Problem, Yeager. Jetzt schon bedeuten Sie für dieses Schiff ein Problem. Ist Ihnen das klar?«

»Jawohl, Sir.« Sie erwartete halb und halb, er werde ihr in den Unterleib boxen. Oder ihren Kopf gegen die Wand knallen.

Aber Fitch sagte nur: »Sie wissen es also.« Und riß sie am Arm herum und zog sie den Korridor entlang bis zu der ersten mit einem Schnappschloß versehenen Tür.

Der Laderaum, dunkle Zickzack-Reihen, die Gott weiß wie weit nach hinten liefen.

Oh, Scheiße! dachte Bet. Fitch schob sie hinein und schloß die Tür.

Bet tastete die Wand neben der Tür mit den Händen ab. Sie fand eine Anzahl von Schaltern, doch keiner funktionierte. Einen Com fand sie nicht. Nichts hatte Strom, es lief nicht einmal die Ventilation, soviel sie hören konnte. Alles mußte mit dem Hauptschalter lahmgelegt worden sein.

Sie lehnte sich gegenüber dem Eingang an die Wand aus Schränken und nahm in völliger Dunkelheit eine schnelle geistige Orientierung vor. Wo war die Schiffsachse ...

Wie Fitch es gesagt hatte — ein Problem. Sie war ein Problem.

Fitch war stinkwütend auf sie, aber sie hatte nicht den Eindruck, daß er zu Mazian gehörte. Vielleicht wußte Fitch gar nichts über die Tatsache hinaus, daß der Kapitän eine frisch angeheuerte Kraft aus dem Stationsknast herausgeholt und an einem sicheren Ort auf dem Schiff eingesperrt haben wollte.

Wolfe selbst wußte möglicherweise auch nicht mehr.

O Gott, wenn es eine Chance gab, hier wegzukommen, wenn es eine Chance gab, daß ein Spukschiff dermaßen verzweifelt nach Leuten suchte ...

91

Versuchsweise stemmte sie einen Stiefel gegen die Tür gegenüber, um festzustellen, ob genug Platz war. So gerade eben.

Nach langer Zeit hörte sie den Sicherungsalarm.

Und jetzt gab es kein Zurück mehr, weder lebendig noch tot. Klarer hätte es auch der Stationsanwalt nicht ausdrücken können.

Man stand es durch, das war alles, man hielt es aus, so gut es ging. Das war vielleicht eine faire Chance, die dieser Hurensohn ihr gegeben hatte, die Art von Loch, die man benutzte, wenn man in einem langen Korridor vom Sicherungsalarm überrascht wurde, ein enger Raum, eine Lücke, in die man sich einkeilte. Die übergroßen Maschinen der *Loki* feuerten, und nachdem der gewaltige Andruck versucht hatte, Bet die Nieren durch den Magen zu treiben, und ein zweiter ihren wunden Schädel gegen einen metallenen Schrank knallte, biß sie nur noch die Zähne zusammen und versuchte, sich in dem Loch zu halten und nicht wegzurutschen, denn wenn sie aus dem Zentrum geschoben wurde, stand ihr eine sehr unbequeme Fahrt bevor, und wenn sie links wegglitt, würde sie tief, tief hinunterfallen.

Schließlich bewegte sich die *Loki* ruhig mit einem ge plus Antrieb dahin. Bet lag mit dem Gesicht nach unten auf den Schränken, die eine Weile das Deck sein würden, und hielt für den Fall von Gott-weiß-was den Fuß eingestemmt.

Irgendwann würde Fitch jemanden herschicken. Irgendwer würde kommen, bevor das Schiff sprang. Irgendwer würde ihr die Medikamente geben, die man im Hyperraum brauchte, ohne die man so gut wie tot war.

Ohne sie begriff man nicht, wo man war, und man fand den Rückweg nicht, es gab keine Möglichkeit, zu verarbeiten, was der Verstand und die Sinne nicht fähig waren zu erfassen.

Es war ein Weg, sich ein Problem vom Hals zu schaffen. Dazu war nichts weiter notwendig als ein bißchen Durcheinander in der Befehlsübermittlung. Und hier drinnen gab es keinen Com.

Irgendwer muß sich doch erinnern, daß ich hier unten bin, verdammt noch mal!

Sie riskierte es, sich den Schädel einzuschlagen, indem sie noch einmal die Schalter ausprobierte, die jetzt über ihrem Kopf waren. Nichts. Die Beschleunigung zerrte an ihren Armen, machte sie schwindelig, ließ ihr die Knie schwach werden. Sie legte sich hin und stemmte von neuem einen Fuß gegen die Tür.

Nur ruhig, redete sie sich zu. Es würde schon irgendwer kommen. Auf einem Schiff, das sich auf einen Sprung vorbereitet, gibt es verdammt viel zu tun, das war alles. Jemand wie Fitch machte sich nicht die Mühe, in die Station zu gehen und ein einfaches Mannschaftsmitglied aus dem Knast zu holen, nur um es an einem Ort zu vergessen, wo ihm das Gehirn ein für allemal zu Brei gerührt werden würde.

Das konnte er einfach nicht tun.

Lieber Gott — *schicke jemanden her!*

7. KAPITEL

Bet hörte den Schlüssel im Schloß. Sofort rollte sie sich über die ungleichmäßige Fläche der Schränke und erhob sich taumelnd auf die Knie. Die Luke öffnete sich, Licht strömte herein. Ein Mann stand mit gegrätschten Beinen über dem Eingang. So lag der Laderaum jetzt, seit sie im Raum waren. Mit seinen Zickzack-Konturen bildete er einen Abgrund von unerforschlicher Tiefe.

Es war nicht Fitch. »Aufstehen!« sagte der Mann. Bet zog sich auf die Füße. Sie versuchte, die Türkante neben sich als Leiter hinauf aufs Deck zu benutzen, aber die Kanten waren flach, und ihr eigenes Gewicht zog an ihr.

Der Mann faßte nach unten und ergriff ihre gefesselten Hände. Sie kletterte, er zog und brachte sie über den Rand auf den Fußboden. Wie gern wäre Bet für einen Augenblick dort liegengeblieben, um wieder zu Atem zu kommen, aber er packte sie beim Kragen und stellte sie auf die Füße. »Los, los!« drängte er. »Wir haben hier ein schmales Fenster.«

»Ich gehe allein«, protestierte Bet und versuchte es auf der schmalen Plastik-Matte entlang dem Rand des Branddecks — Türen zur Rechten, das Hauptdeck eine Wand zu ihrer Linken, Lichter an der Wand rechts. Der starke Antrieb, unter dem das Schiff jetzt stand, knickte Bet ständig die Knie ein und ließ ihr Sehvermögen kommen und gehen. Es mußte mehr als ein ge sein, dachte sie, wahrscheinlich waren es beinahe zwei. Deswegen hatte sie Probleme mit ihrem Kopf und ihren Beinen. Oder es hatte ihr Gehirn mehr erschüttert, als sie geglaubt hatte, daß sie mit dem Kopf gegen die Wand geknallt worden war. »Gott ...«

Es ging um eine Kurve. Schwarze Stränge aus Net-

94

zen hingen vor ihnen. Sicherheitszone der Crew, Hängematten von einem Ende zum anderen, leere Bündel aus schwarzen Maschen, die senkrecht an der linken Wand hingen. Bet hinkte weiter, ging jetzt schon fast ohne Hilfe, nur steif von der erhöhten Schwerkraft und der Kälte, durch die Sicherheitszone. Der Vorhang aus Hängematten wich einem Gemeinschaftsraum. Mannschaftsangehörige saßen auf einer niedrigen Hauptdeck/Branddeck-Bank an der Wand, wo sich die Gehsteigmatte verbreiterte und bis an die Schwingabschnitt-Kombüse reichte. Sandwiches und Getränke. Der Essensgeruch schlug Bet heftig auf den Magen. Sie war sich nicht sicher, ob es gut oder schlecht roch.

Eine Handvoll Leute stand auf und sah sie an, aber in keiner Weise freundlich.

»Das ist Yeager.« Der Mann, der sie hielt, ließ sie los und sagte: »Viel Glück, Yeager.«

Bet stand da und brachte es gerade für ein paar Atemzüge fertig, sich auf den Füßen zu halten. Ihr schwindelte von der erhöhten Schwerkraft, ihr schwindelte von der plötzlichen Erkenntnis, daß man sie freiließ, daß man ihr ihre Geschichte abkaufte ...

Also bekam sie eine Chance — eine faire Chance, genau das, was man bekam, wenn man in die Flotte eintrat, ob freiwillig oder auf andere Weise. Man war der Neuling in den Zwischendecks, man bekam die rauhe Seite des Lebens an Bord zu spüren, und man lernte, nach den dortigen Gesetzen zu leben, oder man starb, Ende.

Viel Glück, Yeager.

»Welches Schiff?« fragte eine Frau von der Bank, während Bet vor ihnen stand, vor vielleicht dreißig, vierzig Leuten, so unterschiedlich, wie es auch in der Flotte war, ein Dutzend Hautfarben, und die meisten sahen sie an, als stehe sie auf der Speisekarte.

»*Ernestine.*«

»Warum hast du sie verlassen?«

»Ich war Fremdarbeiterin. Sie hatten einen Maschinenschaden, konnten mich nicht länger behalten.«

»Bist du gut?« erkundigte sich ein Mann. Er war einer von denen, die standen.

»Verdammt gut.«

Faß das auf, wie du willst, Kerl.

Langes Schweigen. Ihre Knie zitterten. Sie biß die Zähne zusammen und starrte sie an, kalten Schweiß auf dem Gesicht.

»Du hättest beinahe den Bordruf verpaßt«, bemerkte ein zweiter Mann.

»Hatte ein Problem.«

Wieder eine lange Pause. »Essen ist auf der Theke.« Ein Mann, der weiter unten auf der Bank saß, winkte lässig zu der Kombüse hin. »Wenn du etwas haben willst, hole es dir jetzt.«

»Danke«, sagte Bet.

Sie hatte also die Erlaubnis, sich zu bedienen. Mit Handschellen. Sie trat an die Theke, brühte sich eine Instant-Suppe aus dem Heißwasserhahn auf, nahm sich ein Paket Cräcker. Dann setzte sie sich ans Ende der Bank, wo noch ein bißchen Platz war, trank ihre Suppe und kam zu dem Schluß, daß sie Hunger hatte und daß Essen das war, was ihr aufgeregter Magen brauchte. Ihre Hände zitterten immer noch. Das Salz brannte, wo sie sich in die Innenseite der Wange gebissen hatte. Der Mann neben ihr freute sich anscheinend gar nicht über ihre Anwesenheit; er stellte keine Versuchung zu einem Gespräch dar, und das ging in Ordnung. Bet hatte im Augenblick keine Lust zu reden. Sie hatte genug damit zu tun, die Suppe im Magen zu behalten, und so schaltete sie ab, starrte die Fliesen an, hatte überhaupt kein Interesse an einer Vorausplanung. Es hätte jetzt sehr viel schlimmer um sie stehen können. Ihre einzige Überlegung war, daß sie alles, was an Erinnerungen in ihr aufstieg, tief, tief in ihrem Innern begraben mußte.

Ein dummes Mädchen hatte sich als Freiwillige auf die *Afrika* gemeldet, weil die *Afrika* sich sowieso von diesem Raffinerie-Schiff bei Pan-paris geholt hätte, was sie wollte, und das waren immer die Jungen, und dazu gehörte sie. Besser, sie faßte den Entschluß selbst, hatte sie damals gedacht, denn dann galt sie als Freiwillige, und das bedeutete Pluspunkte in ihrer Akte. Außerdem haßte sie ihr Leben und haßte die Minen und wünschte sich Sternenschiffe mehr als alles andere.

Und das dumme Mädchen hatte sich in einer Umgebung wiedergefunden, die sie sich nicht im entferntesten vorgestellt hatte, und sie hatte verdammt schnell gelernt, nicht länger dumm zu sein. Das brachte einem die Flotte im Handumdrehen bei, oder sie zerbrach einen; aber Bet lebte noch.

Das dumme Mädchen war Teil von dem geworden, was sie sich gewünscht hatte. Sie war immer noch der Meinung, daß es alles übrige wert gewesen war. Denn schließlich hatte sie die Chance gehabt, auf einer Station zu leben, und doch war sie wieder da. Und wenn es sie umbrachte, dachte sie, im Augenblick war es, als sei etwas in ihr wieder eingeschaltet und als lebe ein Teil von ihr wieder, der auf der Station nicht gelebt hatte. So etwas ließ sich nicht erklären, aber es war wahr.

Bet trank ihre Suppe und hielt den Mund, außer als ein Mann zwei Plätze weiter ihr Fragen stellte — zum Beispiel, was sie auf Thule angestellt habe.

Als liege das bereits hinter ihr, und auch das war ein Atemzug reiner Luft.

»Ich habe zwei Schweinehunde getötet«, antwortete sie ruhig. »Sie wollten es nicht anders. Sie oder ich.«

Fitch kam herein. Bets Puls beschleunigte sich. Er machte sich einen Becher Tee an der Theke. Sie blickte sehr vorsichtig hoch.

Fitch blieb da stehen, trank seinen Tee und sah sie an, und dann warf er einen Schlüssel drei oder vier Plätze die Reihe hinunter. Er blieb eine ganze Weile liegen.

Schließlich hob ihn ein älterer Mann auf und warf ihn weiter bis dahin, wo Bet saß.

Der Mann neben ihr, der unfreundliche, hob ihn auf und gab ihn ihr.

»Danke«, sagte sie. Sie fummelte herum und bekam die Handschellen auf.

Keiner sagte etwas. Ganz bestimmt erwartete sie kein ›Herzlich willkommen‹ von Fitch. Sie steckte die Handschellen und den Schlüssel stillschweigend ein. Man ließ auf Deck nichts herumliegen, und keiner verlangte die Dinger.

»Noch eine Stunde«, sagte Fitch. »Yeager?«

Sie blickte auf, unterdrückte den Impuls, der sie aufstehen hieß, hielt sich vor Augen, daß dies ein ziviles Schiff war. »Ja, Sir?«

»Ihnen gefällt dieses Schiff?«

»Jawohl, Sir.«

»Ihnen gefällt, was Sie sehen?«

»Bestens, Sir.«

Langes Schweigen.

»Wollen Sie witzig werden, Yeager?«

»Nein, Sir. Ich bin froh, von der Station weg zu sein.«

Fitch trank seinen Tee. Und danach ignorierte er sie, Gott sei Dank. Fitch ging, und ein paar der übrigen Leute gingen ebenfalls.

»Gibt es hier eine Stelle, wo ich meine Medikamente holen kann?« fragte Bet ihren Nachbarn.

Der Mann zuckte die Achseln, zeigte mit einem Finger und seinem Becher. »Kombüse. Gleich da am Heißwasserhahn.«

Bet stand auf, ging hin, öffnete das Schränkchen, fand die in Plastik eingewickelten Päckchen und den

98

c-Pack in einer Klammer daneben. »Danke«, sagte sie und setzte sich wieder hin.

»Ich heiße Masad«, sagte der Mann und wies auf den Mann links von sich. »Joe. Johnny.« Das war der neben Joe.

»Bet«, sagte sie.

Andere Mannschaftsangehörige kamen durch den Abschnitt. Die Sprungwarnung erklang.

»Wir gehen besser in die Hängematten«, meinte Masad. Olivfarbene Haut. In den Vierzigern. Rasierter Kopf. »Hast du irgendwelche Probleme?«

»Nein.« Bet stand auf und streckte die Hand aus, um die Becher einzusammeln. »Laßt uns Freunde sein«, sagte die Geste, denn sie war jetzt verdammt viel klüger als das mürrische Mädchen, das sich damals freiwillig auf die *Afrika* gemeldet hatte. Manchmal half einem eine kleine freundliche Geste bei Fremden weiter. Die anderen reichten ihr die Becher, sie warf sie in den Recycling-Behälter, und dann ging sie mit ihnen ringabwärts, suchte sich eine leere Hängematte, trat hinein, wickelte sich ein und ließ die Verschlüsse einrasten. Dann steckte sie den c-Pack sorgfältig in die Brusttasche und spritzte sich ihre Dosis Beruhigungsmittel.

Wir verschwinden hier, dachte sie, während die Glocke immerzu weiterläutete und das Schiff auf den Sprung zustürmte. Bet hatte keine Ahnung, wohin es ging. Es konnte sogar Pell sein. Aber sie spürte, wie die Medikamente wirkten, und das vertraute schwebende Gefühl überkam sie. Man wußte nie, ob man lebendig oder tot herauskam, wenn das Schiff den Transit machte.

Die Beschleunigung hörte auf. Ein paar Sekunden lang waren sie schwerelos. Und langsam zog die Schwerkraft sie waagerecht statt senkrecht hinunter. Jetzt herrschte Hauptdeck-Orientierung. Das Licht, das ihr in die Augen geschienen hatte, kam jetzt ihrem

Körpergefühl nach tatsächlich von der Decke, und ihr Rücken war dem Fußboden zugekehrt.

Wir verschwinden von hier.

Lebe wohl, Thule. Lebt wohl, Nan und Ely. Ihr seid Perlen unter den Stationsleuten.

Ihr anderen könnt zum Teufel gehen.

8. KAPITEL

Der Nebel lichtete sich, die Glocke, die den Eintritt in ein System meldete, bimmelte, aber das ging nur die Spezialisten etwas an, die waren für die Bremsmanöver verantwortlich.

Wieder eine dunkle Stelle. Die Glocke schwieg, das Gehirn versuchte, sich in das überfüllte Unterdeck der *Afrika* zu versetzen, die gleichen Gerüche wahrzunehmen und die gleichen Geräusche zu hören und dazu die Stimme des Majors, der sie mit Flüchen weckte. Doch es war nicht dasselbe mit dem schwarzen Gewebe vor ihrem Gesicht, dem hellen Licht in ihren Augen, und die *Ernestine* mit ihren winzigen Kabinen war es auch nicht ...

Zweifellos befand sie sich an Bord eines Schiffes, das ging aus allem hervor, den Geräuschen, Gerüchen, der Benommenheit nach dem langen, tiefen Schlaf, in den die Beruhigungsmittel sie versetzt hatten. Bet fand sich zurecht, erinnerte sich, wann und wo sie war, erinnerte sich ...

Bremsmanöver. Ein weiterer Fast-Alptraum. Sie hörte den Weckruf, jedenfalls hielt sie es für einen Weckruf, sie tastete nach ihrem c-Pack und riß die Folie auf. Dabei brachen ihr gleich drei Fingernägel an derselben Hand ab, ein schlechtes Zeichen — den Rest verlor sie, als sie die Tube herauszog. Schlückchen für Schlückchen saugte sie das nach Zitrone schmeckende Zeug ein, kämpfte die Übelkeit nieder, versuchte, den Kopf klar zu bekommen.

»Aufstehen, aufstehen!« brüllte jemand, und einer Stimme wie dieser widersprach man nicht. Bet schluckte den letzten Rest hinunter, stopfte die Folie in die Tasche, fummelte den Verschluß auf, rollte sich aus der Hängematte und hielt sich daran fest. Der Jumpsuit

101

hing an ihr herunter, und ihre Hände griffen wie Klauen in das schwarze Netz. Es blieb bei einem ge und Hauptdeck-Orientierung. Die *Loki* war jetzt träge. Hätte die Brücke Manöver vorgehabt, wäre der Mannschaft kein Befehl zum Aufstehen erteilt worden.

Bet löste die Fußbodenklammer, das war die am Hintern, löste die Klammern an den Enden und rollte die Hängematte in einen der Behälter, die die Bank des Gemeinschaftsraums bildeten. Über den Lautsprecher wurden verschiedene Namen aufgerufen, doch keiner davon war Yeager.

Gott sei Dank, sagte ein Teil von ihr, und ein anderer Teil sagte: *Das ist seltsam. Wir springen von Stern zu Stern, und dann nur ein so kurzes Abbremsen. War ich so lange bewußtlos, oder rasen wir mit einer solchen Geschwindigkeit in eine Stationszone hinein?*

Und kein Sicherungsalarm?

Spukschiff. Wir haben einen kurzen Sprung gemacht, wir sind gar nicht in der Nähe eines Sterns, und wir haben abgebremst, und wir schleichen uns irgendwo ganz leise an, das ist los.

Wo, zum Teufel, sind wir?

Es war beunruhigend still, so still, wie es eben auf einem Schiff werden kann, das voll von Pumpen und Ventilatoren und arbeitenden Systemen ist, dem Herzschlag eines gesunden Schiffes. Mannschaftsmitglieder gingen in geschäftiger Eile an Bet vorbei; einige folgten wahrscheinlich einem Befehl, andere strebten der Toilette oder der Kombüse zu, und die Leute, die im Dienst waren, hatten Priorität. Bets Unterleib sagte ihr, was ihre eigenen Prioritäten waren, und sie folgte den anderen den Korridor hinunter zur ersten Tür.

Es waren keine vornehmen Kabinen wie auf der *Ernestine*, aber sonst war es gar nicht schlecht, dachte Bet, Umschau haltend: Zwischen den Kojen waren Plastik-Planen gespannt, unten und oben Sicherheitsnetze. Unten waren Toiletten, und dahin wollte sie so

102

schnell wie möglich. Sie schloß sich der nächsten, der kürzesten Schlange an und stand da mit Gummibeinen, den Rücken gegen die Wand gelehnt. Um sich abzulenken, brach sie ihre übrigen Fingernägel ab.

Jeder einzelne war brüchig und riß bis ins Fleisch. Das Zahnfleisch war wund. Wenn sie sich mit der Hand durchs Haar fuhr, blieben ihr blonde Büschel in den Fingern.

Sie hatte zu verdammt lange gehungert, und die Zeit, die man im Sprung verbrachte, zehrte, brauchte Nährstoffe auf, ließ die Knie einknicken und machte die Gelenke spröde. Bet hatte solche Fälle schon gesehen. Ihr selbst war es noch nie passiert. Nicht auf diese Weise — und das ängstigte sie. Der Gedanke, daß es in der Natur eines Spuks lag, sich weit und schnell durch den Raum zu bewegen, daß sie gleich wieder losrasen mochten — das ängstigte sie ebenfalls. Man verlor mehr als Fingernägel, wenn man so ausgepowert wurde.

Sie mußte essen, mußte an c-Rationen in sich hineinschlingen, was sie konnte, mußte alles tun, um Gewicht zuzulegen.

Die Krämpfe im Unterleib hielten an. Ein Mann stellte sich hinter ihr in die Schlange und schubste sie nicht zur Seite, was einer Neuen auf der *Afrika* höchstwahrscheinlich passiert wäre. Man wurde dort nicht mit Wohlwollen behandelt. Nur mit Gemeinheit.

Muller, G. stand auf dem Namensetikett des Mannes zu lesen, und Bet kam zu dem Schluß, er sei in Ordnung. Sie fragte ihn, während sie warteten: »Wo sind wir? Venture? Bryants Stern? — 'Dorado?«

Muller sah sie an, als sei eine Information dieser Art privilegierten Personen vorbehalten und er könne nur den Kopf über sie schütteln.

Deshalb hielt sie fortan den Mund, zog den Kopf ein und wartete und biß die Zähne zusammen, bis sie an den Kopf der Schlange gelangt war.

Nun wieder hinauf in die Kombüse. Als Bet an der Reihe war, nahm sie das Sandwich und den heißen Tee in Empfang, die der Koch austeilte, und setzte sich an der Wand dahin, wo ein rechtwinkliger Absatz zwischen Hauptdeck und Branddeck eine einzige lange Kombüsenbank bildete. Sie trank ihren Tee und aß das beste Sandwich, das sie seit einem halben Jahr bekommen hatte.

Es war verdammt besser als das Zeug aus den Verkaufsmaschinen auf Thule.

Sie hatte keine Ahnung, wie sie eingeteilt worden war, und sie glaubte, das alles habe keine Eile. Das Schiff mußte wie ein echter Spuk irgendwo auf der Lauer liegen, vielleicht bei Venture, vielleicht bei Bryants Stern oder sonstwo. Das Wissen um den Aufenthaltsort des Schiffes wollte sie gern den Offizieren überlassen, was sie interessierte, war, ob sie es wagen durfte, zu den Schränken zurückzukehren und nachzusehen, wo ihr Matchsack war. Sie fragte sich, ob sie eine Koje oder so etwas hatte, und wenn sie ihre Gedanken bis zu den anderen Aspekten des Sicheinfügens wandern ließ, regte sich ihr Magen auf. Aber sie sagte sich, daß sie früher oder später auf irgend jemandes Liste gesetzt werden würde, und irgend jemand würde es ihr sagen. Aus Mullers Reaktion ließ sich schließen, daß es ein nervöses Schiff war, und die Erfahrung lehrte sie, daß sie im Augenblick nichts Besseres tun konnte, als sich still und unauffällig zu verhalten.

Besonders dann, wenn sie dadurch zu Essen und zu einem Platz auf einer Bank kam, auf dem sie sitzen und dabei hoffen konnte, daß ihre Knie aufhörten zu schlottern, bevor irgendein Offizier mit einer Arbeitsliste auftauchte.

So einfach war das.

Sie war einem Fall für das Krankenrevier verdammt nahe mit ihren wackelnden Zähnen und diesen Händen, an denen sich die Knochen so abzeichneten, daß sie sie kaum noch als ihre eigenen erkannte. Aber sie hatte Angst, zum Arzt zu gehen und sich zu beklagen, sie hatte Angst, ihren Dienst auf diesem Schiff mit einem Krankenbericht zu beginnen, sie hatte Angst, in die Nähe von Offizieren und solchen Leuten zu geraten, die sie sich vielleicht genau ansahen und sie fortan schärfer beobachteten, als notwendig war.

Aber es kam ein Mann und blieb genau vor ihr stehen.

»Yeager.«

Bet blickte auf und unterzog ihn von den Stiefeln bis zu dem verblaßten Kragen mit den drei schwarzen Streifen des Offiziers eines Zivilschiffes und dem Emblem des Technikers einer raschen Musterung.

»Sir«, sagte sie. »Bet Yeager, Sir.« Sie wäre aufgestanden, aber der Mann war ihr im Weg.

»Sie haben uns Schwierigkeiten bereitet, stimmt's?«

»Ich *hatte* Schwierigkeiten, Sir. Ich möchte hier keine haben.«

Der Mann starrte sie lange an, als verseuche sie das Schiff. Schließlich stemmte er die Hände in die Hüften. »Welche Erfahrung haben Sie?«

»Frachter, Sir. Maschinenreparatur. Einspritzpumpen. Kleine hydraulische Anlagen, elektronische Geräte. Wartung. Zwanzig Jahre.«

»Wir sind eigentlich nicht spezialisiert.«

»Jawohl, Sir.«

»Das heißt, Sie tun jede verdammte Arbeit, die getan werden muß, zu jeder Stunde rund um die Uhr. Das heißt, entweder tun sie Sie *gut*, Yeager, oder Sie sagen jemandem, daß Sie sie nicht tun können. Sie versauen die Sache nicht.«

»Jawohl, Sir. Damit wird es keine Probleme geben, Sir.«

»Mein Name ist Bernstein. Erster Ingenieur, Schichttag. Verstanden?«

»Jawohl, Sir.«

»Was, zum Teufel, sitzen Sie hier auf Ihrem Hintern?«

»Ich bin noch nicht eingeteilt worden, Sir.«

»Die Haupttag-Crew ist dreizehn Mann stark, die vom Schichttag ist bis auf zwei zusammengeschmolzen. Wir sind ein Umbau. Deshalb gibt es spezielle Probleme. Und da gibt man mir, verdammt noch mal, eine Mechanikerin für kleine hydraulische Anlagen.« Bernstein holte Atem. »Ohne Papiere.«

Ein langes Schweigen folgte.

»Wenn Sie irgend etwas versauen«, erklärte Bernstein, »breche ich Ihnen die Finger einen nach dem anderen.«

»Jawohl, Sir.«

Wieder ein langes Schweigen. »Sie sind in meiner Schicht auf Probe, Yeager. Wir haben ein paar Gebiete, in die Sie die Nase nicht stecken, wir haben ein paar wackelige Systeme, mit denen ich sehr heikel bin. Sie haben ein Stück persönlichen Besitzes in Laderaum Eins. Das holen Sie. Dann melden Sie sich in der Unterkunft. Hat jemand Sie herumgeführt?«

»Nein, Sir.«

»Warum muß ich das tun?«

»Ich weiß es nicht, Sir. Verzeihung, Sir.«

»Sie nehmen sich irgendeine Koje, die nicht besetzt ist. Der Ring hat zehn Abschnitte, die erste Ziffer ist Ihre Abschnitt-Nummer, zehn-vier ist ein Laderaum, acht-vier ist die Mannschaftsunterkunft, Abschnitt fünf ist die Brücke, eins-eins ist die Technische Abteilung. Wenn Sie einen weißen Strich auf dem Deck sehen, überqueren Sie ihn nicht. Sie überqueren ihn nur auf einen direkten Befehl hin. Die Abschnitte vier, fünf und sechs sind mit weißen Strichen abgegrenzt. Sie müssen den langen Weg ringsherum nehmen. Stehlen Sie, Yeager?«

»Nein, Sir!«

»Sie sehen dieses Deck?«

»Jawohl, Sir.«

»Das ist Ihre Arbeit. Sie holen sich ihr Werkzeug von zehn-zwei, Sie halten sich dran. Was die Leute von Ihrer Schicht betrifft, will ich Ihnen gleich sagen, Musa ist in Ordnung, mit Musa können Sie reden. Lassen Sie sich nicht mit NG ein. Alles klar, Yeager?«

»Jawohl, Sir.«

»Haben Sie mir etwas zu sagen?«

»Nein, Sir.«

Bernstein maß sie mit einem langen, ruhigen Blick. »Die Dienstvorschriften sind in den Unterkünften angeschlagen. Lesen Sie sie. Jetzt ist es 06.00 Schichttag. Sie haben dieses Deck sauber, bevor Sie schlafen gehen, es ist mir egal, wessen Schicht es ist. Haben Sie irgendwelche Probleme mit mir, Yeager?«

»Nein, Sir«, sagte Bet.

»Gut«, sagte Bernstein und ging davon.

Ich kann einen Raumpanzer in betriebsfähigen Zustand bringen, auseinandernehmen und wieder zusammensetzen, bis auf die Schaltungsbauteile hinunter, und das gleiche kann ich mit Waffen machen, Sir, mit jedem Feuersystem, das auf einem Spukschiff zu vermuten ist, verdammt noch mal, Sir.

Ein Dienstalter von zwanzig Jahren auf der *Afrika*. Sir.

Als erstes las sie die Dienst-vor-schrif-ten.

Und die Dienst-vor-schrif-ten, von denen Bernstein gesprochen hatte, waren ein amtlicher Druck mit dem Allianz-Siegel darunter, glänzend neu, hinter Plastik an der Wand aufgehängt. Darin stand alles über die Befehlsgewalt des Kapitäns und daß man einen Fall, der sich außerhalb des Schiffes zugetragen habe, nach Stationsrecht behandeln lassen dürfe. Ein zweites Blatt befaßte sich mit dem Kriegsrecht der Allianz, und darin hieß es, man könne wegen Meuterei oder Sabotage oder Verhinderung der ordnungsgemäßen Ausführung von Befehlen auf der Stelle erschossen werden, solange sich das Schiff unter Antrieb oder in einem Notfall befinde. Aber unten war eine Liste angeklebt, und darin stand, was Bet wirklich wissen wollte, nämlich die diesem Schiff eigentümlichen Vorschriften — zum Beispiel, daß man bestraft werden könne, wenn man die Brücke ohne Erlaubnis des diensttuenden Offiziers betrete, und wenn man mit Werkzeugen arbeite, tue man verdammt gut daran, jedes einzelne davon mit einem geeigneten Gürtelclip oder Wandclip zu versehen und von den großen Werkzeugen niemals mehr als eines an der eigenen Person zu befestigen.

Das bedeutete ein Schiff, das es häufig eilig hatte.

Also besorgte Bet sich zuerst einen Gürtel und ein paar Clips, und dann ging sie in die Gerätekammer, deren Nummer Bernstein ihr angegeben hatte, holte sich ihr Handwerkszeug, und machte sich daran, das Branddeck zu wischen, eine geistlose Arbeit. Sie konnte dabei abschalten, sie konnte die Augen schließen und beinahe schlafen und den Boden nur noch mit den Fingern fühlen und nur manchmal hinsehen, damit sie nicht am Staub vorbeiwischte.

Verdammte Putzarbeit.

Aber sie bekam ein bißchen zu hören dabei. Zum Beispiel unterhielten sich zwei darüber, das Schiff liege auf der Lauer, drei andere schimpften über einen gewissen Orsini, irgendwer erzählte, Fitch habe jemanden namens Simmons, der auf einen Aufruf hin nicht gleich gekommen sei, gemeldet, und Simmons habe um Versetzung zum Schichttag gebeten, aber Orsini wolle ihn nicht nehmen. So bekam Bet ein Gefühl dafür, wie sich das Leben an Bord abspielte.

Aber dann begannen Rücken und Arme zu schmerzen, und die Kniescheiben spürten jede Gewichtsverlagerung.

Sie lernte jede verdammte Tür und jede Spalte und Ritze des Branddecks kennen, und sie verfluchte jeden

108

Fuß, der von der Matte trat. Sie lernte Form und Größe
der Abdrücke kennen, die oft vorkamen, und dachte
bei sich, wenn sie diesen Hurensohn jemals fände,
werde sie ihn zu Brei schlagen.

Um die Mittagszeit ging sie auf einen Tee und ein
Keis-Brötchen in die Kombüse, wo es ruhig war, denn
die Haupttagsschicht schlief.

Bet putzte den ganzen Weg herum, durch die Kombüse und an der danebenliegenden Krankenstation
vorbei, und um 18.00 Schichttag war sie an der weißen
Linie und der Brücke angelangt. Die Brücke war ein
Schwing-Segment wie die Kombüse, Gott sei Dank, da
gab es kein Branddeck zu schrubben. Ihre Zylinder-
Abschnitte orientierten sich von selbst, ganz gleich, in
welcher Richtung die Beschleunigung einwirkte.

Und verdammt wollte sie sein, wenn sie Fitch oder
den Kapitän um die Erlaubnis bat, über die Brücke zu
dem Branddeck ringaufwärts zu latschen. Also sammelte sie ihr Handwerkszeug ein und packte es weg
und ging ringabwärts zurück zur Kombüse, wo sie sich
zu einem Abendessen aus echten Lebensmitteln und
einem Becher heißen Tee hinsetzte, wohingegen die
Haupttagsschicht frühstückte. Sie wollte keinen Ärger
mit Fitch, sie wollte mit niemandem Ärger, und deshalb vermied sie es, die Leute anzusehen, sie vermied
es vor allem, ihnen ins Auge zu sehen oder ein Gespräch anzufangen. Sie starrte nur leer aufs Hauptdeck
und all die möglichen Fußabdrücke, die die hin- und
herlaufenden Leute machten. Den ganzen Tag hatten
Fußabdrücke ihr Gehirn beschäftigt, und sie beschäf-
tigten es immer noch. Sie schaltete geistig ab,
schmeckte dem guten Essen und dem Tee bis hinunter
zu den Molekülen nach. Ihre Hände waren so wund,
daß es ihr weh tat, die Gabel zu halten.

Die Leute musterten sie: Bet merkte es. Ein paar redeten außer Hörweite über sie, gedeckt durch das stän-
dige Hintergrundgeräusch der *Loki*. Wenn sie sich

nicht im Zaum hielt, würde sie es mit der Angst zu tun bekommen. Als sie fertig mit dem Essen war, stand sie auf, ohne sich mit irgendwem einzulassen, warf das Geschirr in den Recycling-Behälter und ging und holte die Putzmittel wieder hervor.

Sie hatte den Ring der *Loki* zur Hälfte hinter sich gebracht.

Nun ging es den Ring entlang wieder aufwärts, vorbei an der unteren Betriebsabteilung und dem Büro des Zahlmeisters und der Technik, wo die Crew vom Haupttag mit der Arbeit begann und die vom Schichttag eben Feierabend machte.

Über den Zustand, daß Arme und Knie nur einfach weh taten, war Bet hinaus. Sie arbeitete im Sitzen, sie schob sich weiter, sie nahm jedesmal, wenn sie die Stellung wechselte, die andere Hand, damit Schultern und Arme nicht verkrampften, und inzwischen tat es ihr überall so weh, daß sie den Schmerz als für eine bestimmte Stelle unwesentlich ausschaltete.

Vorbei an der Technik und hoch zur Werkstatt und zu dem Maschinenlager.

Es wurde 20.00 Schichttag, und Leute gingen vorbei, offenbar Mannschaftsmitglieder, die etwas zu besorgen hatten, auch ein paar Offiziere. Sie kümmerten sich um ihre eigenen Angelegenheiten — meistens. Gelegentliches Gelächter zerrte an Bets Nerven; vielleicht redete man gar nicht über sie, aber sie hielt es für wahrscheinlich. Sie war die Neue, Bernstein machte sie fertig, Fitch hatte sie bereits fertiggemacht, und wahrscheinlich erfüllte es so manchen mit tiefer Befriedigung, sie bei einer Arbeit schwitzen zu sehen, die sonst fünf oder sechs andere hätten tun müssen. Wenigstens verhielten sie sich ruhig. Und niemand quasselte sie an, und niemand machte ihr sauberes Deck dreckig.

Wenn Zuschauer stehenblieben, merkte Bet sich, wer die Hurensöhne waren. Sie sah sie gerade lange genug an, daß sie kapierten, es bedeutete Krieg, wenn sie sie reizten oder einen Fuß in die Nähe dieser Matte setzten. Keiner versuchte es. Und sie arbeitete weiter. Könnte eine Teepause machen, dachte sie. Könnte das Zeug wegpacken und mir einen Tee oder einen Softdrink holen — Teufel, es war längst Feierabend, eigentlich war das ihre Freizeit. Vielleicht gab man ihr einen Softdrink auf Kredit, und Tee gab es vielleicht umsonst. Bernstein hatte nicht gesagt, sie dürfe keine Pause machen. Auf dem Anschlag in der Kombüse hieß es, es gebe Bier für einen Cred, richtiges kaltes Bier, das man sich zum Abendessen leisten konnte, falls man nicht im Dienst war, das war erlaubt. In ihrem Matchsack hatte sie noch diesen Wodka, falls er nicht gestohlen worden war. Auch das war nicht verboten, solange man in der Freizeit trank.

Aber sie mußte noch Offizierterritorium putzen, sie wollte heute abend mit niemandem darüber diskutieren, was erlaubt war und was nicht, und ihre Knie und ihre zu schlecht gepolsterte rechte Hüfte waren mittlerweile halbwegs taub. Sie hatte keine Lust, all diese Stellen aufzuwecken, damit sie von neuem zu schmerzen begannen.

Vor ihr lag nur noch ein Viertel des Rings oder weniger, und es war nicht so stark begangen wie auf der Seite der Mannschaftsunterkunft. Vielleicht wurde sie vor Mitternacht fertig. Vielleicht konnte sie sich dann diesen Becher Tee holen. Oder sogar ein Sandwich. Die Knie würden nicht mehr so schnell blau werden, die Arme nicht mehr so zittern, wenn sie ein paar richtige Mahlzeiten bekommen hatte. Bitte, lieber Gott.

Füße schlenderten herbei. Hielten an. Blieben stehen.

Keine Streifen. Nichts als ein Dienstabzeichen und das Techniker-Emblem. Weit und breit war niemand als sie beide in diesem matt beleuchteten Werkstattgebiet, und Bets innere Alarmglocke läutete, erst leise, dann immer lauter, als der Mann sich nicht vom Fleck rührte.

Sie schob sich weiter. Um eine Armlänge.

»Eine von Bernies Schiffsführungen, wie?«

»Ja«, antwortete sie. »Geh zum Teufel!«

Er ging nirgendwohin. Bet putzte weiter, schob sich noch ein Stück vorwärts.

»Wirklich saubere Arbeit«, bemerkte er.

Sie sagte nichts darauf, hielt den Kopf gesenkt. So konnte es anfangen, daß man umgebracht wurde. Und wenn sie ihn umbrachte, endete es für sie mit einem langen kalten Spaziergang. Das wußte der Schweinehund natürlich.

»Ich heiße Ramey«, sagte der Schweinehund.

»Ja. Fein.«

»Du bist aber freundlich.«

»Ja. Und wie. Würdest du mir aus dem Licht gehen?«

Der Schweinehund trat hinter sie. »Die Aussicht ist nicht schlecht.«

»Danke.«

»Ein bißchen knochig.«

»Geh zum Teufel!«

»Also, ich wollte dich zu einem Bier einladen.«

Sie sah sich nach dem Paar Füße um, hob den Blick zu einem gar nicht üblen Gesicht. Jünger als sie, strubbeliges schwarzes Haar, der Rest ebenfalls nicht übel. *Was, zum Teufel, soll das?* dachte sie und blinzelte, um ihre müden Augen klar zu bekommen. Sie erinnerte sich, daß Bernstein von einem Typ aus ihrer Schicht namens Musa gesprochen hatte, der in Ordnung sei.

Mühsam stellte sie sich auf die Füße. Die Clip-Leinen hingen an ihr herunter. Sie wischte sich die Hände an den Beinen ab und sah ihn sich genau an. »Ein Bier könnte ich vertragen, aber so, wie ich vorankomme, sieht es heute abend nicht mehr danach aus.«

»Ich kann warten.« Er stemmte die Hand gegen die

Wand, ganz nahe bei ihr. Bet spürte ein Zucken, sich zu verteidigen, als er sein Gewicht verlagerte und sie zurückdrängte. — O Gott, dachte sie mit einem kleinen müden Seufzer und dem Drang, heftig mit dem Knie zuzustoßen. Sie war angewidert, wütend, daß er sich als Hurensohn zeigen wollte, und dachte für einen Atemzug oder auch zwei ernstlich daran, etwas dagegen zu tun. Nur war es sicherer, mit jemandem zusammen zu sein, als es im Alleingang zu versuchen, doch wiederum, Punkt zwei, sah er für eine solche Annäherung zu gut aus und wahrscheinlich wollte er sich nur auf ihre Kosten lustig machen. Sie lehnte sich gegen ihn, mit seifigen Händen und Schweiß und allem, sie spürte immer noch kleine Schocks, wo seine Hände sie berührten, und es war verdammt schwierig, das zu ignorieren.

Er wurde richtig schnell warm. Atmete ein bißchen schwer. Also war es nicht nur Theater, er war wirklich interessiert. Und er fragte: »Willst du das Bier heute abend haben?«

»Geht es nur um ein Bier?«

»Nein«, sagte er. »Im Augenblick ist niemand im Werkstattlager.«

Hmmm. So sollte sie hereingelegt werden. Es war eine hübsche kleine Falle, um sie zu erwischen, wie sie ein Dutzend Vorschriften brach, um gleich einen guten Anfang zu machen. Bet machte eine kurze Bewegung mit der Hüfte. »Gute Idee, aber ich werde es wohl nicht schaffen. Laß mich weiterarbeiten. Hörst du?«

Sie meinte, das würde die Sache abkühlen. Derjenige, der ihn dazu angestiftet hatte, würde enttäuscht sein. Aber der Mann hatte echte Probleme mit dieser Ablehnung, wirklich. Es reichte, um einer Frau das Gefühl zu geben, sie sehe ein bißchen besser aus, als sie es ihres Wissens tat — oder daß sie halluziniere.

Er ließ von ihr ab und murmelte etwas davon, sie werde das Bier bekommen und er werde in der Unter-

kunft auf sie warten. Der Mann ist unheimlich, dachte
Bet. Richtig unheimlich.

Da habe ich mir einen zweiten Ritterman eingehandelt. Mit *dem* Gesicht könnte er jederzeit eine Frau haben.

Er ging. Bet wischte sich den Hals. Jetzt war ihr
selbst doch tatsächlich sehr viel wärmer als vorher.

Und, verdammt noch mal, sie mußte auf dem ganzen Weg den Korridor hinunter an ihn und das Bier
denken, durch den Abschnitt mit all den hübschen
kleinen Offiziersunterkünften. Sie merkte nicht einmal,
daß Fitch persönlich vor ihr stand — ein glänzendes
Paar Schuhe stand eine volle Sekunde vor ihr, ehe sie
den Blick hob.

»Jawohl, Sir«, sagte sie und wollte aufstehen, aber er
winkte ab und stand da mit finsterem Gesicht.

Und Fitch ging, ohne etwas zum Meckern zu finden.
Was von Fitch, so überlegte Bet, eine Art Kompliment
war.

Eingebildeter Affe, dachte sie. Haupttag, die Mitte
seines Vormittags. Bets Wachoffizier war dieser Orsini,
über den die Männer geschimpft hatten, soviel hatte
sie inzwischen mitbekommen. Gesehen hatte sie Orsini noch nicht. Sie rechnete auch nicht damit, daß er
kam, um das Deckschrubben zu kontrollieren. Sie erwartete nicht, daß er kam, um sich vorzustellen. Fitch
dagegen verriet eine entschiedene, beunruhigende
Neugierde an ihrer Person.

Bet strengte sich an und schrubbte dieses Branddeck
wieder den ganzen Weg bis zur Brücke. Sie hätte beschwören können, es war ein Naturgesetz, daß Offiziere staubigere Füße hatten als Mannschaften, die wissen, sie werden den Dreck wegputzen müssen.

Bet schaffte es bis zu der weißen Linie auf der anderen Seite der Brücke. Da stellte sie sich auf die Füße,
streckte ihren schmerzenden Rücken und ging zur Gerätekammer hinunter. Sie verstaute ihre Ausrüstung

genauso, wie sie sie vorgefunden hatte, rollte alle Clip-leinen genauso auf und holte ihren Matchsack aus dem Schrank, wo er, wie Bernstein gesagt hatte, war. Sie wanderte ringaufwärts, jetzt mit gewaltigem Durst auf das versprochene Bier, und die ganze Zeit sagte sie sich, der Hübsche werde nicht warten, oder falls er doch wartete, werde ihr das nur Ärger bringen, viel-leicht sogar eine *Menge* Ärger: Auf der *Afrika* wurde es sehr schlimm für einen, der sich lächerlich gemacht hatte, und wenn es hier auch so war, mußte sie klug und kühl sein, um es durchzustehen.

Sie betrat die dunkle Unterkunft, wo ein Film lief. Aus der Richtung kam eine Menge Lärm. Bet sah sich in der matten Beleuchtung um und versuchte festzu-stellen, welche Koje in dieser Schicht wirklich frei war und wo Leute nur eben weggegangen waren. Wenn sie sich das falsche Bett aussuchte, konnte die Hölle los-brechen, und sie war nicht völlig überzeugt, ob sie die erste Nacht hinter sich bringen würde, ohne daß sie je-mand im einen oder anderen Sinne besprang. Irgend-ein Hurensohn in dem Haufen hatte bestimmt Sinn für Humor, vielleicht auch ein halbes Dutzend. Vielleicht der ganze verdammte Haufen. Ihr Magen machte sich bemerkbar. Wieder Erinnerungen. Nach zwanzig Jah-ren auf der *Afrika* hatte ihr das Dienstalter soviel Überlegenheit gegeben, daß sie austeilen konnte und nicht einstecken mußte. Das war hier nicht der Fall.

Jemand kam den Mittelgang herunter, um sie abzu-fangen, ein einzelner dunkelhaariger Jemand, der sag-te: »Möchtest du das Bier?«

»Ja«, antwortete sie, sobald ihr Herz sich beruhigt hatte. Sie traute der Sache immer noch nicht ganz, aber es war eine Nacht, die einem Angst machen konnte, und sie war so müde und benommen, daß sie hoffte, sie mache sich unnötige Sorgen, schließlich war es ein ziviles Schiff, wenn auch ein Spuk, und es steck-te nicht mehr dahinter, als daß ein gut aussehender

115

jüngerer Mann aus irgendeinem verrückten Grund mager, verschwitzt und beinahe vierzig attraktiv fand. Oder der angestiftet worden war, Näheres über sie herauszufinden und dem Rest der Mannschaft Bericht zu erstatten.

Sie hängte das Sicherheitsband ihres Matchsacks über einen Zeitring an der Tür, und sie gingen hinaus in den Gemeinschaftsraum, hinauf zur Kombüse. Er gab der Tastatur auf der Theke zweimal seine Nummer ein, zapfte zwei Bier und gab Bet das eine.

»Wie verdient man sich Extras?« erkundigte Bet sich.

»An Bord bekommt man fünfzehn Cred die Woche«, antwortete er. »Man kann sie für Bier oder Essen ausgeben oder für den Urlaub sparen, das kümmert keinen.«

»Dann danke.« Sie nahm sich vor, ihn auf ihre Nummer zu einem Bier einzuladen, wenn er ihr gefiel, was wahrscheinlich war, nur wußte sie immer noch nicht recht, was sie von ihm halten sollte. Er legte ihr die Hand auf den Rücken. Bet schüttelte sie ab, denn es würde einen schlechten Eindruck machen, wenn ein Offizier durchkam und sie so erwischte. Sie stand da wie ein Mädchen bei der ersten Verabredung mit einem Jungen und trank ihr Bier, und er trank seins.

»Du bist Techniker«, bemerkte sie, um ein Gespräch in Gang zu bringen.

Er nickte.

»Wahrscheinlich weißt du schon, daß ich zur technischen Abteilung gekommen bin.«

Wieder ein Nicken.

Ein unheimlicher Mann, dachte Bet. Wie jeder andere auf diesem Schiff läßt er sich jedes Wort abkaufen.

Sie versuchte es von neuem mit einer Frage, auf die man nicht antworten konnte, ohne zu sprechen. »Wie lange bist du schon auf diesem Schiff?«

»Drei Jahre.«

»Macht es dir etwas aus, mir zu sagen, woher du kommst?«

»Ich war Fremdarbeiter. Mal hier, mal da. Und du?«

Das war nun wieder eine Frage, die *ihr* nicht paßte. Sie zuckte die Achseln. »Ich auch. Zuletzt auf der *Ernestine.*«

»Familie Kato«, stellte er fest.

Bet nickte. Aber auch dieses Thema wollte sie nicht weiterverfolgen.

»Ist Bernstein ein angenehmer Chef?« fragte sie.

»Er ist in Ordnung.«

»Und Fitch?«

»Ein Schweinehund.«

»Das habe ich mir gedacht«, sagte Bet und sah, daß er den Rest seines Biers hinunterstürzte.

»Komm!« sagte er.

Ein nervöser Mann. Richtig nervös. Schritte hallten im Korridor wider, jemand kam von ringabwärts. »Ich weiß nicht.« Sie war verärgert und ein bißchen ängstlich, weil er es plötzlich so eilig hatte. »Minute. Ich trinke noch.«

»Los, komm!«

»Teufel. Du kannst doch eine verdammte Minute warten!«

Die Schritte näherten sich. Es war Muller, der beide mit einem Stirnrunzeln, Bet mit einem halbwegs freundlichen Nicken und ihren Gefährten mit einem zweiten Stirnrunzeln bedachte, während er ein Bier für sich tippte.

»'n Abend, NG«, sagte Muller.

Bet betrachtete den Mann, in dessen Gesellschaft sie war, noch einmal.

»'n Abend«, antwortete ihr Begleiter unfreundlich und legte Bet die Hand auf die Schulter, um sie hinauszusteuern.

NG. Der Mann, vor dem Bernstein sie gewarnt hatte.

»Ich bin noch nicht fertig.« Bet hatte noch einen Schluck Bier in ihrem Becher übrig. NG nahm seine Hand weg.

117

»Ist er dir vorgestellt worden?« fragte Muller, und NG sagte: »Halt den Mund, Zigeuner!«

»Nein, er hat sich selbst vorgestellt«, antwortete Bet.

Muller sah sie nachdenklich an. NG stand außerhalb ihres Gesichtsfeldes, ein Schatten, dessen Reaktionen sie nicht erkennen konnte.

»Sei vorsichtig mit dem«, riet Muller ihr in allem Ernst, drehte sich wieder zu der Theke um, nahm sich einen Becher und zapfte sich sein Bier.

Ärger. Bet spürte ihr Herz klopfen. Instinktiv stellte sie sich mit einem Schritt rückwärts zwischen ihren Begleiter und diesen ›Zigeuner‹, berührte NG's Arm, um ihn abzulenken, und erkannte ganz deutlich, daß hier keiner scherzte.

»Komm!« sagte sie, und ging mit ihr hinaus, legte einen Arm um sie, und sie ließ es sich für ein paar Schritte gefallen, ganz gleich, ob sie deswegen gemeldet werden konnten.

»Machen wir, daß wir hier wegkommen«, sagte er.

Bet blieb stehen. »Kommt nicht in Frage.« Er suchte Ärger, das stand fest. Man brauchte nicht lange auf einem Schiff zu sein, das Fitch zum Ersten Offizier hatte, um sich das denken zu können.

Er blieb stehen, gab ihr einen kräftigen Stoß. »Zum Teufel mit dir!« Er ging ringabwärts davon, ohne sich noch einmal umzusehen.

Etwas an seiner Stimme hatte nicht richtig geklungen, dachte Bet. Ihre Schulter brannte immer noch, und ihre Knie waren vor Müdigkeit immer noch wakkelig. Zum *Teufel* mit dir!

»Yeager«, sagte Muller hinter ihr, nicht feindselig, nicht streitsüchtig. Sie drehte den Kopf nach ihm. »Yeager, laß das sein!«

Sie war sich nicht sicher, ob sie einen Rat von Muller wünschte. Sie war sich nicht sicher, was dieser Rat wert war oder ob es ein guter Rat war oder ob er freundlich gemeint war.

»Was, zum Teufel, war das?«

Muller zuckte die Achseln. »Eine Menge Ärger. Es geht mich nichts an, klar, aber ich dachte mir, du wüßtest vielleicht nicht über ihn Bescheid.«

»Was ist mit ihm?«

»Sein Name ist NG. Manchmal auch Ramey. Meistens NG. Die Crew hat ihm diesen Namen gegeben, verstehst du? Es ist eine Abkürzung für No Damn Good.«

NDG. Wie man es auf etwas malt, das zum Abfall soll. Wie eine kaputte Dose, ein Gegenstand, der nicht einmal mehr zum Recycling taugt.

Bet sah in die Richtung, in die NG verschwunden war. Sie sah zu Muller zurück.

»Was hat er getan?«

Muller verzog das Gesicht, schüttelte den Kopf.

»Was hat er getan?«

»Es geht darum, was er nicht getan hat. Der Mann bringt Unglück. Ist *verdammt* gut bei seiner Arbeit, sonst hätte Fitch ihn schon zwei-, dreimal in den Raum ausgestoßen. Laß ihn in Ruhe, misch dich nicht ein, es gibt nichts, womit du NG helfen könntest. Er hat eine eigene Art, sich für jeden Gefallen, den du ihm zu erweisen versuchst, zu revanchieren.«

Bet hatte nicht das Gefühl, daß Muller es richtig ernst meinte. Vor allem hatte sie nicht das Gefühl, Muller sei hinter NG's Skalp her. Es war mehr eine Rückversicherung für ein späteres ›Das habe ich dir doch gesagt‹.

Aber ihr Magen regte sich auf, und die Stelle zwischen den Schultern zuckte.

»Muller«, sagte sie höflich, sehr höflich, »Muller, ich muß dir danken, daß du so anständig bist, mich zu warnen. Es mag so sein, und ich zweifele gar nicht daran, daß es so ist, aber mein Prinzip ist, immer auch die andere Seite zu hören.«

»Das ist dein gutes Recht«, sagte Muller und nickte,

»und aus Prinzip sage ich nie, das sei nicht klug. Nur mußt du es in dieser Crew irgendwie zu Ansehen bringen. Fang es nicht so an, daß du dich mit ihm einläßt. Mehr als einer hier hat Probleme, die mit einer Station zusammenhängen, ein paar haben Probleme, die mit anderen Schiffen zusammenhängen. Doch NG ist in einer ganz anderen Klasse.«

»Das leuchtet mir alles ein«, sagte Bet. »Danke. Trotzdem muß ich mir eine eigene Meinung über einen Menschen bilden. Vielleicht hast du recht. Doch so bin ich nun einmal.«

Muller nickte, nicht beleidigt, nicht aggressiv, nur ein ›Ich habe mein Bestes getan‹.

Bet wischte sich die schmerzenden Hände an den Taschen ab und ging davon, so müde sie war, denn, verdammt noch mal, sie war da in etwas hineingeraten, und es beunruhigte sie, es beunruhigte sie sehr, wie der Mann sich benommen hatte, so, als sei er kurz vorm Überschnappen. Deshalb neigte sie zu der Ansicht, Muller habe recht.

Vor allem beunruhigte es sie jedoch, daß eine ganze Crew einem Mann ein solches Etikett aufklebte, ihn einfach abschrieb, als sei er Müll.

Vielleicht war er das. Vielleicht war er verrückt. Vielleicht kümmerte es sie überhaupt nur, weil sie vollkommen erschöpft war. Ihr tat alles weh, sie taumelte vor Müdigkeit, sie sollte vor allem für sich selbst sorgen, sich eine leere Koje suchen und hineinfallen und einen erwachsenen Mann seine Probleme allein lösen lassen.

Sie glaubte jedoch zu wissen, wo sie ihn finden könne.

9. KAPITEL

»Ramey?« Sie ließ die Tür zufallen. Ihr war mulmig zumute bei dem Gedanken, im Werkstatt-Abschnitt umherzuwandern, einem richtigen Kaninchenbau von einer Maschinenwerkstatt mit einem engen Mittelgang, einer Beleuchtung, die zu einem matten Schimmer gedämpft war, und eisig kalt. Bet faßte nicht nach den Lichtschaltern. Sie blieb stehen, wo sie war. Das war keine Angst, sie war nur vorsichtig. »Bist du hier, Mann?«

Stille. Vielleicht irrte sie sich. Vielleicht redete sie wie ein Dummkopf mit einem leeren Raum. Vielleicht kam gleich einer von den Haupttagsleuten aus der Technischen Abteilung nebenan und fand sie hier außerhalb ihrer Dienstzeit, und dann erging es ihr schlecht.

»Ramey?«

Eine winzige Bewegung hinten in einem der Gänge zwischen Bohrmaschinen, Aufzügen und Pressen.

Ja, er war da. Bet dachte an die Möglichkeit, daß er verrückt war — aber das hatte Muller eigentlich nicht gesagt.

Kooperativ war Ramey jedoch auch nicht.

»Na gut«, sagte Bet, »na gut, ich verstehe einen Wink mit dem Zaunpfahl. Ich gehe zu Bett, ich habe mich schon besser amüsiert, Ramey, aber jedenfalls danke für das Bier.«

Sie hörte ihn, sie sah den Schatten am Ende des Gangs.

Er ist tatsächlich verrückt, dachte sie. Vielleicht drogensüchtig.

Und von mir ist es erst recht verrückt, daß ich hergekommen bin.

Wenn ich jetzt zur Tür gehe, könnte ihn das ebenso

wild machen wie irgend etwas anderes. Ich muß mit ihm *reden*.

»Sollen wir wieder in den Gemeinschaftsraum gehen, vielleicht noch ein Bier trinken?« fragte sie. »Ich kann nicht behaupten, daß ich noch zu scharfem Nachdenken fähig bin, aber ich bin dir das Bier schuldig. Nur mußt du es auf deine Nummer nehmen, weil ich noch keine Woche an Bord bin.«

Der Schatten stand für einen Augenblick unbeweglich, machte schließlich eine abrupte wegwerfende Geste und schlenderte den Gang herauf ins Licht — ein Mann in einem verblaßten Jumpsuit. Die Beleuchtung machte Löcher aus seinen Augen, aus seinen Wangen. Er blieb stehen, stemmte die Hände in die Hüften. Dann ging er auf sie zu, kam näher und näher.

Vorsichtig, Mann, dachte Bet. Du versuchst wohl, mir Angst einzujagen! Ich bin ein verdammter Dummkopf, daß ich hergekommen bin, aber dieser Dummkopf kann dir den Hals brechen, Mann.

»Bist du auf Ärger aus?« fragte er.

»Ich bin auf ein zweites Bier aus.« Bet stemmte ebenfalls die Hände in die Hüften und nahm sich vor, die ganze Sache kühl zu behandeln. Er sollte sich bloß nicht einbilden, er könne sie mit dieser Masche hereinlegen und sie während der Dienstzeit, wenn die Gefahr bestand, daß Bernstein sie meldete, in dunklen Ekken befummeln. »Auf was denn wohl sonst? Ich bin todmüde, Fitch hat mir das Leben schwergemacht, Bernstein hat mir das Leben schwergemacht, dann lädt mich einer zu einem Bier ein und schubst mich weg — im Augenblick habe ich gar nichts Besonderes im Sinn, nur war es dein Bett, das ich ansteuerte, und ich habe keine Ahnung, wo ich meinen Matschsack unterbringen kann, ohne jemanden aufzuwecken. Ich bin absolut nicht daran interessiert, in das falsche Bett zu geraten, daß da irgendein Hurensohn wild auf mich wird, und ebensowenig will ich ein Weibsbild neben mir haben,

und ich bin nicht mehr wach genug, um richtig zu entscheiden. Deshalb möchte ich dahin« — sie wies mit
dem Daumen auf die Tür — »zurückkehren und noch
ein kaltes Bier trinken und dann duschen, und danach
wird mir nicht mehr nach tiefschürfender Philosophie
zumute sein. Hast du Lust?«

Er stand jetzt ganz dicht vor ihr, mit finsterer Miene,
versuchte, ihr Angst einzujagen. Aber vielleicht spürte
er auch, daß sie ihm Ärger machen konnte. Er wich gegen eine Werkzeugmaschine zurück, lehnte sich mit
gekreuzten Armen dagegen und richtete den Blick zu
Boden.

»Geh hier weg!«

Wahrscheinlich war das ein guter Rat. Bet wollte ihn
schon befolgen, ihre Beine waren bereit, sich in Bewegung zu setzen. Aber er starrte weiter zu Boden, und
die Muskeln an seinem Unterkiefer spannten sich.
Deshalb blieb sie, schlug die Arme ebenfalls übereinander, betrachtete ihn, und er hob den Kopf und maß
sie mit einem giftigen Blick.

»Geh!« sagte er.

»Teufel«, sagte Bet, »langsam dämmert es mir, warum du nicht allzu beliebt bist.«

Ruckartig wandte er sich der Tür zu und ging hinaus. Bet überquerte denselben Raum mit ebenso vielen
Schritten und folgte ihm den Korridor hinunter. Er
ging so schnell, wie er konnte, als sei er ein Kind mit
einem Wutanfall. Bet blieb zurück, denn seine Beine
waren soviel länger, und um ihn einzuholen, hätte sie
in Laufschritt fallen müssen, und das wollte sie nicht.

Zwei Leute von der Mannschaft begegneten ihnen,
und vielleicht folgten ihnen die Blicke aus zwei Augen-
paaren. Bet sah sich nicht um. Er sah sich nicht um.
Als er ihnen aus dem Sichtbereich war, blieb er stehen
und sah Bet finster entgegen. Sie waren im Abschnitt
der allgemeinen Laderäume angekommen. »Du bist
verdammt hartnäckig.«

Sie funkelte zurück. »Du auch. Du hast dich an mich herangemacht. Es war nicht meine Idee. Und wenn ich einen Verrückten in meiner Schicht habe, möchte ich Bescheid wissen, Mister.«

Er warf ihr einen beinahe mörderischen Blick zu. Das ›Beinahe‹ wurde zu einem vernünftigeren, nachdenklicheren Ausdruck. »Mein Name ist NG. NDG.«

Bet hielt ihm die Hand hin. »Meiner ist Bet.«

Er sah sie an, als spinne sie. Sie hielt die Hand immer noch ausgestreckt.

»Was willst du?«

»Ein Bier! Vielleicht zwei. Ist das eine so große Sache? Kommt mir nicht so vor.«

Er holte zittrig Atem, nahm die Hand, aber schüttelte sie nicht. Er hakte seine kalten Finger über ihre und schloß sie — als ziehe er jemanden aus einem Abgrund, dachte Bet. *Abgekühlt,* dachte sie, *völlig aus der Stimmung gekommen. Der will eine ganze Weile nicht mehr.*

Aber er ließ ihre Finger auch nicht los. Er zog Bet an sich, Körper gegen Körper, was sie nicht erwartet hätte, drückte sie mit dem Rücken gegen die Innenwand und starrte sie an, und die ganze Zeit dachte sie daran, wie weh ihr die Knie taten und ihre Arme und wie weh ihr der Hintern tat und der Rücken und wie alle Geräusche in ihrem Schädel widerhallten. Sie war so müde.

Ein Verrückter, dachte sie. Soll ich mich wehren? Was wird er dann tun? Was wird Fitch tun, was wird die Crew tun, wenn ich ihm den Arm breche?

Und NG sagte an ihrem Ohr: »Wie wäre es in der umgekehrten Reihenfolge? Wir gehen nicht in den Gemeinschaftsraum zurück, wir gehen in die Werkstatt, und dann bekommst du ein Bier, wenn du möchtest. Sag, möchtest du?«

Sie war kaum noch fähig, etwas zu empfinden. Aber das, was sie empfand, war richtig. Er war nicht übel, dachte sie, gar nicht übel, oh, wirklich nicht übel! Das war eine Erleichterung für sie, sie war sich nicht sicher gewesen, ob ihr nach Thule noch Gefühle übriggeblieben waren. Und der Teil ihres Gehirns, der noch funktionierte, sagte ihr, ein Verrückter wolle sie an einen Ort locken, wo es keine Zeugen gab, gefährlich, höllisch gefährlich, er konnte sehr wohl gewaltigen Ärger bedeuten, er konnte Macken haben, von denen Gott allein wußte.

»Der Schrankraum hier ist richtig privat.« Er atmete gegen ihren Hals und hatte die Hand unter ihrem Kragen.

Ich bin ein Dummkopf! dachte Bet. Ich will mich nicht mit einem verdammten Fall von Raumkrankheit einlassen, ich will nicht mit diesem Mann schlafen, ich will nicht einmal sein verdammtes Bier, und ganz bestimmt will ich nicht mit ihm in irgendeinen Schrank kriechen.

Aber ich will auch keinen Ärger mit ihm. Ich kann für mich selbst sorgen. Ich habe schon schlimmere Verrückte gesehen. Auf der *Afrika.*

Er öffnete den Laderaum neben ihnen, schob Bet hinein und zog die Tür zu. Danach war es stockfinster. Bet hoffte inbrünstig, er sei nicht so dumm oder nicht so durcheinander, daß er die Tür einschnappen ließ. Darüber machte sie sich immer noch Sorgen, als er sie tiefer in den Zickzackgang hineinschob, sie gegen die Schränke drückte und anfing, ihren Jumpsuit zu öffnen und ihr mit den Händen über den Körper zu fahren. Teufel, dachte Bet da — sie dachte nicht sehr klar mit dem Dröhnen in ihrem Schädel und bei dem, was er tat. Er öffnete seinen Anzug, und sie wärmten sich ein bißchen auf, ganz sanft, ganz höflich, dachte sie, nachdem er sich einigermaßen beruhigt hatte. Doch dann ging es bei ihm ziemlich abrupt, und sie endeten im Dunkeln auf dem Boden. Für Bet bedeutete es ein paar weitere blaue Flecken auf dem Hintern und richtigen Schmerz, so daß sie überlegte, ob es bei einem solchen

125

Verrückten ungefährlich sei, etwas über die Art, wie er es machte, zu bemerken. Kritik hilft einem Mann nicht, und möglicherweise schnappte er dann ganz über.

Doch dann war er mit einemmal fertig und sagte zwischen zwei tiefen Atemzügen: »Es tut mir leid.« Das klang, als sei es ihm furchtbar ernst und als sei er verlegen. »Schon gut«, meinte Bet und spielte mit seinem Haar, während er lange Zeit nur auf ihr lag und schwer atmete und schwitzte.

»Ich hoffe sehr, es kommt keiner«, sagte Bet schließlich. Seine Atmung hatte sich normalisiert, aber er hatte sich nicht bewegt, hatte ihn immer noch in ihr, und sie war sich nicht sicher, ob er sich soweit gesammelt hatte, daß er zu praktischen Erwägungen fähig war. »Bist du in Ordnung?«

Er sprach kein Wort. Statt dessen begann er, sie zu lieben, sie richtig zu lieben, so rücksichtsvoll, wie man es nur wünschen kann. Er war der beste Mann, den sie seit Bieji gehabt hatte, nur daß er bereits fertig war und es, wie sie glaubte, nur der Höflichkeit wegen tat, als Zugabe, als Dankeschön.

»Verdammt!« sagte sie schließlich und war für einen Augenblick nicht so erschöpft, wie sie gedacht hatte: »Verdammt ...« und dazu Verschiedenes andere. Sie hielt ihn noch eine Weile in ihren Armen, und er hielt sie, und als sie wieder zu Atem gekommen war, sagte sie: »Danke, Kumpel. Ich weiß das zu schätzen. Wirklich.«

Er antwortete nicht. Er hielt sie nur und streichelte ihre Schulter. Ein paar Atemzüge lang lag sie entspannt da. Sie wollte nicht reden, sie wollte nicht daran denken, sich zu bewegen. »Ich muß ins Bett«, sagte sie, »sonst schlafe ich hier ein.«

Also half er ihr höflich auf die Füße und half ihr, ihre Sachen zusammenzusuchen und anzuziehen, alles in absoluter Dunkelheit. Dann brachte er sich selbst in Ordnung, tastete nach der Klinke und öffnete die Tür vorsichtig einen Spalt. Bet lehnte sich an seine Schulter und sah und horchte ebenfalls hinaus. Sie schlichen sich in den Korridor und schlossen die Tür des Lagerraums.

»Besser, du gehst vor«, sagte er mit schmalen Lippen, der zweite Satz, den er während der ganzen Sache gesprochen hatte. »Such dir eine Koje. In der Mitte der oberen Reihe sind zwei frei.«

Sie sah ihn an und hatte jetzt eine ziemlich deutliche Vorstellung davon, was zumindest einen Teil seiner Seltsamkeit ausmachte und warum er keine Lust hatte, irgend etwas in der Unterkunft zu tun. Ein Zusammenleben, bei dem sich alles vor aller Augen abspielte, störte viele Leute, die nicht damit aufgewachsen waren, hatte auch sie anfangs auf der *Afrika* gestört. Noch viel schlimmer war es für einen Mann, der dazu neigte, sich in sich selbst zurückzuziehen, der nicht akzeptiert wurde, dem die anderen das Leben schwermachten. Wenn dann noch dazukam, daß er von einem Familienschiff stammte, wie es zum Beispiel die *Ernestine* war, wo es so etwas nicht gab, wurde es unerträglich. Er war ein Handelsschiffer. Der Krieg tötete Schiffe und verstreute die Menschen. Bet war sich über seine Herkunft so sicher, wie sie es auf der Afrika gewesen war, wenn man irgendeinen verängstigten Jungen von Bord eines Handelsschiffes holte und ihn die gleiche Initiierung durchmachen ließ wie sie, wie jeden.

Manche von dieser Rasse zerbrachen daran. Manche begingen Selbstmord. Manche starben einfach.

Ramey holte Atem, zögerte, als würden Worte nach dem Gewicht in Gramm berechnet, und fuhr zusammen, als man jemanden hinten um die Kurve kommen hörte. »Geh. Ich tu dir einen Gefallen.«

»Der seltsamste Gefallen, den mir je einer erwiesen hat.« Sie blieb stehen, und nun ging er weiter. Da holte sie zu ihm auf, hielt sich Schritt für Schritt an seiner Seite und blieb vor dem, der da hinten kam.

»Sie werden dich schikanieren«, sagte er, ohne sie anzusehen. »Sie werden dich auf Teufel komm raus schikanieren, wenn sie dich mit mir erwischen, und es furchtbar komisch finden. Bring deine Sachen nach oben, es ist so ungefähr die dritte, vierte Koje ringaufwärts.« Er faßte freundschaftlich ihre Schulter, und als er seine Hand löste, streichelte er ihr kurz über den Arm. Ein Prickeln blieb zurück.

Der merkwürdigste Mann, den sie je gehabt hatte, dachte sie, ausgenommen Ritterman. *Zwei in zwei Monaten. Was habe ich getan, um das zu verdienen?*

Ich bin todmüde, ich werde morgen alles verkehrt machen, o Himmel, was wird Bernstein einen Eindruck von mir kriegen!

Sie schaffte es noch, in der Unterkunft mit ihrem Matchsack die Leiter hochzusteigen und ihn ans Ende der zweiten leeren Koje zu binden. Dann fiel sie auf die Matratze, ohne die Decke zurückzuschlagen, zerrte das Sicherheitsnetz über sich, ließ es einschnappen und trat einfach weg, bis die Schichtmorgen-Glocke läutete.

Sie meldete sich in der Technik. »Ich habe mit Ihnen zu reden, Yeager«, sagte Bernstein und winkte sie in eine Ecke. »Wir haben eine Beschwerde bekommen, Yeager. Auf diesem Schiff halten wir etwas von Reinlichkeit. Ganz gleich, wie müde Sie sind, Sie legen sich nicht in ein Bett, das nicht bezogen ist, und achten Sie darauf, daß Sie nach dem Dienst duschen, Yeager.«

»Jawohl, Sir«, flüsterte sie. Ihr Gesicht brannte. »Ist nicht meine Gewohnheit, Sir, ich entschuldige mich, Sir. Ich konnte nur nicht gleich alles finden, ich wollte die anderen nicht aufwecken.«

»Ich werde Sie nicht melden«, sagte Bernstein. »Das ist die erste und einzige Warnung.«

»Ja, Sir. Ich bin Ihnen dankbar, Sir.«

Er musterte sie eine Minute lang mit einem ganz merkwürdigen Blick, so daß sie fürchtete, sie habe falsch reagiert oder etwas Falsches gesagt, und das machte sie nervös.

Gott, vielleicht hatte jemand die Neuigkeit über sie und ihren Gefährten verbreitet!

»Merken Sie es sich«, sagte Bernstein, und dann führte er sie selbst herum, zeigte ihr, was wo war, welche Geräte provisorisch repariert waren, welche speziellen Probleme es gab, erklärte ihr, wie die Arbeit ablief, was nach welchem Plan überprüft werden mußte.

Gott sei Dank, dachte Bet, ungefähr das gleiche hatte sie auf der *Ernestine* getan. Jennet hatte ihr die Schichttag-Wache am Ende sogar allein anvertraut, hatte ihr beigebracht, was die Angaben auf den Monitoren zu bedeuten hatten, und ihr in Jennets vernünftiger, verständlicher Art auseinandergesetzt, was kritisch war und was gerade noch ging. »Sie machen zusammen mit Musa die Runde«, sagte Bernstein und stellte sie einem kleinen dunklen Mann vor.

Und stellte sie NG vor, der sie kühl ansah. Bet spürte die Spannung, die in der Luft lag.

Bernsteins und Musas wegen bedachte sie NG Ramey mit dem Heben einer Augenbraue und einem kalten Starren, als habe sie eben jemanden kennengelernt, zu dem sie absolut kein Vertrauen hatte.

Was durchaus der Fall sein mochte.

Musa besaß neun Finger. Er gehörte zu den Leuten, die man niemals fragt, wie das kommt. Irgend etwas hatte einmal seine Nase getroffen, sie gebrochen und eine quer darüberlaufende Narbe hinterlassen, und wahrscheinlich dasselbe Etwas hatte eine Brandnarbe an seiner Schläfe erzeugt. Sie ging bis in sein Baumwollhaar hinein, das dort eine kleine graue Stelle hatte. Auch danach fragte man ihn nicht. Er wirkte wie ungefähr fünfzig, seine Haut hatte den hellbraunen Ton, den ganz dunkle Haut während einer Verjüngung annimmt. Er sah gar nicht schlecht aus, aber sein wirkliches Alter mochte fünfzig oder fünfundneunzig oder hundertfünfzehn sein, soviel Bet sagen konnte.

In einem hatte Bernstein recht: Musa war in Ordnung, Musa wußte, was er mit irgendeinem System auf diesem Schiff tat, das sah man sofort, und Musa forderte sie wiederholt auf: »Frage mich nur, das macht mir nichts.«

Es machte ihm ehrlich nichts, wie Bet feststellte, und das war eine Erleichterung. Musa informierte sie, daß Bernstein sie für die Wartung eingeteilt hatte. Sie mußte mit der Dreckarbeit anfangen, und bei ihrer ersten Aufgabe ging es um nichts weiter als eine kaputte Pumpe, die repariert werden mußte, um als Ersatzgerät bereit zu sein.

Das versetzte Bet in fröhliche Stimmung. Es war eine stumpfsinnige Arbeit, es war etwas, das sie vorwärts und rückwärts auswendig konnte, und es ließ sich im Sitzen erledigen, an einer Bank allein in der Maschinenwerkstatt. Da machte es ihr kaum etwas aus, daß ihr die Arme und die Hände weh taten und sie gerade noch fähig war, einen Schraubenschlüssel zu halten.

Eine einfache Plastik-Membran war gerissen. Bet ging in die Technik zurück, um zu fragen, ob ein Ersatzteil vorhanden sei oder ob es hergestellt werden müsse, und geriet an NG, der seine Checks durchführte.

NG zeigte ihr, wie sie das Ersatzteil-Verzeichnis im Computer abrufen konnte, und fand eine Membran. »Ich zeige dir, wo du sie holen kannst«, sagte er und rief eine schematische Darstellung des Lagerraums auf den Schirm.

Bernstein war in einer Besprechung und Musa zur Betriebsabteilung hinübergegangen, sie waren allein. NG legte Bet die Hand auf die Hüfte, nicht frech, sondern nur, um zu sehen, was sie wohl tun werde, dachte Bet. Sie schüttelte die Hand ab.

130

»Nicht im Dienst, Freund.«

Er warf einen Blick auf den Comp. Sein Gesicht verfinsterte sich. Er sprach kein Wort.

»Ich habe nicht gesagt, nie.« Bet runzelte die Stirn. »Du machst mich verdammt nervös.«

Auch darauf reagierte er mit keinem Wort.

»Ich mache dir einen Vorschlag«, sagte sie. »Du sagst mir, wo, zum Teufel, wir sind und was wir hier draußen tun, und heute abend treiben wir ein bißchen private Freizeitgestaltung.«

»Nicht notwendig«, erklärte er mürrisch, ohne sie anzusehen. »Wir liegen bei Venture.«

»Warum denn das?«

»Wir sind auf der Jagd. Ganz einfach.«

»Nach was?«

»Nach Mazians Haufen«, sagte er.

Das war nicht schwer zu erraten — falls man erraten konnte, auf welcher Seite ein Spukschiff stand.

»Hat man irgendeine Ahnung, welches Schiff es ist?« fragte Bet.

Er zuckte die Achseln. »Vielleicht die *Australien*. Es ist noch nicht ganz sicher.«

Die *Afrika*, dachte sie. Ihr Herz schlug schneller. Wenn sie an ihr Schiff dachte, schnürte es ihr die Kehle zu. »Wir sollen sie ausmachen, wie?«

»Ja, und wenn wir können, hauen wir ihr eins drauf«, antwortete NG. »So oder so laufen wir sofort davon. Dieses Schiff hat keine große Feuerkraft.«

»Kann ich mir vorstellen«, murmelte Bet. Sie fand sich auf der falschen Seite von allem wieder. Verzweifelt sehnte sie sich nach Hause zurück, auf die *Afrika*, auf die *Australien*, auf die *Europa*, auf irgendein Schiff, das in den Hinder-Sternen operierte, und sie hatte keine Chance, überhaupt keine Chance, eine solche Begegnung zu überleben, es sei denn, die *Loki* wurde manövrierunfähig gemacht und geentert.

Mit ein bißchen Sabotage ließe sich das arrangieren.

131

Für den bloßen Gedanken daran konnte man in den Raum ausgestoßen werden.

Und wenn man es schaffen wollte, ohne selbst in Stücke gerissen zu werden, mußte man über Schiffssysteme mehr wissen als sie.

Sie sah wieder zu NG hin, sah ihn an der Konsole sitzen, sah den schwarzen Haarschopf, den wie immer brütenden Ausdruck, als sei er niemals glücklich, als erwarte er von nichts und niemandem etwas Gutes.

Ein Verrückter, dachte Bet. Vielleicht war es nicht seine Schuld, daß er so geworden war, und er mochte ein verdammt guter Liebhaber sein, aber ein so nervöser Mann würde eines Tages überschnappen, das war zweimal auf der *Afrika* passiert, hartgesottenen Kämpfern, und man hätte es daran sehen können, daß sie Tag für Tag immer stiller und verrückter wurden. Einer von ihnen hatte eine Automatik in die Finger bekommen und damit in den unteren Hauptkorridor hineingeballert. Er hatte sechs Leute getötet, bis er überwältigt wurde. Eine Veteranin mit zehn Jahren Kriegserfahrung hatte eines Nachts, als Bet nur vier Kojen weiter schlief, Stücke ihrer selbst über die ganze Unterkunft drei verstreut — niemand brachte je heraus, wie sie an die Granate gekommen war.

NG war alles andere als glücklich auf diesem Schiff, mit dieser Crew.

Und NG — auf den Gedanken reagierte ihr Magen empfindlich —gehörte zur Technik.

10. KAPITEL

Bet gewöhnte sich ein. Sie konnte sich denken, wer sich über sie beschwert hatte, nämlich eine gewisse Mel Jason, die in der Koje neben ihr schlief und die ganze Wand bepflastert hatte, mit Blumenbildern und Andenken von Bars und Stationen und Fotos von nackten, gutaussehenden Männern, was einem alles nicht viel über Mel Jason sagte, außer daß sie weiblichen Geschlechts war.

Nun befand sich die nach unten führende Leiter ringabwärts und Jasons Koje ringaufwärts von Bet, zur Linken hatte sie keinen Nachbarn, und wegen der Plastik-Plane konnte kaum einer der anderen *gesehen* haben, daß sie gestern abend ihr Bett nicht bezogen hatte, es sei denn, jemand von ringaufwärts war gerade auf dem Weg zur Leiter am Fuß des Bettes vorbeigekommen. Es war nicht ganz ausgeschlossen, daß es jemand anders gewesen war, aber so, wie Bet es sich zurechtlegte, war es mit der größten Wahrscheinlichkeit Mel Jason gewesen.

Sie setzte also Mel Jason auf ihre vorläufige Schwarze Liste, nahm sich aber vor, sich nicht zu sehr darüber zu ärgern. Alles in allem war die Unterbringung auf diesem Schiff ordentlich, da waren die Sichtschutzschirme und all das, man hatte es schön luftig und war trotzdem sicher, denn das Netz verhinderte, daß man bei einem plötzlichen Manöver auf die Leute unten flog.

Am schönsten war es in Bets Augen, daß man ein Bett ganz für sich und darunter Stauraum für seine sämtlichen Habseligkeiten hatte. Die Besatzung des Schiffes machte nicht die Hälfte dessen aus, was die Unterkunft fassen konnte, und man brauchte die Kojen nicht mit den Haupttagsleuten zu teilen.

133

Da sie sah, wie sauber alles war und welche Gewohnheiten hier herrschten, nahm sie es Jason nicht sehr übel, falls es Jason gewesen war, die sich beschwert hatte, auch wenn Jason ein bißchen schnell am Drücker gewesen war. Auf der *Afrika* hatte es ebenfalls Richtlinien gegeben, so eng es an Bord gewesen war, und wie hätte sie geschimpft, wenn sie eine Neue dabei erwischt hätte, daß sie die Hygiene-Vorschriften brach!

Das Leben hatte sie einfach ein bißchen bereiter gemacht, anderen einen Freiraum zu lassen, das entdeckte sie an sich selbst.

Deshalb war sie freundlich zu Jason, ging um den Sichtschirm und sagte: »Tut mir leid wegen gestern abend. Dafür gibt es keine Entschuldigung, aber es ist keine Gewohnheit von mir.«

Jason sah von ihrer Näharbeit auf, biß einen Faden ab und nickte einmal und entschieden. Das war alles an Kommentar, was Jason abgeben würde, sie fragte Bet nicht einmal, wie sie das zu verstehen habe, und es war alles an Antwort, was Bet im Augenblick von Jason hören wollte. Mit der Zeit würde sich herausstellen, woran sie mit ihr war, sagte sich Bet, und ging zum Abendessen hinunter.

NG war da. NG hatte kaum mehr als einen Blick für sie, und sie ging nicht an freien Plätzen vorüber, um sich zu ihm zu setzen. Denn sie dachte daran, daß er ihr geraten hatte, sich in der Öffentlichkeit von ihm fernzuhalten, und er mochte gute Gründe haben, daß er kein Aufsehen wünschte. Also nahm Bet sich den ersten freien Platz auf der Bank und widmete all ihre Aufmerksamkeit dem Essen. NG ging: Bet wußte nicht, wohin.

Aber später, als sich viele von der Mannschaft in der abgedunkelten Unterkunft versammelten, wo ein sehr müder Vorkriegsfilm lief, und Bet mit gekreuzten Armen ganz hinten stand und dachte, sie müsse das Ding

mindestens zwanzigmal gesehen haben, stellte sich ein
Mann dicht neben sie.

Der Mann berührte ihre Schulter, nickte zur Tür hin
und fragte: »Yeager?«

Es war nicht NG. Das hatte sie zuerst geglaubt.

Aber es war ein Annäherungsversuch, sie kannte die
Spielregeln. Sein Name sei Gabe, sagte er, und er hätte
sie gern zu einem Bier eingeladen. Er war höflich und
interessiert, und er wollte sich mit ihr zusammensetzen und sich eine Weile unterhalten, und für den Rest
der Nacht hatte er Absichten, die man sich unschwer
denken konnte.

Bet war nicht besonders begeistert über die Einla-
dung, sie hatte nach NG Ausschau gehalten und gehofft, mit ihm Signale austauschen zu können. Aber
falls NG sich in der Unterkunft befand, konnte sie ihn
nicht entdecken, und wenn er anderswohin gegangen
war, stand fest, daß er ihr nicht signalisiert hatte, sie
solle mitkommen. So fand sie nicht sofort eine Ausre-
de, sie trank das Bier, sie trank ein zweites, und Gabe
— der Name auf seiner Tasche lautete McKenzie —
stellte ihr Fragen, auf die sie mit den üblichen Lügen
antwortete: Handelsschifferin, die bei den Kämpfen
um Pan-paris von ihrem Schiff getrennt worden und
zu ihrer Verzweiflung auf Thule gestrandet sei — und
was war mit ihm?

McKenzie war voller Mitgefühl. McKenzie erzählte,
er sei seit zehn Jahren auf der *Loki*, McKenzie war offensichtlich mehr daran interessiert, zum Zug zu kommen, als detaillierte Fragen zu beantworten. Dann kamen zwei Männer von ringabwärts heraufgewandert,
Freunde von McKenzie, die sich die Neue ansehen und
sie ein bißchen aufziehen wollten, sie aus der Fassung
bringen, wenn sie konnten, ihren Spaß haben, wenn
sie das nicht konnten. Die beiden — Park und Figi —
waren in Ordnung, dachte Bet. Sie setzten sich nicht
hin, sie blieben nur bei ihnen stehen, wollten heraus-

135

bringen, wie Bet zu McKenzie stand und ob sie später selbst Chancen hätten.

McKenzie, Park und Figi, offensichtlich gute Freunde, waren alle drei Scan-Techniker, McKenzie der Gutaussehende, Park und Figi unter der kessen Fassade ein bißchen schüchterner, ein bißchen weniger ungezwungen mit einer Fremden.

Man konnte darauf wetten, wer der Anführer des Trios war, dachte Bet und lachte über die Sticheleien. Sie fand es richtig süß, daß McKenzie rot wurde — sie nahmen ihn mit Redensarten hoch, man könne im Dunkeln in die falsche Koje geraten, und er empfahl ihnen abzuhauen.

Gerade versuchte McKenzie von neuem, vertraulich zu werden, als zwei neue Männer im Gemeinschaftsraum auftauchten und sie hinübergehen und sich vorstellen mußten. Es waren Rossi und Wilson nach ihren Schildchen, Dan und Meech mit Vornamen, und auch sie waren nicht übel, vor allem Rossi nicht, aber man zeigte sich nicht wählerisch, wenn man neu war, das gehörte sich nicht, und man fing auch nicht mit dem einen Mann an und verdrückte sich dann mit einem anderen, falls man nicht als Unruhestifterin bekanntwerden wollte. »He«, sagte McKenzie schließlich und legte Bet mit Beschützermiene den Arm um die Schultern, »das ist mein Bier. Verschwindet! — Kate, nimm diese Kerle mit!« rief er einer Frau zu, die sich eben ein Bier zapfte.

»Habe ich dafür einen Gefallen bei dir gut?« fragte Kate zurück, und damit begann an der Theke eine freundschaftliche Hakelei zwischen Kate, Rossi und Wilson. McKenzie nutzte die Gelegenheit und drückte Bet ein bißchen. »Nimm sie nicht ernst. Gefällt es dir? Die Unterkunft ist im Augenblick so gut wie privat, weil alle den Film ansehen. Ich habe eine eigene Flasche. Was meinst du?«

»Fein«, sagte Bet.

Doch als sie aufstand, um mit McKenzie zu gehen, entdeckte sie NG an der Wand neben der Unterkunft. Er stand nur da und sah sie an.

Ihr Magen verkrampfte sich. Sie dachte an das Versprechen über die Freizeitgestaltung, das sie ihm heute nachmittag hingeworfen hatte, und er hatte es beiseitegewischt, als wolle er sagen: ›Bemühe dich nicht‹, und Bet war zu dem Schluß gekommen, das sei seine Meinung zu der Angelegenheit.

Sein Blick sagte jedoch alles andere als ›Bemühe dich nicht‹. Ihr Herz begann zu hämmern, und sie wollte keinen Blickkontakt mit ihm, doch es geschah, einmal, schnell, direkt, während sie zur Tür ging.

Dann drehte er sein Gesicht in die andere Richtung, lehnte nur da mit den Händen in den Taschen, und Bet ging durch die Tür und zusammen mit McKenzie in die Unterkunft.

McKenzie hatte eine untere Koje, von der Stelle, wo der Film immer noch lief, durch den ganzen Raum getrennt. Sie waren nicht das einzige Paar hinten am dunklen Ende, höchstwahrscheinlich lag heute abend nicht jeder in seinem eigenen Bett. McKenzie holte eine Flasche hervor und trank und reichte sie Bet, und dabei zog er sich aus. Sie nahm zwei oder drei große Schlucke, gab ihm die Flasche zurück und zog sich ebenfalls aus. Sie legten sich ins Bett, unter die Decke. Vorn klang brüllendes Gelächter über diesen verdammten müden Film auf, in dem gerade das Schiff der Guten auftauchte; Bet erinnerte sich noch an die Handlung. Aber die kalte Luft erwischte sie, vielleicht war es aber auch der starke Wodka, und sie schmiegte sich an McKenzie. Beinahe klapperten ihr die Zähne.

»Was ist?« fragte er und streichelte ihre Schultern und war ganz behutsam. Er machte sich tatsächlich Sorgen, sie könne Angst vor ihm haben. »Es war da draußen nur ein bißchen kalt«, antwortete Bet. »Mir geht es gut.«

Sie tranken jeder noch einmal aus der Flasche. Teufel, dachte sie, es war nichts verkehrt an Gabe McKenzie. Er war höflich, er war vernünftig, er war besorgt um sie, er machte alles richtig, und er erkannte an, was sie tat. Trotzdem war ihr, als sei ihre Haut plötzlich tot, so wie es bei Ritterman gewesen war. Vielleicht war sie einfach zu müde, oder die Hormone funktionierten nicht, oder so etwas.

Es ängstigte sie, und dann dachte sie eine Sekunde lang an NG und seine Hand auf ihrem Arm, und ihre Haut prickelte, nur weil sie daran gedacht hatte, während nichts, was McKenzie tat, unter die Oberfläche drang.

Das ist verrückt, dachte sie, und plötzlich stellte sie sich vor, daß NG da draußen im Gemeinschaftsraum war, und NG wußte, was gerade eben vor sich ging, und wahrscheinlich war er wütend und regte sich auf, weil sie sich einem anderen hingab, ihn sitzengelassen hatte.

Nein, verdammt noch mal, sie hatte ihn nicht sitzengelassen, er war nicht auf ihren Vorschlag eingegangen, er hatte sie heute nachmittag abgewiesen, als sie ihm ein Angebot gemacht hatte, er hatte beim Essen die Chance gehabt, zumindest in ihre Richtung zu blikken und ihr einen Hinweis zu geben.

Bet wünschte zu Gott, er sei nicht verrückt, sie wünschte, er sei jetzt nicht da draußen und ein Irrer, der auf diese Weise herumlungerte. Am liebsten hätte sie ihn mit einem Fußtritt den Korridor hinunterbefördert.

Sie wünschte ...

Verdammt, sie wünschte, er würde sie anstelle von McKenzie vögeln, deshalb ließ sie ihre Gedanken absichtlich zwischen ihm gestern abend und dem, was McKenzie tat, hin- und herwandern und versuchte, ein bißchen Gefühl zurückzugewinnen — verdammt, verdammt! Sie würde wegen NG Ramey ganz schön ins Gerede kommen, und dann ... wenn man beim Sex seinen Hals riskierte, hatte man ein Problem. Sie hatte so etwas in der Flotte gesehen — hatte gesehen, daß sie noch ein paar Zuschauer mitnahmen, wenn sie zum letztenmal bumsten. Eine unglaubliche Dummheit war das, und sonst nichts ...

Nur daß es an NG noch etwas anderes gab; er hatte diesen verwundeten Blick. McKenzie hätte diesen Ausdruck in seinem Gesicht nicht erkannt, wenn er ihn angesehen hätte. Sie war die einzige, die wußte, warum NG dort gestanden hatte — und sie konnte nicht vergessen, daß er dort war, konnte nicht aufhören zu denken, obwohl ihre Aufmerksamkeit hätte McKenzie gehören sollen, daß noch niemand eine solche Wirkung auf sie gehabt hatte wie NG.

Nein, verdammt noch mal, auch das war eine Lüge, das war eine absolute Lüge, der Mann hatte sie in einem dunklen Lagerraum weggeschubst, er hatte die Geduld, die sie mit irgendeinem Mann haben konnte, beinahe erschöpft, und ganz gleich, welche Entschuldigung es dafür gab — so spektakulär war das vorher auch wieder nicht gewesen!

Doch ihre Gedanken brachten die Sache in dem Lagerraum damit durcheinander, wie er sie im Korridor berührte und diese heftige Reaktion aus ihren Nerven herausholte, die sie in ihrem ganzen Leben noch nie, nicht einmal beim Sex gehabt hatte, dieses Gefühl, daß sie, wenn sie es noch einmal erleben und betrachten und analysieren könnte ...

Verdammt, natürlich war es nichts als eine Täuschung, ein zum erstenmal seit zwei Jahren erfolgter Adrenalinstoß, mehr war nicht daran, es würde sich nicht wiederholen, sie war ausgehungert und NG der erste Mann gewesen, der ihr über den Weg lief. So verrückt war sie auch wieder nicht, daß sie in wilde Leidenschaft wegen eines Mannes geriet, der wahrscheinlich eines Nachts überschnappen würde — und ganz bestimmt war sie nicht so verrückt, daß sie in wilde Leidenschaft geriet, *weil* er eines Nachts überschnappen mochte.

Nein. Nicht das Risiko machte ihr Sorgen, sondern dieser Blick, den er ihr da draußen zugeworfen hatte, dieser Blick, der besagte, er werde etwas tun, von dem ihm sein gesunder Menschenverstand abriet.

Es waren zwei verschiedene Personen, der Mann, der sie bequasselt hatte, ein Bier mit ihm zu trinken, und der Mann da draußen, der sich fürchtete hereinzukommen ... und doch nicht weggehen und die Sache auf sich beruhen lassen wollte. — Gott, auf jeden anderen mochte es wirken, als sei er nichts weiter als wunderlich wie immer, aber so war es nicht, Bet wußte es, sie war überzeugt davon. NG unternahm damit etwas, und wenn er da draußen stand, war das seine Art zurückzuschlagen, auch wenn McKenzie es nicht einmal merkte.

Das war es, was ihr in die Seele drang. Er war nicht da draußen, um eine Schlägerei anzufangen, auch nicht, um sie in Verlegenheit zu bringen. Er hatte, so dachte Bet, mit diesem einen Moment des Blickkontakts eine ganze Menge von seinem Stolz riskiert, bevor er sein Gesicht zur Seite wandte. Das beunruhigte sie, während sie in McKenzies Koje lag. Sie hatte keine Ahnung, wo NG seine Koje hatte, und als schließlich Leute durch die Tür nach draußen kamen und gingen, konnte sie nicht sagen, ob NG in die Unterkunft gekommen war oder nicht. Vielleicht war sie für eine Weile eingeschlafen, denn sie wachte auf, und es lief ein anderer Film, und McKenzie schnarchte. Sie hatte gar nicht mitgekriegt, wie er fertig wurde. Bet stieg aus seinem Bett und kletterte nach oben.

Da im Dunkeln auf dem Gehsteig, der an den Kojen vorbeiführte, sprach sie einer an, ein großer Mann, ein bißchen ungehobelt und betrunken. Er versprach ihr einen Drink, wenn sie in seiner Koje Station mache, also, zum Teufel, was soll's?

Sie ließ sich auch noch von ihm ficken, sie wußte nicht warum, ihr war einfach nicht nach Schlafen zumute, und sie wollte, daß jemand die Erinnerung an die letzte Nacht und NG auslöschte und Löcher in ihre sorgfältige Analyse brannte.

Das schaffte er nicht. Es kümmerte ihn auch nicht, er hatte sich ganz in seinem eigenen Raum verloren, aber er teilte seine Flasche mit ihr, und sie betrank sich. Trotzdem fand sie ihre Koje, zog sich aus und legte sich ordentlich ins Bett. Sie schlief ein, kaum daß ihr Kopf die Matratze berührte.

Mitten in der Nacht wachte sie auf, voller Ekel und Entsetzen über das, was sie getan hatte, schlief wieder ein und erwachte ein zweitesmal, als die Schichtmorgenglocke bimmelte und die Leute zur Arbeit aufstanden.

Verdammt, sie hatte keine Ahnung, wer der zweite Mann gewesen war, von dem sie sich am Schluß hatte ficken lassen und in welcher Koje das passiert war.

Sie mußte unbedingt duschen. Sie wünschte, sie hätte das nicht getan, zumindest nicht auch noch ein zweitesmal, um Gottes willen! *Diese* Klatschgeschichte würde die Runde machen, ganz bestimmt.

So etwas Idiotisches, kein Name, nichts! Sie hatte sich an einem fremden Ort sinnlos betrunken, sich überreden lassen, mit einem Mann, der ebenso betrunken war wie sie, ins Bett zu gehen, und — o Gott! — sie konnte sich nicht einmal erinnern, ob es nur der eine gewesen und wie sie in ihre eigene Koje zurückgekommen war. Sie hätte auf dem Krankenrevier enden können, ohne zu wissen, was passiert war, diese Leute waren nicht ihre Schiffskameraden, noch nicht, noch lange nicht.

Sie konnte nur hoffen, der Betrunkene, mit dem sie

gevögelt hatte, zerbrach sich jetzt auch den Kopf, wer *sie* war.

Verdammt, verdammt, *verdammt!* Sie war böse auf NG Ramey, das war es, auf diesen verdammten Irren, sie war böse, daß sie *ihn* brauchte, wenn sie etwas empfinden wollte, und das Gefühl kam daher, daß sie zuviel getrunken hatte und daß es rings um sie zu viele lose Enden gab. Das war alles, es war nichts als Unsicherheit, und es war einfacher, sich über einen Raumkranken aufzuregen als darüber, wo das Schiff war und auf welches Spiel sie sich da eingelassen hatte und was sie tun sollte, wenn Bernstein sie an eine komplizierte Reparatur setzte, die sie nicht durchführen konnte.

Bet duschte, sie frühstückte ein paar schnelle Schlucke Synth-Organe und etwas Salz, um ihren Blutdruck wieder ins Gleichgewicht zu kriegen, dazu einen Cräkker, genug, um in ihrem Magen ein Polster für zwei Katerpillen zu schaffen.

Sie war pünktlich in der Technik, trug sich diesmal als erste ein, sauberer Pullover, saubere Hose, na ja, und rote Augen und ein hämmernder Schädel.

Es war ein Check durchzuführen. Bet zog die Checkliste aus dem Wandclip und machte sich sofort daran, ganz enthusiastische Tüchtigkeit, ganz in der Art, wie es nach Bernsteins Worten von dem ersten, der hereinkam, erwartet wurde.

NG tauchte auf, trat zu ihr und nahm ihr das Keyboard aus der Hand.

»Guten Morgen!« sagte Bet.

»Das überprüfe ich besser«, sagte er, und dann fing er an, sämtliche Checks noch einmal durchlaufen zu lassen, alles von Anfang an, was sie bereits erledigt hatte.

»Ich habe es richtig gemacht«, erklärte Bet entrüstet. Sie stand dicht neben ihm und versuchte, das alles vor

142

der Haupttag-Crew geheimzuhalten, die noch dabei war, ihre Arbeiten zu beenden. »Zum Teufel, ich kann eine verdammte Zahl hinschreiben, Ramey!«

Er nickte, ohne sie auch nur anzusehen, und machte schweigend weiter.

Im Augenblick war es ihr nicht möglich, etwas dagegen zu unternehmen. Der Haupttagschef war noch da, in Hörweite, und dann kam Bernstein mit Musa herein. Also würgte sie ihren Zorn hinunter und wartete darauf, daß Bernstein ihr eine Aufgabe zuwies.

Bernstein beauftragte sie, gemeinsam mit Musa zum Kern hinunterzukriechen, und damit verging der Rest des Tages. Sie trug einen Schutzanzug und fror sich trotzdem den Arsch ab, es war ein langes, langes Elend mit dem Kontrollieren von Verbindungen und dem Suchen nach Lecks, wobei man die ganze Zeit wußte, daß das Schiff jeden Augenblick... Musa drückte es so aus:

»Ich ziehe so etwas gern schnell durch. Bei uns ist das anders als bei einem Handelsschiff — wenn die *Loki* sich in diesem Augenblick bewegen müßte... dann könnten wir tief, tief hinunterfallen, Mädchen.«

»Wieso haben gerade wir das Glück?« Bet meinte die Schichttag-Crew. Sie schwebten bei null ge in einem dunklen, schwindelerregenden Raum, durch den sich Rohre von einem Viertelkilometer Länge zogen, schwangen sich über die Rohre und wieder hinunter unter die Rohre wie Schnürbänder. Die Helmlampen und die Handscheinwerfer beleuchteten das ihnen nächste Stück Rohr und verloren sich in dem Abgrund, den Musa meinte.

»Bernstein hat eine Wette verloren«, berichtete Musa.

»Ist das dein Ernst?«

»Es geschieht Seltsameres.« Kurze Stille, in der die Suchlichter blink-blink, blink-blink machten.

Bet hatte eine Sicherheitsleine, die sie mitnahm, wenn sie sich weiterbewegte, und von neuem festhakte. Sie hoffte inbrünstig, sie werde sich ihr niemals anvertrauen müssen. An einem Ort wie diesem durfte man es sich einfach nicht erlauben, in Begriffen von ›oben‹ und ›unten‹ zu denken, denn dann konnte es passieren, daß man von einer Stütze losgepolkt werden mußte.

In der Flotte wußte jeder alles über lange Korridore und plötzliche Bewegungen. Der Ring eines Transporters war kein Ring, sondern ein Zylinder mit ein paar langen, langen Korridoren von vorn nach achtern, und die Korridore verliefen im Zickzack, um Abstürze zu bremsen. Trotzdem konnte es sehr tief hinuntergehen, wenn die Triebwerke pötzlich ansprangen. Man rannte, als sei der Teufel hinter einem her, wenn der Sicherungsalarm losging, man drückte sich in einen Winkel, hoffte, einen Ringbolzen in der Nähe zu haben, in dem man den Sicherheitsgurt festhaken konnte, man klammerte sich an, so lange die Hände es aushielten, und manchmal wurde der Schub dafür zu stark, man hoffte nur, es sei bald vorbei, und konzentrierte sich aufs Atmen. Einmal hatten nur drei Sekunden zwischen dem Alarm und einem Schub gelegen, der viel zu heftig ausfiel. Es hatte dabei einhundertzwanzig Tote gegeben, denen es nicht mehr gelungen war, sich zu sichern. O Gott, sie konnte das nicht vergessen, sie träumte manchmal davon, wie zerschmetterte Leichen an ihr vorbeifielen — und sie selbst hatte das Glück gehabt, eine feste Wand im Rücken zu haben.

Man sah nicht in den Kern hinein und dachte dabei an ›unten‹, sonst drehte sich einem der Magen um. Vor allem, wenn man einen Kater hatte. Zur Hölle mit NG!

»Musa.«

»Ja.«

»Würdest du mir etwas erzählen? — Ob wir wohl abgehört werden?«

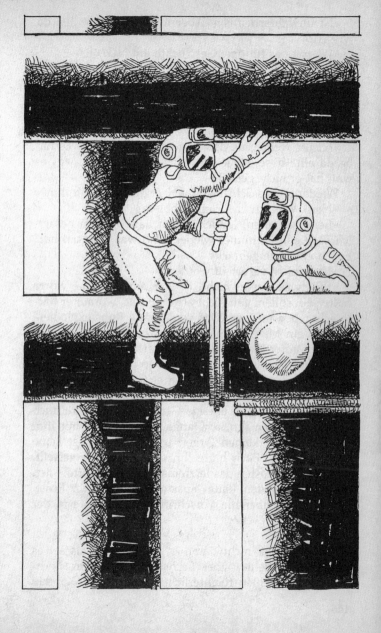

»Ist unwahrscheinlich. Aber möglich. Was willst du wissen?«

»Was ist das für eine Geschichte mit NG?«

»Wer hat zu dir davon gesprochen?«

»Muller.«

Ein langes Schweigen, in dem nur der Luftstrom zischte und die Anzeigen *Ping* machten. Dann: »Was hat Muller gesagt?«

»Nichts weiter, als daß er geschnitten werde. Es habe da eine böse Sache mit der Crew gegeben, was es war, hat er nicht gesagt«

Wieder langes Schweigen. »Hast du Ärger mit ihm?«

»Nein. Was hat er für ein Problem?«

»Sein Verhalten, Mädchen. Ich habe es ihm gesagt. Ich sage es ihm immer wieder. Und was er getan hat? Er hat einen umgebracht.«

»Ist er nicht verurteilt worden?«

»So etwas war es nicht. Er war nur nicht da, wo er hätte sein sollen, gab nicht acht auf das, worauf er hätte achtgeben müssen. Das verdammte Rohr explodierte, und ein Mann namens Cassel kam dabei ums Leben. Ein guter Mann. NG — der hatte die Gewohnheit, sich zu verdrücken, wenn es ihm so paßte, Cassel versuchte, ihn zu decken. So hat er es Cassel gelohnt.«

»Schrecklich, so abgestempelt zu sein.«

»Das ist nicht der einzige Grund. Ich verhalte mich anständig gegen ihn, ich fange keinen Streit mit ihm an, ich mache keinen Ärger, und Bernstein ist seine letzte Chance. Fitch hatte ihn unter Anklage gestellt, als er seinen Posten das letztemal verlassen hatte. Fitch wollte ihn in den Raum ausstoßen lassen, im Ernst. Hast du das über die Vorschriften und Rechte in der Unterkunft gelesen?«

»Ja. Und?«

»Glaube bloß nicht daran ... Es sah aus, als sei es um NG geschehen, aber Bernstein rettete ihn, Bernstein machte einen fürchterlichen Krach beim Kapitän und sagte, steckt ihn in die Schichttag-Crew und versetzt dafür den anderen, er würde ihn nehmen. Andernfalls hätte NG den kalten Spaziergang gemacht, das ist sicher.«

Das gab eine Menge Stoff zum Nachdenken.

»Ist er Bernstein dafür dankbar?«

»Weiß ich nicht. Vielleicht. Vielleicht auch nicht. — Ich will dir was sagen. Dieser Mann ist nicht ganz da. Aber im Dienst verdrückt hat er sich nie mehr. Er gibt Bernstein niemals einen Grund zur Klage, und mir auch nicht. Man darf ihn nur nicht ärgern.« Wieder ein langes Schweigen, Musa schwebte im Bogen über das Rohr zu Bet hinüber, faßte ihre Hand und zog sie näher, bis ihre Helme sich berührten. Er stellte seinen Com ab. Bet verstand dieses Spiel und stellte ihren ab. »Ich will dir noch etwas sagen, Yeager.« Musas Stimme klang fremd und wie von weither. Bet konnte sein Gesicht innerhalb des Helms sehen, von unten vom Glühen der Anzeigen beleuchtet. »Ich glaube, einmal hat dieses Schiff einen Sprung gemacht, und NG war im Bau — und ich bin mir nicht ganz sicher, ob Fitch dafür gesorgt hat, daß er sein Beruhigungsmittel erhielt. Ich bin mir nicht sicher, verstehst du, aber als Bernstein ihn herausholte — vielleicht ist NG nur einmal zu oft im Bau gewesen, vielleicht war es nur der Sprung und daß er diesen Spaziergang vor sich hatte — aber ich bin mir auch nicht sicher, daß es nicht geschehen ist. Wie ich schon sagte, Fitch haßt ihn aus Herzensgrund, wir hatten einen Notfall, wir mußten springen, NG war in Fitchs Augen schon tot. Aber als Bernstein ihn nach dem Sprung rettete — da hätte Fitch dem Kapitän doch niemals mehr gesagt, was er getan hatte. Ich kann es nicht beweisen. NG spricht nicht darüber. Ich weiß nicht, ob alles von ihm von diesem Trip zurückgekommen ist.«

»Gott ...«

»Ich behaupte nicht, daß es so ist, verstehst du. Es

gibt keine Möglichkeit, das zu beweisen. Denke nicht einmal daran. Wir sind jetzt *legitim*. Wir gehören zur Allianz. In der Allianz gibt es *Rechte* und *Gesetze*, und der Kapitän hat sie unterschrieben. Aber es gibt sie nicht hier auf diesem Schiff, Mädchen, und du kommst nicht weg von diesem Schiff, du wirst aus dieser Crew nicht entlassen, und ich hoffe, das hast du gewußt, als du deinen Namen hingeschrieben hast. Versuche nur, stiften zu gehen, wenn wir im Dock sind, Fitch wird dich finden, beschwere dich bei der Justizbehörde einer Station, Fitch wird lügen und dich zurückholen, und dann wirst du auf den kalten Spaziergang geschickt, das ist sicher. Hat Fitch dir das gesagt?«

»Nein. Aber im Grunde überrascht es mich nicht.«

»Dann hast du verstanden.«

»Ist NG ein Freiwilliger?«

»Weiß ich nicht. Fitch heuert die Leute an. NG hat nie etwas davon gesagt, es sei denn, zu Cassel. Ist auch egal. Er ist auf diesem Schiff, er wird auf diesem Schiff sterben, und das werden wir alle.« Musa ließ sie weiterschweben und stellte seinen Com wieder an. Bet legte den Schalter ihres Com um.

»Beeilen wir uns ein bißchen.« Musa wies mit dem Schein seiner Lampe das Rückgrat des Schiffes entlang. »Ich hasse diese Kern-Inspektionen, verdammt will ich sein, wenn ich das nicht tue.«

11. KAPITEL

Bet zog den Schutzanzug aus und meldete sich zusammen mit Musa bei Bernstein zurück. Es war ein langer, langer Tag gewesen; die Kälte saß ihr tief in den Knochen. »Gehen Sie nur«, sagte Bernstein. »Es ist ruhig heute, bis zum Schichtentie ist es nur noch eine Stunde, das schafft NG allein.«

Da war Bet bereit zu schwören, Bernstein sei menschlich. Sie trödelte jedoch herum und las die Diensteinteilung, während Musa sich bereits austrug, und blieb unterwegs an NG's Arbeitsplatz stehen. Musa ging zur Tür hinaus, und Bernstein war beschäftigt und kehrte ihnen den Rücken zu.

NG drehte nicht einmal den Kopf, NG konzentrierte sich auf seine Tastatur und seine Anzeigen, und sie trat nahe an ihn heran und strich ihm über den Nakken. »Ich möchte mit dir reden«, sagte sie. Er schlug nach ihren Fingern wie nach einer Fliege und dann sah er sich mit einem Ausdruck zu ihr um ...

Böse vielleicht; gestört, verwirrt, verängstigt — all das in einem Augenblick, dann verfinsterte sich sein Gesicht, und er schob den Unterkiefer wütend vor.

Bet fragte: »Wo?«

Er sah sie weiter finster an.

»Vor den Schränken?« schlug sie fröhlich vor. »Um 21.00?«

»Werkstattlager«, sagte er, ohne daß sich sein Ausdruck veränderte.

»Du bringst es noch soweit, daß wir ...«, beinahe hätte sie gesagt: »In den Raum ausgestoßen werden«, doch das war keine gute Idee.

Er sagte überhaupt nichts. Er blickte nicht glücklicher drein.

»In Ordnung«, stimmte Bet zu und ging hinaus, bevor Bernstein sich umdrehen und etwas merken konnte.

Sie holte ihre Wäsche von der Dienstleistung ab, wanderte ringaufwärts zum Gemeinschaftsraum, wo der Haupttag gerade frühstückte, setzte sich auf die Bank, trank mit Musa einen Becher Tee und wartete darauf, daß der Haupttag die Duschkabinen räumte. Dann ließ sie sich absichtlich Zeit mit dem Duschen und dem Abendessen.

Denn McKenzie hatte etwas im Sinn. Bet hatte den Blick bemerkt, den er ihr zusandte, sobald er sie entdeckt hatte, und sie wich ihm aus. Sie setzte sich auf einen engen Platz zwischen zwei Frauen und nickte ihnen ein freundliches ›Hallo‹ zu, worauf die beiden mit steinernem Schweigen reagierten. Dann widmete sie ihre ganze Aufmerksamkeit ihrem Eintopf. Aber McKenzie kam herüber und erkundigte sich, wie es ihr gehe.

»Oh, gut.« Bet dachte schnell nach. »Nur muß ich noch einmal zur Dienstleistung und da Krach schlagen, es hat eine Verwechslung mit meiner Wäsche gegeben.«

»Was ist mit heute abend?«

»Ich weiß nicht«, antwortete sie so freundlich wie möglich. Sie sah NG hereinkommen, unten am ringabwärts gelegenen Ende des Gemeinschaftsraums — verdammt! Und McKenzie konnte sich mit Recht beleidigt fühlen, wenn eine Frau ihm nach dem erstenmal, das sie miteinander geschlafen hatten, die kalte Schulter zeigte ... besonders wenn Mann Nummer zwei von letzter Nacht herumlief und erzählte, sie habe McKenzie verlassen und sei in seine Koje gekommen, weil McKenzie schlappgemacht habe. Gott!

Deshalb lächelte sie McKenzie an und kräuselte die Nase zu einem liebenswürdigen Ausdruck. »Weißt du, ich möchte dich gern beim Wort nehmen.« Sie stand

150

mit dem Tablett in der Hand auf, versuchte nur, ihn loszuwerden. Wenigstens hatte sie den Erfolg, daß McKenzie zurücktrat und sie mit ihm reden konnte, ohne daß die beiden Frauen mithörten. »Ich bin dir die Wahrheit schuldig, Gabe. Tatsache ist, daß ich heute abend verabredet bin — nun, mich schon vorgestern für heute verabredet habe, und ich kann jetzt nicht mehr gut absagen — aber du stehst auf meiner Goldenen Liste, ehrlich. Ich bin einfach noch nicht bereit, mich an einen einzelnen zu binden. Das ist nie meine Politik gewesen.«

Der Mann war gar nicht an der Reihe, er wollte sie gleich zweimal hintereinander haben, und er sprach sie deswegen in aller Öffentlichkeit an und zwang sie, sich zu verteidigen, wenn sie doch gar nichts Unrechtes getan hatte. Verdammt! Sie konnte sie sich aussuchen.

»Dann danach«, sagte er.

»He«, warnte Bet, »ich muß das auf politische Weise regeln, Gabe.«

»Nichts, was du nicht möchtest«, sagte er.

»Hast du ›nicht mögen‹ verstanden? Das habe ich nicht gesagt. Ich habe nur ein ungutes Gefühl, wenn ich mich auf der Stelle an einen einzigen binden soll. Nicht das Richtige für mich. Aber ich wähle mir meine Favoriten, nachdem sich das Neue abgenutzt hat.« Sie klopfte ihm auf den Arm, warf Geschirr und Tablett weg, drehte sich um und blinzelte ihm zu. »Bis dann, Schatz.«

Bet entfloh. Sie wußte nicht, was McKenzie darüber dachte, aber wenigstens wirkte er ein bißchen besänftigt. Wieder in der Unterkunft, versteckte sie sich eine Weile in der Toilette für den Fall, daß McKenzie oder einer seiner Freunde ihr folgte, dann kam sie wieder heraus und verschwand durch die Tür, die in die andere Richtung führte, ohne auch nur den Kopf zu drehen. Erst ein gutes Stück den Korridor hinunter verlangsamte sie den Schritt.

151

Verdammt! dachte sie. Ihr Herz hämmerte. Bei McKenzie wurde ihr ganz mulmig zumute. Bei der Verabredung, zu der sie ging, auch.

Verdammt, dachte sie, *warum tust du das, Bet Yeager?*

Darauf gab es keine vernünftige Antwort außer den Hormonen — und außer dem Abscheu vor dem Mann dahinten, der versuchte, sie mit einem Bier zu kaufen, und dem Abscheu vor dem mürrischen Schweigen der beiden Frauen und dem Abscheu vor dem, was, soviel sie mitbekommen hatte, auf diesem Schiff als Moral galt. Es gab eine Menge Eigentümlichkeiten auf diesem Schiff, dachte sie, und nur bei dem einen Verrückten hatte sie so etwas wie ein gesundes Gefühl.

Es mochten die Hormone sein. Aber da war ihre eigene Erfahrung mit Fitch. Da war das, was Musa erzählt hatte. Und das doppelsinnige Signal von Zigeuner Muller.

Sie lief an der Betriebs- und der Technik-Abteilung vorbei, vorbei an dem normalen Verkehr und betrat, als habe sie dort etwas zu erledigen, das Werkstattlager.

Die Beleuchtung drinnen war auf Energiesparen eingestellt. Drei lange Gänge führten zwischen Behältern hindurch, und ringsumher an den Wänden waren Fässer mit Plastikmaterial für den Spritzguß und Stücke für die Presse und Stücke für den Strangguß und Schläuche und Stangen und Draht und Isolationsballen aufgestapelt, so daß der ganze riesige Raum zu einem Irrgarten wurde. Bet lehnte sich an die Tür, sah nach rechts und nach links und lauschte, ob sich ein Geräusch von dem Hintergrundrauschen abhob, das auf einem kleinen Schiff alles maskiert.

»NG?« rief sie laut genug, daß er es hören konnte, falls er vor ihr eingetreten war und nur nicht gemerkt hatte, daß jemand die mit einer Handklinke versehene Tür geöffnet hatte.

Kein Laut. Aber bei NG war das nichts Ungewöhnliches.

Bet wurde plötzlich ganz unheimlich zumute. Sie spürte die Kälte hier im Lager, ihr Atem dampfte in dem trüben Licht. Sie rieb sich die Arme und schlug sie übereinander, und sie wünschte, sie hätte einen Pullover unter dem Jumpsuit an.

Gott, der Mann möchte in einem Gefrierraum mit mir schlafen!

Wenn es tatsächlich das ist, was er will, dachte sie dann, und der Magen wollte sich ihr umdrehen. Denn ein Mann, der kurz vor dem Überschnappen war, konnte durchaus verrückter sein, als alle glaubten, konnte hier irgendwo mit einem Messer oder sonst etwas warten, besessen von der Idee, sie bedränge ihn ...

Was, zum Teufel, tue ich in diesem Loch? Dazu bin ich doch zu vernünftig. Dazu bin ich immer zu vernünftig gewesen.

Ich kann auf mich selbst aufpassen. Und das heißt, ich sollte schleunigst hier verschwinden und in die Unterkunft zurückkehren. Später sage ich ihm dann einfach, ich hätte ihn nicht finden können ...

Und das wird er mir natürlich nicht glauben. Und dann bekomme ich Ärger mit ihm.

Du hast die Aufmerksamkeit eines Irren auf dich gezogen, und damit hast du dir ewigen Ärger eingehandelt. Das hast du getan, Bet Yeager. Du hättest es besser wissen müssen, du warst für so etwas schon zu klug, als du acht Jahre alt warst ...

Sie sollte in die Unterkunft zurückkehren, einfach zu Bett gehen, *nicht* mit McKenzie, nicht mit sonstwem, heute nicht und vielleicht noch viele Nächte nicht. Sie sollte nur ihre Gedanken in Ordnung bringen und sich vielleicht einiges zurechtlegen. Sie hatte in dieser Crew bereits zwei Probleme, drei, wenn sie Fitch mitrechnete, und das Klügste, was sie jetzt tun konnte, das Klügste, was sie gleich hätte tun sollen, war, jede Verbindung zu NG Ramey abzubrechen, sich mit allen gut zu stellen und sich einer kompatiblen Gruppe anzuschließen, zu der auch eine Frau gehörte. Verdammt, sie brauchte Freunde ebenso wie Bettgefährten, und die weiblichen Mitglieder der Crew benahmen sich im Augenblick mehr als zurückhaltend. Bet empfing feindselige Signale, alle von Frauen, als mache sie etwas ganz und gar verkehrt oder als überschreite sie Grenzen, von denen sie nicht einmal wußte, daß sie existierten — und sie war sich immer weniger sicher, daß sie überhaupt etwas *richtig* machte.

Sie war nur noch zwei Schritte davon entfernt, sich vor dieser Crew zu fürchten, wenn sie die konfusen Signale bedachte, die sie von McKenzie empfing. Die Frauen fand sie auf die gleiche Art beängstigend wie Stationsleute, und die gleiche Unsicherheit hatte sie manchmal auf der *Ernestine* befallen, als begehe sie unwissentlich einen Fehler nach dem anderen, und die Leute steckten die Köpfe zusammen und tuschelten hinter ihrem Rücken: Seht sie euch an, seht nur, wie sie dies oder das getan hat — so machen es Zivilisten nicht.

Sie bemühte sich sehr, sich an das Benehmen von Zivilisten zu erinnern. Sie versuchte, sich richtig zu verhalten. Sie war sechzehn gewesen, als sie sich freiwillig auf der *Afrika* meldete, doch sie hatte nur noch wenige Erinnerungen an das, was davor gewesen war. Sie konnte sich nicht einmal mehr das Gesicht ihrer Mama deutlich vor Augen rufen, nur die Wohnung, wo sie jeden Abend die Betten herunterließen, um zu schlafen, und sie morgens hochzogen, damit sie umhergehen konnten. Alles war so beengt, und Mamas Kleider hingen an der einen Wand entlang und lagen überall auf dem Deck — da waren nur die schäbigen Metall-Korridore des Raffinerie-Schiffes Nummer zwei von Pan-paris und die Löcher, in denen sie sich herumtrieb —, ihre Mama versuchte, mit einem Kind fertigzuwerden, das sich nicht zurechtfand, das dauernd in Schwierigkeiten war — die Leute änderten immer zwei- oder dreimal ihre Meinung, erließen Vorschriften, die nicht angeschlagen wurden, und davon gab es wieder Ausnahmen, die sie einem nicht mitteilten.

Aber Mama hätte es leichter gehabt, wenn sie sie von Anfang an über die Vorschriften informiert hätte. Und Mama bekam nie etwas richtig in den Griff. Mama zerbrach etwas und ohrfeigte sie dafür, Mama kam zornig herein, und Bet schlüpfte hinaus, ganz gleich, ob sie etwas angestellt hatte oder nicht.

Sie lernte es nie, Mama zu verstehen, ganz zu schweigen von Mamas Freunden. Dem, was sie sagten, durfte sie nicht vertrauen, und sie wagte es nie, mit ihnen allein zu bleiben.

Denn sie hatte sich unter Zivilisten niemals wohl gefühlt. Aber wenn man auf ein Schiff kam, konnte man den Leuten vertrauen. Wie Bieji Hager und Teo — sie waren fünf gewesen —, und was hatten sie alles erlebt!

Verdammt!

Bet spürte einen Klumpen in der Kehle, und plötzlich war ihr, als sei sie wieder auf dem Raffinerie-Schiff, ihr war zum Ersticken, sie mußte hinaus, mußte Luft holen, in helles Licht und geistige Gesundheit zurückkehren!

Sie öffnete die Tür und stieß mit NG zusammen, der herein wollte.

»Ich ...«, sagte sie, von Angesicht zu Angesicht vor ihm stehend. Sie wollte ihn nicht aus der Fassung bringen, und sie wollte nichts Dummes tun, und dann war es zu spät. Sie hatte es zugelassen, daß er sie in den Raum zurückschob und die Tür schloß. Nun saß sie in der Patsche.

Sie steckte die Hände in die Taschen und sagte: »Ich war mir nicht sicher, ob du kommen würdest.«

Sie kam sich vor, als sei sie wieder sechzehn. Oder zwölf. Nur versteckten sie sich nicht vor Mama. Sondern vor Fitch.

155

»Ich wollte mit dir reden«, sagte sie. Er versuchte, sie zu fassen, und sie wich zwei Schritte zurück, rasch, ohne zu überlegen, so unheimlich war ihr zumute.

Er verwandelte die Handbewegung in eine wegwerfende Geste, zuckte die Achseln, als wolle er sagen: »Mit dir hat man nichts als Ärger«, und, Gott, ihre Hände zitterten. Sie ballte sie zu Fäusten und steckte sie wieder in die Taschen, wo sie sicher waren.

Ich mag dich, wollte sie anfangen, aber das war idiotisch. Sie konnte nicht wissen, wozu NG fähig war: Vielleicht rastete er ganz aus, wurde gewalttätig, wenn er auf den Gedanken kam, er habe irgendeinen Anspruch an sie. »Sind wir hier sicher?« fragte Bet.

Er starrte sie nur an, so gesprächig wie immer, wenn er wütend war.

»Also nicht«, schloß sie, und es überlief sie kalt. Dann dachte sie an Fitch, dachte daran, daß NG ein weiteres Mal gemeldet werden konnte.

Seine letzte Chance, hatte Musa gesagt.

»Ich möchte dich nicht in Schwierigkeiten bringen«, sagte sie. »Ramey, verdammt noch mal ...«

Teufel, ich komme selbst nicht auf diesem Schiff zurecht. Was kann ich für ihn tun?

Bet schüttelte den Kopf, fuhr sich mit der Hand durchs Haar und sah ihn von neuem an. »Hör mal, ich bin letzte Nacht mit einem Mann zusammen gewesen, und das wollte ich eigentlich nicht. Ich wollte dich bitten, in meine Koje hochzukommen, das war es, was ich wollte, ich wollte alles in Ordnung bringen, aber du sagtest, das würde Ärger geben. Deshalb habe ich dich nicht angesprochen. Ich weiß wirklich nicht, warum du böse bist.«

Kein Wort, kaum ein flüchtiger Blick von ihm.

»Ramey, leiste mir hier etwas Hilfe.«

Langes Schweigen. Dann: »Du kannst in große Schwierigkeiten geraten«, sagte er so leise, daß sie ihn über dem Hintergrundgeräusch kaum verstand. »Nicht nur mit der Crew. Es ist besser, du sprichst nicht mit mir.«

Das kränkte sie: »Ist es das, was du vorgestern abend gewollt hast?«

NG zuckte nur die Achseln.

Bet nahm ihren Mut zusammen, um die Sache ein für allemal zu regeln. Sie spannte alle Muskeln an, damit sie sich rasch bewegen konnte, wenn sie mußte. »Ich habe mit Musa gesprochen«, begann sie und erwartete eine Explosion, aber er tat nichts weiter, als daß er ein bißchen schneller atmete. Sein Gesichtsausdruck veränderte sich nicht. »Er ist halb und halb auf deiner Seite, Ramey.«

»Musa ist in Ordnung.« NG bewegte seinen Unterkiefer so wenig, daß es kaum zu sehen war. »McKenzie ist auch in Ordnung, was man so darunter versteht. Ich tue meine Arbeit, die Crew läßt mich in Ruhe, mach das nicht kaputt.«

Er wollte gehen, faßte nach der Türklinke.

»Ramey.«

»Vergiß es!«

»Zum Teufel, das werde ich *nicht* tun.« Sie hielt ihm den Arm in den Weg, und ihr Herz klopfte vor Angst, denn ihr war klar, in dieser Position konnte er ihn brechen. »Wenn ich wieder hinuntergehe, habe ich sofort McKenzie über mir. Ich will McKenzie nicht.«

Er stand still, die Hand immer noch auf der Klinke, und sah sie nicht an.

»Ramey, lauf mir nicht davon. Verdammt noch mal, lauf mir nicht davon! Ich brauche ein paar Antworten!«

Er ließ die Hand sinken, drehte sich plötzlich um und riß sie an sich. Bet hätte es verhindern können, aber ihre Geistesgegenwart hatte sie verlassen. Sie hatte Angst — Gott, Körper an Körper mit ihm zu kommen, war so schrecklich dumm! Er konnte alles Mögliche tun, er konnte ihr den Hals brechen, sie mußte dafür sorgen, daß er zurücktrat, und alles langsam und vernünftig mit ihm besprechen. Nur hatte sie im Augenblick große Mühe, zwei Gedanken in eine Reihe zu kriegen, bei allem, was mit ihm zu tun hatte, war sie nicht auf Kurs.

»Weg aus dem verdammten Eingang«, keuchte sie, als sie den Mund freibekam und Luft geholt hatte. »Verdammt noch mal, NG!«

Es war nicht ihre Absicht gewesen, ihn so zu nennen. Anscheinend bemerkte er es gar nicht. »Komm!« sagte er und zog sie mit sich in die Dunkelheit, in eine Lücke zwischen der Wand und den Behältern, wo das Gleis, auf dem sie befördert wurden, um die Ecke bog.

Dort in der Finsternis lagen ein altes Kissen und zwei Decken, und es war zwischen dem Gleis und der Außenwand gerade genug Platz für einen menschlichen Körper oder für zwei, wenn sie es so arrangierten, daß der eine auf dem anderen lag. Es war kalt, o Gott, war es kalt, aber seine Hände waren es nicht, und er war es nicht, und sie tat ihr Bestes, damit er ruhig und vernünftig blieb und die Sache nicht außer Kontrolle geriet ... bis die farbigen Lichter hinter ihren Augen aufflammten und sie sich eine Weile darauf konzentrieren mußte, zu atmen und kein Geräusch zu machen.

»O Gott«, flüsterte sie schließlich, streckte einen Arm in die kalte Luft und drückte NG an sich. Er stieß den Atem aus und wurde für einen Augenblick schwerer, entspannte sich, während er auf ihr lag, denn es war kein Platz, das irgendwo anders zu tun.

»Du bist in Ordnung«, sagte sie, die Hand auf seiner Seite, und wollte nicht, daß er sich bewegte. »Du bist in Ordnung, Ramey. Ich will dir was sagen, du hast zwei Freunde auf diesem Schiff. Mindestens.«

Er holte plötzlich scharf Atem, noch einmal, als sei die Luft dünn geworden — oder sein Verstand.

Das machte Bet ein bißchen Angst. Sie streichelte seine Schultern, hörte nicht auf damit, bis er wieder

158

regelmäßig atmete. »Wie bist du eigentlich hierhergekommen?« fragte sie, um die Stille zu brechen und ihn am Denken zu halten. »Wie bist du auf dieses Schiff gekommen?«

Keine Antwort. So war NG nun einmal.

»Bist du ein freier Raumfahrer, Ramey? Ein Fremdarbeiter? — Oder bist du von einem Familien-Handelsschiff? Wie ist dein richtiger Name?«

Er schüttelte an ihrer Schulter langsam den Kopf.

»Ist Ramey ein Vorname?«

Ein weiteres Kopfschütteln, das nichts war als eine Weigerung zu antworten, dachte Bet.

»Es macht keinen Unterschied«, sagte sie. »Irgendwie bist du hier gelandet. Mir ist es gleich. Willst du wissen, was mit mir ist?«

Keine Antwort.

»Ich sage es dir trotzdem. — Also, ich bin eine Fremdarbeiterin, Pell, Thule, wo auch immer. Habe eine Menge gesehen. Manches davon war nicht schön. Hat man dir erzählt, wo Fitch mich weggeholt hat?«

Ein paar tiefe Atemzüge. Jetzt ruhiger. »Man spricht davon.«

»Was denn?«

»Du hättest zwei Leute erstochen.«

Irgendwie war es auf grimmige Weise komisch, daß er Grund hatte, vor *ihr* Angst zu haben, und es war auch wieder nicht komisch. Vielleicht hatten sie beide Grund. Sie zauste sein Haar. »Es ist nicht meine Gewohnheit. Dir macht das keinen Kummer, nicht wahr?«

»Mir egal«, murmelte er.

Das war die Wahrheit, dachte Bet, nichts als die nackte Wahrheit.

»So bin ich auch einmal gewesen.« Sie spürte die Kälte der Docks von Thule, erinnerte sich, wie die Nächte waren, wenn man kein Geld hatte — spürte die Kälte des Decks der *Loki* durch die Decke in ihre

159

Arschbacken dringen, dachte an die Möglichkeit, daß jemand hereinkam und sie beide meldete. »Aber die Dinge ändern sich. Ich bin am Leben, um dir das zu erzählen.«

»Können sich nicht ändern.« Ein langes, tiefes Ausatmen wurde zum Schauern. Sein Mund streifte ihr Ohr. »Das ist nur eine Sache der Zeit.« Ein langsames Zittern befiel ihn, wurde schlimmer. Er wollte eilends aufstehen, stieß jedoch mit dem Kopf gegen den Überhang eines Pfeilers und fiel hart auf sie nieder, traf sie mit dem Ellbogen, wollte sie wegschieben, aber der enge Raum hielt sie gefangen. »Gott!« schrie er. »Gott — geh weg!«

Es war kein Platz zum Weggehen. Bet war klar, daß bei ihm eine Sicherung durchgebrannt war. Sie krabbelte herum, eine Sekunde lang blind, Blut im Mund, gegen das eisige Metall der Gleise gedrückt, brachte die Knie hoch, um sich zu schützen. Doch er saß nur da und krümmte sich.

»Ramey.« Sie zitterte, versuchte, ihre Kleider zusammenzuziehen.

Er klappte einfach zusammen, den Arm über dem Kopf.

Bet nahm eine Decke und legte sie ihm um die Schultern.

»Geh zur Hölle!« stieß er zwischen klappernden Zähnen hervor.

»Bin schon dort gewesen, du Hurensohn.« Er schüttelte die Decke ab, und sie legte sie ihm wieder um. »Ich hätte dich richtig treten sollen. Laß das, verdammt noch mal!«

Lange, lange Zeit blieb er so, zusammengekrümmt, zitternd. Bet saß nur da, lehnte sich gegen seinen Rükken und hielt die Decke um ihn, sprach manchmal zu ihm, wünschte, sie könne es wagen, ihm das Beruhigungsmittel zu spritzen, das sie bei sich hatte. Aber Gott allein wußte, ob das richtig gewesen wäre, Gott allein wußte, wo Ramey war und wann in seinem mentalen Sprung-Raum.

Schließlich sagte er: »Geh weg, Yeager! Mach, daß du hier wegkommst!«

»Bist du in Ordnung?«

»Ich bin in Ordnung.«

»Kannst du aufstehen?«

Er richtete sich so weit auf, daß er sie wegschieben konnte. »Laß mich in Ruhe, habe ich gesagt!«

Sie bewahrte das Gleichgewicht, indem sie sich auf die Fersen hockte und mit einer Hand abstützte — eine Position, die nicht ohne Verteidigungsmöglichkeiten war. »Schrei du nur herum, soviel du willst, Mann. Wenn du willst, daß jemand kommt, schrei dir den Kopf ab.«

Stille von dem Schatten ihr gegenüber, lange, lange Zeit.

»Ramey.«

»Geh weg!«

»Und dich soll ich hierlassen, damit du dir den Arsch abfrierst? Steh auf! Komm mit!«

Keine Antwort.

»Ramey, verdammt noch mal!«

Immer noch keine Antwort.

Bet zog sich auf die Füße, steif, halb erfroren, hielt sich an der Wand fest. »Ich hole Bernstein.«

»Nein!«

»Dann stell dich auf die Füße, Ramey! Hörst du mich?«

Er bewegte sich. Er fing an mit zitternden Händen seine Kleidung in Ordnung zu bringen. Er blickte nicht auf, und Bet hockte sich wieder hin und tupfte ihre Lippe ab.

»Hurensohn«, erklärte sie langsam mit verzweifelndem Kopfschütteln und legte ihm die Hand auf die Schulter. Er schüttelte sie ab.

»Du bist ein Esel«, sagte sie.

»Das ist das allgemeine Urteil«, erwiderte er. »Laß mich in Ruhe!«

»Vergiltst du so jeden Gefallen, den man dir tut?«

Er sank gegen die Wand, die Hand über den Augen, wandte seine Schulter von ihr ab. Es ging über seine Kraft, mit ihr zu streiten.

Bet tat der Bauch weh. Sie zitterte noch vom Adrenalin, und ihre Zähne klapperten, aber sie erkannte in etwa, was er durchmachte. Es war schon schwer, bei einem Mann auszuharren, der mit einem Realitätsproblem kämpfte. Man konnte sich kaum vorstellen, daß ein Raumfahrer einem anderen Raumfahrer das antat, was Fitch ihm angetan hatte.

Was diese Crew andererseits getan hatte ...

... vielleicht hatten die Leute nur nicht gewußt, was sie mit ihm anfangen sollten ... Bet wußte das im Augenblick auch nicht. Sie war beinahe soweit, aufzugeben und wegzugehen und es ihm zu überlassen, sich zu gegebener Zeit aus diesem Loch zu ziehen. Er würde sich nichts antun, das hatte er bisher auch nicht getan.

Und vielleicht machte ihn ihre Anwesenheit nur noch verrückter.

Endlich fuhr er sich mit der Hand über das Gesicht und lehnte sich an die Wand. Ein bißchen Licht fiel auf sein Kinn, auf das eine Auge.

»Bist du in Ordnung?« fragte Bet.

Er nickte erschöpft.

»Musa hat gesagt, Fitch habe dir kein Beruhigungsmittel gegeben«, sagte Bet. »Ist das wahr?«

Ein zweites Nicken.

»Fitch hat mich während des Ablegens in diesen verdammten Laderaum geschoben«, berichtete sie. »Ich hatte Angst, ich würde kein Beruhigungsmittel bekommen.«

Das sichtbare Auge flackerte. Blinzelte schnell.

»Wer hier verrückt ist, das ist Fitch«, stellte Bet fest. »Bist du Handelsschiffer, Ramey?«

Keine Antwort.

»Ramey, hast du Angst vor mir?«

Keine Antwort.

»Ich kann mir denken«, meinte Bet leise, »daß dir mehr aufgepackt worden ist, als du tragen kannst. Das verstehe ich. Aber ich will dir etwas sagen, Ramey, auch ich brauche niemanden. Ich werde mich nicht auf dich stützen, ich werde kein falsches Spiel mit dir treiben. Ich wäre dir dankbar, wenn du ein bißchen aufpassen wolltest, wohin du deine Ellbogen tust.«

Er faßte über die Lücke zwischen ihnen und drückte ihren Arm, einmal, sanft.

Sie legte die Hand auf seine, hielt seine Finger fest. »Willst du mit mir in den Gemeinschaftsraum zurückkehren und mir ein Bier spendieren? Ich weiß immer noch nicht, ob mein Guthaben gespeichert ist.«

Er schüttelte den Kopf.

»Komm schon!« drängte sie. »Es macht mir keine Angst, wenn man uns zusammen sieht.«

Ein neues Kopfschütteln. An seinem Kiefer verknoteten sich die Muskeln.

»Na gut«, gab Bet nach. »Ich werde deinem Rat folgen. Aber glaube mir, eines Tages wirst du es tun müssen.«

»Fitch«, sagte er. Damit war alles gesagt, und ihr wurde eiskalt. »Mein Name ist NG«, sagte er, als sei irgendein Hemmnis in seiner Kehle damit losgebrochen. »Mach keine große Sache daraus. Stell dich nicht außerhalb der anderen.«

»Ich verstehe dich.«

Er hob die Hand und berührte sanft, ganz sanft ihren Unterkiefer, und das bewies ihr von neuem, daß er entweder der Irre oder der Normale sein konnte, sie war sich nicht einmal sicher, was bei ihm was war.

»Deinetwegen werde ich einen schauderhaft schlechten Ruf bekommen«, sagte sie. »Ich erzähle McKenzie, daß ich mit einem Mann weggehe, und ich komme mit

163

aufgerissener Lippe zurück. — Wo sind die anderen
Löcher auf diesem Schiff, damit ich erklären kann, wo
ich war? Gibt es viele?«

»Kombüsenlager. Dienstleistung. Bucht der Aufzüge
zum Kern. Laderäume.«

»Haben die Offiziere etwas dagegen?«

Kopfschütteln. »Die meisten nicht.«

»Aber Fitch paßt auf.«

»Dies ist Orsinis Wache. Fitch ist Haupttag.«

»Ist Orsini ein Hurensohn?«

»Er ist anders.« NG fuhr sich mit der Hand durchs
Haar und preßte sie auf die Stirn. »Er ...«

Die Tür öffnete sich. Das Licht ging an.

NG faßte blitzschnell Bets Hand, umklammerte sie.
Sie erwiderte den Druck, saß vollkommen still. Stimmen erklangen, die einer Frau, die eines Mannes war
scharf und zornig.

Ein Schalter klickte, Maschinerie winselte, und die
Behälter bewegten sich auf dem Gleis. Bet riß die Dek-
ke an sich, die die Schienen blockiert hätte, sah den
Behälter auf sich zufahren und drückte sich gegen NG.
Behälter nach Behälter glitt heran, krachte mit brutaler
Gewalt gegen ihren Rücken und ihre Hüfte, so daß es
ihr die Luft aus den Lungen trieb.

Noch mehr Maschinen liefen an. NG drückte Bets
Kopf fest gegen seine Schulter. Ein Auflader klirrte.

Und blieb stehen.

Nach einer Weile wurde es ruhiger. Die Stimmen
waren ein dumpfes Gemurmel über dem Schiffsgeräusch. Dann ging das Licht aus, und die Tür schloß
sich.

Bet saß da mit klappernden Zähnen, die Kälte war
ihr mittlerweile bis ins Mark gedrungen.

»Die Lücke ist noch da.« NG meinte den Weg, auf
dem sie in dieses Loch gelangt waren. »Sie ist immer da.«

»Gut«, stieß Bet hervor, denn sie hatte auch darüber
nachgedacht, war aber zu fertig, um nachzusehen.

164

»Du gehst besser«, riet er. »Schleich dich vorsichtig an der Werkstattür vorbei, sie könnte offenstehen. Das waren Liu und Keane. Liu ist ein Miststück.«

Bet mußte gehen, ob sie wollte oder nicht. Sie brachte ihre steifen Glieder dazu, sich zu bewegen, sie quetschte sich zwischen den Behältern um die Kurve und gelangte hinaus und auf den Korridor, den sie hinunterging, als sei sie von Rechts wegen dort. Ihre Knie waren weich und ihr Bauch war zu Wasser geworden.

Als sie außer Sicht der Betriebsabteilung war, blieb sie stehen und wartete zitternd ein paar Minuten lang neben den Schränken, bis NG auftauchte.

Er hatte nicht mit ihr gerechnet. Das war klar.

»Es ist spät«, sagte Bet. Irgendwie war die Crew schuld an dem ganzen verdammten Schlamassel und an ihren Schmerzen und ihrer aufgeplatzten Lippe. Und an seinen Schwierigkeiten. Bet war jetzt so wütend, daß sie es ihnen zeigen wollte. »Ich sag dir was, ich möchte dieses Bier. Ich gehe hinein, setze mich, du kommst und sprichst mich an. In Ordnung?«

Er nickte.

Sie tat es, betrat den Gemeinschaftsraum, holte sich den Tee, den die Kombüse kostenlos anbot, trank ihn mit wunder Lippe und blieb an der Theke stehen. Sie drehte zwei Paaren, die die einzigen Anwesenden waren, den Rücken zu.

Nach einer Weile schlenderte NG herein. Bet ging zur Bank und setzte sich, und er brachte ihr ein Bier.

»Danke«, sagte sie und klopfte auf den Platz neben ihr.

Aber er ging und zapfte sich sein Bier und trank es stehend an der Theke mit der Schulter zu ihr.

165

12. KAPITEL

»Wir haben ein Leck in der Wasserleitung von der Kombüse«, berichtete Musa müde. »Bernstein möchte, daß du es reparierst.«

Dann verstummte Musa und sah sie zum zweitenmal an.

Das tat jeder, der nahe an sie herankam.

»Du siehst sauber aus«, stellte Musa fest. »Hat dir jemand etwas getan?«

Bet schüttelte den Kopf. »Das ist in der Werkstatt passiert. Ich wollte eine Leine aufwickeln, sie peitschte herum und erwischte mich.«

Die beste Lüge, die sie sich ausdenken konnte. Sie erklärte die Kopfverletzung und die aufgeplatzte Lippe.

»He, sei bloß vorsichtig, Bet«, meinte Musa und schnitt ein besorgtes Gesicht. »Laß dich damit nicht in eine Schlägerei ein.«

Als ob Musa die Geschichte glaubte!

»Ich bin in Ordnung«, behauptete Bet.

Und machte sich an die verdammte leckende Kupplung in der Kombüse. Dazu mußte sie durch einen Zugang kriechen, der kaum körperbreit war, sich flach auf den Rücken legen und sich ein bißchen zur Seite drehen, um an einem verdammten, lauten Kühlkompressor vorbeizulangen. Es war so eng hier, daß man kaum einen Schraubenschlüssel ansetzen konnte. Die notwendigen Arbeiten, dachte Bet, mußten alle erledigt sein, so daß Bernstein jetzt auf Beschäftigungstherapie sann.

Wiederholt stieß sie zwischen den Zähnen »Hurensohn« und andere Kosenamen hervor, nur um die Atmung in Gang zu halten, während ihr heißes Wasser ins Gesicht tropfte.

Sie montierte die schadhafte Kupplung ab und

166

stopfte sie mit den beiden Fingern, die sie erreichen konnten, in die eine Tasche, holte das Ersatzteil aus der gegenüberliegenden, lag da, blinzelte Heißwassertropfen weg und versuchte, die verdammte Leitung trockenzukriegen, damit sie den Klebestreifen um die Kupplung legen konnte.

Verdammte Installation. Immer noch das gleiche System, seit die Menschen die irdische Atmosphäre verlassen hatten. Vielleicht schon länger. Das war nun ein modernes Sternenschiff, und die Installation in der teuren Schwing-Abschnitt-Kombüse wurde zu stark belastet, und dann mußten billige kleine Teile ersetzt werden, oder es funktionierte gar nichts mehr.

Das Getropfe hörte nicht auf. Das Wasser lief ihr über das Gesicht und ins Auge und die Wange hinunter ins Haar, und trotzdem mußte sie das verdammte Ding einsetzen, und der verdammte Com quasselte ihr ins Ohr, der Stöpsel lockerte sich und würde gleich hinausfallen, an eine Stelle, wo kein Mensch ihn wiederkriegen konnte — man mußte das verdammte Ding nach den Dienstvorschriften tragen, wenn man in einem Loch wie diesem arbeitete.

»Yeager«, sagte der Com und meckerte sie diesmal persönlich an.

»Ja«, antwortete sie, aber das Mikro war ebenfalls außer Reichweite, weil sie den Kopf schieflegen mußte, damit das Bandlicht auf ihre Arbeit fiel. »Ja, ich habe gehört — nur eine Minute ...«

Das war Bernstein, der sie kontrollierte.

»Yeager.«

»Ich habe die Hände voll, verflucht und zugenäht!« brüllte sie.

»Yeager! Melden Sie sich!«

Sie hielt die Leitung und die Kupplung mit der einen Hand, zitternd von Kopf bis Fuß, und machte eine verzweifelte Anstrengung, den Com zurechtzurücken. »Yeager hier!« schrie sie.

Und hörte Bernsteins Stimme: »... vierzig Sekunden bis zur Zündung.«

O mein Gott!

»Sagen Sie das noch mal«, stöhnte sie. Wie eine Idiotin faßte sie nach der Kupplung und rammte sie auf den Schnappring.

»Dieses Schiff bewegt sich, Yeager! Dreißig Sekunden!«

Bet faßte nach dem Sperrventil, schraubte es mit einem halben Dutzend schnellen Umdrehungen auf. Die Kupplung hielt.

»Yeager!«

Sie begann sich aus dem Zugang zu schlängeln, benutzte Fersen und Hüften und Hände, beeilte sich, so sehr sie konnte. Der Sicherungsalarm bimmelte los.

»Das warme Wasser läuft wieder! Zugangstür ist noch offen!« schrie sie dem Com zu.

»Verdammt noch mal, wo sind Sie, Yeager?«

Sie krabbelte in die Höhe und griff nach dem Notgürtel, dem leuchtend gelben D-Ring, drehte sich mit dem Rücken zur Kombüsenwand und ließ die Schulter-Hüfte-Sicherung einrasten, legte eine Hand hinter den Kopf, zog den Kopf nach unten. »Fertig!« rief sie. »Fertig!«

Die *Loki* schlug aus, Bets Nackenmuskeln spannten sich, die Füße verloren den Halt, und der ganze Kombüsen-Zylinder rumpelte auf seinen Schienen, reorientierte sich, bis das Zerren Gewicht auf ihren Füßen wurde und der Lautsprecher brüllte: *Sprung ist eingeleitet. Bewegen Sie sich vorsichtig. Sie haben Zeit, Türen zu sichern und lose Gegenstände zu verstauen. Brennrate wird sich während der nächsten drei Minuten um zweihundertfünfundvierzig Prozent erhöhen ...*

Bet öffnete den Notgürtel und ließ ihn in sein Gehäuse zurückschnappen, sie kniete sich hin, schloß die Zugangstür und schraubte die Bolzen mit der Hand fest. Dabei hatte sie auch gegen die unsichtbare Kraft zu kämpfen, die ihre Hand vehement nach unten ziehen wollte.

Fast das Doppelte wiegend, mußte sie wieder aufstehen, dieses Gewicht aufrechthalten, die Hand nach hinten ausstrecken und den Klappsitz herunterholen, sich rittlings daraufsetzen, den gelben D-Ring von neuem herumziehen, den Verschluß einrasten lassen.

Das Branddeck hinunter herrschte vollständige Leere — die Leute waren zu den Notclips gerannt, wo sie sie finden konnten, zu festen Oberflächen und Innenabteilen. Es war keine Zeit gewesen, die Hängematten herauszuholen.

Wer jetzt flach auf dem Rücken auf dem inneren Branddeck lag, hatte es verdammt viel bequemer als sie, die aufrecht auf einem Klappsitz in einem Schwingabschnitt saß.

Dieses Schiff nähert sich dem Sprung ...

Wir haben ein Problem, Gott, da draußen sitzt uns jemand auf den Fersen ...

Mußte ich mich mit dem verdammten Absperrventil aufhalten? Gott, ich hätte da drin festsitzen können!

O Gott, o Gott — wir bewegen uns tatsächlich — ist das ein höllischer Schub — wo ist mein Beruhigungsmittel?

Bet rang nach Luft, fühlte das Zerren an den Eingeweiden und den Gelenken, hob eine Hand nach dem Päckchen mit dem Beruhigungsmittel, das in ihrer Brusttasche steckte, fand es, schloß die Faust darum und drückte den Auslöser gegen ihren Hals, die einzige nackte Hautstelle, die sie erreichen konnte.

Werden wir auf diesen Hurensohn schießen, oder was sonst?

Wo ist NG? Wo sind Musa und Bernstein?

Sind alle in Sicherheit?

Wenn wir angekommen sind, gibt es heißen Tee. Wo das auch sein mag ...

169

Sie kam wieder zu sich. Die Sirene heulte ...

Gefechtsstationen, Zustand Rot, Zustand Rot ...

Dieses Schiff ist jetzt träge ...

Bleiben Sie in Alarmbereitschaft ...

Die Mannschaft kann sich jetzt unter Beachtung der notwendigen Vorsichtsmaßnahmen um Notfälle kümmern ...

Immer noch Zustand Rot ...

Dr. Fletcher nach 23 ...

So ein Pech, ganz vorn gewesen zu sein, dachte Bet. Sie half Johnson, dem Koch, Päckchen mit Beruhigungsmitteln und c-Rationen den Leuten zuzuwerfen, die es bis an die Theke geschafft hatten, und händigte Zehnerpackungen zum Weitergeben an Freunde aus, die ein bißchen wackeliger auf den Beinen waren. Währenddessen donnerte ihnen der Lautsprecher Ratschläge zu.

Ein zweiter Sprung ist möglich, steht jedoch nicht unmittelbar bevor. Wir haben gegenwärtg Funkstille ...

Wir haben einen Todesfall zu beklagen. Scan-Techniker John Handel Thomas ...

»Scheiße!« stöhnte Johnson.

... starb durch Aufprall. Der Kapitän drückt sein Bedauern aus.

Stationschefs und Abschnitt-Überwacher, die Ärztin hat sich um zwei schwere Unfälle zu kümmern. Schicken Sie keine Leichtverletzten ins Krankenrevier ...

»*Yeager*«, sagte Bets Com. Bernstein war also am Leben und in Tätigkeit.

»Jawohl, Sir!« antwortete sie, ohne in der Arbeit innezuhalten.

»Melden Sie sich bei mir, sobald wir stabil sind.«

»Jawohl, Sir.« Dieser Ton bedeutete Ärger. Ihr Magen hatte einen neuen Grund, sich aufzuregen.

Hier spricht der Kapitän. Ein unidentifiziertes Schiff der Transporter-Klasse war in das System eingedrungen. Da wir jenes System in einem entgegengesetzten Winkel verließen, haben wir einen beträchtlichen Zeitvorsprung in dieses System, genug, wie wir hoffen, daß es schwierig sein wird, uns zu finden. Wir haben zur Zeit eine geringe Geschwindigkeit, und die Positionsberechnungen sind vollständig. Ich erlaube der Mannschaft, die Gefechtsstationen unter Zustand Gelb zu verlassen. Dienstfreie Mannschaften, machen Sie sich zum Sprung bereit. Wir bleiben in Zustand Gelb, bis weitere Nachricht vom Kommando kommt ...

»*Wir können den Schichtwechsel in fünf Minuten schaffen*«, erklang die präzise, knappe Stimme, die Bet als die des Schichttag-Kommandierenden Orsini kannte, über den Lautsprecher. Sie aß gerade ein Sandwich, ein Privileg, das daher rührte, daß sie mit der Haupttag-Crew im Gemeinschaftsraum festsaß. »*Schichttag-Crew, bereiten Sie die Übergabe vor.*«

»Was habe ich bei diesem Schichtwechsel zu tun?« erkundigte Bet sich über ihren Com bei Bernstein.

»Nennen Sie es Glück. Ich werde Ihnen die Haut erst bei der nächsten Schicht abziehen. Sagen Sie Jim Merrill, er soll sich hier oben melden.«

»*Ich* soll es ihm sagen?« protestierte Bet. Merrill hatte aus Bets Anwesenheit im Gemeinschaftsraum wahrscheinlich den Schluß gezogen, sie habe eine halbe Schicht gearbeitet, und er könne deshalb ein bißchen später kommen.

»Er kann Ihr Werkzeug mit nach oben bringen«, sagte Bernstein.

Also mußte sie zu Merrill gehen, der stillzufrieden sein Sandwich aß, und sagen: »Wir sind fertig mit der Arbeit an der Installation in der Kombüse. Eben hat mich Bernstein angerufen. Ich soll dir ausrichten, daß du dich beim Schichtwechsel oben melden und meine Sachen mitbringen sollst.«

»Scheiße!« schimpfte Merrill. Bet hakte die Werkzeuge vom Gürtel, nahm den Com ab, übergab alles Merrill und machte ihn so zu ihrer Ablösung.

Doch bevor sie an die Theke zurückkehren konnte, fiel Miststück Liu über sie her und warf ihr vor, sie, die Dienstjüngste in der Technik, bekomme von Bernstein besondere Privilegien wie halbe Arbeitszeit und dieses Sandwich. Mit Andeutungen, die zu vage waren, als daß man sie darauf hätte festnageln können, behauptete sie, der Grund sei, daß Bet sich von einem nicht genannten Offizier ficken ließ.

Man stritt sich nicht mit Liu, hieß es allgemein. Liu war die Dienstälteste in der Haupttagstechnik, eine kleine, mandeläugige, schwarzhaarige Frau, die ein Messer trug, zumindest im Dock. Bet blickte auf die ihr bis zur Schulter reichende Angreiferin nieder, Bet lauschte geduldig ihrem eine hohe Dezibel-Zahl erreichenden Geschrei und erklärte dann: »Ich habe nichts dagegen, daß du dir darüber Sorgen machst, Kollegin. Aber als der Sprung angesagt wurde, steckte ich unter diesem verdammten Kombüsenkabuff, und die Leitung ist jetzt repariert, und ihr habt wieder heißes Wasser, und das Sandwich gab es umsonst, warum sollte ich es da ablehnen? Tatsache ist, daß ich da oben gestanden und zusammen mit dem Koch Medikamente ausgeteilt und Sandwiches herausgeholt habe, da es meine Schicht war. Erzähl du mir nichts über Drückebergerei!«

Liu schäumte. Merrill war eingeschnappt. Andere Leute starrten sie an, eine ganze Schicht von Leuten, die Bet nicht kannte, eine beängstigende Zahl von Leuten. Sie bekamen zur Unterhaltung einen lautstark geführten Streit geboten statt eines Sicherungsalarms und eines weiteren Sprungs.

Bet wurde spekulativ gemustert, sie fing Geflüster des Sinnes auf: »Das ist Yeager. Liu sollte besser vorsichtig sein. Möchtest du auf eine von ihnen wetten?«

»Schichtwechsel! Kein Trödeln, keine Unterhaltung!« Fitchs Stimme ging einem durch Mark und Bein. *»Nach*

dem Dienstalter in umgekehrter Reihenfoge, Übergabe geschieht mündlich! Beeilung!«

Alle liefen los, der Haupttag auf die Stationen, der Schichttag zurück in die Unterkunft oder zumindest bis in den Korridor, wo der Haupttag die Hängematten angebracht hatte. Bet sah Musa und NG hereinkommen und genehmigte sich ein Bier, denn der Koch hatte gesagt, ihr Guthaben sei gebucht. Sie spendierte auch den beiden Männern eins, dachte allerdings nicht daran, zu ihrer ganzen Schicht höflich zu sein und, während sie es war, Anweisungen zu erhalten. »Kommt, setzt euch!« forderte sie die beiden auf, während sie sich ihre Biere zapften, »ich kann es mir leisten, meine Freunde zu einem Glas einzuladen. Um Gottes willen, NG, sei nicht so verdammt reserviert!« Sie sagte es so unschuldig wie möglich für die Ohren aller, die vielleicht zuhörten.

Und: »Ja, NG, setz dich!« fiel Musa ein. »Wenn eine Frau dich zu einem Bier einlädt, mußt du höflich sein.«

NG setzte sich mit unruhigem Blick auf Musas andere Seite. In dem überfüllten Gemeinschaftsraum gab es ein solches Hin und Her von Leuten, die ihr Essen haben wollten und einen Platz suchten, daß Bet meinte, niemand werde es bemerken.

»Ist alles gut durchgekommen?« erkundigte sie sich.

»Die verdammte Presse lief gerade«, berichtete Musa. »Wir konnten sie mit dem Hauptschalter stillegen, aber in der Form ist alles mögliche Zeug steckengeblieben. Der Haupttag wird meckern.«

Musas Posten hatte hauptags Liu inne. Bet grinste und trank ihr Bier.

NG sagte leise, ohne sie gerade anzusehen: »Bernie konnte dich nicht finden.« Es deutete an, daß sich die Technik-Abteilung nicht wenig Sorgen um sie gemacht hatte.

»Der verdammte Kompressor war dicht an meinem

Ohr«, berichtete Bet. »Ich habe die Glocke überhaupt nicht gehört. Bernstein hat mich zu sich bestellt. Ich habe so eine Ahnung, daß er mich zur Sau machen wird.«

»Nein, seht mal, wen haben wir denn da?« höhnte ein Spezialist namens Linden Hughes hinter NG's Rücken und setzte sich zusammen mit zweien seiner Freunde. Bet hörte es, und deshalb mußte NG es auch gehört haben. Aber Musa beugte sich vor, um an NG vorbeizusehen, und sagte sehr laut:

»Ist das Linden Hughes da unten? Hallo, Lindy! Wie geht's?«

»Wie geht's selbst, Musa?« kam die Antwort zurück. Hughes beugte sich vor, um zu sehen, wer das war, und er war jetzt sehr viel höflicher.

»Gar nicht schlecht.« Musa setzte sich wieder gerade, und Linden Hughes setzte sich gerade und vermied ein Gespräch. NG, zwischen ihnen, schluckte den letzten Bissen von seinem Sandwich hinunter und nahm schnell den letzten Schluck von seinem Bier.

»Ich gehe in meine Hängematte«, sagte NG. »Danke.«

»Diese verdammte Großschnauze«, meinte Bet. »NG ...«

»Sag nichts!« Musa legte ihr die Hand aufs Knie. NG ging, sich zu waschen und hinzulegen.

»Es ist nicht recht«, erklärte Bet.

»Sei ruhig«, riet Musa ihr.

Also war sie ruhig, denn es empfahl sich im allgemeinen, auf Musas Rat zu hören.

13. KAPITEL

Alles in allem war es eine ruhige Nacht. Die Morgenglocke läutete, und der Lautsprecher überflutete sie mit Ankündigungen:

Hier spricht der Kapitän. Wir haben unsere Alarm-Parameter ohne Unfall passiert. Ich setze den Alarm auf Alarmbereitschaft herab. Wir bleiben auf passivem Empfang. Wir haben unsere Beobachtungen einem alliierten Schiff mitgeteilt, das während der letzten Wache gesprungen ist …

Genau wie in der Flotte, dachte Bet. Man bekam die Information, nachdem es passiert war, und der Tod kam im allgemeinen als Überraschung.

Die Hängematten blieben also da, aber man konnte in die Unterkunft gehen und duschen, was nach einem Sprung zusammen mit anderen Dingen dringend notwendig war. Die Haut neigte ein bißchen dazu, sich zu schälen, und die Nähte der Kleidung, die man gerade trug, wollten zu enge Bekanntschaft mit den Gelenken schließen, ganz zu schweigen davon, daß das Zeug nach schmutziger Wäsche roch. Bet duschte also schnell, zog frische Sachen an, Pullover und Hose, und sauste zum Frühstück. Keine Spur von Musa und NG, was entweder bedeutete, daß sie selbst sich verspätet hatte oder daß die beiden in den Duschkabinen waren.

Der Chrono an der Theke sagte, sie habe sich ein bißchen verspätet. Sie setzte also Dampf dahinter, schlang Toast und Tee und einen Becher Orange hinunter und lief weiter zur Technik.

Musa war da. Musa nickte ihr stumm zu und deutete mit den Augen auf Bernstein, und Bet wischte die Hände an den Hosenbeinen ab und ging zu Bernsteins Platz hinüber.

»Sir.«

Bernstein maß sie mit einem langen Blick. »Sie wollen mir etwas über den Com erzählen?«

»Nein, Sir.«

»Erzählen Sie mir über den Com, Yeager.«

»Jawohl, Sir. Ist mir aus dem Ohr gefallen, Sir.«

»Sie haben die Glocke nicht gehört.«

»Nein, Sir. Danke für die Benachrichtigung, Sir.«

Bernstein sah sie mehrere Sekunden lang an.

»Sie sind da drin geblieben und haben das blöde Wasser angestellt. Sie Dummkopf, wenn die Leitung nicht sicher war, hätte sich der ganze Tank über das Gemeinschaftsdeck ergießen können.«

»Jawohl, Sir. Aber ich kenne mich mit Heizgeräten nicht aus. Nur mit Rohren. Ich wollte nicht, daß etwas explodierte. Deshalb habe ich das Wasser angestellt.«

»Das ist der Kummer mit euch Leuten, die ihr auf großen Schiffen ausgebildet worden seid. Ihr kennt euch mit Heizgeräten nicht aus. Nur mit Rohren. Jeder einzelne ist ein verdammter Spezialist.«

»Jawohl, Sir.«

»Was haben Sie als Fremdarbeiterin wirklich getan?«

»Wache geschoben, Sir. Kleine Reparaturen. Ich habe nicht behauptet, mehr als das zu können, als ich anheuerte. Ich habe gesagt, ich würde eine Arbeit nicht verpfuschen, wenn ich das System nicht kenne, Sir. Aber ich war nicht auf den Gedanken gekommen, ein Heizgerät in einer Kombüse könne eine Gefahr für das Schiff bedeuten.«

Bernstein starrte sie an, als sei sie etwas, auf das zu treten er in Erwägung ziehe.

»In welchem Zustand war die Leitung, als Sie meinen Anruf erhielten?«

»Sie war nicht gesichert, Sir. Ich hörte Sie, ich machte sie fest, ich stellte das Wasser an, ich kroch hinaus, Sir.«

Bernstein schwieg lange Zeit. Er holte tief Atem. »Yeager?«

»Sir.«

»Sie kommen hier ohne Papiere an, Sie haben die lückenhafteste Ausbildung, die ich je erlebt habe — ich sollte Sie auf der Stelle Orsini übergeben, damit er Sie in die Dienstleistung steckt.«

»Jawohl, Sir.«

»›Jawohl, Sir.‹ ›Nein, Sir.‹ — Haben Sie eine eigene Meinung, Yeager?«

»Ich möchte lieber in der Technik bleiben, Sir.«

»Sagen Sie mir die Wahrheit, Yeager. Haben Sie jemals Papiere gehabt?«

»Habe sie im Krieg verloren, Sir.«

»Lügen Sie mich nicht an.«

»Nein, Sir.«

Ein weiteres langes Schweigen. »Lückenhafteste Ausbildung, die mir je vorgekommen ist«, wiederholte Bernstein. »Aber Sie haben geschickte Hände, und sie haben Nerven. Verstehen Sie sich auf irgend etwas, worauf ich mich verlassen kann, Yeager?«

»Hydraulische Systeme, Sir. Elektronische.«

»Sonst noch etwas?«

Bet dachte schnell und heftig nach. »Kleine Kommunikationssysteme. Alle kleinen Systeme. Motoren. Pumpen.«

Bernstein runzelte die Stirn. »Eine echte Spezialistin. Auf Frachtern welcher Klasse haben Sie gearbeitet?«

»Auf kleinen, Sir. Auch auf Stationen.« Sie holte Atem, wagte den Absprung, weil sie ihre Alibis untermauern wollte. »Davor war ich kurze Zeit bei der Miliz.«

»Wo?« fragte Bernstein scharf.

»Pan-paris.« Die dortigen Aufzeichnungen waren vernichtet. Das war jetzt Unionsterritorium. Nichts war mehr nachzuprüfen. Sie konnte dort gewesen sein, was sie wollte.

»Haben Sie jemals mit Waffensystemen gearbeitet?«

»Ein bißchen.« Die Luft schien dünner zu werden.

Bet räusperte sich. »Was ein Handelsschiff so hat, Sir. Und was Stationen so haben. Kleine Sachen.«

Bernstein saß da und sah sie an. Musterte sie von oben bis unten. Nickte langsam. »Ich will Ihnen sagen, was ich tun werde, Yeager. Ich werde das alles im Gedächtnis behalten. Sie brauchen kein verdammtes Bravourstück mehr zu vollführen.«

»Jawohl, Sir.«

»Tragen Sie sich ein.«

»Jawohl, Sir.« Ihre Hand zuckte. Bet bewegte sie nicht. Ihre Schultern waren ganz steif. Sie holte Luft und entspannte sich, ging hin und trug sich als Ablösung von Jim Merrill ein. Dieser wartete zusammen mit Ernst Freeman. Sehr fröhlich war er nicht.

»Nimm dir Zeit«, sagte Merrill.

»Entschuldige«, sagte Bet.

»Ich habe dir nichts übriggelassen als das Aufräumen in der Werkstatt.«

»Gut«, sagte Bet. »Danke, Merrill.«

»Wo ist NG?« erkundigte sich Freeman.

»Das weiß ich nicht.« Bet blickte ringsum. Freeman hatte haupttags NG's Posten. Freeman war immer noch hier. Er wartete nicht auf Merrill, Merrill war mittlerweile gegangen. »Ich werde es herausfinden.«

Ihr Blick wanderte zur Uhr. Fünfzehn Minuten über der Zeit. Ihr Herzschlag beschleunigte sich. Sie ging zu Musa, der einen Gang weiter hinten am Zählwerk war. »Musa«, flüsterte sie, »wo ist NG?«

Bernstein kam von der anderen Richtung heran. »Hat einer von euch beiden heute morgen NG gesehen?«

»Nein, Sir«, antwortete Bet.

»Ich habe ihn in der Unterkunft gesehen«, berichtete Musa stirnrunzelnd.

»Scheiße«, kommentierte Bernstein und rief Freeman zu: »Sie können gehen, sie sind abgelöst. Ich übernehme selbst.«

178

Freeman ging.

»Scheiße«, sagte Bernstein noch einmal. »Musa, sehen Sie in der Werkstatt nach.«

»Ja, Sir.« Musa ging.

Das hatte noch gefehlt, dachte Bet. Eine kurze Schicht, Arbeitsplätze, die besetzt werden mußten, NG nicht da und Musa auf der Suche nach ihm — da blieben nur sie und Bernstein.

Also nahm sie sich das Keyboard und ließ NG's Checks durchlaufen, notierte Zahlen und rief Bernstein, damit er sich eine Schwankung ansehe. »Innerhalb der Parameter«, stellte Bernstein fest.

Da kam Musa zurück. »Nicht in der Werkstatt«, meldete er.

»Ich sehe in der Unterkunft nach«, erbot sich Bet.

»Da ist er nicht«, wehrte Bernstein ab. »Ich habe dort bereits angerufen. Der Mann versteckt sich in irgendeinem Loch, das ist es. *Scheiße!*«

»Lassen Sie mich versuchen, ihn zu finden«, bat Musa. »Sir.«

»Diese Abteilung hat Arbeit zu tun, verdammt noch mal! Machen Sie sich an diesen Check, oder Orsini wird persönlich hier auftauchen! — *Verdammt* sei dieser Hurensohn!«

»Lassen Sie mich nachsehen«, sagte Bet.

»Sie wissen nicht, *wo* Sie nachsehen sollen.«

»Ich kenne ein paar Stellen. Ich habe ein bißchen auf diesem Schiff gesehen, Sir. Bitte.«

»Wenn Sie ihn finden . . .«

»Wenn ich ihn herholen kann . . .«

»Ich gebe Ihnen eine Stunde«, sagte Bernstein. »Versuchen Sie es im Zugang zum Kern, in den Schränken, den Laderäumen . . .«

Bernstein zählte die Stellen an den Fingern ab, und es waren ein paar mehr als die, die NG ihr genannt hatte.

»Zuletzt habe ich ihn in der Unterkunft gesehen«,

sagte Musa. »Er zog sich gerade an, und es war nichts verkehrt, was ich weiß.«

»Nichts ist jemals verkehrt mit dem, das irgendwer weiß«, murmelte Bernstein. »Los mit Ihnen! Holen Sie ihn! Hauen Sie ihm über den Kopf, wenn Sie ihn finden! Beeilen Sie sich, Yeager!«

Bet beeilte sich. Sie ging noch einmal in das Werkstattlager, sie sah in dem Winkel nach, den sie kannte. Kein Glück.

Verdammt.

Nichts war verkehrt, was ich weiß ...

Es gab keine Möglichkeit, ins Offiziersterritorium vorzudringen, keine verdammte Möglichkeit, daran auch nur zu denken. Da waren die verschiedenen Zugänge zum Kern, aber sie hatten einen niedrigen ge-Wert und waren kälter als ein Felsen, und kein Mensch würde sich dort verstecken, wenn er nicht verzweifelt war.

Schrankräume waren nicht NG's Lieblingsplatz, wenn sie darüber nachdachte, aber sie waren das wahrscheinlichste Versteck, und sie lagen auf dem Weg — nachdem sie schnell in der Bucht der zum Kern führenden Aufzüge nachgesehen hatte, auch hier ohne Erfolg.

Bet begann einfach damit, Türen zu öffnen, denn Gott allein wußte, was sie zu dieser Stunde finden mochte, da es die Freizeit für den Haupttag war, und sie zögerte, sie von vorn bis hinten zu durchsuchen. Aber es war eine verzweifelte Situation.

Raum eins, Raum zwei, Raum drei, alle negativ. Bet hatte Seitenstechen, hielt den Atem an und sagte sich, es könne der Mühe wert sein, in der Gerätekammer nachzusehen.

Es war dunkel in dem engen Raum. Durch die offene Tür fiel das Licht auf irgend jemandes Beine. »Verzeihung«, setzte Bet an, dann fiel ihr auf, daß der Jemand sich nicht bewegte. Sie schaltete das Licht an.

NG. Er schlief nicht, nicht in dieser verrenkten Haltung.

»Gott. NG ...«

Sie hockte sich hin, schüttelte sein Bein. »NG?« Sie hatte Angst, ihn zu bewegen, fühlte seinen Puls am Knöchel, versetzte ihm einen leichten Schlag. »NG?«

Sie sah ein Zucken, dann eine kleine Bewegung.

»NG, verdammt noch mal!«

Er zog das Bein an, drehte sich langsam um, bis sie sehen konnte, in welchem Zustand er war. Sein Gesicht war ganz voll Blut, Blut war auf dem Deck ...

»O mein Gott!« Bet ergriff seinen Arm, bewahrte ihn davor, aufs Gesicht zu fallen. »Bleib still liegen. Ich hole Bernstein.«

»Mir fehlt nichts.« Er faßte nach einem Türgriff — hielt Bets Arm fest, als sie aufstehen wollte. »Nein! Mir fehlt nichts!«

»Was soll das, zum Teufel? Wer hat das getan?«

Er schüttelte den Kopf, zog sich auf die Knie hoch, hielt sich dabei nur für einen Augenblick an den Schränken fest. »Ich hole Bernstein«, sagte Bet.

»Nein!«

»Bernstein läßt nach dir suchen, ich muß es ihm sagen! Du tust nichts Dummes, bis ich wieder da bin, hörst du?«

»Nein!« Er zog sich auf die Füße und schwankte. Bet packte ihn. »Ich kann nicht zum Arzt gehen.« NG bekam einen Türgriff zu fassen und hielt sich daran fest. »Geh nur zu Bernstein, sag ihm, ich werde die Zeit nacharbeiten. Ich komme, so schnell ich kann.«

»Das wirst du nicht! Bleib hier!«

Sie schlüpfte hinaus, lief zur ersten allgemeinen Com-Stelle und tippte Technik ein. »Mr. Bernstein, Sir, hier ist Yeager. Ich habe ihn gefunden.«

»Wo?« fragte die Stimme des Chefs, und zwar sofort: Er mußte direkt am Com sitzen. Oder einen tragen.

»In der Gerätekammer, Sir. Jemand hat ihn zusammengeschlagen.«

»Rufen Sie Dr. Fletcher.«

»Das will er nicht.«

»Rufen Sie Dr. Fletcher, Yeager, oder wollen Sie Schwierigkeiten machen?«

»Er sagt ...«

»Es interessiert mich nicht, was er sagt, Yeager. Rufen Sie Dr. Fletcher!«

»Jawohl, Sir. Welche Nummer?«

Bernstein sagte sie ihr, Bet gab sie ein, erledigte den Anruf und ging wieder hinein, wo sie NG dabei antraf, daß er versuchte, sich am Ausguß zu waschen. Das ablaufende Wasser war rot.

»Die Ärztin kommt«, verkündete Bet. »Befehl von Bernstein. Ich habe versucht, es ihm auszureden.«

»Scheiße.« NG stützte sich auf den Ausguß.

»Wer hat das getan? Hast du ihn gesehen?«

NG schüttelte den Kopf.

»*Warum* hat er es getan? Hast du angefangen?«

»Gestern abend«, erklärte er mit schwerer Zunge. »Habe versucht, es dir zu sagen.«

»Du meinst, weil du mit uns zusammengesessen hast?«

NG schüttelte nur den Kopf. »Misch dich nicht ein.«

»War es Hughes?«

»Misch dich nicht ein! Misch dich nicht ein, wie oft muß ich dir das noch sagen? Ruf Dr. Fletcher an, sag ihr, es sei ein Irrtum gewesen, ich habe mir nur den Kopf an einem Schrank angeschlagen, um Gottes willen ...«

»Bernstein wollte es nicht. Ich habe es versucht.«

»Du hast den allgemeinen Com benutzt«, murmelte NG langsam. »Verdammt.«

»Nichts gebrochen«, sagte die Ärztin zu Bet. NG lag auf dem Tisch zwischen ihnen. Die Ärztin leuchtete

NG in die Augen, untersuchte Stellen, die NG lieber nicht öffentlich gezeigt hätte, denn der winzige Behandlungsraum war durch nichts weiter abgeschirmt als eine Plane. »Er hat eine leichte Gehirnerschütterung. Es war eine Schranktür, nicht wahr?«

»Richtig«, bestätigte NG.

»Das muß ein Ding von einer Schranktür gewesen sein«, brummte Dr. Fletcher. Sie war eine ältere Frau. »Fangen Sie nicht wieder Streit mit ihr an.«

»Nein, Madam«, antwortete NG. »Ich möchte zum Dienst zurück.«

»Ich kann Sie krankschreiben.«

»Nein, Madam.«

Fletcher runzelte die Stirn — ihr Gesicht war dazu wie geschaffen — und tippte ein paar Notizen in ein Keyboard. »Sie bekommen ein Mittel, das den Schmerz lindert und die Muskeln entspannt. Holen Sie es sich heute abend in der Kombüse ab, eine Tablette zu den Mahlzeiten. Ich habe Ihnen ein bißchen lokale Betäubung in diese Stellen gespritzt, das sollte bis dahin vorhalten. Kein Alkohol zu den Tabletten. Verstanden?«

»Ja, Madam«, sagte NG demütig und setzte sich mit Hilfe von Bet und Dr. Fletcher langsam auf.

Und erstarrte mitten in der Bewegung, den Blick zum Eingang gerichtet.

Khaki-Hemd, Streifen. Nicht Fitch: ein hochgewachsener, schwarzhaariger Mann mit permanentem Bartschatten.

»Ich hörte, wir hätten eine Verletzung«, sagte der Offizier. *Orsini*. Die Stimme ließ keinen Zweifel.

»Sir!« NG ließ sich von dem Tisch gleiten und hielt sich auf den Füßen.

»Wie ist das passiert?« wandte sich Orsini an NG.

»Ein Unfall, Sir.«

»Waren Sie Zeugin?« Orsini sah Bet an.

»Nein, Sir. Mr. Bernstein beauftragte mich, ihn herzubringen, Sir.«

183

»Also ein Unfall in der Technik.«

»In der Unterkunft, Sir«, behauptete NG. »Mir ist eine Schranktür entgegengesprungen.«

Ein langes Schweigen. »Gibt es irgendwelche anderen Opfer dieser Tür, Fletcher?«

»Bis jetzt noch nicht«, sagte Fletcher.

Orsini nickte langsam, die Hände auf dem Rücken. Er ging zum Ende des Tisches herum, während NG seine blutigen Sachen anzog. »Ich möchte eine Kopie des Berichts.«

»Bin dabei«, sagte Fletcher. »Ich schicke Ihnen eine rüber.«

»Zum Dienst entlassen?«

»Auf eigenen Wunsch«, sagte Fletcher.

Orsini richtete den Blick auf NG. »Sie können gehen. Säubern Sie sich. Sie können auch gehen, Yeager.«

»Ja, Sir«, sagte NG. »Sir«, sagte Bet. NG ging ohne Hilfe hinaus, ging ohne Hilfe in den Korridor, noch dabei, seinen Jumpsuit zu schließen.

»Es ist gut«, sagte Bet. »Es wird alles gut werden.«

»Es ist nicht alles gut«, widersprach NG. »Es wird nicht alles gut werden. Halte dich von mir fern. Verstanden?«

»Kommt nicht in Frage, Mister.«

NG schwieg. Er betrat die Unterkunft, wo die Haupttag-Crew schlief, und zog sich um, während Bet an der Tür wartete. Dann kam er wieder zurück.

Sie ging mit ihm.

Den ganzen Weg zur Technik.

»Teufel«, meinte Bernstein, als er ihn zu sehen bekam, und schüttelte den Kopf.

Musa sagte gar nichts. Vielleicht hatte er Bernstein etwas erzählt, vielleicht auch nicht. Bet sagte sich, daß Musa das getan haben würde, was klug war.

NG trug sich ein und widersprach nicht, als Bernstein ihn an eine Schreibarbeit setzte.

»Füllen Sie Ihre eigene verdammte Unfallmeldung aus«, befahl Bernstein. »Das ist nicht meine Aufgabe.«

Aber Bernstein nahm Bet auf die Seite und fragte: »Wer hat es getan?«

»Ich weiß es nicht, Sir. Ich habe nur einen Verdacht. Sir — *Orsini* war oben im Krankenrevier.«

»Ich habe den Anruf bekommen. Hören Sie mir zu, Yeager. Sollte noch jemand in einem solchen Zustand ins Krankenrevier kommen, hat er ein Problem am Hals. Beteiligung an einer Schlägerei ist auf diesem Schiff eine schwere Beschuldigung. Haben Sie mich verstanden?«

»Ich weiß das, Sir.«

»*Wieviel* wissen Sie?«

»Musa hat mich informiert. Über NG. Über das, was geschehen ist.«

»Seien Sie klug, Yeager. Sie täten gut daran. Hören Sie auf Musa. — Sie wissen doch, was Sie sich einhandeln, wenn Sie NG ein Bier spendieren? Denn diese Crew weiß, was neu auf diesem Schiff ist, diese Crew weiß, wessen Idee es ist, und Sie stiften Unruhe, wenn Sie selbständige Ideen haben, Yeager. Erkennen Sie die Zusammenhänge, Yeager?«

»Jawohl, Sir.«

Bernstein holte tief Atem. »Sie haben es begriffen. Ich habe versucht, diesem Mann das Leben zu retten und ihn bei Verstand zu erhalten. Jetzt ist so etwas geschehen. Es kann Schlimmeres nachkommen. Das ist noch freundlich verglichen mit dem, was passieren kann. Diese Leute brauchen nichts anderes zu tun als zu lügen. Das können sie immer noch tun. Sie verstehen? Sie können es Selbstverteidigung nennen.«

»Ich kann auch lügen, Sir. Dieser Bastard Hughes ist über mich hergefallen, NG ist dazwischengegangen. Genau, wie es passiert ist, Sir. Wenn es sein muß.«

»Seien Sie nicht dumm!«

»Nein, Sir.«

»*War* es Hughes?«

»Ich weiß es nicht, Sir.«

Bernstein maß sie mit einem langen, kalten Blick. »Sind Sie bewaffnet, Yeager?«

»Im Augenblick nicht, Sir.«

»Was ist in Ihren Taschen?«

Sie fischte ihre Karte heraus. Und einen dicken Bolzen.

»Was tun Sie denn damit?«

»Ich wollte ihn weglegen, Sir.«

»Tun Sie das. Und Sie und Musa — Sie gehen hinter ihm her, wenn er irgendwo hingeht. Nicht einer von Ihnen. Sie beide. Verstanden?«

»Alles klar, Sir.«

Bernstein ging.

Und sprach mit Musa.

Bet stieß zitterig den angehaltenen Atem aus.

Das Spiel kenne ich, Sir. Es ist ein böses Spiel. Aber ich kenne es, Sir.

186

14. KAPITEL

»Ich habe eine Neuigkeit für dich.« Bet beugte sich über NG's Sessel und legte ihm die Hand auf die Schulter. NG zuckte zusammen, machte einen schwachen Versuch, sie loszuwerden, aber sie war in einem für ihn ungünstigen Winkel. »Wenn du heute abend hier weggehst, begleiten Musa und ich dich.«

»Ich habe genug Ärger am Hals.«

»Du hast den Rest noch nicht gehört. Musa und ich begleiten dich am Morgen, wir begleiten dich zum Abendessen, wir begleiten dich in die Unterkunft. Bei jedem Schritt, den du tust, hast du uns hinter dir.«

»Und wie lange soll das dauern?« Er schwang den Sessel so weit herum, wie es ging, ohne daß er ihr Knie traf. »Halt dich heraus!«

»Wie heißen sie?«

»Das geht dich nichts an.«

»Es wird mich etwas angehen. Mich und Musa. Wir haben uns einverstanden erklärt.«

»Laß mich in Ruhe, habe ich gesagt! *Willst* du, daß ich gemeldet werde?«

»Für was? Weil du einen Korridor hinuntergegangen bist?«

»Sie werden einen Weg finden.« Es ging NG gar nicht gut. Er schwenkte die zitternde Hand. »Geh zum Teufel! Ich habe genug Ärger.«

»Was wirst du das nächstemal tun?« Bet rutschte an seinem Knie vorbei auf den Sitz neben dem seinen, drehte ihn so, daß sie ihm ins Gesicht sah, beugte sich vor und legte die Arme auf die Knie. »Was wirst du tun, Handelsschiffer, wenn sie mit dir noch nicht fertig sind?«

»Das ist mein Problem.«

»Hmm.« Sie stellte einen Fuß zwischen seine beiden und stemmte ihn gegen die runde Stütze seines Ses-

187

sels, so daß er ihn nicht mehr drehen konnte. »Ist es nicht. Bernstein hat es befohlen. Es war Bernsteins eigene Idee. Und ich bin nicht dumm. Ich komme nicht von einem Familienschiff. Vielleicht kenne ich dieses Spiel. In Ordnung?«

»Es sind nicht nur die ...«

»Ja, ja, schon recht. Was sollen Musa und ich deiner Meinung nach denn tun? Du hast mit uns Bier getrunken. Ein paar Arschlöcher nehmen daran Anstoß. sollen wir uns nun dumm stellen? Uns so benehmen, als seien wir einfach zu dumm, um zu sehen, wie A zu B paßt? Oder zu dumm, um zu wissen, daß man dafür geradestehen muß, wenn man einmal etwas in Gang gebracht hat? Viele Leute hier an Bord haben gar nichts damit zu tun, viele Leute kümmern sich einen Scheißdreck um dich, viele Leute widmen dir keine zwei Gedanken in der Woche — weil du keinen Scheißdreck *bedeutet* hast, bis du dich hast zusammenschlagen lassen. Jetzt muß Musa sich entscheiden, ob er es ignorieren will oder nicht. Und ich muß mich entscheiden, weil ich die Neue bin. Du hast jetzt eine *Organisation*, begreifst du endlich, wovon ich rede?«

»Fitch wird dich umbringen!«

»Du hörst mir nicht zu, Handelsschiffer. Du spielst das Spiel nicht richtig.«

»Scheiße!«

Er wandte sich ab. Sie stemmte den Fuß ein und packte seinen Arm.

»Und das ist erst eins der Probleme, Freund.«

»Nimm deine Hand weg, bevor ich sie dir breche!«

»Hmm-mm. Du willst die Kerle nicht nennen, die dich zusammengeschlagen haben, und jetzt willst du mir die Hand brechen. Sehr klug.«

Er schüttelte sie ab.

»Muller hat mir erzählt«, sagte Bet, »daß das deine Art ist, es Leuten zu vergelten, wenn sie etwas für dich getan haben.«

Diesmal drehte er den Sessel in der anderen Richtung herum, trat ihren Fuß aus dem Weg und stand auf.

Und fand sich von Angesicht zu Angesicht vor Musa wieder.

»Setz dich!« befahl Musa.

»Nein!«

»Sieht aus, als müßten wir ihn verprügeln«, sagte Bet zu Musa. »Anscheinend nimmt er nur dann etwas ernst.«

»Laßt mich in Ruhe!« NG stieß Musa zur Seite und ging zur Tür.

»NG!« rief Bernstein quer durch den Raum.

NG machte noch zwei Schritte auf die Tür zu. Und blieb stehen, als werde er an einer unsichtbaren Leine festgehalten.

»Es ist mein Befehl«, sagte Bernstein. »Sie werden genau das tun, was man Ihnen sagt, verdammt noch mal!«

NG steckte die Hände in die Taschen, machte eine Bewegung, als schüttele es ihn, und dann drehte er sich mit diesem herausfordernd vorgeschobenen Kinn um, ungeachtet der aufgeplatzten Lippe und allem anderen.

»Ja, Sir«, sagte NG.

NG ging, sie gingen — Bernstein hatte sie alle zurückgehalten, bis die Haupttag-Mannschaft kam. NG ging in den Gemeinschaftsraum und holte sich seine Pillen, und sie zapften sich jeder ein Bier und setzten sich.

»Verdammt«, murmelte NG, als Bet und Musa links und rechts von ihm parkten.

Musa klopfte ihm aufs Knie. »Es ist alles in Ordnung. Du machst das wirklich prima.« Musa sah ihn an und beugte sich auf der Bank ein bißchen vor. »Dieses Auge wird bald in allen Farben schillern, nicht wahr?«

189

Leute kamen herein und starrten sie an. Die Leute kümmerten sich um ihre eigenen Angelegenheiten, bis sie meinten, außer Hörweite zu sein, und dann steckten sie die Köpfe zusammen und warfen gar nicht einmal flüchtige Blicke in NG's Richtung. Natürlich hätten sie gern gewußt, was mit NG's Gesicht passiert war, und da auf dem ganzen Schiff bekannt war, daß NG bei Fitch noch eine einzige Chance hatte, wie Musa es ausdrückte, gab es ganz bestimmt ein paar morbide Spekulationen.

»Du bleibst hier.« Musa klopfte NG von neuem aufs Knie. »Ich will mir noch ein Bier holen.«

Doch bevor Musa die Theke erreichte, wurde er in ein Gespräch mit Muller verwickelt, wobei er bestimmt genau das sagte, was er sagen wollte, dachte Bet, trank ihr Bier und beobachtete NG aus dem Augenwinkel — paßte auf, ob er an diesem Abend auf irgend jemanden im besonderen reagierte.

Linden Hughes reagierte — er kam herein, sah NG.

Es gab keinen Zweifel.

»Ist das der Mann?« fragte sie NG, ohne den Kopf zu wenden.

»Ich habe genug Hilfe.«

»Sicher. Ihn. Seine Freunde. Du hast alle Arten von Hilfe.«

Von NG kam nichts als Schweigen.

»Du hast da etwas verwechselt«, fuhr Bet fort. »Freunde sind die, die einem helfen.«

»Du bist eine verdammte Idiotin«, erklärte NG, stand auf und ging in Richtung Unterkunft davon.

Bet folgte ihm.

Und holte drinnen in dem matten Licht zu ihm auf.

Er blieb stehen. »Geh mir von den Fersen!« schnaubte er sie an.

»He, langsam!«

»Hör mal.« Er kam zurück, die Hände offen. »Hör mal, Bernie hat da diese großartige Idee gehabt, und die funktioniert ausgezeichnet, bis irgendein Notfall eintritt und Bernie gezwungen ist, Musa hierhin und dich dahin zu schicken ...«

»Du brauchst weiter nichts zu tun, als halbwegs klug zu sein. Was du nicht gewesen bist.«

»Musa wird das nicht lange mitmachen. Musa wird sich verdrücken, sobald Bernstein ihm dazu einen Vorwand liefert, und dann sitzt du allein, verstehst du mich, du allein in der Klemme. Gefällt dir das?«

»Musa und ich haben eine Vereinbarung getroffen ...«

»Was für eine Vereinbarung?«

»Ist doch klar. Wir sind eine Or-ga-ni-sa-tion, Handelsschiffer. Du weißt doch, was eine Familie ist? Darauf will ich wetten. Eine Organisation ist das gleiche.«

NG sah sie an, als habe sie ihm ins Gesicht geschlagen.

Er kehrte ihr den Rücken und marschierte den Gang hinunter zu seiner Koje.

Eine Sekunde später kam Musa durch die Tür.

»Was ist denn das?« fragte Musa.

Er ist von einem Familienschiff, das ist sicher, dachte Bet. *Darauf würde ich jede Summe setzen.*

Aber sie sagte nur, während sie NG mit gekreuzten Armen nachsah: »Er will etwas von seiner Koje holen.«

Musa kratzte sich an der Schulter. »Er ist gar nicht glücklich darüber, nicht wahr?«

Bet faßte einen Entschluß. »Ich muß es dir sagen. Ich habe mit ihm geschlafen.«

»Ist er in Ordnung?« wollte Musa wissen.

»Ein bißchen nervös. Richtig süß, manchmal.«

Musa dachte darüber nach. »Es ist lange her«, meinte er dann. »Bei mir ist es auch lange her. Du bist eine hübsche Frau. Ich kann es ihm nicht verübeln.«

Bet lachte ein bißchen. Fühlte sich ein bißchen hübscher, als sie war. Noch niemand hatte sie so genannt, außer Bieji, wenn er betrunken war.

191

So mußte man es machen, sich eine Nische suchen und zwei oder drei, denen man trauen konnte. Das war das Schlimme an diesem Schiff, daß es so wenige gab, denen man trauen konnte, es ließ sich mit Händen greifen. Und Bet hatte sich auf diesem Schiff nicht sicher gefühlt, bis Musa den Arm um sie legte.

Auch Musa war im Bett in Ordnung, während des Films, als die Guten und die Bösen sich auf dem Schirm am Ende der Unterkunft geräuschvoll beschossen zum Gejohle der Betrunkenen und dem schweren Atmen der kopulierenden Paare hinter den Trennfolien.

NG gehörte weder zu den einen noch zu den anderen. NG schlief, falls er das konnte. Wahrscheinlicher war, daß er mit Schmerzen wachlag, aber wenigstens war er in Sicherheit — gleich neben dem Bett, in dem Musa und Bet lagen, denn NG's Bett war das letzte vor dem Bildschirm, Musas das vorletzte.

Auf Bernsteins Anregung hin hatte Musa sich diese Koje durch Tauschhandel erworben, damals, als NG zum Schichttag versetzt worden war. Musa hatte eine der begehrten Kojen in der Mitte besessen, die Muller nur zu gern übernommen hatte, und mit NG sprach sowieso niemand außer Musa.

So erklärte Musa es jedenfalls.

Auf diese Weise endete Musa trotz seines hohen Dienstalters dicht am Bildschirm, und am Fuß der Koje, die er im Augenblick mit Bet teilte, saßen johlende Betrunkene auf dem Fußboden. Hin und wieder war es eine gute Frage, ob sie über den Film johlten.

»Verdammte Dummköpfe«, sagte Musa zwischen zwei Atemzügen.

»Macht nichts«, meinte Bet und lachte, weil es komisch war. Sie lachte und brachte Musa zum Lachen, leise, unter den Decken, die sie über sich gezogen hatten.

»Du bist eine gute Frau«, sagte Musa. Musa roch nach parfümierter Seife, nach nichts Geringerem, Musa hatte saubere Bettwäsche, Musa hatte eine alte Flasche mit echtem Whisky von der guten alten Mutter Erde hervorgeholt und ihr eine große Portion davon eingeschenkt. Whisky war etwas, wovon Bet bisher nur gehört hatte, von Soldaten auf der *Afrika*, die alt genug waren, sich daran zu erinnern.

Woher hast du ihn? hatte sie gefragt, und Musa hatte erfreut geantwortet: Von zu Hause.

Also stammte Musa von der Erde. Die Flotte hatte für die Erde gekämpft, die *Afrika* war zurückgekehrt, um dort zu kämpfen. Das bildete eine Art obskurer Verbindung, eigentlich nicht einmal eine freundschaftliche. Aber es brachte Bet zu der Überlegung, wie viele Verwicklungen nötig waren, damit eine Soldatin von der *Afrika* und ein Mann wie Musa in das gleiche Bett gerieten.

Das ging über viele Zwischenstationen.

In dem Film kam es zu einer Reihe von Explosionen, die Betrunkenen brüllten. Musa sprach die nächsten Textzeilen mit erhobener Stimme aus dem Gedächtnis, das war irrsinnig komisch, zumindest für Bet, die dabei war, sich zu betrinken, und goß ihr noch einmal ein.

Plötzlich war der Ton weg. Die Betrunkenen stöhnten vor Enttäuschung.

Hier spricht der Kapitän, donnerte der Lautsprecher. *Dieses Schiff wird um 06.00 Haupttag springen.*

Dann lief der Film weiter, aber die Zuschauer verhielten sich leiser.

»Verdammt«, kommentierte Bet, »es geht schon wieder los. Wohin diesmal?«

»Das ist leicht zu beantworten«, behauptete Musa.

»Wohin also?«

»Immer dahin, wohin man uns schickt.«

»Verdammt.« Bet boxte spielerisch nach ihm.

»Im Grunde«, Musa legte sich für eine Weile bequem zurecht, »ist es nicht schwer zu erraten. Die Flotte hat jetzt in Nähe der Erde zweimal einen Tritt in den Hintern bekommen und ist verschwunden, niemand weiß wohin — es heißt, vielleicht zu der alten Beta-Station.«

Bei dem Gedanken konnte es einem eiskalt werden. Es waren immer Gerüchte in der Flotte umgelaufen, Mazian habe noch einen Trumpf im Ärmel, und dann war der Name der verlassenen Beta beim alten Alpha Cent genannt worden — der Unglücksstation. Es war der zweite Stern, um den die Menschheit jemals ein Raketenschiff geparkt hatte. Dann hatte sie sich darangemacht, dort zu leben, und, wie erzählt wurde, eines Tages waren die Sendungen verstummt, der konstante Datenfluß zu anderen Stationen hatte einfach — aufgehört. Es gab keinen Grund, keine Erklärung, und es war nicht der kleinste Hinweis zu finden, als endlich ein Schiff — mit Unterlichtgeschwindigkeit — dort aufkreuzte, um nachzuforschen. Die Beta-Station war systematisch geschlossen worden, und das Raketen-Modul, das die Bewohner hätte evakuieren können, war fort.

Doch kein Trümmerstückchen, kein elektronischer Geist einer Sendung verriet jemals, was sich dort abgespielt hatte.

»Dann wären sie schön dumm gewesen«, sagte Bet. Bei sich dachte sie, das sei ein Gerücht von der Art, wie Mazian es selbst in die Welt gesetzt haben mochte, nur um Verwirrung zu stiften.

»Sie sind aber zu irgendeinem Punkt in dieser Richtung gesprungen«, gab Musa zu bedenken. »Jedenfalls habe ich es so gehört.«

»Dann kennen sie vielleicht irgendeinen Massepunkt, von dem sonst niemand etwas weiß.«

»Mag sein. Oder vielleicht sind sie einfach zur alten Beta hinausgesprungen und haben sich dort still verhalten. Beta wäre gerade das Richtige für sie, all diese alten Bergbau- und Biomassen-Ausrüstungen, vollkommen veraltet, aber wenn der Staub sie nicht gefressen hat, sind sie noch da. Könnte genau das sein, was Mazian getan hat.«

»Und wir springen dorthin?«

»Nicht wir. Nein.«

»Was tun wir dann?«

»Wir halten die Wege offen. Wir passen auf, daß dieser Hurensohn uns nicht von der Erde abschneidet. Sich die Hinder-Sterne nicht unter den Nagel reißt. Er könnte den ganzen Krieg von neuem anfangen, die Erde isolieren, Pell zwingen, der Union beizutreten oder mit ihm zu verhandeln, so oder so. Ganz bestimmt könnte Pell seine Unabhängigkeit nicht bewahren, wenn Mazian die Erde in der Tasche hätte. Ganz bestimmt sind die Hinder-Sterne nichts weiter als eine verdammte menschliche Lagerhalle. Das hast du selbst festgestellt.«

»Das habe ich selbst festgestellt«, bestätigte Bet.

Der Film wurde nie wieder so laut wie vorher, weder auf dem Bildschirm noch in der Zuschauermenge. Leute gingen in den Gemeinschaftsraum hinaus, um ein Bier zu trinken und sich zu unterhalten, andere saßen einfach auf den Kojen herum, tranken und unterhielten sich.

»Ich muß nach NG sehen.« Bet beugte sich über den Rand der Koje und steckte den Kopf unter der Plane hindurch.

»Ist er in Ordnung?« fragte Musa.

»Anscheinend schläft er. Entschuldige.«

Sie kroch aus dem Bett und unter der Plane her und setzte sich bei NG auf die Bettkante.

Ja, er war halb im Schlaf. Die Tablette wirkte. Er sah Bet benommen an.

»Hast du das gehört?« fragte sie. »Wir werden morgen früh springen.«

»Muß aufstehen«, murmelte er.

195

»Nein, du schläfst jetzt. Musa und ich stecken dich am Morgen in deine Hängematte. Kein Problem. Du kannst dich auf uns verlassen.« Sie drückte seine Hand. »Gute Nacht. Alles in Ordnung?«

Keine Antwort. Die Finger zuckten nicht. Aber er war in Ordnung. Sie und Musa hatten die Tabletten in Verwahrung — für alle Fälle. Und wenn die *Loki* morgen anderswohin ging, ganz gleich, wo das war, begannen sie den Sprung diesmal wenigstens in guter Ordnung, ohne Überraschungen.

Bet kroch zurück und legte sich kalt und zitternd wieder zu Musa ins Bett.

Ein Mann, dem das nichts ausmacht, ist ein Gentleman, dachte sie.

15. KAPITEL

Hinaus aus den Kojen und fort zu den Arbeitsplätzen! Zu ihrem Pech hatten sie die Wache, während der dieser besondere Sprung stattfinden sollte. Es war kaum Zeit, unter der Dusche herzutanzen und schnell an der Theke der Kombüse das Beruhigungsmittel und die c-Ration zusammen mit einem Keis-Brötchen, einem Keks und einem warmen Getränk zu fassen. Die Dienstleistungsabteilung richtete währenddessen die Hängematten für den Haupttag her. NG funktionierte kaum, hinkte herum und zeigte entschiedenes Widerstreben, unter der warmen Dusche hervorzukommen. Aber Musa war als nächster an der Reihe, und Bet steuerte NG, plieräugig und verdrossen, wie er war, in die nach dem Frühstück anstehende Schlange.

»Ich sagte, laßt mich in Ruhe«, murmelte NG unter der Tür. »Mich zu bewachen bedeutet nicht, an mir zu kleben.«

»He, du bist doch nicht böse auf Musa und mich?«

»Natürlich nicht!«

»Dann voran!« Sie stieß ihn mit dem Ellbogen. »Hol dir dein Frühstück.«

NG sah schrecklich aus, das eine Auge war geschwollen, der Mund war geschwollen, und der Gesichtsausdruck, den er heute morgen hatte, stellte keine Verbesserung dar. Er nuschelte etwas zur Antwort und hinkte vor Bet auf die Schlange zu.

Hughes und seine Freunde. Bet sah es eher kommen als NG, eine halbe Sekunde, bevor Hughes ihn mit der Schulter rammte, so daß er das Gleichgewicht verlor.

»Paß auf, wo du hingehst!« sagte Hughes.

»Paß du auf, wo du hingehst, verdammt!« zischte Bet und packte eine Handvoll von Hughes' Ärmel. »Wenn du Streit suchst, Mister, dann hast du jetzt einen.«

Hughes faßte nach ihrem Handgelenk und endete mit nichts — es war nicht wahrscheinlich, daß es hier zu einer regelrechten Schlägerei kam, aber der ganze Gemeinschaftsraum wurde still.

»Bist du eine Freundin von ihm?« fragte Hughes, und es waren in der Halle nur die Schiffsgeräusche zu hören.

»Mag sein«, antwortete Bet. »Ich zanke mich nicht mit ihm, und es interessiert mich nicht, Mister, aber ich sitze ihm auf den Fersen, und das ist Befehl vom Chef, der nicht will, daß jemand von seiner Crew gegen eine Schranktür rennt. Nichts Persönliches.«

»Du *fickst* auch mit ihm auf Befehl des Chefs.«

»Das *ist* persönlich, und das ist Scheiße. Komm mir nicht mit Scheiße, Mister. Ich werfe sie zurück.«

Absolute Stille.

»Keine Schlägerei«, sagte NG.

»Das geht in Ordnung«, erklärte Bet. »Ich schlage mich nicht. Der Mann hat nur ein kleines Problem, wahrscheinlich sind es die Drüsen. Willst du mit mir bumsen, Mister? Ich nehme dich mit hinunter zu diesem Schrank, sobald das Schiff den Sprung hinter sich hat. Dich *und* deine beiden Bettgenossen da. Dann können wir alles regeln.«

»Hallo, Lindy...« Musa tauchte auf, kam mitten durch die Zuschauermenge, Gott sei Dank, noch feucht vom Duschen, ruhig wie immer. »Wir haben ein kleines Problem?«

»Das Problem ist dein neues Mädchen«, sagte Hughes. »Das Problem ist dieses Stück Abfall auf unserem Deck.«

»Das *Problem* ist«, erklärte Bet laut und scharf, »daß heute dasselbe Arschloch wie gestern, als unsere Schicht friedlich bei einem Bier saß, Stunk macht, und darüber hinaus interessiert es mich einen Dreck, was für ein Problem er hat. Irgendwer hat heftigen Anstoß an diesem Bier genommen, im Dunkeln und von hinten, so wie ich es sehe. Deshalb frage ich dich: Warst du das, Lindy Hughes?«

Es war sehr ruhig. Noch ein paar Leute vom Haupttag waren nach dem Dienst hereingekommen, und auch ihre Stimmen verstummten, und sie wurden zu weiteren Zuschauern.

»Jemand hat diesem Schiff einen Gefallen getan«, behauptete Hughes.

»Den Teufel hat er!« gab Bet zurück. »Ich höre bis zum Überdruß davon, was NG getan hat, aber ich sehe nichts weiter als einen verdammt guten Techniker an seinem Posten, der jeden Tag seine Arbeit tut und die von mehreren anderen noch dazu, und das einzige Mal, als er fehlte, lag er halb totgeschlagen in der Gerätekammer. Deshalb rede zu mir nicht von Verantwortung, Mister! Ich habe davon mehr an NG Ramey gesehen als an dem Idioten, wer es auch sein mag, der unseren System-Mann in dem Augenblick zusammenschlägt, wo dieses Schiff jede Minute springen kann.«

Langsames, abgemessenes Händeklatschen von irgendwo am Rand der Menge. Das ärgerte Hughes. »Du willst mit ihm ficken?« fragte Hughes, sich vor den Versammelten produzierend. Er machte eine ausholende Geste. »Die Neue kommt her und erzählt uns, was für ein feiner, tüchtiger Mann NG Ramey ist. Scheiße!«

»Hör auf, Lindy«, sagte Musa.

»Verdammte Neue.«

»Hör auf, hab' ich gesagt! Befehl von Bernstein. Irgendwer hat unseren System-Mann zusammengeschlagen, und wir haben Befehl, dafür zu sorgen, daß er in einem Stück bleibt. Es geht nicht darum, was sie oder ich gern täte.«

»Ich lasse mir von ihr nichts gefallen!«

»Halt den Mund, Lindy!«

Ein langes Schweigen. Dann schob sich Hughes vorbei, und seine Freunde taten desgleichen.

»Tut mir leid«, murmelte Bet. »Er hat NG in der Schlange gestoßen.«

Musa legte ihr die Hand auf die Schulter und schob sie in Richtung Theke weiter. NG stand immer noch da, in welcher seelischen Verfassung, wagte Bet sich im Augenblick nicht auszumalen. Sie nahm ihre Medikamente und ihr Frühstück in Empfang. Johnson, der Koch, war da; der Kombüsenstab arbeitete schnell, um nach dem Sprung alles bereit zu haben. Johnson schoß ihr unter den Brauen hervor einen Blick zu.

»Du bist verrückt«, stellte Johnson fest, was Bet als freundliche Warnung auffaßte.

»Mag sein«, antwortete sie. »Aber ich richte mich nach dem, was ich sehe.«

Sie ließ sich auch NG's beide Päckchen und ein zweites Frühstück geben und brachte es ihm.

NG nahm es ausdruckslos, ohne Bet gerade anzusehen. Er steckte die Päckchen unter den Arm und aß den Keks und trank den Tee. Bet verzehrte ebenfalls ihr Frühstück; es kursierte zuviel Adrenalin in ihrem Blut, als daß sie Appetit hätte haben können, ihr Magen war ein einziger Knoten, aber man aß, wenn man etwas bekam, und zur Hölle mit Lindy Hughes.

Zwei Leute von der Haupttag-Technik waren hereingekommen, Walden und Farley, vielleicht hatten sie den ganzen Aufstand miterlebt. Bet konnte Hughes nicht mehr entdecken.

So eine Dummheit, dachte sie, den Mund voll Keks. Kleine tuschelnde Gruppen da und dort im Gemeinschaftsraum widmeten ihr mehr Aufmerksamkeit, als für alle gut war.

— Yeager, das hast du wieder einmal gut gemacht. Du hast dich gerade in einen Kampf eingelassen, bei dem du sterben kannst.

— Immer noch besser als manches andere ...

— Mein ganzes Leben als Erwachsene habe ich damit zugebracht, für die Erde zu kämpfen, und nun sehe einer an, wie es uns die Erde gelohnt hat. Es ist nicht das Schlimmste, wenn ich mich in einen Kampf stürze, den *ich* mir ausgesucht habe, nicht das Schlimmste, auf diese Weise abzutreten, wenn es sein muß.

Ihr braucht mir nur Ziele zu geben, würde Teo sagen.

Bet sah zu NG hinüber, der dastand und mit seinem wunden Mund Tee trank. Sie schenkte ihm so etwas wie ein Lächeln.

Er sah sie finster an wie jemand, der sich in die Ecke getrieben fühlt.

»Du hast eine schreckliche Einstellung.« Bet stieß ihm mit dem Elltbogen in die Rippen. »Kopf hoch, NG!«

Er ging allein weg, warf den Becher in den Recycling-Behälter und machte sich auf den Weg zur Arbeit. Aber Bet blieb ihm auf den Fersen, und sie fing Musas Blick ein, und Musa kam, noch kauend.

So marschierten sie zur Technik, NG ein halbes Dutzend Schritte voraus, Musa und Bet hinterher. Bet hatte die Hände in die Taschen gesteckt und war von unvernünftiger Fröhlichkeit, während NG fuchsteufelswild aussah.

Aber sie machten es so, wie Bernstein gesagt hatte, und NG geriet ihnen niemals aus den Augen. Sie traten ein und lösten ihre Vorgänger ab. Bernstein übernahm von Smith — es ließ sich erraten, daß er von einem allgemeinen Briefing für die Offiziere kam.

Bernstein und Smith sprachen kurz miteinander in der Abgeschlossenheit, die das Schiffsgeräusch ihnen gewährte. Die anderen nahmen währenddessen die beim Schichtwechsel üblichen Checks vor. Bet beobachtete die beiden Chefs aus dem Augenwinkel, und vor Nervosität brach ihr der Schweiß aus.

Ruhig, ruhig, ermahnte sie sich andauernd selbst. Auf der anderen Seite wartet kein Feuergefecht auf uns, dort liegen wir nur von neuem still. So arbeitet dieses Schiff nun einmal, das ist alles, was es tut ...

Aber ihre Hände wollten zittern, und ihre Eingeweide verkrampften sich. Wenn sie es nur schon hinter sich hätten!

Verdammt, ich bin dem nicht gewachsen, sie haben NG vor die Schirme gesetzt, und er ist verrückt, und dann haben sie noch mich, und ich bin keine Technikerin, und außer uns haben sie nur noch Musa und Bernstein, und was, zum Teufel, ist das für eine Art, ein Schiff zu führen?

Es kann kein Feuergefecht sein, dachte sie, man würde doch bestimmt nicht die Schichttag-Crew Dienst tun lassen, wenn eine Schlacht bevorsteht!

Bernstein beendete sein Gespräch mit Smith und kam herüber, um die Daten von NG in Empfang zu nehmen. Der Sicherungsalarm läutete, die Ankündigung des bevorstehenden Zündung der Triebwerke. »Wo sind wir nun?« fragte Bet neugierig. »Wohin gehen wir?«

»Geheim«, antwortete Bernstein.

Man konnte es ja versuchen.

»Wir kämpfen nicht«, sagte Bernstein. »Wir halten uns nur bereit zum Abhauen. Das ist alles.«

»Jawohl, Sir«, sagte Bet.

»Es geschieht nichts anderes als sonst auch«, fuhr Bernstein fort. »Wir haben eine halbe Stunde. Gleich wird die Zündung erfolgen. Nehmen Sie den Sessel Nummer drei. — Wie geht es Ihnen, NG?«

»Kein Problem«, sagte NG kalt und geistesabwesend und legte Schalter um.

Bet war diejenige, die es mit einem nervösen Magen zu tun hatte, als sie sich auf ihren Platz setzte und Beruhigungsmittel und c-Ration und Ohrstöpsel herrichtete. Sonst gab es nichts zu tun, denn der Haupttag war so nett gewesen, die Werkstatt gesichert und verschlossen zu hinterlassen.

202

Die Zündung erfolgte, und der mächtige Schub der Triebwerke baute sich schnell und heftig auf. Das Deck bebte. Der ganze Schwingabschnitt der Technik-Abteilung rumpelte auf seinen Schienen und reorientierte sich. Die Vibrationen erfaßten Knochen und Nerven.

Los geht's!

»Sie beobachten diese Angaben«, erklang Bernsteins Stimme über den Com-Stöpsel in Bets Ohr, und die Schirme von Platz drei erwachten zum Leben. »Sie haben da den Panik-Knopf, und den drücken Sie, wenn einer der Schirme anfängt zu blinken. Sie drücken den Panik-Knopf, und das System übergibt es mir und Musa. Haben Sie das verstanden, Yeager?«

»Jawohl, Sir.«

»Sie kennen die Parameter für die Begrenzung?«

Ihr Herz machte einen Satz. »Jawohl, Sir.«

»Das ist Ihre Nummer eins, da. Zu Ihrer Rechten. Wenn plötzlich ein Trend in den Zahlen auftritt, der Ihnen nicht gefällt, drücken Sie den roten Knopf von Nummer eins und den Panikknopf gleichzeitig. Das schickt es zu mir, klar?«

»Klar, Sir, aber sagen Sie mir um Gottes willen, daß ich nicht die einzige an dieser Arbeit bin.«

»Das sind Sie nicht. Ich habe gern mehr als ein Paar Augen dabei. Beobachen Sie Ihre Schirme, Yeager, und stören Sie mich nicht, ich habe alle Hände voll zu tun. — Countdown läuft. Nehmen Sie Ihr Beruhigungsmittel.«

Bet faßte nach dem Päckchen und drückte es, spürte den Stich in der Hand und die alte Spannung im Unterleib. Von da, wo sie saß, konnte sie NG's Arbeitsplatz sehen, sie konnte sehen, wie NG sein Beruhigungsmittel nahm. Sein Gesicht war immer noch gelassen, aber sein Jumpsuit hatte Schweißflecken, und Schweißperlen standen ihm auf der Haut.

Jetzt kam ein *heftiger* Schub.

»Fünf Minuten«, sagte Bernstein.

Bets Gedanken wollten zerflattern. Hughes und NG und Musa letzte Nacht und die Angaben für die Begrenzung und die Zahlen und die Möglichkeit, daß es noch von anderer Seite Ärger gab.

Paß auf die verdammten Zahlen auf!

Es ist keine Zeit für etwas anderes.

Geht es NG gut?

Wie lange ist es her, daß er bei einem Sprung Dienst gehabt hat?

Ein Flackern des Raums hinter den Behältern im Laderaum, NG strauchelt, fällt schwer auf sie, seine Hand reißt ihre Lippe auf ...

Tut er das oft?

Und sie dachte, gerade als der letzte Glockenton erklang und das Schiff zum Sprung ansetzte:

Weiß Bernstein, was er NG aufbürdet? Erwartet er von ihm, daß er während eines Sprungs arbeitet?

Er könnte uns alle umbringen ...

Wieder unten. Bet hörte das elektronische Schnattern in ihrem Ohr.

Sie versuchte sich zu konzentrieren, suchte in ihrem Gedächtnis nach den Zahlen, erinnerte sich, daß sie die Entwicklung auf Schirm Nummer eins im Auge behalten mußte. Sah die Werte fallen.

Mein Gott.

Sie drückte die Knöpfe. Ihr Herz hämmerte.

»Habe es«, sagte Bernstein. »Habe es. Kein Problem für das Schiff.«

Bet brach der Schweiß aus. Sie sackte zusammen. Ihre Muskeln flatterten von Kopf bis Fuß.

NG sagte: »Das ist nichts Schlimmes, Bet. Ein kleines Abrutschen in einen der Arme.«

Ihr war, als verlöre sie gleich das Bewußtsein. Für eine Weile ging ihr Atem kurz, und sie hatte einen Krampf im Unterleib wie seit Jahren nicht mehr. Vielleicht ließ die Wirkung der Behandlung nach.

Oder vieleicht war es das sich nähernde Alter.

Das Schiff bremste ab. Bet spürte den Puls durch das verebbende Beruhigungsmittel.

Sie tastete nach der c-Ration, hielt die Augen auf die Schirme gerichtet, während sie die Tube hervorholte und einen Schluck nahm.

Das zweite Bremsmanöver, *hart*, Gott — hart ...

Die Zahlen ...

»Da ist wieder diese Abtrift!« Sie hatte die Knöpfe gedrückt.

»Habe es, habe es«, sagte Musa.

Gott!

Bet wischte sich den Schweiß ab, nahm noch einen Schluck und hielt sich vor Augen, daß die Crew gewohnt war, das mit einer Person weniger zu tun. Es war das alte Spiel, der Neuen sollte Angst eingejagt werden. In keinem Augenblick waren sie abgeschaltet gewesen. Aber, *verdammt!*, das waren alles Spezialisten-Probleme, für sie war es unverständliches Zeug, sie wußte nicht einmal, von welchem verdammten Arm NG sprach oder was es mit der Magnetik zu tun hatte oder was, zum Teufel, man machen mußte, um diese Zahlen wieder in den sicheren Bereich zu bringen.

Das Schiff *funktionierte* einfach, die Spezialisten sorgten dafür, man dachte nie daran, daß das Schiff explodieren oder die Fähigkeit zum Abbremsen verlieren könne, nur weil irgendwelche verdammten Zahlen auf einem Schirm erschienen.

Bet zitterte. Sie wollte einen Drink. Sie wollte duschen. Sie wollte zur Toilette. Aber sie saß da und betrachtete Zahlen, bis ihr die Augen weh taten. Und NG redete mit Musa und Bernstein hin und her, ruhig und kalt, bis Bernstein sagte: »Die Brücke gibt durch, wir können die Sicherheitsgurte lösen. Yeager, möchten Sie fünf Minuten Pause machen?«

»Ja, Sir.« Sie kam nur mühsam aus dem Sessel hoch.

Auf geradem Weg ging sie zu der Toilette im Abschnitt E, zwischen der Technik und dem Büro des Zahlmeisters. Sie hatte nur ein bißchen Angst, das Schiff werde seine Meinung ändern und sich bewegen und seine Wandplatten mit einer yeagerförmigen Delle versehen, sie hatte nicht halb soviel Angst davor wie vor diesen verdammten Zahlen, die wegflossen, als blute sich das Schiff durch ihre Finger zu Tode und sie habe nicht einmal ein Pflaster für es.

Verdammt, *verdammt*, wenn jeder andere so kalt dasitzen konnte, wenn NG es konnte, ohne die Nerven zu verlieren ...

Verdammt wollte sie sein, wenn sie es nicht konnte.

Siebenunddreißig Jahre war sie alt und mußte wieder als Neuling anfangen. Deshalb bekam sie den Tatterich.

Das war nichts weiter als das Adrenalin, von dem man nicht wußte, was man damit anfangen sollte. Aber sie würde es lernen, jawohl, sie würde es lernen, was sie mit dieser Aufladung, die die Natur ihr gab, anfangen sollte, sie mußte eben ihren Kopf benutzen, das war alles. Bernstein würde ihr niemals eine echte Aufgabe zuweisen, ohne sie zu kontrollieren, und wenigstens schoß niemand auf sie, solange sie es lernte.

Bitte, lieber Gott, laß nicht zu, daß er mich eine wirkliche Arbeit selbständig tun läßt.

Was soll ich sagen, wenn er es doch tut? Vielleicht: Ich weiß absolut nicht, wovon Sie reden?

Fragen über ihre Papiere, bis hinauf zum Büro des Kapitäns, das war es, was Ehrlichkeit ihr einbringen würde. Sie mochten ihr Dummheit verzeihen, sie mochten sie dann einfach für eine Dreckarbeit einteilen. Aber dann wiederum könnte Bernstein dem Kapitän berichten, sie sei zu verdammt gut in einigen Dingen und zu verdammt ungeschickt in anderen, und das eine passe nicht zum anderen, dahin konnte es kommen, sobald die Fragen einmal anfingen.

Sie konnte nur *lernen*, mehr nicht, und *nein* sagen, wenn es sein mußte, und sie durfte niemals eine Arbeit übernehmen, die über ihre Fähigkeiten hinausging.

»Haben Sie das Zittern bekommen?« fragte Bernstein und blieb an ihrem Platz stehen.

»Nein, Sir«, antwortete Bet.

Er klopfte den Sesselrücken. »Das Schiff hat den Sprung gut geschafft. Wir haben nur ein bißchen Spiel in einem Servo, der wandert immer etwas, wenn wir herauskommen. Wissen Sie, warum?«

Bet sah ihn mit einem verzweifelten Blick an.

»Nein, Sir.«

»Ich schlage vor, Sie fragen so bald wie möglich jemanden, Yeager.«

»Jawohl, Sir. Ich danke Ihnen, Sir.«

Bernstein klopfte den Sesselrücken noch einmal und ging zu seiner eigenen Arbeit davon, und Bet saß eine Sekunde lang ganz still da.

Während ihr Herz sich beruhigte.

16. KAPITEL

Es war ein ruhiger Abend im Gemeinschaftsraum. In der Unterkunft lief ein Film, viele Leute der Schicht waren einfach in ihren Kojen zusammengebrochen.

Im Gemeinschaftsraum war ein großer Ansturm auf das Bier, aber es wurde still getrunken. Morgen würde es eine Menge Kopfweh geben.

Ihre kleine Gruppe von drei Personen versammelte sich am Ende der Bank gleich neben der Kombüse. Niemand belästigte sie. Zwei gute System-Techniker zeichneten Diagramme auf eine Tafel und versuchten, das, was sie wußten, in den Kopf einer begriffsstutzigen Neuen zu bringen.

Sie verstand es halb und halb. »Warum geschieht das?« fragte sie.

»Gott tut es«, antwortete NG verzweifelt. »Glaube einfach daran, daß es geschieht.«

»Nein, nein«, widersprach Musa, »gib ihr eine ordentliche Antwort.«

NG löschte die Tafel und zeichnete seine schematische Darstellung von kleinen beschrifteten Kreisen von neuem, geduldig, peinlich genau.

»Der Junge ist tatsächlich verdammt gescheit.« Musa rückte näher. »Diesen Teil habe ich selbst nie verstanden.«

»Wer's glaubt«, murmelte NG, warf Musa einen angewiderten Blick zu und begann von neuem zu erklären, wie und warum der Rückstoß funktionierte, wenn das Schiff abbremste.

Bet drehte es den Magen um, als sie anfing, das mit Vorstellungen darüber zu verbinden, was alles schiefgehen konnte. Oder was dieses Fallen der Zahlen war und was passieren mochte, wenn nicht alles verlief, wie es sollte.

»Werden wir das verdammte Ding denn nicht *reparieren?*«

»Sobald sich uns eine Gelegenheit bietet.«

»Wir werden bald wieder auftanken müssen«, meinte Bet.

»Da, wohin wir wollen, gibt es die entsprechenden Einrichtungen nicht«, antwortete Musa. »Und wir können uns den Aufenthalt nicht leisten.«

»Erst recht können wir es uns nicht leisten, daß das Schiff im Hyperraum ...«

Musa brachte sie zum Schweigen. »Von der Arbeit wird in der Freizeit nicht gesprochen. Trink dein Bier!«

Bet nahm einen kleinen Schluck, NG nahm einen großen.

Und als sie den Ausdruck auf NG's Gesicht sah, wünschte sie, nichts davon gesagt zu haben, daß das Schiff im Hyperraum verlorengehen könne.

Sie sah den Ausdruck auf seinem Gesicht ...

Und hinter ihm Lindy Hughes und seine beiden Freunde, die sich unterhielten und eben in ihre Richtung blickten.

»Dahinten ist Hughes«, flüsterte Bet, und zum zweitenmal spürte sie einen Eisklumpen in ihrem Magen.

»Hughes ist in dieser Schicht«, antwortete Musa. »Es ist sein gutes Recht, hier zu sein.«

»Er ist ein Arschloch.« Bet nahm die Tafel, löschte sie und gab sie Musa. Wenn es nicht so leicht nachweisbar wäre und nicht mit großer Wahrscheinlichkeit auf NG sitzenbleiben würde, dachte sie, könnte ein einfacher Unfall das Problem Lindy Hughes lösen.

»Er ist verdammt dumm«, meinte Musa. »Bernstein steht über allen Spezialisten. Der Mann hat ein echtes Problem. Wenn er klug ist, wird er sich versetzen lassen.«

NG saß einfach da.

»Ich werde diesen Mann zu Bett bringen«, sagte Bet zu Musa und legte NG die Hand aufs Knie.

209

»Nein«, sagte NG, stand auf und warf seinen Becher in den Recycling-Behälter.

Und ging allein in die Unterkunft, vorbei an Hughes' Glotzen.

»Er ist außer sich«, bemerkte Bet.

»Ja«, stimmte Musa ihr bei.

»Ich muß nach ihm sehen.« Bet machte sich Sorgen um NG, sie machte sich Sorgen um Musa — verdammt, sie hatte genug verrückte Männer gehabt. Aber Musa ergriff mit seiner schwieligen Hand ihre Hand und drückte sie.

»Du nimmst dich vor Hughes in acht. Hörst du? Es gibt Situationen, aus denen kann ich dich nicht retten.«

»Ja.«

»Dann geh!«

Sie ging. Sie warf den Becher ein, kehrte in die matt beleuchtete Unterkunft zurück, hörte ein bißchen Miauen von Hughes' Gesellschaft und stand im Eingang auf einmal McKenzie gegenüber.

Scheiße! dachte sie und zuckte zusammen, als McKenzie ihren Arm packte, sie ins Innere zog und sagte, er müsse mit ihr reden.

»Ich habe zu tun.«

»Du hast Schwierigkeiten.« McKenzies Griff an ihrem Arm tat ihr weh. »Du hast große Schwierigkeiten.« Er schob sie gegen die erste Trennfolie gleich an der Tür. »Hör zu!«

»Das ist mein Arm, Mister.«

Der Griff lockerte sich etwas. Er stand dicht vor ihr, drängte sie in die Ecke. »Ist NG der Mann, mit dem du neulich verabredet warst?«

»Und wenn?«

»Dann wärest du verdammt dumm. *Verdammt dumm.*« Bet wollte sich bewegen, und er stieß sie wieder zurück. »Du sollst mir zuhören! Der Mann wird der Anlaß sein, daß man dich umbringt. Leute versuchen, dich zu warnen ...«

210

»Steckst du mit Hughes unter einer Decke?«

»Ich habe absolut nichts damit zu tun. Ich versuche, einen Dummkopf zu warnen. Du kennst dieses Schiff nicht.«

Bet zog, um ihren Arm freizubekommen. Er ließ noch ein bißchen lockerer, und sie hätte sich ganz losmachen können, aber das, was McKenzie sagte, hatte den Klang von Ehrlichkeit.

»Ich habe meine Befehle«, sagte Bet.

»Schließen sie ein, daß du mit ihm schlafen sollst?«

»Ist *das* dein Problem?«

»Geh zum Teufel!« Er stieß sie von sich. »Geh geradenwegs zum Teufel, wenn du darauf so versessen bist!«

Jetzt faßte sie seinen Arm, bevor er aus der Tür gehen konnte. »McKenzie, hast du etwas gehört?«

»Ich sage dir, auf diesem Schiff werden Dinge auf gewisse Weise getan, und auf diesem Schiff kommen die Dinge auf bestimmte Weise zu dir zurück, und du bist eine verdammte Idiotin, Frau. Treib keine Spielchen!«

»Ich weiß deinen Rat zu schätzen«, sagte sie ruhig. »Und welchen Vorteil hast du dabei?«

Keine Antwort.

»Aha«, sagte sie.

»Sei nicht dumm. Ich sage es dir, ich sage es dir nur, das ist alles. Fasse es auf, wie du willst.«

Der Mann verwirrte sie. Es hatte sie geärgert, daß er so plötzlich über sie hergefallen war.

»Es gibt verdammt wenig Frauen auf diesem Schiff«, stellte McKenzie sachlich fest. »So eine schreckliche Verschwendung, Yeager.«

»Ich mit ihm?«

»Das auch.«

Plötzlich mochte sie McKenzie viel lieber als bisher — er legte sich vielleicht zu Anfang ein bißchen zu sehr ins Zeug, aber er war vernünftiger, als sie gedacht

211

hatte. Sie berührte seinen Arm mit dem Handrücken. »Weißt du, Gabe, ich glaube, du bist in Ordnung. Jedenfalls hoffe ich das.«

Er legte ihr die Hand auf die Hüfte. *Gott!* dachte sie gereizt. Er sagte: »Ich möchte dich nur warnen. Wenn du herumläufst und alles Mögliche aufrührst, kann dir etwas passieren.«

»Ist das eine Drohung?«

»Nein.« Er nahm seine Hand zurück. »Verdammt, ich habe dir doch gesagt . . .«

»Du hast mich scheußlich nervös gemacht, Freund. Das kann ich dir versichern. Aber ich könnte mich geirrt haben.«

»Worin?«

»Daß du mit Hughes unter einer Decke steckst.«

»Verdammt, das tue ich nicht!«

»Was für ein Spiel treibt Hughes?«

»Er ist ein Hurensohn«, erklärte McKenzie. »Nichts weiter als ein Hurensohn. Hat seine kleine Clique. Er mag Bernstein unterstellt sein, aber er hat Verbindungen zur Brücke. Er hat Goddard auf seiner Seite, Navigationscomputer. Goddard ist ein Poker-Partner von Kusan und Orsini. Kannst du mir folgen?«

»Ich kenne Orsini.«

»Goddard ist ein . . .« McKenzie verschluckte den Rest. »Nimm dich in acht. Ich gebe dir einen guten Rat.«

»Ich höre.«

»Das ist alles. Halte dich einfach heraus. Figi und Park und ich und Rossi und Meech, wir halten uns alle heraus.«

»Hast du Angst vor Hughes? Du hast den gleichen Draht nach oben. Was ist mit den Scan-Operatoren?«

»Ich habe keine Angst vor Hughes. Ich habe nur kein Interesse daran, mir die Probleme von jemand anders aufzuladen. Ich sage dir, nimm Abstand, bevor du abgestempelt bist. Die Leute reden schon.«

»Was?«

»Sie nennen dich einen verdammten Dummkopf. Du kommst an Bord, du stiftest Verwirrung, du rührst die ganzen alten Geschichten wieder auf — ich weiß nicht, was Musa bezweckt, vielleicht hast du ihn ebenso ver-rückt nach dir gemacht wie die Hälfte aller Männer von dieser Wache — aber ich will nicht sagen, daß ich das mit Bernstein nicht glaube — er hat NG vor dem kalten Spaziergang gerettet, oder NG wäre nicht mehr hier. Und vielleicht gibt es Leute auf diesem Schiff, die es nicht richtig finden, was man mit ihm gemacht hat, aber dafür kannst du dir nichts kaufen. Sie werden dir nicht helfen, wenn es hart auf hart gegen dich geht.«

»Und du?«

»Ich bin auch kein Dummkopf. Ich sage dir, du forderst es heraus, daß man dir etwas Schlimmes antut. Das möchte ich nicht mitansehen müssen. Verdammt, das möchte ich nicht mitansehen müssen.«

»Dafür bin ich dir dankbar. Wirklich.« Bet klopfte ihm auf den Arm. »Dafür setze ich dich auf meine Goldene Liste. Aber es gibt etwas, das kannst du für mich tun, ohne daß es dich etwas kostet. Sei die Augen für mich und Musa, wo wir es nicht sein können.«

McKenzies Gesicht verfinsterte sich. »Was bekomme ich dafür?«

»Pluspunkte bei mir. Vielleicht auch bei Bernstein, wer weiß?«

»Bernies Pluspunkte gelten auf der Haupttagbrücke nicht.«

»Ich habe dich verstanden. Ich habe dich sehr gut verstanden.«

Fitch.

»Das ist gut.« Er rückte ganz dicht an sie heran, strich mit den Händen über ihren Körper, und sie hatte überhaupt nichts dagegen. »Verdammt«, sagte er, und sie sagte:

»Weißt du, wo ich schlafe? Ich habe eine Flasche, ich

habe interessante Bilder. Du kannst davon Gebrauch machen. Jederzeit. Du und Park und Figi.«

»Was gibt es sonst noch?«

»Vielleicht eine ganze Menge. Sollen wir eine Party veranstalten? Ich bringe meine Freunde mit.«

Langes Schweigen.

»Du rennst ins Unglück.«

»Lade noch ein paar andere Leute ein. Bringt ein paar Flaschen mit. Wir stehen nicht unter Druck, wir brauchen, soviel ich weiß, nicht mit einem Alarm zu rechnen — was meinst du?«

»Verdammt noch mal ...«

»Interessante Bilder. Einen Betrachter habe ich auch. Weißt du was? Ich hole NG zu mir nach oben, und eine halbe Stunde später kommst du zufällig vorbei, alle anderen kommen auch zufällig vorbei, immer einer nach dem anderen ...«

»Du bist ebenso verrückt wie er.«

»Wodka.«

»Verdammt. Geht in Ordnung.«

Bet grinste, gab Gabe ein Küßchen auf die Wange und einen Klaps auf den Hintern und verschwand den Gang hinunter.

17. KAPITEL

Bet holte zu NG auf, in dem trüben Licht unten bei seiner Koje, dicht vor dem Bildschirm. »Wir haben ein bißchen Ärger«, sagte sie zu ihm. »Stell keine Fragen. Komm mit. Schnell!«

Und als sie ihn an der nach oben führenden Leiter hatte: »Komm nun, das geht in Ordnung.«

»Verdammt!« Es klang verwirrt.

Aber er stieg vor ihr die Leiter hinauf — das war eine Menge Vertrauen, dachte Bet bei sich, von einem Mann, der erst kürzlich überfallen worden war.

Sie folgte ihm, faßte seinen Arm und steuerte ihn zu ihrer Koje. Soweit brachte sie ihn, dann wollte er nicht mehr.

»Wo ist Musa?« fragte er.

»Musa ist genau da, wo er sein muß. Sei du nur still, verhalte dich ruhig, mach mir keinen Ärger.« Sie schob sich zwischen ihn und die Trennfolie, kippte ihre Koje hoch und holte ihre Flasche, den Betrachter und Rittermans Bilder heraus. Das alles legte sie auf den Fußboden und ließ die Koje wieder herunter. »Setz dich, sei nicht so verdammt argwöhnisch!« befahl sie, und als NG es tat, setzte sie sich neben ihn, faßte nach der Flasche, öffnete sie und trank. »Hier.«

Er nahm einen Schluck. Sie nahm einen Schluck. Er nahm einen zweiten Schluck. Bet kuschelte sich an ihn, schwang sich auf einem Knie auf der Koje herum und machte es sich mit einem Bein auf seinem Schoß bequem. »Verdammt«, sagte er. Er wollte ihr die Flasche zurückgeben und aufstehen, Bet schob ihr Knie dazwischen, schlang ihm die Arme um den Hals und sagte ganz dicht an seinem Ohr:

»Ich habe nicht gesagt, wir könnten uns nicht amüsieren. Nur sei leise und kipp meine Flasche nicht aus.«

Er blieb. In einem halben Dutzend Sekunden hatte er sich beträchtlich aufgewärmt, er legte sich zurück, sie tat es auch, und irgendwie gelang es ihnen, den Wodka nicht zu verschütten.

»Wo ist Musa?« fragte er, während Kleidungsstücke verrutschten.

»Oh, ich weiß es nicht. Er hat etwas zu besorgen. Ich halte dich nur an einem Ort fest, wo du nicht in Schwierigkeiten geraten kannst.«

»Verdammt, verdammt ...«, murmelte er, und danach sagte er nicht mehr viel.

Er hatte immer große Probleme mit Sex und Prioritäten, oder vielleicht wurde das Leben nur billig. So war er beschäftigt, als McKenzie auftauchte, McKenzie mit einem: »Darf ich?«

»Bedien dich«, sagte Bet und hielt NG fest, während NG versuchte, aus der Koje zu klettern. »Das ist in Ordnung. McKenzie wollte sich den Betrachter ausleihen.«

»Teufel!« fluchte NG.

»So ist es.« McKenzie nahm den Betrachter und setzte sich auf die Bettkante. »Ist das Wodka, den ihr da habt?«

»Klar.«

»Entschuldige mich.« NG war völlig abgekühlt, aber Bet schnappte ihn sich mit einem Arm, bevor er fliehen konnte.

»Nein, nein«, sagte Bet. »NG, Gabe ist ein Freund.«

»Verdammt noch mal!«

»Kein Problem«, meinte McKenzie gemütlich, und Bet hakte ein Knie über NG's Beine, damit er sitzenblieb. McKenzie stellte den Betrachter an, steckte ein Dia hinein und schenkte ihm seine ganze Aufmerksamkeit.

»Was sagst du dazu?«

»Donnerwetter!« lobte McKenzie. »Das ist eine Wucht.«

»Laß mal sehen.« Bet faßte danach, während NG in steinernem Schweigen dasaß. Sie betrachtete das Bild und gab es an NG weiter.

»Kein Interesse.«

»Sei kein Spielverderber.« Bet griff nach dem Wodka und gab Gabe den Betrachter zurück. »Hier.«

»Wo ist Musa?« fragte NG mit tonloser Stimme und wies die Flasche zurück.

»Musa geht es gut. Nimm einen Schluck.«

»Ich werde machen, daß ich hier wegkomme.«

»Du willst da unten in Schwierigkeiten geraten?«

»Die Schwierigkeiten habe ich hier oben.«

»Das sind keine Schwierigkeiten.« Bet drängte ihm die Flasche auf. »Nun komm, Gabe ist nur da, um Wache zu halten.«

Mürrisches Schweigen. Aber er blieb.

»Wie geht es dir, Gabe?« Dabei schlang Bet die Arme fest um NG.

»Gut.« McKenzie nahm noch einen Schluck und gab die Flasche zurück.

Dann erschienen Park und Figi im Gang, durch die Trennfolie nur als Schatten zu erkennen. »Hallo«, grüßte Park.

»Oh, verdammt«, grunzte NG. »Was ist das?«

»Eine Party.« Bet hielt ihn fest. »Du bist eingeladen. Bleib liegen.«

»Den Teufel werde ich tun!«

»Sei leise. Alles ist bestens. Nimm einen Schluck. Gabe ist ein Freund von mir, und die da sind Freunde von ihm.«

»Was hast du vor?« fragte er ganz leise. »Bet, was hast du vor?«

»Ich will nur höflich sein. Freunde von mir sind auf einen Drink vorbeigekommen, das ist doch wirklich kein Problem. Jeder kennt jeden, man setzt sich, trinkt …«

»Ich will hier raus«, verlangte er in diesem gleichen

Ton. seine Muskeln waren ganz hart. Seine Stimme begann zu zittern. »Bet, ich gehe jetzt.«

»Nein, du gehst nicht. Musa würde dir die Haut abziehen. Sitz still!«

Denn Park und Figi fügten ihr Gewicht dem, das schon auf der Koje lastete, hinzu, und die Matratze legte sich ein bißchen schief.

»He, Wodka!« freute sich Figi. Bet legte die Arme um NG's Mitte und ihre Beine vor und hinter ihn und wurde von neuem vertraulich.

»Hör auf!« zischte er.

»Sei doch nett«, sagte sie, aber sie drängte ihn nicht, nahm nur die Flasche, als sie wieder zu ihr kam und gab sie an ihn weiter, und er nahm einen kräftigen Schluck. Indessen machte der Betrachter die Runde, und Park und Figi gaben anerkennende Laute von sich. NG war so angespannt wie ein Kabel kurz vor dem Zerreißen, aber Bet flößte ihm noch einmal Wodka ein und brachte ihn dazu, mißmutig in den Betrachter zu blicken, was ihm überhaupt nichts nützte.

Dann tauchten Rossi und Meech mit einer eigenen Flasche auf und setzten sich auf den Fußboden, so gut es in der Enge ging, genau in den Fluchtgang. Und noch zwei andere kamen zufällig dazu, so daß der Betrachter jetzt einen sehr großen Kreis entlangwanderte.

Und NG war da irgendwo mit Bet im Hintergrund, an die Wand gedrückt, in der Falle. Er entspannte sich ein bißchen, als sich erwies, daß ihn niemand beachtete — und als Bet sich an ihn schmiegte und ihre Hand in seine schob. Für eine Weile schien alles gefahrlos und freundlich zu sein.

»Was ist denn hier los?« verlangte Musa zu wissen und kam um den Vorhang herum. NG erstarrte.

»Ich habe ihn«, verkündete Bet.

»Nimm einen Schluck.« McKenzie bot Musa die Flasche an.

218

»Scheiße«, kommentierte Musa, aber er blieb stehen und trank.

»Siehst du wohl?« sagte Bet NG ins Ohr. »Alles ist bestens.«

Er reagierte mit keinem Wort, mit gar nichts, nur mit einem Erschauern. Er drückte sich gegen die Wand und blieb vollkommen still.

Bet gab sich Mühe, ihn zu entspannen.

»Laß mich in Ruhe«, wehrte er ab.

»Komm schon«, bat sie. »Das sind Freunde.«

»*Verdammt, laß mich in Ruhe!*« schrie er, stieß sie weg und wollte hinausklettern. Aber sie griff ihn von hinten an und rief: »Gabe, halte ihn auf!«

NG trat auf Meech und verhedderte sich, und Bet hatte die Arme von hinten um seinen Hals geschlungen, und Gabe faßte ihn von vorn, und Meech und Rossi behinderten ihn von unten.

Er wurde wütend, schlug nach ihnen, wollte sich losreißen.

»Wo willst du ihn haben?« rief Gabe, der nicht nüchterner war, als es unbedingt sein mußte, und NG brüllte: »*Gott, laßt mich in Ruhe!*« Er wehrte sich heftig, und dann plumpste die ganze Masse auf das Bett zurück.

»Sollen wir ihn für dich festhalten?« erkundigte sich Park.

»Der Mann ist verrückt«, erklärte Rossi. »Ich habe euch doch gesagt, daß er verrückt ist.«

Musa sagte gar nichts, Musa war einer von denen, die NG festhielten, bis er halb erstickt war und nach Luft japste.

»Gebt dem Mann einen Drink«, bat Bet. »NG ist nicht verrückt, er ist nur ein bißchen nervös. Vorsichtig! Setzt ihn aufrecht hin!«

Denn sie waren ein bißchen hinüber, sie amüsierten sich köstlich, aber sie waren hinüber, und NG war auch hinüber, er war da draußen im tiefen Raum und hatte Mühe mit dem Atmen.

219

»Laßt los!« keuchte Musa, ließ selber los und hinderte Rossi daran, Wodka in NG hineinzugießen. Er gab Bet einen Schubs. »Laß los, Bet, verdammt noch mal!«

»NG ist in Ordnung.« Sie nahm den Schubs nicht für ernst, schlüpfte nur wieder ins Bett und legte NG die Hand auf die Schulter. Alles war ruhig, alle rangen nach Atem. »NG? Niemand wird dir etwas tun. Niemand wird dir etwas tun.«

»Geh zum Teufel.« Seine Zähne klapperten.

»He, hört auf, hört auf!« sagte Bet und löste Rossi und McKenzie und Figi und Musa einen nach dem anderen von NG ab, aber ganz leise. Gott, wenn die Sache außer Kontrolle geriet und irgendein betrunkener Blödmann auf die Idee kam, *er* sei zusammen mit der Flasche Allgemeingut ...

Sie erhielt die Flasche von Rossi und bot sie ihm an. NG zitterte, er war kurz davor zu explodieren, und dann würde er sie alle mitnehmen. »Nun komm!« Sie sprach, als rede sie einem Kind zu, sein Versteck zu verlassen. »NG?«

Er starrte sie nur an. Musa klopfte ihm auf die Schulter, versicherte ihm, es sei alles in Ordnung, riet ihm, tief durchzuatmen.

»Da redet ein Kumpel mit dir!« McKenzie war betrunken und voller Überschwang. Er schüttelte NG's Knie. »Hörst du ihn? Kumpel versuchen, dir zu helfen, du Hurensohn. Hier, trink!«

»Laßt mich los!« schrie NG, nach Atem ringend. »Laßt mich los!«

»Laßt ihn los!« sagte Musa. »Laßt Bet ihn haben!«

»Gebt ihm mehr zu trinken«, riet jemand von hinten. Bet hatte keine Ahnung, wer sonst noch alles gekommen war, um zu kibitzen. Es hatte sich eine Menschenmenge versammelt — gefährlich, verdammt, die ganze Sache glitt ihr aus der Hand, und was als nächstes passieren konnte ...

»Ich habe ihn«, sagte sie. »Gib mir die Flasche.«

Rossi gab sie ihr, sie nahm selbst einen Schluck, sagte: »Immer mit der Ruhe«, und hielt sie NG hin.

Er nahm einen kräftigen Schluck, trank zweimal zwischen dem Luftholen. Bet nahm die Flasche zurück, trank auch, streifte ihren Jumpsuit ab und legte sich mit NG hin, während die Flasche die Runde machte und die Zuschauer johlten.

NG hörte auf, sich zu wehren. Er taugte nicht mehr für viel, aber er erschauerte und entspannte sich dann. Nach einer Minute oder so bekam er ein bißchen Spaß daran und legte die Arme um sie. Bet flüsterte ihm ins Ohr, und die Luft zwischen ihnen dampfte vor Alkohol:

»Das machst du gut, Handelsschiffer.«

Verdammt wollte sie sein, wenn er es da nicht beinahe geschafft hätte, trotz all der Zuschauer. Doch da fing irgendein Trottel an, den Sichtschirm zur nächsten Koje, die Mel Jason gehörte, loszuhaken. Jason war nirgends zu finden, und sämtliche Pin-up-Bilder Jasons gerieten in Gefahr, zerknüllt zu werden. »He, vorsichtig mit ihrem Zeug!« schrie Bet. »Das ist meine Nachbarin.«

»Laßt das sein!« brüllte Musa, und McKenzie und Park und Meech sorgten dafür, daß es aufhörte. Währenddessen richtete sich NG auf die Arme hoch, um zu sehen, was los war, fiel zur Seite und blieb liegen, vollkommen weggetreten.

Es waren viel mehr Leute da, als Bet aufgefordert hatte, ein paar weitere Flaschen kreisten — mußten kreisen, oder die ersten beiden waren bodenlos —, und Bet zog sich wieder an und lehnte sich gegen NG. Ihr Kopf drehte sich, in ihren Ohren summte es. Musa und McKenzie und seine Freunde kontrollierten den Schnaps, und die Betrunkenen und fingen ein Würfelspiel an.

Nun war es nicht mehr so aufregend, abgesehen davon, daß der Betrachter immer noch unter Geheul und

Bemerkungen die Runde machte, die Flaschen weitergereicht wurden und irgendwer erzählte, Mel Jason sei fuchsteufelswild wegen der Menschenmenge in der oberen Kojenreihe.

Trotzdem war die Menge gewachsen, sie war laut, und Bet sagte sich, sie könne deswegen echten Ärger bekommen. Jetzt tat sie nur noch so, als trinke sie, wenn die Flasche zu ihr kam, und wurde ein bißchen nüchterner. Sie lehnte am Kopfende ihrer Koje an einem Körper, den sie schließlich als den NG's identifizierte, und war links durch Figis breiten Rumpf abgeschirmt. Also war sie wieder da, hinter einer Mauer aus Freunden, und NG war in Sicherheit.

Alles wurde ruhiger. Musa war betrunken wie ein Dockarbeiter und gewann seinen Freunden ihre Guthaben ab, und die ganze Zeit spann er irgendein unglaubliches Garn über seine Dienstzeit auf der *Gloriana*.

Auf der *Gloriana*, um Gottes willen — einem Unterlicht-Schiff.

Doch der Mann mochte alt genug dazu sein.

Bet spürte ein Beben in den Knochen, als begegne sie Gott. Sie rechnete nach, wie alt Musa sein *konnte*, denn die Zeit-Dilatation, mit der es die heutigen Raumfahrer zu tun hatten, war nichts im Vergleich zu den alten Unterlicht-Schiffen, und obwohl sie jetzt alle umgebaut und mit Überlichtantrieb ausgestattet waren — die paar von jenen neun ursprünglichen Schiffen, die es noch gab —, die *Mannschaften* mochten immer noch am Leben sein.

Musa hatte eine Flasche echten Whisky in seinem Sack ...

Musa hatte seine technischen Kenntnisse in der Praxis erworben, er wußte, wann etwas funktionierte, aber er kannte die Fachausdrücke dafür nicht. In einem Überlicht-Schiff wuchs man damit auf ...

Musa kannte die Erde ...

Die Abendglocke läutete leise. »Die Party ist vorüber«, stellte jemand fest, und die Leute stöhnten und fragten sich, ob sie es schaffen würden, die Leiter hinunterzuklettern.

Musa kam und fragte: »Möchtest du, daß wir ihn hierlassen?«

»Ja.« Bet umarmte und küßte Musa verschlafen und verabschiedete sich mit einem nassen, leidenschaftlichen Kuß von Gabe McKenzie. »Bis dann«, sagte sie, und seine Hände waren überall. »Ich schulde dir einen Gefallen.«

»Einen *großen*«, meinte er.

Bet fiel etwas ein. »Ich muß meine Sachen wegräumen.« Aber die Leute waren halbwegs rücksichtsvoll gewesen, sie hatten Dias und Betrachter auf der Koje aufgestapelt und ihre leeren Flaschen mitgenommen. Bet steckte die Dias in die Tasche am Oberschenkel ihres Jumpsuits und schob den Betrachter tief in ihr Bettzeug.

Dann ließ sie sich einfach auf NG als Kissen fallen, fuhrwerkte mit einem Arm herum, um das Sicherheitsnetz irgendwie über sie beide zu ziehen, und hakte es fest.

Und war weg.

»Was, zum Teufel ...?« nuschelte NG irgendwann in der Nacht und regte sich und schlug mit dem Arm aus. Oder vielleicht hatte er es schon getan, und das war der Grund, warum ihre Schulter schmerzte.

»Alles in Ordnung. Du bist bei mir. Schlaf weiter.«

»Teufel!« Er schlug von neuem um sich, traf Bet heftig mit dem Knie, versuchte, sich aufzurichten, und dann gelang es ihm, das Sicherheitsnetz loszuhaken, und es schnellte sich über sie zurück, während sie versuchte, die Arme um ihn zu legen und ihm vernünftig zuzureden.

»Ist doch alles gut, du bist in meiner Koje, beruhige dich!«

»Ruhe!« kam eine weibliche Stimme von nebenan.

»Pssst«, flüsterte Bet und versuchte, NG festzuhalten. »Der Zapfenstreich ist längst vorbei. Lieg still!«

»Ich gehe in meine Koje«, murmelte NG, schob die Beine über die Kante und riß sich von Bet los.

»Du bist in der *oberen* Reihe«, zischte sie schnell, so lange er sie noch hören konnte, denn sie hielt es für möglich, daß er in seinem Zustand geradenwegs ins Netz oder von der Leiter in die Luft marschieren würde.

Er ging. Bet stand auf und folgte ihm, selbst taumelnd und schwankend, sah, daß er die Leiter richtig hinunterstieg, kehrte zu ihrer Koje zurück, ließ sich hineinfallen und zog mit mechanischen Bewegungen das Netz über sich. Zu mehr war sie nicht mehr fähig.

Mel Jason war verärgert, daran gab es keinen Zweifel. Sie stürmte an Bet vorbei, als Bet sich gerade undeutlich der Tatsache bewußt wurde, daß sie den Jumpsuit von gestern nicht erst anzuziehen brauchte, um zum Duschen zu gehen, sie trug ihn noch.

Nun ja, Jason war immer verärgert.

Bet fuhr sich mit der Hand durchs Haar, kroch aus dem Bett, stolperte zum Rand der oberen Etage, hielt sich am Sicherheitsnetz fest und versuchte, die Augen so weit klar zu bekommen, daß sie erkennen konnte, ob Musa wach war und ob er NG unter Beobachtung hatte. NG war bereits aufgestanden und sah aus, als habe er vor dem Wecken geduscht; seine Kleider waren nicht zerknittert. Also kehrte Bet um und machte ihr Bett — der Klumpen, den sie dabei fand, war der Betrachter, der mußte unter der Koje verstaut werden, und die Tasche am Oberschenkel war voll von Dias, aber sie waren alle noch flach. Anscheinend hatte alles die letzte Nacht unbeschadet überstanden, abgesehen davon, daß sie Kopfschmerzen hatte.

Abgesehen davon, daß sie sich, bis sie unten war, verspätet hatte. NG und Musa waren bereits zum

Frühstück hinausgegangen, nahm sie an. Beinahe alle waren vor ihr.

Der *Beinahe* war Lindy Hughes.

Es machte ihr nichts aus, in der Schlange vor der Toilette vor diesem Mann zu stehen. Es paßte ihr gar nicht, in den Duschräumen mit ihm zusammen zu sein, und sie waren fast die letzten in der Unterkunft.

Aber sie dachte nicht daran wegzulaufen.

Ein Mann kam heraus, und Bet betrat die freigewordene Kabine. Sie zog sich aus, um schnell zu duschen und sich zu trocknen — kümmere dich um deine eigenen Angelegenheiten, Yeager, sagte sie zu sich selbst und seifte sich ein.

Die Tür öffnete sich. Hughes stand im Eingang.

»Wie ich höre, tust du es für jeden«, sagte er.

»Möchtest du es herausfinden?« fragte Bet. »Oder möchtest du das bißchen, was du hast, lieber behalten?«

Er langte nach ihr. Sie faßte nur seinen Overall und folgte der Bewegung, und Lindy Hughes flog weiter, gegen die Wand und die Armaturen.

»Mein Gott!« schrie sie, traf seinen Hinterkopf mit dem Ellbogen und sein Gesicht mit dem Knie und ließ ihn zu Boden fallen. Als er sich regte, stampfte sie ihm mit dem nackten Fuß auf den Kopf und ein zweitesmal, als er es von neuem versuchte. Dann trat sie an ihm vorbei aus der Kabine und sah sich Davies von der Frachtabteilung gegenüber, der draußen im Gang stand, ebenso nackt wie sie und Zigeuner Muller, der auch da war. »Ich sage euch, dieser verdammte Dummkopf sauste geradenwegs gegen die Wand und hat sich den Kopf schrecklich aufgeschlagen. Am besten ruft jemand das Krankenrevier an.«

»Schei-eiße«, sagte Davies und griff nach seinen Sachen. »Das kann man wohl sagen«, bestätigte Zigeuner. Sein Blick wanderte von Bet zu Hughes' bekleideten Beinen, die quer über der Schwelle zur Duschkabine lagen.

Da tauchte Hughes' Freund Presley im Eingang auf.

»Ruf das Krankenrevier an«, sagte Bet. »Dein Freund ist ausgerutscht.«

»Du verdammtes Miststück!« schimpfte Presley.

»He, das ist doch nicht meine Schuld!« Bet schob sich in dem schulterbreiten Gang an Davies vorbei. »Gott, ich bin ganz voll Seife. Entschuldige, bitte.«

»Verdammtes Miststück!«

»Du bekommst Ärger« warnte Davies sie.

»Ja.«

Presley sammelte Hughes auf. Hughes kam wieder zu sich und saß da mit blutender Stirn. Es war eine *schlimme* Platzwunde.

»Sei brav«, sagte Bet zu Hughes, »und ich werde dann nicht sagen, es sei Vergewaltigung gewesen.«

Hughes sah sie an, und in seinem Gesicht stand Mord geschrieben.

»Wir haben nur eine exotische Nummer in der Dusche geschoben«, sagte sie. »Du bist auf der Seife ausgerutscht. Stimmt's?«

Hughes wog es gegeneinander ab: zwei Zeugen und Presley.

»Du verdammte Hure«, sagte er.

»Möchtest du, daß wir beide nach oben ins Büro des Kapitäns gehen? Ich bin dafür. — Oder möchtest du ins Krankenrevier gehen und dort erzählen, du seist auf einem Stück Seife ausgerutscht? Ich bin es, die deinen Arsch rettet. Dafür kannst du mir dankbar sein.«

Vielleicht würden Davies und Zigeuner ihr Rückendeckung geben. Vielleicht würden sie zu Hughes halten. Aber in Zigeuners Fall glaubte sie das nicht.

»Du verdammte Hure«, wiederholte Hughes und tupfte sich die Stirn ab.

Von keinem anderen kam ein Laut. Nur Presley half Hughes aufzustehen.

Und als Hughes auf den Füßen war, erklärte Zigeuner: »Für mich hat das ausgesehen, als sei er ausgerutscht. Niemand braucht irgendwelchen verdammten Ärger, Lindy.«

»Ja-a«, bestätigte Davies.

Hughes blickte finster und wischte sich die Stirn mit dem Handrücken. Es tropfte rot auf die Fliesen.

Er schob Presley vor sich her und ging.

Bet stieß den angehaltenen Atem aus.

»Danke«, sagte sie und sah sie an: Zigeuner, der im Adamskostüm dastand, und Davies, der nach seinem Handtuch langte.

»Verdammt, wir kommen zu spät«, bemerkte Davies.

Zigeuner musterte Bet nur. Dann nickte er einmal entschieden, und er sah nicht unglücklich dabei aus.

Bet ging und spülte sich die Seife ab, bevor sie sich in die Haut fraß, wusch das Blut vom Fußboden der Duschkabine, nahm ihre sauberen Kleider und warf die alten in den Wäschekorb.

Es war nicht ein Tropfen Blut daran.

Ein Mann vom Haupttag öffnete die Außentür. Er war der erste der jetzt eintreffenden Schicht. »'n Abend«, sagte Bet und fühlte sich unter seinem starren Blick recht ungemütlich.

Aber da draußen war ein halbes Dutzend vom Haupttag, und es folgte ihr auf ihrem Weg hinaus mehr als ein starrer Blick, wie sie deutlich am Rückgrat spürte.

227

18. KAPITEL

Und ob sie zu spät kam! Sie schoß in die Technik hinein, sagte: »Da bin ich, Sir«, zu Bernstein, und Bernstein widmete ihr dann für einen kurzen Augenblick seine finstere Aufmerksamkeit, die ihr den Magen umdrehte.

»Das passiert jedem nur einmal«, sagte er.

»Jawohl, Sir«, erwiderte Bet schnell und scharf und sah sich die Diensteinteilung an.

Fürs erste war es nicht möglich, mit NG und Musa zu sprechen. Beide saßen an den Checks und an den Berichten: keine Werkstattarbeiten, keine Reparaturen, es herrschte in letzter Zeit während des Schichttags ein geradezu verdächtiger Mangel an Reparaturen; der Haupttag machte die Dreckarbeit, weil er das Dreifache an Personal hatte. Bernsteins Eintrag unter Bets Namen war kurz: Überprüfung der Kalibrierungen. Fragen Sie Musa.

Das tat sie.

»Er ist nicht glücklich«, sagte Musa und meinte damit *nicht* Bernstein.

»Hm, ja«, antwortete Bet ein bißchen beklommen und wandte sich dann den dienstlichen Angelegenheiten zu. Sie sagte sich, NG werde es überstehen, und im Augenblick sei nichts wichtiger als Bernsteins Wohlwollen. »Überprüfen der Kalibrierungen. Nach der Diensteinteilung soll ich dich fragen.«

»Ich werde es dir zeigen.« Musa ging mit ihr zu den Schirmen von Platz drei hinüber. »Er ist verrückt«, sagte Musa leise. »Ich habe versucht, mit ihm zu reden, er spricht kein Wort, er ist nicht recht bei Verstand. Bernie hat spitzgekriegt, daß etwas passiert ist. Ich habe gesagt, lassen Sie mir ein bißchen Spielraum, und Bernie hat gesagt, gut, aber dabei betrachtete er

228

mich mit diesem Blick, verstehst du. Ich weiß nicht, wie lange er noch Geduld hat.«

»Verstehe«, sagte Bet, und: »Hughes hat mich unter der Dusche angegriffen. Er hat heute morgen einen Unfall gehabt.«

»Verdammt.«

»Nichts gebrochen. Zigeuner und Davies waren da. Alle sagen, er muß auf einem Stück Seife ausgerutscht sein.«

»Wird er das bestätigen?«

»Ich wüßte nicht, was er anderes tun könnte. Ich war splitternackt, er war angezogen, es sind drei Kabinen, wir waren zu viert, er und ich und Zigeuner und Davies. Sogar Mufs können zählen.«

Verdammt. Sie wünschte, sie hätte dieses Wort nicht benutzt. Einen Augenblick lang sah Musa sie richtig komisch an.

»Ja«, nickte Musa. »Ich werde heute abend mit Zigeuner reden.«

Musa zeigte ihr die Prozedur. Man rief das Programm ›Kalibrierung‹ auf und sagte ihm, welches System, und es überprüfte die Daten ein paar Minuten lang, und dann teilte es einem mit, ob es Werte gefunden hatte, die außerhalb der vorgegebenen Parameter lagen.

Das war alles so leicht wie das Wechseln von Filtern.

Außer daß NG herumlief, als habe er Mord im Sinn, und niemanden ansah.

Und Hughes war im Krankenrevier und erzählte alles an verdammten Lügen, was er sich ausdenken konnte.

»Gibt es irgendwelche anderen Opfer dieser Tür, Fletcher?« Sie hatte es noch im Ohr, wie Orsini die Ärztin an dem Morgen, als sie NG zusammenflickte, fragte: »Gibt es irgendwelche anderen Opfer dieser Tür, Fletcher?« Und die Ärztin hatte mit undurchdringlichem Gesicht geantwortet: »Bis jetzt noch nicht.«

229

Also ließ Bet das Check-Programm für die Kalibrierungen laufen, weil der Haupttag die Dreckarbeiten in der Werkstatt und die einfachen Wartungsaufgaben erledigte — und das Herumkriechen im Kern und die Synchronisationsüberprüfung und das Dutzend anderer ekliger Jobs, weswegen der Haupttag mittlerweile den Wunsch hegen mußte, ihnen die Kehle durchzuschneiden ...

... während eine dumme Neue, deren Können sich im Grunde auf das Zerlegen von Waffen und Raumpanzern beschränkte, zu lernen versuchte, welcher Schirm was zeigte. Bernie hetzte niemanden von seinem unterbesetzten Stab herum, ließ niemanden vom Schichttag etwas anderes tun als Arbeit vor dem Bildschirm innerhalb des Raums der Technik-Abteilung oder Dinge, die in der Werkstatt erledigt werden konnten — und ganz bestimmt teilte er niemandem eine Aufgabe zu, bei der er allein und unbewacht hätte hinausgehen müssen.

Wenn nun im Augenblick überhaupt keine größeren Reparaturen durchgeführt wurden, konnte das mehrere Gründe haben, zum Beispiel, daß man in naher Zukunft andocken wollte oder daß man sich in einer gefährlichen Gegend befand.

Oder vielleicht hatte Bernie ein Abkommen mit Smith vom Haupttag getroffen, weil Bernie nicht wollte, daß noch mehr Unfälle wie der von NG geschahen.

Bis wann? fragte sich Bet. Wie lange wird Bernie diesen Zustand aufrechterhalten? Wie lange kann er ihn aufrechterhalten? Und sie dachte daran, was NG gesagt hatte, daß Bernie früher oder später unter Druck gesetzt werden würde oder daß Musa es leid bekäme, ständig auf NG aufzupassen, und daß Hughes oder sonstwer ihn dann erwischen würde.

Aber NG wußte nicht, was Hughes heute morgen passiert war, und er mußte es erfahren. Bet fand einen

Vorwand, sah, daß NG ans Ende der Hauptkonsole gegangen war, wo es einen Winkel gab, während Bernstein und Musa etwas Dringendes zu besprechen hatten — sie hatte das unbehagliche Gefühl, Musa erkläre etwas anderes als Daten.

Einem Muf. Aber einem Muf, dem man vertrauen konnte — einem, dem man besser vertraute, wenn dieser Muf unbedingt wissen *wollte*, was im Duschraum passiert war.

»Musa sagt, du bist böse auf mich.« Damit trat Bet zu NG. Sie legte ihm die Hand auf den Arm, und er schüttelte sie sofort ab.

»Teufel, nein«, sagte er. »Warum sollte ich?«

Sie hatte ihm als erstes die Sache mit Hughes berichten wollen. Es schien nicht der richtige Augenblick zu sein. »Du hast dich *gut* gehalten.«

Eine Sekunde lang hatte er Mühe mit dem Atmen. Dann gab er ihr einen heftigen Stoß mit dem Ellbogen und wandte sich ab. Aber sie stellte sich wieder vor ihn. Bei seinem Gesichtsausdruck war es ein Wunder, daß er nicht nach ihr boxte.

»Du warst gestern abend *in Ordnung*«, zischte Bet unter dem Hintergrundgeräusch des Schiffes. »Alle haben sie es richtig aufgefaßt, alle haben gesehen, daß du es richtig aufgefaßt hast, was wichtiger ist. Du warst gestern abend durch und durch menschlich.«

Sie erreichte ihn nicht. Er hatte diesen absolut irren Blick, und gleich würde er sich an ihr vorbeidrängen oder sie schlagen, darauf war sie vorbereitet.

Er tat es nicht. Er stand nur da, bis sein Atem ruhiger und langsamer ging. »Ja«, sagte er. »Da bin ich aber froh.«

»Du begreifst es nicht«, stellte Bet fest.

Er war nicht fähig zu sprechen, das sah sie. Er wollte nicht vor ihr zusammenbrechen, und er schaffte es nicht, über das, was geschehen war, zu reden, und dieser verletzte Blick traf sie mitten ins Herz.

»Die Leute sind gestern abend prima mit dir ausgekommen, verstehst du mich?«

Nein, er verstand es nicht, er verstand überhaupt nichts — an seinem Zustand konnte nicht allein die Handelsschiffer-Empfindsamkeit schuld sein, die er sich, wie er selbst wußte, auf diesem Schiff nicht leisten konnte, und falls er deswegen ausflippte, würde sie es gar nicht zur Kenntnis nehmen.

Nein, was ihn quälte, war etwas verdammt viel Schlimmeres. Bet dachte daran, wie er gestern abend für eine Minute weggetreten war, von Panik besessen, und er hatte immer Angst, daß Leute ihn in diesem Zustand sahen.

Aber, verdammt noch mal, sie *mußten* es sehen, das gehörte dazu. Sie mußten sehen, was mit ihm los war, und am wichtigsten war, daß sie sahen, wie er sich erholte und vernünftig handelte und gute Arbeit leistete.

»Ich *muß* mit dir reden.« Damit schob sie ihn — sie war sich nicht sicher, ob er gehen würde — in diese Ecke, wo ungefähr ein Quadratmeter vor Bernstein und Musa abgeschirmt war. »Hast du Probleme mit dem, was geschehen ist?«

Keine Antwort.

»Du warst *in Ordnung*«, fuhr sie fort. »Niemand hat irgendwelchen Stunk gemacht, die Leute hatten einfach Spaß, da zu sein, verstehst du mich? McKenzie und Park und Figi, sie haben sich in deiner Anwesenheit *wohl gefühlt*, sie sind auf meinen Wink hin gekommen, sie waren die ganze Zeit da, und sie haben sich von Anfang an als zuverlässig erwiesen, andernfalls hätte ich der Sache ein Ende gemacht, bevor sie sich so entwickelte, wie sie es getan hat, soviel Verstand kannst du mir zutrauen. Da war McKenzie, und da waren Park und Figi, und da war Musa, keiner konnte an ihnen vorbeikommen, keiner hat es auch nur versucht, sie haben nur den Schnaps getrunken und sich die Bilder angesehen — sie sind gar kein so übler Hau-

232

fen, NG, ich glaube, Zigeuner und vielleicht Davies und noch sechs, acht andere waren dabei. Ich hatte zu McKenzie gesagt, frage ein paar Freunde, und McKenzie wußte, daß du da sein würdest, als er sie fragte, deshalb wußten es die Leute, und falls sie es nicht wußten, kannst du darauf wetten, daß sie es herausfanden, und trotzdem sind sie geblieben. Es waren also die ganze Zeit fünf Freunde zwischen dir und jedem, der Krach anfangen wollte. Die ganze Zeit. Hältst du mich für so dumm, daß ich so etwas arrangiere, ohne daß ich meine Parameter kenne?«

NG stand bloß da.

»NG, du warst *in Ordnung*, du bist gestern abend prima zurechtgekommen.«

Er schwieg, als sei das alles für ihn unverständliches Kauderwelsch. Wenigstens wirkte er ebenso verwirrt wie aufgebracht. Wenigstens hatte es den Anschein, als verstehe er, daß er es nicht verstand.

Oder vielleicht konnte er sich einfach nicht erinnern, wer dagewesen war und wie viele dagewesen waren, oder der Gedanke daran, was hätte geschehen können, ängstigte ihn. Er war zweifellos eine Zeitlang ohne Bewußtsein gewesen, und er hatte zu lange isoliert gelebt, um in betrunkenem Zustand irgendwem zu vertrauen, selbst wenn das jemand war, dem er, wenn er nüchtern war, halbwegs vertraute. »Ich habe nicht zugelassen, daß dich einer anfaßte«, sagte Bet. »Das würde ich nie tun. Ich verspreche es dir.«

Er wich an die Wand zurück, sah sie an, als sei sie eine Art von fremdem Lebewesen, legte dann den Kopf in den Nacken, drehte das Gesicht zur Seite und starrte eine Sekunde oder zwei ins Nichts. Die ganze Wildheit war verschwunden. Er wirkte nur verletzt und müde und im tiefsten Herzen heimlich böse auf etwas. In seinem Kiefer zuckte ein Muskel. »Ich habe Arbeit zu tun«, sagte er. Eine Stimme von weither, ein bißchen zitterig und ein bißchen Nirgendwo. Er richtete sich auf und wollte gehen, doch Bet versperrte ihm den Weg.

»Das ist nicht alles«, berichtete sie rasch, solange er überhaupt noch zuhörte. »Hughes hat mich heute morgen angegriffen. Hörst du? Ich habe ihm eine Lehre erteilt.«

Jetzt war seine Aufmerksamkeit ganz auf sie konzentriert. Er hatte Angst.

»Tu bloß nichts Dummes«, warnte Bet. »Geh nicht außer Sichtweite, um Gottes willen. Du kannst gern böse auf mich sein, nur tu nichts, wobei du keine Zeugen hast.«

»Du bist eine verdammte Närrin«, sagte NG. »Bet, sie werden dich umbringen.«

»Hmmm, nein, das werden sie nicht. Mach dir keine Sorgen.«

»*Fitch*...« Er dämpfte die Stimme bis unter das Schiffsgeräusch, und falls Bernie und Musa mit ihrer Besprechung dort hinter den Konsolen fertig waren, ließen sie Bet und NG für den Augenblick doch in Ruhe. »Ich habe es dir von Anfang an gesagt. Sie werden dich umbringen.«

Nein — nein, es tat dem Stolz eines Mannes nicht gut, wenn sie ihm erzählte, daß sie Hughes aufs Krankenrevier geschickt hatte, nachdem Hughes ihn hingeschickt hatte — auch wenn Hughes zwei Freunde und das Verbot von Schlägereien auf seiner Seite gehabt hatte, auch wenn Hughes ihn in einer Gerätekammer überfallen hatte und NG leicht ausrastete, wenn es ums Eingeschlossenwerden und In-der-Falle-Sitzen ging.

»Ich bin mein Leben lang auf Schiffen wie diesem gewesen«, sagte Bet sachlich — es war eine Lüge, aber der wesentliche Teil daran war wahr. »Ich habe dir gesagt, es gibt Möglichkeiten, Leute fertigzumachen, ohne Hand an sie zu legen, und es gibt Zeiten, zu denen man es tun und damit durchkommen kann. Ich kenne

Hughes' Spiel, verdammt will ich sein, wenn ich es nicht kenne. Du kannst mir vertrauen, NG. Ich weiß, was ich tue.«

Das war ein richtig harter Brocken für ihn. Aber er dachte darüber nach. Sie sah die Überlegungen in seinen Augen vor sich gehen, sah ihn verängstigt und aufgebracht und vor der offensichtlichen Schlußfolgerung zurückscheuend.

Es ging nicht. Bis dahin schaffte er es nicht. Und er war mit ihr wenigstens ehrlich genug, daß er es sie sehen ließ.

»Ich bin dort gewesen«, sagte Bet. »Ich bin mehr als einmal dort gewesen, Mann. Als führe einem ein Messer in den Bauch. Aber du mußt die Chance wahrnehmen, jetzt, wo du eine Chance *bekommst*. Eine Handvoll Jungs sind zu einer Party gekommen, an der du teilgenommen hast, und sie haben dich ein bißchen aufgezogen, aber *freundschaftlich*, begreifst du das? Du mußt jetzt Guten Morgen sagen und darfst es nicht übelnehmen. Sie haben auch ihren Stolz, und sie haben gestern abend einen langen, langen Weg zurückgelegt. Du mußt ihnen mindestens ebensoweit entgegengehen.«

»Den Teufel werde ich!«

Am liebsten hätte sie ihn geschlagen. Statt dessen sagte sie ruhig und leise: »Ich weiß nicht, wie du über sie denkst und warum. Aber ich weiß ganz genau, was du mir schuldig bist, Mister, und wenn du ihnen nach allem, was ich für dich getan habe, ins Gesicht schlägst, machst du *mich* lächerlich. *Du* wirst schuld sein, wenn man mich umbringt.«

Das kam durch, wie tief, konnte Bet nicht sagen, aber es traf ihn, und er verstummte und blickte bloß wütend drein, wie er es immer tat, wenn er sich in die Ecke getrieben sah.

Und sie hatte das Zittern wie ein Neuling, sie stritt mit einem verdammten Handelsschiffer, der noch ein

Kind gewesen war, als sie sich freiwillig auf der *Afrika* meldete.

Und die Lektionen lernte, die er erst noch als solche erkennen mußte.

Verdammt sollte er sein!

Ich weiß jetzt ganz genau, warum du so viele Freunde auf diesem Schiff gewonnen hast, Mister ...

Das sagte sie aber nicht. Sie ging nur davon und ließ ihn stehen, zu wütend, wie er war, um noch logisch zu denken. Aber Bernstein war geduldig gewesen, und Bernstein verdiente ein ruhiges Gesicht und einen klaren Kopf.

Deshalb kehrte Bet an Platz drei zurück und fragte den Computer, was ihre nächste Aufgabe war.

Melden Sie sich bei mir, sagte er.

Bet schaltete ihn aus und wollte das gerade tun — aber da stand ein Offizier von der Brücke im Eingang, und ihr Herz machte einen kleinen Satz.

Orsini ... *nicht* auf einer bloßen Besichtigungstour, das war sicher.

Orsini tauschte mit Bernstein ein paar Höflichkeiten aus. Bernstein fing Bets Blick ein und winkte sie zu sich.

Also ging sie hin, und Musa verdrückte sich seitwärts, als habe er etwas Wichtiges zu tun.

»Yeager«, sagte Orsini.

»Ja, Sir?«

»Es hat heute morgen im Duschraum einen Unfall gegeben.«

»Jawohl, Sir.«

»Sie waren Zeugin?«

»Jawohl, Sir.«

»Was ist geschehen?«

Bet hoffte zu Gott, Hughes habe das Stichwort aufgegriffen, das sie ihm gegeben hatte, und war *nicht* ins Detail gegangen. Und hatte auch nicht den Wunsch, Gegenklage zu führen.

»Vor den Kabinen stand niemand an, ich vermute, Lindy dachte, eine sei frei. Er kam gerade herein, als ich mich trocknete — öffnete die Tür, ich erschrak, er erschrak wohl auch, jedenfalls muß er auf eine nasse Stelle geraten sein.«

»Er ist ausgerutscht.«

»Ja, so wird es gewesen sein, Sir.«

Ein langes Schweigen von Orsini. Ein finsteres Starren. Bet lief der Schweiß an den Seiten herunter.

Orsini schrieb etwas auf die Eingabetafel, die er bei sich trug — es war mehr als nur ein Satz —, und sagte: »Das ist alles, Yeager«, und sie sagte: »Sir.« Dann ging er.

Sie scheute sich davor, Bernstein anzusehen. Aber man läuft von einem Offizier nicht ohne jede Höflichkeit weg, und Bernstein wartete.

»Es tut mir leid, Sir«, sagte sie schließlich.

»Was hat er getan?«

»Er wollte mich packen«, antwortete Bet. Bernstein sah nicht aus, als werde er sie umbringen, deshalb setzte sie hinzu: »Eine eingeseifte Frau. Und er war angezogen. Muß abgerutscht sein, Sir.«

»Yeager ...« Bernstein holte Atem. »Passen Sie auf. *Verdammt noch mal*, passen Sie bloß auf!«

»Jawohl, Sir.« Sie zitterte. Zum zweitenmal an diesem Morgen.

»Drüben in der Werkstatt ist ein System zu überprüfen. Wollen Sie sich darum kümmern? Es wird Sie etwa eine Stunde Zeit kosten. Heute nachmittag machen Sie Simulationen auf Platz drei, solange Sie es aushalten können.«

Simulationen. Technische Simulationen. Es half ihrem Magen überhaupt nicht.

Ein Verhör durch Orsini, Hughes und seine Freunde würden das nächstemal bestimmt schlauer gegen sie vorgehen, Musa hielt sie für einen Dummkopf, NG war bereit, sie umzubringen, und Bernie verlangte von einer nicht regulär ausgebildeten Maschinistin, auf einem zusammengeflickten Schiff wie der *Loki* die Computer zu bedienen.

Das hatte ihr gerade noch gefehlt.

Sie ging und setzte den Elektronik-Job in Gang, blätterte das Handbuch durch und fand heraus, daß das System aus dem Steuerungs-Interface war.

O Gott.

Es war eine Arbeit, die man im Schlaf tun konnte — solange man nicht wußte, was alles davon abhing. Bet prüfte jede Einzelheit dreimal nach, ging zu Bernie und fragte, ob das System installiert werden oder ob sie es einfach so lassen solle, und er sagte: »Das ist jetzt die Sicherung von der Sicherung, aber es gibt einen Grund, aus dem das System versagt haben könnte. Der Haupttag sucht immer noch danach.«

Das gab einem richtige Zuversicht.

Das verdammte Schiff brach in Stücke.

Beim Schichtwechsel sprach NG immer noch nicht viel — als koste jedes Wort ihn Geld —, aber er war wenigstens höflich und gedämpft. Er war der NG, wie er die meiste Zeit am Computer saß, ganz auf die Arbeit konzentriert.

»Du mußt mir wieder einmal ein bißchen helfen«, sagte Bet zu ihm, »bei diesem Zeug mit den Schirmen. Bernie sitzt mir deswegen im Nacken.«

Er nickte bloß. Für ihn gab es nichts, wofür er sich einsetzen, nichts, gegen das er kämpfen würde, und er sah Bet nicht an.

Bet war überzeugt, Musa durchschaue ihn, Musa war böse, daß NG sich so aufführte, aber NG würde keinem von ihnen einen Angriffspunkt geben. Seine Haltung sagte: Ich bin nicht da, es interessiert mich nicht, tut, was ihr wollt.

Es erweckte in einem den Wunsch, ihn an die Wand zu treiben, aber das konnte man nicht tun, NG würde sich genauso verhalten wie bei Hughes und seinen Freunden, sagte sich Bet.

Also wanderte er allein um den Ring herum, und Bet und Musa trabten hinter ihm her, und er stellte sich im Gemeinschaftsraum in der Schlange zum Abendessen an und sprach mit niemandem, sah niemanden an, nicht einmal, wenn Leute ihn ansahen, um festzustellen, in welcher Stimmung er sich befand.

Bet und Musa standen hinter ihm, und er drehte sich nicht um, erwachte überhaupt nicht zum Leben.

Verdammt sollte er sein!

Was, zum Teufel, sollte man mit ihm anfangen?

Auf der *Afrika* würde man ihn über das ganze Deck prügeln. Bestimmt würde das jemand tun.

Aber auf der *Afrika* wäre er gar nicht mehr am Leben.

Bet erinnerte sich an den Lichtblitz, den Schock, den Geruch nach verbranntem Fleisch. Und an die Frau mit der Granate.

Sie erinnerte sich an Jungs, die einfach aufhörten, sich zu ducken.

Der Mann ist auf Selbstmord aus. Nicht einmal das. Er ist fortgegangen. Wird nicht kämpfen. Wird nicht kämpfen, bis ihn jemand dazu anstachelt.

Höllisch gefährlich, das ist er.

Wenn er am Computer arbeitet.

Oder an einem anderen kritischen Platz.

»Was gibt es heute abend?« fragte sie NG. Stieß ihn mit dem Ellbogen in den Rücken, als er sie ignorierte, und war darauf gefaßt, einem Schwinger ausweichen zu müssen. »Hm?«

Zuerst reagierte er nicht. Dann antwortete er ruhig: »Ich glaube, es ist Hackbraten.«

»Fleisch, von wegen«, widersprach Musa. »Es hat Flossen.«

NG sah halbwegs in seine Richtung, und Bet fiel ein: »Wir müssen nahe an einem Hafen sein, das Essen

239

wird schlechter«, und NG wachte ein bißchen auf — er war wieder da.

»Wir sind noch nicht beim Eintopf angelangt«, bemerkte er. »Der ist am schlechtesten.«

NG gab sich Mühe, Gott helfe ihm.

»Eintopf oder dieses Eier-und-Schinken-Zeug«, ergänzte Musa. »Ich will euch was erzählen, ich erinnere mich noch an Schweinefleisch, das von einem Schwein stammte.«

Bet erinnerte sich, einmal in ihrem Leben anstelle des Zeugs aus dem Tank etwas gegessen zu haben, das warmblütig gewesen und herumgelaufen war. Ihr wurde ein bißchen übel, und sie rümpfte die Nase. »Ich habe es auch einmal gegessen. Der Geschmack ist großartig. Aber was man für ein seltsames Gefühl dabei hat, weiß ich nicht so recht — wenn es richtig gelebt hat ...«

Sie rückten in der Schlange vor.

»Wo hast du es bekommen?« erkundigte sich Musa. Nicht mißtrauisch. Nur interessiert.

»Ein Schiffskamerad hatte es von einem Handelsschiff in der Nähe dieser neuen dunklen Masse besorgt«, antwortete sie.

Da her hatte es die *Afrika* tatsächlich, nur daß sie nicht dafür bezahlt hatten, draußen im Dunkel zwischen den Sternen, wo sich die Schiffe im Realraum trafen und die Transporter sich genommen hatten, was sie wollten.

Eine Wand war ganz voller Blut gewesen. Eine Automatik ließ vom Mittelteil eines Menschen nicht viel übrig. Bet hatte zum erstenmal an einem Enterkommando teilgenommen.

An diesem Abend gab es Schweinefleisch. Die Kombüse servierte es in kleinen Stücken für die ganze Besatzung. Man konnte allerdings seinen Arsch darauf wetten, daß die auf der Brücke ganze Scheiben bekamen.

Die Schlange rückte weiter vor. »Fisch«, stellte Musa fest. »Ich habe es euch gesagt, es ist Fischkuchen.«

NG zuckte die Achseln. Er stand vor Bet in der Reihe, die Hände in den Taschen, und blickte auf den Fußboden nieder, als gehe er wieder fort. Bet zupfte ihn am Ärmel.

»Geht es dir gut?«

Er sah sie für einen Augenblick ganz seltsam an — furchtsam vielleicht, besorgt, aber — Gott sei Dank — *da.*

»Schleich dich bloß nicht im Geist fort«, sagte Bet.

NG antwortete nicht. Er starrte nur vor sich hin, bis die Schlange weiterrückte und Musa ihn und Bet anrempelte und ihnen so bedeutete, aufzuschließen.

Ein zweitesmal sah NG sich zu Bet um, als versuche er, etwas zu ergründen, das gerade außerhalb seiner Reichweite lag.

»He«, sagte Bet, »ich bin nicht der Feind, weißt du.«

Und das kam komisch heraus, als gehe ihr so etwas wie ein Kälteschauer durch den Bauch.

»Weitergehen!« rief jemand von hinten. »Macht das im Schrank!«

Sie waren an der Reihe. Sie bekamen ihren Hackbraten. Musa bekam seinen. Das Zeug war blaßgrau und schmeckte fischig trotz der Aromazusätze und der Soßen, die der Koch dazugab, und es knirschte von Gräten, die man zu ignorieren versuchte.

Bet versuchte, ebenfalls zu ignorieren, wie die Leute zu ihnen herübersahen, während sie aßen, wie Köpfe zusammengesteckt und Stimmen gedämpft wurden. Am anderen Ende des Gemeinschaftsraums saß Hughes mit einer genähten Wunde auf der Stirn und warf viele Blicke in ihre Richtung. Bei ihm waren seine beiden Freunde, und Mel Jason saß mit Kate und zwei anderen Frauen zusammen, und alle tuschelten miteinander.

Durch den Gemeinschaftsraum lief ein Graben, auf

dessen einer Seite Bet und NG und Musa und auf dessen anderer Seite die übrigen Leute saßen. Es war kein breiter Graben, aber es war nicht zu verkennen, daß sie am Ende der Bank eine Dreiergruppe bildeten — bis McKenzie und Park und Figi ihr Essen erhalten hatten und die Lücke füllten. Absichtlich.

Mann, dachte Bet und sah McKenzie an, *und ob ich dir einen Gefallen schulde!*

»Hughes ist nicht glücklich«, eröffnete McKenzie das Gespräch und nahm einen großen Schluck von seinem Bier.

»Wie traurig«, bedauerte Musa.

NG war aufgewunden wie eine Sprungfeder. Bet spürte das. »Was sagt er?« erkundigte sie sich bei Gabe McKenzie.

»Er sagt, er wird eine Rechnung begleichen«, berichtete McKenzie.

»Du begibst dich also in Gefahr.«

»Ja«, gestand McKenzie.

Bet dachte darüber nach, dachte darüber nach, was sie wem schuldig war und wie NG, zum Teufel mit ihm, so oder so, auf Gesellschaft reagieren werde. Sie war schon bereit, das Risiko einzugehen, als Musa sagte: »Wir könnten uns nachher treffen, ihr und wir.«

Musa hatte Manieren und Verstand, Gott segne ihn.

»Warum nicht«, antwortete McKenzie.

»Ja«, stimmte Bet zu und stieß NG mit dem Knie an. »Einverstanden?«

NG nickte und nuschelte: »Ist recht.«

So trafen sie sich an McKenzies und Parks Kojen, die nebeneinanderlagen, zu einem Kartenspiel. Sie tranken ein bißchen, sie unterhielten sich ein bißchen — NG und Park standen in der Gesprächigkeit ungefähr auf einer Ebene, aber Figi war zweifellos ein Karten-Artist, das erkannte man in dem Augenblick, wo man ihn mischen sah, und Figi grinste schüchtern und bewies, was für ein Gehirn er hatte, nämlich eins, das

242

sich an jede aufgedeckte Karte noch gut erinnern konnte.

NG war als Kartenspieler auch nicht schlecht, wie sich herausstellte. Musa war scharf, das läßt sich erwarten, wenn ein Mann lange, lange Reisen im Realraum mit sehr wenig Möglichkeiten zur Freizeitgestaltung an Bord verbracht hat.

»In dieser Gesellschaft wird einem ja die Haut abgezogen«, beschwerte sich Bet und rechnete nach, daß sie bis jetzt zweieinhalb Bier an Figi verloren hatte.

»Davon ist er so gesund«, behauptete McKenzie, »von all dem vielen Bier.«

Figi grinste nur und nahm einen Schluck.

Da wurde der Film unterbrochen, die Beleuchtung in der Unterkunft ging voll an, hell wie am Morgen, und eine Stimme brüllte über den Lautsprecher:

»*Inspektion!*«

»Großer Gott«, sagte McKenzie verärgert.

Und: »Was, zum Teufel, soll das?« fragte Park. »Wir haben keinen Hafen berührt.«

»*Treten Sie sofort in die Mitte des Gangs, an dem Sie sich befinden. Keine Unterhaltung. Keine Verzögerung, um Gegenstände zu sichern. Wenn Sie etwas trinken oder essen, nehmen Sie es in die Hand; wenn Sie etwas anderes tun, unterbrechen Sie es. Keine Unterhaltung, keine Diskussion, kein Umherlaufen. Vorwärts!*«

»Scheiße«, murmelte NG, und Bets Nerven zuckten.

»Halt den Mund!« zischte sie. Sie fürchtete sich aus Gründen, die sie nicht genau hätte nennen können, doch wenn NG sich in den Kopf setzte, sich wie ein Esel zu benehmen, pflegte er damit vollen Erfolg zu haben, und ihr gefiel diese Haltung nicht. Sie nahm ihr Bier und stellte sich in den Gang und ließ alles so, wie der Lautsprecher verlangt hatte. Alle sechs standen sie da. Musa nahm weiter Schlucke von seinem Bier, andere taten das auch, so daß Bet sich sagte, es müsse erlaubt sein. Währenddessen kam das Suchkom-

243

mando herein und fing am anderen Ende der Unterkunft an.

Gott, bei einer Überprüfung im Truppendeck auf der *Afrika* trank man sein Bier nicht gemächlich weiter, man schüttete es hinunter, um bereit für eine Bewegung des Schiffes zu sein, man warf alle losen Gegenstände in das Netz, das man an der Koje hängen hatte, man stand in diesem Gang stramm, und man *dachte* nicht einmal daran, Bier zu trinken, wenn die Mufs einem die Sachen durchsuchten und jede nicht vorschriftsmäßige Kleinigkeit aufschrieben. Und Gott helfe dem Unglückswurm, das Drogen oder nicht gemeldete Waffen in seinem Fach hatte.

Die Leute sprachen halblaut miteinander, wechselten dabei ein bißchen die Position, wenn die Offiziere nicht in unmittelbarer Nähe waren. Man konnte das Gemurmel durch das Schiffsgeräusch hören.

Dann kamen zwei weitere Offiziere herein, Orsini *und* Fitch gemeinsam.

»O Gott«, seufzte jemand.

Bet streifte NG mit einem Seitenblick, sah das vorgeschobene Kinn, sah, daß er absichtlich langsam von dem Bier trank, das er in der Hand hielt, und mit mörderischem Ausdruck in Fitchs Richtung starrte.

Fitch und Orsini standen nur da, und rings um sie erstarb das Gespräch vollständig.

Für Fitch war es Morgen, und sein Dienst hatte begonnen, und Orsini kam während seiner Freizeit. Es ließ sich denken, daß sie beide kamen, weil *alle* Kojen und alle Habseligkeiten durchsucht wurden, das, was dem Haupttag gehörte, ebenso wie das, was dem Schichttag gehörte.

Die Suche hatte vorn am Bildschirm begonnen. Es waren vier jüngere Offiziere, die Bet noch nie gesehen hatte, aber sie hatte sehr viele von der Brücke noch nicht gesehen, auch wenn sie zum Schichttag gehörten. Kojen wurden hochgeklappt, die Stauräume dar-

244

unter inspiziert, nichts wurde ausgelassen, aber es ging ziemlich schnell.

Eine blödsinnige Zeit, nach Drogen zu suchen, da hatte Park recht. Es hatte doch jetzt keinen Sinn, denn was hätten sie an Bord bringen können? Wahrscheinlich fehlte irgendwo etwas, vielleicht vermißten sie eine Flasche oder zwei aus der Offiziersmesse, vielleicht hatte der Kapitän seine Uhr verloren oder dergleichen. Ja, sicher war es eine Suche nach gestohlenen Gegenständen, wenn sie tatsächlich unterwegs zu einem Hafen waren, damit nichts von Bord weggeschafft und gegen Schnaps eingetauscht werden konnte. So ließe sich der Vorgang erklären.

Aber es brachte einen dazu, im Geist alles aufzuzählen, was man mit an Bord gebracht hatte, und sich die Vorschriften herzusagen, damit man sicher war, nichts in seinem Besitz zu haben, was man nicht haben sollte.

Bet hatte nichts, was verboten war; sie hatte diese Liste *sehr* sorgfältig gelesen. Und an NG's Koje waren sie bereits vorbei, Gott sei Dank, ohne daß es irgendeinen Aufruhr gegeben hätte.

Die Suche kam zu ihnen, sie standen still da, alle sechs, während die Offiziere McKenzies, Parks und Figis Kojen hochklappten und dann die auf der anderen Seite des Gangs und sich bis zum Schott durcharbeiteten.

Sie stiegen zur oberen Etage hinauf.

Nichts, was ich habe, ist illegal. Bitte, lieber Gott.

Bet nahm einen Schluck aus ihrem Bierbecher. Ihr war komisch zumute. Sie sagte sich, daß es auf diesem Schiff in vielen Dingen sehr viel lockerer zuging, und doch konnte man nicht umhin, sich Sorgen zu machen — vor allem, wenn man wußte, daß man Feinde hatte, und ganz speziell, wenn man eben erst erfahren hatte, dieser Hurensohn mit den Beziehungen zur Brücke wolle eine Rechnung begleichen.

»*Yeager*«, rief der Lautsprecher, »*kommen Sie zu Ihrer Koje!*«

Oh, *Scheiße!*

Bet holte tief Atem und schlängelte sich unter Entschuldigungen an ihren Freunden vorbei. Einer klopfte ihr auf den Rücken, einer faßte ihren Arm.

Der eine war Musa. Der, der ihren Arm hielt, war NG. Sie sah ihn an und zuckte die Achseln. »Wahrscheinlich der Betrachter«, sagte sie. In dem Augenblick hoffte sie inständig, er sei es.

NG ließ sie los, sie ging weiter und stieg die Leiter hinauf. Zwei andere folgten ihr, und sie wußte ganz genau, daß es die beiden Wachoffiziere waren. Sie sah nicht über die Schulter, sie ging weiter bis dahin, wo die vier Inspektoren sich versammelt hatten — wo ihre Koje hochkant stand und sie den Stauraum darunter geöffnet hatten.

Die Schnüffel-Box des Suchkommandos spielte verrückt, das rote Licht flackerte, und ein Plastik-Paket mit Kapseln lag oben auf Bets Sachen, offen vor den Augen Gottes und jedes anderen.

»Ist dies Ihre Koje?« fragte einer.

»Jawohl, Sir«, antwortete Bet. »Aber ich habe das da nicht hineingelegt.«

Orsini und Fitch langten an, und die Inspektionscrew berichtete, wie sie das Päckchen — natürlich — unter Bets Koje gefunden hätten, und als Orsini sie fragte, ob sie es auf Rezept bekommen habe, sagte sie: »Nein, Sir, aber das gehört auch nicht mir.«

»Wem denn sonst?«

»Lindy Hughes, Sir. Er sagte, er habe etwas gegen meine Kopfschmerzen und er werde es mir hinlegen.«

»Sie beabsichtigen, zur Apotheke zu gehen, Yeager?«

»Ich wußte nicht, daß es rezeptpflichtig ist, Sir. Er muß es diesen Morgen bekommen haben, er hatte einen Unfall, wissen Sie. Vermutlich hat er gemeint, das

Mittel sei nicht so stark, daß man sich Sorgen darum machen müsse.«

Orsini nahm das Päckchen in die Finger. »Es bleibt noch festzustellen, ob dies auf ein Rezept ausgegeben worden ist.«

»Jawohl, Sir.«

»Stellen Sie fest, wo Hughes gewesen ist«, sagte Fitch.

Sie hatten also keinen Anwesenheitsschnüffler, nur ein primitives Gerät und somit keine Möglichkeit, festzustellen, wo jemand war —welch ein Jammer.

»Ich möchte darauf hinweisen, Sir, wenn ich verbotene Dinge in meinem Besitz hätte, würde ich sie in einem besseren Behälter aufbewahren.«

»Möchten Sie, daß ich das notiere, Yeager?«

»Jawohl, Sir. Ich kenne die Methoden, mit denen man etwas an den Kontrollen vorbeibekommt. Und wie es nicht geht. Ein einfacher Plastikbeutel genügt nicht.«

»Möchten Sie uns sonst noch etwas erzählen?« fragte Orsini.

»Ich habe nichts dagegen, mich einem Test zu unterziehen, Sir. In meinem Körper ist nichts außer der letzten Dosis Beruhigungsmittel.«

Fitch griff nach dem Betrachter und schob ein Dia ein. Er war einen Augenblick lang still. Sah es sich an. Dann stellte er den Betrachter ab und maß Bet mit einem kalten, starren Blick.

»Sie kommen besser mit zur Verwaltung, Yeager.«

»Jawohl, Sir«, sagte Bet. Sie ging den Gang entlang und stieg die Leiter wieder hinunter, immer zwei Schritte vor Fitch und Orsini.

Gemurmel stieg von der Crew auf. In Bets unmittelbarer Nachbarschaft wurde es leiser. Sie sah NG aus nächster Nähe, sah die Panik in seinem Gesicht — er wartete nicht da, wo er hätte stehen sollen, er nicht und Musa auch nicht, der ihn mit festem Griff am Arm gepackt hielt. Der Gedanke, wozu NG fähig sein mochte, ängstigte Bet, deshalb starrte sie ihn an, als kenne sie ihn nicht, und ging weiter zur Tür, so ruhig sie konnte, denn Fitch war dort, Fitch würde wahrscheinlich aufpassen, mit wem sie kommunizierte, und das in seinen Bericht schreiben.

Sie gingen durch die Tür, sie traten in den Gemeinschaftsraum hinaus. Der Lautsprecher plärrte, Lindy Hughes solle sich in Orsinis Büro melden.

Das bedeutete für Bet wenigstens eine kleine Befriedigung. Wenn sie untergehen sollte, wenn dies mit harmlosen Fragen beginnen und mit den Fragen enden würde, die sie nicht beantworten wollte — dann spielte es keine so große Rolle, wer es getan hatte, sie wollte dann nur ein paar Schüsse ins Ziel bringen, die zählten, und diejenigen auslöschen, auf die es ankam.

Am Krankenrevier mußten sie haltmachen und die Tests vornehmen lassen. Bet war richtig froh darüber. — »Ich habe nichts in meinem Körper als das letzte Beruhigungsmittel«, sagte sie zu der Ärztin. »Das ist alles, was Sie finden werden.«

»Hoffe es«, erwiderte Fletcher.

Bet hatte da gar keine Sorgen. Aber sie hatte Sorgen wegen der Befragung im Büro.

Als sie hineingingen, tauchte Bernstein auf und fragte: »Was, zum Teufel, ist hier los, Yeager?« Und sie antwortete: »Ich wollte, ich wüßte es, Sir.« Denn sie war überzeugt, wenn sie mehr sagte, hier, direkt vor Orsinis Büro, während Orsini die Tür öffnete, um sie einzulassen, werde es ihn außerordentlich verärgern.

So ging es zu unter Zivilisten. Die Offiziere auf zivilen Schiffen achteten peinlich auf die Rechte der jeweils anderen und sprachen miteinander auf eine Weise, die Bet nervös machte. Aber daß Bernstein draußen wartete, war ein Trost, auch wenn es Orsini nicht recht sein sollte.

Sie trat ein und blieb ruhig und locker stehen. Orsini

setzte sich an seinen Schreibtisch. Er drückte einen Knopf an der Konsole.

»Wir zeichnen auf.«

»Jawohl, Sir.«

»Sie bleiben bei Ihrer Aussage, die Tabletten gehörten Hughes?«

»Ich habe allen Grund zu dieser Annahme, Sir.«

»Warum?«

»Er hatte sie mir versprochen.«

»Nach seinem Unfall mit der Tür«, sagte Orsini.

»Mit den Armaturen der Duschkabine, Sir.«

»Werden Sie nicht schnippisch.«

»Nein, Sir.«

»Ist er ein Freund von Ihnen?«

»Nein, Sir, eigentlich nicht. Aber wenn er mir sagt, er werde etwas tun, würde ich nicht daran zweifeln.«

Orsini machte eine Notiz auf seiner Eingabetafel und blickte unter seinen Augenbrauen hoch. »Sie sind ein Klugscheißer, Yeager.«

»Tut mir leid, Sir.«

»Sie *mögen* Hughes? Ist irgend etwas Persönliches zwischen Ihnen?«

»Wenn er mich hereingelegt hat, ist etwas Persönliches zwischen uns, jawohl, Sir, aber das ist mir noch nicht bewiesen worden.«

»Sie bestehen darauf, er habe Ihnen Tabletten gegen Kopfschmerzen versprochen.«

»Ich bleibe bei dem, was ich gesagt habe, Sir.«

»Sie kommen auf dieses Schiff, Sie fangen Schlägereien an, Sie schaffen Unfrieden in *meiner Wache*, Yeager, Sie stiften auf der ganzen Linie nichts als Ärger, stimmt's?«

»Nein, Sir. Keine Schlägereien, Sir.«

»Lindy Hughes ist nichts als ausgerutscht.«

»Ich war ganz voll Seife, Sir. Wahrscheinlich hat er nur Spaß gemacht, jedenfalls fasse ich es so auf, Sir.«

Eine weitere Notiz auf der Eingabetafel. Die schwarzen Augen richteten sich wieder auf sie. »Gott, ich hasse Klugscheißer.«

Es war anscheinend nicht der richtige Zeitpunkt, etwas zu sagen. Bet wartete, die Hände auf den Rücken gelegt.

»Sagen Sie mir, Yeager ... sind Sie *klug* oder nur ein Klugscheißer?«

»Ich hoffe, ich bin klug, Sir.«

»Sie wissen, wie man Sie auf der Brücke nennt?«

»Nein, Sir.«

»›Die Geschniegelte‹. — Scheiße bleibt nicht an Ihnen kleben, ist das so?«

»Ich versuche, nicht hineinzugeraten, Sir.«

»Schon wieder Klugscheißer.«

»Entschuldigung, Sir.«

Orsini kippte seinen Sessel zurück, faltete die Hände über dem Bauch und starrte lange Zeit zu ihr hoch. »Sie kommen auf dieses Schiff mit Papieren, die Sie der Gnade Ihres letzten Kapitäns verdanken. Sie haben in Wirklichkeit nicht den Rang, den Sie angeben, oder?«

»Ich bin Maschinistin, Sir.«

Ein langes, langes Starren dieser schwarzen Augen. »Hughes hat Sie packen wollen?«

Sie fühlte den Schweiß strömen. »Ich würde nicht wagen, das zu behaupten, Sir.«

Der Com piepte. Orsini benutzte den Hörer und beobachtete Bet, während er lauschte.

»Danke«, sagte er zu dem Anrufer. Und zu Bet: »Kopfschmerzen waren es, nicht wahr?«

»Jawohl, Sir.«

»Es ist nicht das Hughes verschriebene Medikament. Es ist ›Staub‹. Sie kennen das Wort?«

Es war also schlimmer, als sie gedacht hatte. »Jawohl, Sir.«

»Sie denken immer noch, es sei Hughes gewesen.«

Bet dachte darüber nach, während Orsini zu ihr

250

hochstarrte und ihr Herz heftig klopfte. »Ich denke, wenn er das getan hat, ist er kein Freund von mir.«

»Haben Sie je an den diplomatischen Dienst gedacht?«

»Nein, Sir.« Sie haßte Attacken um die Ecke herum. Orsini war so einer.

»Sind Sie clean?«

»Jawohl, Sir.«

»Was vermuten Sie, woher das Zeug gekommen ist?«

»Von jemand, der mir eine Menge Ärger machen wollte, Sir.«

Wieder ein langes Schweigen.

»Warum?«

»Ich weiß es nicht, Sir.«

»Wo hat die Geschniegelte ihre Manieren gelernt?«

»Auf einer Menge von Schiffen, Sir.« Sie zwang sich, das Gewicht zu verlagern, lässiger zu stehen, mehr wie eine Zivilistin. »Und bei der Stationsmiliz auf Pan-paris.«

Vielleicht glaubte er es. Vielleicht auch nicht. Er hob eine Braue. »*Miliz* haben Sie gesagt?«

»Jawohl, Sir.«

»Welcher Rang?«

»Spezialistin.«

»Worin?«

»Waffentechnik, Sir.«

Er dachte darüber nach, wippte mit seinem Stuhl. Schließlich fragte er: »Was für Waffen?«

»Alle, die wir kriegen konnten.«

Das war nur allzu wahr, in den letzten Jahren, den Jahren, als der Krieg verlorenging. Bets Puls raste und flatterte. Orsini schaukelte weiter mit seinem Sessel sacht hin und her.

»Sie können draußen warten.«

Es gab keinen Hinweis darauf, wie die Sache lief. Nicht, wenn es sich um Orsini handelte. »Jawohl, Sir«, sagte Bet und ging und öffnete die Tür.

»Schicken Sie Hughes herein.«

Hughes war draußen, saß auf der Bank an der Wand. Bernstein war auch draußen, er stand da und sprach mit Fitch.

»Du bist dran«, sagte Bet zu Hughes.

Hughes stand auf und ging mit finsterem Gesicht an ihr vorbei. Bet setzte sich auf Hughes' Platz. Bernstein und Fitch sprachen immer noch miteinander, Bernstein war so ruhig und sachlich, als gehe es um die Speisenfolge des Abendessens statt um NG Ramey.

»...gar keine Frage«, antwortete Bernie auf Fitchs Einwände, »er ist sehr viel gesetzter geworden, keine Krankmeldungen, keine Probleme...«

»Der Mann ist immer im Mittelpunkt von irgendwelchem Ärger. Es überrascht mich gar nicht, daß er es auch diesmal ist.« Fitch machte eine Handbewegung und zog Bernstein außer Hörweite. Die Stimmen wurden leiser, Fitchs Gesicht blieb zornig, Bernsteins besorgt.

In etwa dreißig Minuten endete der Schichtabend und damit die Überschneidung von Schichtabend und Hauptmorgen. Und die Zuständigkeit Orsinis, es sei denn, Orsini hatte vor, rund um die Uhr aufzubleiben, und diese Wahrscheinlichkeit war gering.

Ebenso gering war die Wahrscheinlichkeit, daß Bernstein es *durfte*, da ein Mitglied seiner Schicht unter Arrest stand und NG noch unter Arrest gestellt werden konnte — Gott allein wußte, mit welcher Anklage.... Aber Bernie würde morgen alle Hände voll zu tun haben, er mußte die Arbeit an den Computern selbst tun, falls er nicht sofort jemanden vom Haupttag abzog und zurück ins Bett schickte oder Orsini einen vom Haupttag vierundzwanzig Stunden lang ununterbrochen arbeiten ließ.

Und Fitch wärmte sich gerade auf, er fing erst an, Fragen zu stellen.

Wie die über NG.

252

Was, zum Teufel, mag er angestellt haben?

Gott, haben sie ihn meinetwegen festgenommen?

Wenn sie das getan haben, wenn Fitch ihn in die Enge treibt — Gott allein weiß, was er tun wird, er wird vor Fitchs Augen in Trance versinken, er wird einen dieser Anfälle von Raumkrankheit bekommen, während Fitch zusieht, und sie werden ihn nicht mehr an die Computer lassen, sie werden ihn einsperren — es wird ihn umbringen, es wird das Ende für ihn bedeuten ...

Er kann Fitch aber auch an die Kehle gehen ...

Fitch kann ihn so arg provozieren, damit er es tut ...

Und Fitch wird es bestimmt tun.

Bet saß da und starrte an die Wand. Zwei Leute von der Brücken-Crew und ein Haupttag-Techniker gingen auf einer Besorgung vorbei. Sie lauschte auf die wenigen Worte, die sie von Fitch und Bernstein auffangen konnte. Bernstein blickte beunruhigt drein, soviel sie aus dem Augenwinkel erkennen konnte, und sie vermutete, daß Bernstein kein Recht mehr hatte, sich hier aufzuhalten, wenn es zum Zapfenstreich läutete und die Wache an Fitch überging. Fitch konnte ihm befehlen wegzugehen, Fitch konnte jedem, der ihm im Weg war, alles befehlen, was er wollte — ausgenommen vielleicht Orsini.

Oh, lieber Gott, mach, daß Orsini bleibt.

Bernstein und Fitch beendeten ihr Gespräch. Bernstein, der aufgeregt wirkte, blieb stehen, aber Fitch ging ein kleines Stück ringaufwärts und sprach einen Befehl in seinen Taschen-Com. Er kehrte Bet den Rücken, so daß sie es weder hören noch von seinen Lippen lesen konnte.

Bernstein kam zu ihr und sagte: »In dem Päckchen war Staub.«

»Ja, Sir, ich habe es gehört.«

»Man zieht die Hälfte der Leute von der Haupttag-Technik ab und versetzt sie in den Schichttag.«

»Was werden die tun?« Bet spürte die Panik in sich

aufsteigen und kämpfte dagegen an. Es gab keine Verwendung für eine Adrenalin-Ausschüttung, da war nichts, gegen das sie kämpfen mußte, und ganz bestimmt half es einem nicht beim Denken. »Die haben doch NG nichts in die Schuhe geschoben ...«

»Musa hat einen einwandfreien Ruf, daran gibt es nichts zu rütteln. Bewahren Sie nur die Ruhe. Sie haben einen Zeugen.«

»Hat man NG festgenommen?«

»Er ist oben zur Befragung. Weiter nichts.«

Gott. Als habe ihr jemand in den Unterleib geboxt. Eine Sekunde lang konnte sie nicht atmen. Aber der Verstand arbeitete weiter, sie dachte an NG und enge Räume, an ihn und seine Veranlagung und daß Fitch ihn in sein Büro holen würde — und sie überlegte, wie sie das verhindern könne, und ihr fiel darauf nur eine einzige Antwort ein.

»Was wäre das Log, wenn ich Orsini sagte, der Staub gehöre mir?«

Bernie reagierte mit einem schnellen und heftigen Stirnrunzeln, und in der gleichen Sekunde fiel Bet ein, daß *Log* kein Zivilistenausdruck war und daß das Bernie nicht entgangen war und daß Bernie zwei und zwei zusammenzählte. Mitten in diesem Durcheinander von allem anderen, was vor sich ging, kochte Bernie vor Zorn und hätte Hughes umbringen können.

Denn sie saßen in der Falle, und Bet hätte Hughes den verdammten Hals brechen sollen, auch auf die Gefahr hin, dabei erwischt zu werden. Denn die Wahrscheinlichkeit, daß Lindy Hughes sich an ihr rächen würde, betrug hundert Prozent, und das hatte sie ganz genau gewußt, verdammt noch mal, und sie hatte damit gezögert, das zu tun, was sie hätte tun sollen, bis Zigeuner und Davies und Presley mit drinsteckten und alles zu spät war.

Wenn du eine Sache verpfuschst, Bet Yeager, dann stehst du dafür gerade. Genauso wie unter Feuer.

»Darauf steht Haft«, informierte Bernstein sie schnell und leise unter dem Schiffsgeräusch. »Wenn Sie Glück haben. Von diesem Schiff heuert man nicht ab. Es *gibt* keine Entlassung, verstehen Sie mich? Sie haben keine Vorstrafen, Sie haben eine gute Arbeitsbeurteilung — aber Sie *wissen*, was NG passiert ist ...«

»Ich werde am Leben bleiben. Ich werde Hughes erwischen — irgendwann. Ich werde es ihm heimzahlen.«

Das sagte sie zu einem Muf. Aber Bernie verstand sie, Bernie war jemand, zu dem man so etwas sagen konnte, und Bernie würde schweigen, wenn Hughes eines Tages einen wirklich schweren Unfall hatte.

»Ich glaube, ich sollte es besser Orsini sagen«, meinte Bet, »bevor es zum Zapfenstreich läutet.«

»O verdammt.« Bernstein erschrak. »Hölle und Verdammnis!«

»Ja.« Bet holte tief Atem und fühlte sich ein bißchen besser. »Aber ich fürchte mich nicht vor engen Räumen.« Sie deutete mit dem Kinn zur Tür. »Ich muß mit ihm reden. Wieviel Zeit haben wir noch?«

Bernstein sah schnell und verstohlen auf seine Uhr. »Drei Minuten.«

»Gott!«

Bernstein ging zur Tür des Büros, zögerte eine knappe Sekunde.

»Mr. Bernstein«, sagte Fitch hinter ihm.

Bernstein drückte den Knopf.

Die Tür war verschlossen. Das war doch klar.

»Mr. Bernstein.«

Die Glocke läutete.

So etwas Dummes, dachte Bet. Machtkämpfe ganz oben an der Spitze! Aber Fitch war in seinem Recht, der Schichttag war vorbei. Bernie sah auf die Art, wie er mußte, in Fitchs Richtung und antwortete absichtlich langsam: »Ja, Mr. Fitch.«

»Yeager.« Fitch winkte sie mit einer Handbewegung

herbei. Man sagte nicht nein. Das konnte nicht einmal Bernstein — und er konnte es schon deswegen nicht tun, weil Orsini sich weigerte, seine Tür zu öffnen, und ein Stückchen weiter im Korridor bewaffnete Sicherheitsleute alles, was geschah, beobachteten. Es waren zwei, und wahrscheinlich hatte Fitch sie eigenhändig von den Docks weggeholt. Oder von wo auch immer.

Wahrscheinlich dachte Orsini, es sei Fitch an seiner Tür, und Orsini würde nicht aufmachen und reden. Noch mehr verdammte Machtkämpfe zwischen den Wachoffizieren. Kein Wort von Wolfe, das ganze Kommando war mit seiner eigenen Politik beschäftigt, und ein Arschloch wie Hughes hatte bei dem Hurensohn von einem Brückenoffizier, mit dem er wahrscheinlich ins Bett ging, genügend Pluspunkte, um mit einem Mord davonzukommen.

Oder Fitch war seit langer, langer Zeit wegen irgend etwas hinter Bernstein selbst her, und alles andere war einfach Fitchs Methode, die Oberhand zu gewinnen.

Deshalb sagte Bet gehorsam: »Jawohl, Sir«, stand von der Bank auf und ging dahin, wohin Fitch sie winkte. Sie verließ sich darauf, daß Bernie tun würde, was er konnte.

Wie sich zeigte, war der nächste Raum Fitchs Büro.

19. KAPITEL

»Es war nicht meins, Sir«, beteuerte Bet ein weiteres Mal während des Verhörs.

»Halten Sie mich für einen Dummkopf?« fragte Fitch.

»Das würde mir niemals einfallen, Sir.«

»Es kommt mir aber so vor, als ob Sie das tun. Anscheinend halten Sie jeden auf diesem Schiff für einen Dummkopf. *Ich habe Sie aus dem Bau herausgeholt, Yeager. Ich habe Sie auf dieses Schiff gebracht, und Sie sind für mich seitdem nichts anderes gewesen als ein verdammter Schmerz im Arsch, wissen Sie das?«*

»Das glaube ich nicht, Sir.«

»Sie *glauben* es nicht, so? Damit nennen Sie mich einen *Lügner*, Yeager. Nennen Sie mich einen *Lügner?«*

»Ich bestreite, schuldig zu sein, Sir.«

Das Verhör wurde aufgezeichnet, davon war Bet übezeugt, und da sollten sie kein Wort zu hören bekommen, das Fitch später verdrehen konnte.

Und vielleicht war Fitch einfach verrückt, oder vielleicht hatte er sich besser unter Kontrolle, als es aussah, und er versuchte nur, sie zu einer unbedachten Reaktion zu provozieren. Er ließ seinen Schreibtisch, er lief im Büro hin und her und brüllte sie dabei an, er beugte sich über sie und brüllte ihr ins Gesicht.

Sie dachte: *Das haben schon bessere als du versucht,* und sie zog sich in den Null-Modus zurück, genauso wie damals, wenn sie in Hab-acht-Stellung vor dem alten Junker Phillips gestanden hatte und der sie anbrüllte. Sie konzentrierte sich auf die Fragen und ließ sich von ihrer Grundposition nicht abbringen, ganz gleich, wohin der Hurensohn sie schubsen oder locken wollte. Wenn man nie etwas sagte, was von der ersten Aussage abwich, konnten sie einem nichts anhaben, und dann wurden sie wütend, und dann wurde es ihnen langweilig, und dann verknackten sie einen wegen irgendeiner Kleinigkeit und gaben auf und vielleicht vergaßen sie schließlich die ganze Sache.

Jawohl, Sir, nein, Sir, nein, Sir, ich bestreite, schuldig zu sein.

Und wenn der Hurensohn einen nicht einschüchtern konnte, versuchte er vielleicht, einen soweit zu reizen, daß man ihn schlug. Das konnte ihm bei einem Dummkopf gelingen, aber sie war kein Dummkopf, und deshalb tat sie es nicht.

Nein, Sir.

Halten Sie sich den ganzen Tag dran, wenn es Ihnen Spaß macht, Muf. Halten Sie sich dran, bis Schichtwechsel ist und Orsinis Wache beginnt. Ich habe Zeit.

Wenigstens ist NG nicht hier drin.

»Hören Sie mich?«

»Jawohl, Sir.«

Fitch faßte sie vorn an ihrem Jumpsuit und gab ihr einen heftigen Stoß, und sie gab nach, machte sich einfach schlaff.

»Ich habe Ihnen eine Chance gegeben. Ich habe Sie aus dem einen Knast herausgeholt, und hier versuchen Sie, in den nächsten zu kommen. Ich habe Sie da herausgeholt, und Sie haben Rauschgift an Bord geschmuggelt. *Haben Sie das getan?*«

»Nein, Sir.«

Sie glaubte, Fitch werde sie schlagen. Er stieß sie heftig, beugte sich zu ihrem Gesicht vor und sagte: »Ich habe andere Quellen, Yeager, ich weiß, woher der Ärger auf diesem Schiff kommt, und ich weiß, wohin ich gehen muß, wenn etwas nicht stimmt und niemand von den unteren Decks reden will.«

Der Mann ist verrückt, der Mann ist absolut verrückt, dachte Bet. Und dann dachte sie: Er spricht von NG.

»Möchten Sie darüber nachdenken?« fragte Fitch sie. »Möchten Sie darüber *nachdenken?*« Er riß sie hoch und brachte sie aus dem Gleichgewicht, aber sie tat nicht das, was natürlich gewesen wäre, sie faßte nicht nach ihm und griff ihn nicht an, sie zog nur die Füße unter sich und verletzte sich das Bein an dem mit Streben verstärkten Stuhl. Fitch schlug sie, stieß sie und schlug sie gegen die Seite des Kopfes.

Da sieht man es nicht, dachte Bet, während ihr die Ohren klangen. Dort sieht man keine blauen Flecken.

Deshalb brachte sie ihr Knie hoch.

Er schlug sie einmal, zweimal, bevor sie rückwärts in voller Länge gegen die Wand krachte. Sie glaubte, sie werde auf den Füßen bleiben, aber sie prallte von der Wand ab, und der Fußboden kippte hoch.

Für eine Sekunde war sie benommen. Sie kauerte sich zusammen, um sich zu schützen, sie bekam Fitchs Stiefel ins Blickfeld, und sie glaubte, er sei verrückt genug, sie mit Fußtritten zu bearbeiten.

Das würde ganz bestimmt eine Menge blauer Flekken geben.

»Stehen Sie auf!« befahl er. Sie blieb liegen, er faßte sie am Kragen und zerrte sie auf die Füße.

Bet starrte ihm in die Augen und dachte: Jetzt habe ich dich hereingelegt, du Hurensohn.

Ich habe dich hereingelegt, wenn es auf diesem Schiff irgendwelche Dienstvorschriften gibt.

Er zog sie zu dem Stuhl, er drückte sie darauf nieder, er setzte sich auf die Ecke seines Schreibtischs und sah sie nur an.

Bet saugte an ihrer aufgeplatzten Lippe und hörte nicht auf, ihn anzustarren.

»Sie haben es nicht anders gewollt«, sagte Fitch.

Bet antwortete nicht.

»Holen Sie erst einmal Atem«, riet Fitch ihr ruhig. »Möchten Sie etwas zu trinken?«

»Nein, Sir.«

Fitch stellte den Rekorder ab, spulte ihn etwa eine Minute zurück.

Stellte ihn nicht wieder an. Und da fing Bet an, sich Sorgen zu machen.

»Ich habe die Aufzeichnungen in Verwahrung«, erklärte Fitch. »Sehen Sie jetzt, was Ihre Schlauheit Ihnen einträgt? Sie kommen auf dieses Schiff, Sie laufen geradenwegs auf die Unruhestifter zu — Sie sind mir verdammt nützlich gewesen, Yeager. Sie halten sich für klug. Aber ich brauche keine Aussage von Ihnen — jetzt, wo nichts mehr aufgezeichnet wird. Sie brauchen für mich nur zu existieren. Miststück.«

Jetzt bin ich dran, dachte sie. Sie glaubte, Fitch habe nichts als Rache im Sinn, und es gab vieles, was sich als schwerer Fehler erweisen mochte.

»Und nun«, sagte Fitch, »möchte ich, daß Sie über etwas nachdenken. Denken Sie darüber nach, wie Sie Ihren eigenen Arsch retten können, denn das ist Ihre einzige Chance. Ich möchte, daß Sie darüber nachdenken, wie Sie mir weiterhin nützlich sein können, und ich werde Ihnen beim Nachdenken helfen. Hören Sie mich?«

»Jawohl, Sir.«

Verdammt! Er ist nicht einfach nur ein Hurensohn ...

Du wirst Federn lassen müssen, Yeager ...

Also wirst du lügen. Aber was will er hören?

»Sie brauchen nichts weiter zu tun, als sich mit mir gut zu stellen.«

»Jawohl, Sir.«

Er rutschte von der Schreibtischkante herunter, er kam und packte sie wie vorhin. Bet zuckte zusammen und war wütend auf sich, aber ihre Nerven erinnerten sich, ihr Körper wollte sich schützen, und wenn sie diesem Impuls nachgab, würde sie bestimmt in den Raum ausgestoßen werden.

Er schlug ihr ins Gesicht, einmal, zweimal, dreimal. Dann hörte er auf, hielt sie aber weiter fest, und ihre Knochen schmerzten, und ihre Ohren klangen und das Bild vor ihren Augen verschwamm ... und er hatte die

Macht, sie zu schlagen, und sie mußte es sich gefallen lassen ...

Er schüttelte sie, als wolle er ihr den Hals brechen. »Wollen Sie mehr?«

»Nein, Sir.«

»Haben diese Drogen Ihnen gehört?«

»Nein, Sir.«

Er schlug sie von neuem. »Sind Sie mir nützlich?«

»Ich weiß es nicht, Sir.« Beim Sprechen entstanden Blasen. Das mochte Blut sein. »Ich will es versuchen.«

»Wie war das?« fragte Fitch.

»Ich will es versuchen, Sir. Kooperativ sein.«

»Ich glaube, Sie lügen, Yeager. Würden Sie mich belügen?«

»Nein, Sir.«

Er ließ ihren Jumpsuit los. Ihre Muskeln spannten sich an, sie erwartete einen heimtückischen Schlag, aber er ließ sie dort sitzen.

»Sie wollen, daß Ihren Freunden nichts geschieht, ist das richtig?«

»Jawohl, Sir.«

»Dahinten ist ein Waschraum. Säubern Sie sich. Dann können Sie gehen.«

Sie starrte ihn an.

»Sie verstehen mich«, sagte Fitch. »Die Untersuchung wegen der Drogen hat kein Ergebnis gezeitigt. — Es wäre besser für Sie, Yeager, wenn ich Sie nicht noch einmal bei irgendeiner dunklen Angelegenheit erwische, Sie *oder* Ihre Freunde, hören Sie mich?«

»Jawohl, Sir.« Sie stand mit weichen Knien auf, es gelang ihr, die Augen so weit zu fokussieren, daß sie die Tür erkannte, und sie ging in den kleinen Raum mit dem Waschbecken und der Toilette und stellte das kalte Wasser an. Das Gesicht im Spiegel sah besser aus, als sie erwartet hatte, das Blut an Nase und Mund ließ sich mit ein paar Händen voll kalten Wassers abspülen. Die roten Flecken an den Seiten ihres Gesichts nicht.

261

Sie tupfte sich mit dem Handtuch ab, sie blickte auf und sah im Spiegel, daß Fitch im Eingang stand.

Ihre Eingeweide verkrampften sich. Sie konnte nichts dagegen tun, und sie mußte sich umdrehen und ihm ins Gesicht sehen und sich an ihm vorbeischieben, denn er wich so wenig zurück, daß sie ihn streifte. — Verdammt noch mal, sie wußte, was er vorhatte, und es überraschte sie kaum, als er ihr die Hand leicht auf die Schulter legte. Trotzdem drehte sich ihr der Magen um.

»Sie machen es in Zukunft besser«, sagte er, »und wir werden gut miteinander auskommen. Hören Sie?«

»Jawohl, Sir.«

Er winkte sie zur Tür. Sie ging hin, öffnete sie selbst, trat auf einen leeren Korridor hinaus. Die Kälte des Wassers verschwand. Ihre Knochen schmerzten, sie sah immer noch verschwommen, und sie mußte den Ring entlanggehen und etwas schlafen und, wie sie annahm, am Schichtmorgen wieder aufstehen und an die Arbeit gehen. Benommen sagte sie sich, daß sie keine Ahnung hatte, wo NG und Musa waren und was ihnen zugestoßen war und ob NG als nächster in Fitchs Büro kommen würde.

Eine Sekunde lang wurde es grau um sie. Dann fand sie sich im Gemeinschaftsraum wieder, ging auf die Tür der Unterkunft zu, kam bis dahin, bevor ihr schwindelig wurde und sie sich festhalten mußte. Dann schob sie sich hinein, ging im Dunkeln an schlafenden Kameraden vorbei bis zu Musas Koje und NG's, und beide waren leer.

Gott.

Bet mußte sich setzen. Sie wählte Musas Koje und setzte sich, und einen Augenblick später legte sie sich hin und dachte dabei, wenn einer von beiden in dem Zustand zurückkäme wie sie, würde er hierherkommen, und außerdem glaubte sie nicht, daß sie es bis zur oberen Etage schaffen würde, ihr war so schwindelig und so übel.

Das Schwindelgefühl ließ nach, als sie ein paar Minuten gelegen hatte. Aber die Furcht nicht.

Genau das, was Fitch NG angetan hatte.

Ganz genau.

Nur daß es schlimmer kommen konnte. Nur daß sie mit Fitch an einem Strang ziehen mußte, oder er würde dafür sorgen, daß sie Unfälle hatte, und er hatte seine auserwählten Arschlöcher an Bord, die ihr Vergehen in die Schuhe schieben konnten. Es war kein Wunder, daß Hughes und sein Kontaktmann auf der Brücke eine so unangreifbare Stellung hatten.

Goddard. Goddard, Navigationscomputer, Hughes' Operator.

Ein Freund von Fitch.

Fitch suchte das Personal aus.

Er heuerte eine Frau an, die auf Thule zwei Männer getötet hatte, holte sie allein wegen der Güte seines Herzens und seines Glaubens an die Menschheit an Bord und ließ sie dort frei.

Man müßte schön dumm sein, um das zu glauben.

Und um zu glauben, es sei *nicht* Fitch, der dieses Schiff führte ...

Oder die Absicht hatte.

Bernstein mußte ihm ein ständiges Ärgernis sein. Bernstein hatte zum Haupttag gehört, bis er von Fitch die Schnauze voll hatte und sich zum Schichttag versetzen ließ ...

... wie jeder andere, der es zuwegebrachte.

Zum *Schichttag* ging man, wenn man mit Fitch nicht auskam und ein bißchen Beziehungen hatte — Bernie hatte zum Beispiel NG und Musa in seine Schicht geholt —, oder wenn man einer von Fitchs verdammten Spionen war ...

... wie Lindy Hughes.

Ich hätte das Arschloch umbringen sollen.

Das werde ich noch tun.

Nur bedeutete das — Bet war das jetzt ganz klar,

wie die Dinge lagen, wie die wirklichen Regeln auf diesem Schiff aussahen —, sie würde mit Fitch zusammenstoßen, und das bedeutete ...

Fitch hatte ihr eben einen Vorgeschmack von dem gegeben, was es bedeutete.

Und Fitch hatte jetzt NG in seinem Büro, ein weiterer Unfall mit einer Schranktür, das war alles. Lebendig war er bei weitem wertvoller ...

Fitch schuf keine Märtyrer, er schlug sie nur zusammen, und dann schickte er sie aufs Deck zurück, damit sie den Rest der Kampagne für ihn erledigten ...

... wie das Arrangieren kleiner Mißgeschicke an Dingen, die einer bestimmten Person gehörten, und dann kleiner Unfälle dieser Person, damit sie erkannte, sobald sie zurückschlug, kam sie in Fitchs Büro und vielleicht in den Bau, wenn das Schiff sprang ...

... wie das Arrangieren kleiner Unfälle für die Freunde dieser Person. Und die ›Freunde‹ würden sich zurückziehen und sich von jedem Ärger fernhalten, wenn sie klug waren.

Oder nur menschlich.

Man läßt seinen Feinden immer einen Ausweg, genau in der Richtung, wo man sie haben will. Das hatte der Alte auf der *Afrika* immer gesagt. Das war es, was Fitch tat. Und er hätte nicht versuchen sollen, ihr Angst einzujagen. Der alte Phillips hatte sie einmal einen Flur entlanggeprügelt, aber Junker Phillips wollte einen nicht töten, er versuchte nur, einen am Leben zu halten.

Fitch versuchte, einen zu töten. Oder zu zerbrechen. Und das waren die beiden Möglichkeiten, zwischen denen man wählen konnte. Bei einer Mannschaft wie dieser mußte man ein Exempel statuieren. Wie NG.

Aber NG war zu verrückt, um zu zerbrechen, und zu wertvoll, um getötet zu werden.

Denn durch NG konnte er Bernstein treffen.

Und Fitch brauchte sie, Bet, nicht mehr — außer als

einen weiteren Weg, NG die Daumenschrauben anzulegen.

Der nicht so verrückt war, wie es schien, nicht *halb* so verrückt, wie es schien, wenn er immer noch am Leben war und Bernstein immer noch am Leben war.

Ein Mann namens Cassell war nicht mehr am Leben.

Ein Mann namens Cassell hatte einen tödlichen Unfall gehabt. In der Technik.

Und NG Ramey war die Schuld daran aufgebürdet worden.

Cassell war ein *Freund* von NG gewesen. Und von Bernstein.

Bet merkte, daß sie die Hände zu Fäusten geballt hatte. Sie schmeckte Blut und schluckte es hinunter. Sie wußte genau, wenn Fitch sie von jetzt an auch nur im Korridor anhielt, würde sie von Kopf bis Fuß zittern.

Zittern wie in einem Raumpanzer. Sie dachte daran, was für ein Gefühl es war, wenn der Körper in einer Hülle aus Keramik steckte, wenn die Servomotoren winselten, sobald man sich bewegte, und an den Druck auf die Gelenkbänder des Körpers, der dem Anzug mitteilte, was der Körper wünschte. Und die verdammten Servos gerieten völlig durcheinander, wenn man anfing zu zittern, und alle merkten es, weil die Servos stotterten und schnatterten.

Es war verdammt peinlich, und doch passierte es jedesmal. Deshalb entwickelte man einen Sinn für Humor.

Adrenalin-Stoß. Stottern und Rasseln.

Geruch nach Öl und Metall und Plastik. Nach menschlichem Schweiß und dem eigenen Atem innerhalb des Helms.

Man war dann eine Maschine. Menschliche Eingeweide innerhalb einer menschenförmigen Maschine. Und ein Schütze mußte schon einen verdammten

Glückstreffer landen, wenn er einen beschädigen wollte.

Sie sehnte sich tatsächlich manchmal nach ihrem Panzer. Es war ihr sehr schwergefallen, ihn in diesem Korridor auf Pell zurückzulassen.

Das Zittern hörte auf, wenn man sich in Gang setzte. Die Servos beruhigten sich, und man schwebte, als sei nichts eine Anstrengung und als könne einen nichts aufhalten.

Aber ein Panzer hat kein denkendes Gehirn, ein Panzer hat keinen Mumm. — *Das bist du, Mädchen, du bist das Betriebssystem. Der Panzer wird weiterlaufen, wenn du tot bist, aber seine Kampfmoral ist in diesem Zustand einen Scheißdreck wert. Du bist das Gehirn, du bist der Mumm. Vergiß das nicht!*

Verdammt richtig, Junker Phillips.

Jemand stieß gegen das Bett. Bet wachte mit klopfendem Herzen auf. Sofort fiel ihr wieder ein, daß sie in der Unterkunft war, in Musas Koje, und auf ihre Freunde wartete. Zwei Männer zeichneten sich vor der Nachtbeleuchtung als Schatten ab, der eine mit Musas Umrissen und Musas Geruch, der andere mit NG's. NG berührte sie, nahm sie in die Arme, als sie versuchte, sich zu bewegen, drückte sie so fest an sich, daß ihr alles weh tat.

»Ich bin in Ordnung«, sagte Bet. »Und du?«

»Mir geht es gut«, antwortete NG oder etwas in diesem Sinne, und sie klammerte sich eine Weile an ihn, auch wenn es weh tat. NG tastete ihr Gesicht ab, aus der Art, wie seine Finger an ihrer Lippe und ihrer rechten Wange innehielten, aus der Art, wie die Stellen sowohl wund als auch ein bißchen betäubt vom Anschwellen waren, gewannen beide eine Vorstellung, wie sie aussehen mußte.

NG sagte kein Wort. Und NG war gefährlich, wenn er nichts sagte.

Bet ergriff seine Hand. Fest. »Hör mir zu«, flüsterte sie. »Hör mir gut zu. Wir können hier nicht reden. Aber Verrücktheit ist genau das, was Fitch will. Hast du verstanden?«

NG sagte immer noch nichts. Er spannte die Muskeln seiner Hand gerade soweit an, daß die Knochen nicht knirschten.

»Geh schlafen«, sagte Musa, legte Bet die Hand auf den Rücken und gab ihr einen kleinen Schubs. »In seiner Koje. Hörst du?«

»Ja.« Die Kehle wurde ihr ein bißchen eng. Sie beugte sich hinüber und drückte den Mund auf Musas stopplige Wange. »Ich liebe dich«, sagte sie. »Ich liebe dich, Mann.«

Musa schubste sie von neuem, und sie kroch hinaus und folgte NG.

NG faßte nach ihr und hielt sie auf Armeslänge von sich ab. »Er wird dich umbringen«, zischte NG ihr zu. »Er wird dich umbringen, hast du verstanden?«

Bet schwankte auf den Füßen und hielt sich an ihm fest, so daß ihm nichts übrig blieb, als sie in sein Bett zu bugsieren und sich mit ihr hineinzulegen und sie in die Arme zu nehmen, ganz angezogen, wie sie beide waren.

»Ich habe ihn durchschaut«, flüsterte Bet ihm ins Ohr, leiser als daß es hätte abgehört werden können. Aber man konnte nie wissen. Vielleicht hatte Fitch sogar das verdammte Kissen verwanzt. Bet schlang ein Bein über NG und rutschte ein bißchen hin und her, bis Körper genau an Körper paßte, was die einzige Methode war, zu zweit bequem in einer Koje zu schlafen. Der Rücken tat ihr weh. In ihrem Kopf hämmerte es. Sie sagte, und sie wünschte, Fitch könne es hören: »Ich habe auch früher schon Arschlöcher kennengelernt. Sie sind mir nichts Neues. Still, wir könnten Wanzen bei uns im Bett haben.« Sie schmiegte sich an ihn, so behutsam sie konnte, denn vielleicht hatte auch er wunde Stellen, und das mochte eine davon sein. Anscheinend war er nicht verletzt, aber er war auch nicht auf diese Weise interessiert. Er küßte nur ihr Gesicht und zeigte ihr ganz zart, ganz vorsichtig seine Liebe, und wenn es auch kein Sex war, ihr gefiel es.

Ihr gefiel es, und dazu stellte sie fest, daß sie sich um NG ängstigte wie noch nie zuvor in ihrem Leben um irgend jemanden. Man tat Dienst zusammen mit Männern, man wußte, Leute kamen ums Leben, Partner auch, wie Teo, und manchmal auf sehr schreckliche Art. Aber bei keinem von denen, die sie verloren hatte, hatte sie an seinem Tod Schuld getragen, und keiner von ihnen hatte für sie jemals riskieren müssen, was NG für sie riskierte.

Sie schlummerte ein, und es kam ihr wie ein paar Minuten vor, als die Morgenglocke läutete. Zeit, sich zu bewegen und aufzustehen und sich frische Sachen zu holen und Leute zu sehen, die ihr Gesicht anstarrten, und das Getuschel hinter ihrem Rücken zu hören.

Sie mußte sich nun auch NG und Musa bei Licht zeigen. »Ist es sehr schlimm?« fragte sie sie. Musa schnitt eine Grimasse und schüttelte den Kopf, und NG sagte: »Er soll zur Hölle fahren!«

Dann bekamen Lindy Hughes, Presley und Gibbs sie ins Visier. Sie sandten ihr finstere Blicke zu und lachten höhnisch über ihr Aussehen.

»He, Yeager«, brüllte Hughes, »hat dein Kerl dich verprügelt?«

»Teufel, nein«, brüllte sie zurück, »das war Fitch! Er wollte, daß ich ihm die Stiefel küsse. Welches Ende hast du ihm küssen müssen?«

Da wurde es ganz still in der Unterkunft. Aller Augen wandten sich Bet zu.

»Du hast vielleicht eine Schnauze, Miststück.«

»Du bestehst nur aus Schnauze, Arschloch. Du hast das Rauschgift in meine Koje gelegt. Oder einer von deinen schäbigen Freunden hat es getan. Komisch, ich dachte doch, dich da oben *gerochen* zu haben.«

Totenstille.

»Du kriegst dein Teil noch, Miststück.«

»Ja, von hinten. Genauso, wie du NG erwischt hast. Hast du es bei mir nicht in der Dusche versucht und dir dabei den Kopf angeschlagen? Du verdammtes, in Duschen herumkriechendes Arschloch suchst die Kabinen durch. Ist das das einzige, was bei dir wirkt?«

Eine häßliche Wunde auf Hughes' Stirn. Und das eine Auge wurde blau. Es verbesserte sein Aussehen gar nicht.

Ein paar Leute gingen umher, machten sich auf den Weg zum Duschraum, versuchten, den Streit zu ignorieren.

Aber einer der Zuschauer war Gabe McKenzie, der sich durch die Gaffer drängte und sich mit den Händen in den Taschen neben Bet und NG und Musa stellte.

Und ein zweiter war Zigeuner Muller, der nach vorn schlenderte und erklärte: »Du hast bekommen, was du verdientest, Hughes. Schluck es runter und ersticke daran.«

Park und Figi gesellten sich zu Gabe McKenzie, und dann kamen Meech und Rossi und Moon und Zilner, Zigeuners Freunde, und dann, Gott, pflanzte sich eine der Frauen, Kate Williams von der Frachtabteilung, an den Rand und blieb mit gekreuzten Armen stehen.

Niemand bewegte sich, bis Hughes leise sagte: »Fahrt zur Hölle«, den einen und den anderen seiner Kumpel anschob, daß sie sich bewegten, und hinausging.

»Gut, daß wir ihn los sind«, bemerkte McKenzie.

Das war *nicht* in Fitchs Plan vorgesehen. Soviel stand fest. Es waren neue Gesichter in der Unterkunft, Freeman und Walden und Battista und Slovak von der Haupttag-Technik, dazu Weider und Keene. Bet erkannte sie an den Rändern des Aufruhrs. Alle starrten sie und ihre Freunde und McKenzie und seine Freunde an, und alles wurde ganz still, so still, daß man das Dröhnen des Schiffes hören konnte.

»Tut mir leid«, sagte Bet zur Allgemeinheit, »tut mir verdammt leid. Ich hasse Auseinandersetzungen.«

Da war es, als hole die ganze Unterkunft Atem. Die Leute bewegten sich. Die Leute entdeckten, daß sie sich verspäteten und daß die Duschkabinen nicht voll besetzt waren.

»Danke«, sagte Bet zu einigen im besonderen, und dann überfiel sie ein leichter Tatterich. »Verdammt!«

»Es wird Zeit, daß wir uns dieses Arschloch vom Hals schaffen«, bemerkte Park.

Eine schlechte Nachricht für einen Mann, wenn die Leute von seiner Wache eine solche Meinung von ihm bekamen. Hughes mußte es merken, Hughes war nicht dumm, zumindest nicht auf diesem Gebiet.

»Scheußliche Geschichte«, sagte Gabe McKenzie und sah Bet an. Sie führte einen Knöchel an die Wange, die so geschwollen war, daß sie das Augenlid verzerrte.

»Ja«, antwortete sie und nahm an, er meine ihr Gesicht. Aber das war nicht die scheußliche Geschichte, an die sie dachte. Sie hatte Angst.

»Wahrscheinlich rennt er geradenwegs zu Fitch«, meinte Musa, »ohne sich erst mit dem Frühstücken aufzuhalten.«

Man konnte sich nicht mitten in die Unterkunft stellen und Warnungen vor den Offizieren hinausbrüllen. Die Dienstvorschriften hatten einen Namen für Aktivitäten dieser Art, und der Rädelsführer wollte man erst recht nicht sein. Aber Bet wollte, daß es bekannt wurde, und es waren genug Leute da, die die Nachricht schnell verbreiten würden. »Wenn die Unterkunft verwanzt worden ist ...« — sie blickte auf den Fußboden nieder und murmelte —, »dann weiß er es bereits.«

Das hatten sie nicht bedacht. Mit so etwas hatten sie

nicht gerechnet. Es gab Traditionen, und es gab Rechte, und trotz aller Beweise dafür, was in der Crew vor sich ging, hatten sie das nicht geglaubt — nicht einmal Musa, und der war verdammt scharf.

»Ich muß reden«, sagte Bet, »aber nicht hier und nicht jetzt.«

Und nach dem Duschen, draußen im Gemeinschaftsraum, in der schnell vorrückenden Schlange, wo das Geräusch ein gezieltes Abhören sehr viel schwieriger machte, trat sie dicht an NG und Musa heran und sagte: »Hört zu! Hört schnell zu! Hinter dem, was heute nacht geschehen ist, steckt nicht Hughes, sondern Fitch. Er hat etwas vor, und das nicht nur mit uns.«

»Mit Bernie?« Musa war alles andere als langsam.

»Ich glaube schon. Er will, daß einer von uns die Nerven verliert, hörst du, NG? Er versucht, mich einzuschüchtern, genauso, wie er dich einzuschüchtern versucht. Was hat er heute nacht getan?«

NG zögerte, sein Mund funktionierte nicht richtig. Musa antwortete: »Er hat uns zur Befragung kommen lassen. Ließ uns zwei Stunden in der Betriebsabteilung sitzen. Stellte Fragen.«

»Euch beiden zusammen?« Bet hoffte inbrünstig, sie seien zusammen gewesen, Fitch habe nicht alles an Druck ausgeübt, was ihm möglich war.

NG nickte, Musa nickte, und Bet atmete wieder leichter.

»Also soll ich die Nerven verlieren«, stellte sie fest, »und er wird nicht Hand an euch legen. Er will, daß ihr etwas Dummes tut, und dann tut vielleicht Bernie etwas Dummes.«

Sie sah an Musas Augen, daß er scharf nachdachte. NG stieß in abgerissenem, heiserem Flüstern hervor: »Er wird dich in diese verdammte Zelle sperren, Bet, das ist der nächste Schritt ...«

Ein Kälteschauer überlief sie, sie wußte, in Gedanken war er an diesem Ort, in dieser Zeit. McKenzie hinter ihnen und Williams vor ihnen mußten es gehört haben, auch wenn es keine Wanze gehört hatte. »Ich weiß das. Ich weiß das ganz genau. Aber wir haben keine Wahl, Fitch wird uns keine Wahl lassen, wir müssen nur einen klaren Kopf behalten. Er kann sich jeden von uns greifen. Er kann es jederzeit tun, und das setzt Bernie unter Druck, hört ihr? Einfache Leute wie wir spielen für die da oben keine Rolle, an euch und mich verschwendet Fitch höchstens einmal in dreißig Tagen einen Gedanken. Was sich hier abspielt, ist ein Kampf zwischen Bernie und Fitch. Mehr weiß ich nicht, aber soviel ist ganz klar. Ein paar von der Schichttag-Brücke haben sich sicher wie Bernie dahin versetzen lassen, weil sie weg wollten von Fitch, andere werden Fitchs Lieblinge sein. Genauso wie auf den Decks. Hört ihr? Wenn Lindy Hughes ausfällt und Fitch hier unten keinen mehr hat, der ihm gehört, wird er jemand anders finden, den er einschüchtern oder kaufen kann. Oder nicht?«

Sie sagten nichts, sie dachten nach. Williams bekam ihren Keks und ihren Tee, und jetzt waren sie an der Reihe, zur Bank hinüberzugehen, ein paar Bissen zu essen und sich alles zusammenzureimen.

»Er stört die Arbeit der Technik«, sagte Musa. »Er läßt Leute während ihrer Schicht zu sich kommen, bringt Bernies Anordnungen durcheinander, versetzt Leute zu ihm, ohne ihn zu fragen — und das sind lauter Verrückte, viel Hitze und kein Ventil.«

»Wir müssen nett zu ihnen sein.« Bet spülte einen Bissen von ihrem Frühstück hinunter, und der heiße Tee brannte auf ihrer Lippe. Sie stieß NG mit dem Ellbogen an. »Wir müssen ganz besonders nett zu ihnen sein. Selbst wenn sie eklig zu uns werden — sie sind mit Recht verärgert, und wir sollten es ihnen so leicht machen, wie wir können.«

»Sie mögen verärgert gekommen sein«, meinte Musa, »aber es sind keine Schwachköpfe in diesem Haufen. Sie haben Kontakt zu ihren alten Haupttag-Kollegen. Ich werde einmal mit Freeman reden.«

NG nickte, ruhiger jetzt. Er hatte seinen Keks in die Tasche gesteckt, trank nur seinen Tee — nervöser Magen, dachte Bet, kein Appetit, aber er folgte allem, darauf verließ sie sich. Und sie verließ sich auf ihn, ungeachtet der Tatsache, daß seine Hände zitterten.

»Noch ganz schnell zwei Fragen«, sagte Bet. »Wo ist Orsini heute morgen, und wo war der Kapitän letzte Nacht?«

»Gute Fragen«, stellte Musa fest, nachdem er Atem geholt hatte.

»Was, zum Teufel, tut Wolfe auf diesem Schiff? Ist Fitch der Chef von allem?«

Eine gefährliche Frage, möglicherweise eine meuterische Frage. Und Bet dachte an das Risiko, daß sie über ihren kleinen Kreis von drei Personen hinausgelangte.

Musa sagte so leise wie möglich: »Er ist nicht gerade ein Aktivist.«

»Scheiße!« flüsterte Bet. Sie war angewidert und gereizt und, Gott! wie sie die *Afrika* vermißte! Porey mochte ein Schweinehund und ein Bastard sein, aber man zweifelte niemals daran, daß jemand da oben den Befehl führte.

Es war furchterregend, zu wissen, was im Kommando der *Loki* vor sich ging, und sie versuchte, es auf einen Nenner mit dem schmächtigen, kühlen Mann zu bringen, den sie ein einzigesmal in dem Büro unten gesehen hatte.

Kein dummer Mann. Kein Mann, der in seiner Kabine hocken würde. Kein Mann, der Skrupel hätte, einen kaltblütig niederzuschießen.

Ein verdammt guter Kapitän, zumindest darin, daß er ein Schiff wie die *Loki* heil durch die Kriegsjahre gebracht hatte. Aber man wußte nicht, für wie viele Seiten er gearbeitet hatte, man wußte nicht einmal, für welche Seite er jetzt arbeitete.

273

Ein Spuk-Kapitän und offenbar ein Spukschiff von oben bis unten, und das gefiel ihr gar nicht.

Es war ganz seltsam, nicht die einzigen zu sein, die die Technik-Abteilung betraten. Freeman und Walden und Battista und die übrigen gingen in der entgegengesetzten Richtung um den Ring, wie sie es für gewöhnlich taten, und übernahmen von Liu und ihrer Crew unter Smith — Liu zeigte finstere Blicke und ein mürrisches, kurz angebundenes Benehmen, und Mr. Smith, der wie an den meisten Morgen mit Bernstein sprach, ein wenig herabgezogene Mundwinkel.

Aber Bernstein sah, daß sie sich eintrugen, und kam sofort herüber, wütend und empört, noch bevor er Bets Verletzungen gesehen hatte.

»Verdammt«, sagte er dann.

»Ein kleiner Streit mit einer Wand«, erklärte Bet. »Kann ich mit Ihnen sprechen, Sir? Unter vier Augen?«

»In fünf Minuten.« Bernstein kehrte zu Smith zurück, um mit ihm etwas zu regeln. Musa nahm Freeman und Battista und den Rest der Versetzten mit in die Ecke. Da drüben wurde schnell und erregt gesprochen.

Und NG... NG legte Bet nur die Hand auf die Schulter und drückte sie ganz sacht.

»Laß dir ja nicht einfallen, etwas Dummes zu tun«, warnte Bet. »Hörst du?«

Denn dazu war er fähig, er war fähig, einfach in Fitchs Büro zu marschieren und ihn umzubringen. Bet hatte ungefähr dasselbe vor, wenn es soweit kommen sollte, daß sie vor einem Sprung ohne Beruhigungsmittel in irgendeine Zelle geschoben wurde. Räume das Hauptproblem beiseite, und überlasse das Schiff Orsini. Bei Orsini hatte jeder eine Chance.

Solche Gedanken durfte man sich gern machen, wenn man schon so gut wie tot war.

»Hörst du?«

274

NG nickte, gab ein ersticktes Geräusch wie ein Ja von sich, als sei sein ganzes Inneres so zu, daß nichts hinauskönne und er nicht mehr wisse, wie er mit Leuten reden solle, ohne verrückt zu werden.

»Teamarbeit«, sagte Bet. NG schnappte kurz nach Luft und nickte bestätigend. Dann nahm er sein Keyboard und machte sich an die Arbeit. Allein. Wie immer.

Bernstein kam zu Bet zurück, und nun gingen sie in die Ecke. »Sir«, fragte Bet, »hat Fitch etwas gegen Sie?«

Mit einer solchen Frage hatte Bernstein nicht gerechnet. Sie war unverschämt, und vielleicht war es keine Information, die er jedem zukommen ließ, der ihn darum anging.

»Hat er das angedeutet?«

»Ich hatte nur das Gefühl«, gestand Bet.

»Was ist geschehen?«

»Er holte mich in sein Büro, befragte mich wegen der Drogen, schlug mich und ließ mich wieder gehen. Und ich habe das scheußliche Gefühl, es ist noch nicht zu Ende. Ich habe das Gefühl, es hatte absolut nichts mit Hughes zu tun. Ich habe das *Gefühl*«, sagte sie mit einem tiefen Atemzug, »er hat etwas gegen diese Schicht, und es handelt sich dabei nicht um NG. — Und ich frage nicht, weil ich es wissen will, sondern nur, um Ihnen zu sagen, daß wir das alle glauben und daß wir darauf gefaßt sind. — Ich will Ihnen noch etwas sagen, Sir — es ist kein Geheimnis in der Unterkunft, was letzte Nacht geschehen ist, und es gibt viele, die Hughes nicht leiden können, und viele, von denen ich nicht glaube, daß sie Mr. Fitch sehr gut leiden können, Sir. Ich bitte um Verzeihung, aber viele Leute finden, wir werden ungerecht behandelt, und die Crew wird schikaniert.«

Bernstein war außer sich. Nicht böse, außer sich.

Schließlich sagte er: »Musa hält mich auf dem laufenden.«

Das war nicht überraschend, nein.

»Sind Sie ein Dummkopf, Yeager?«

»Nein, Sir.«

Bernstein fuhr sich mit der Hand übr den Nacken. »Der Deckel muß draufbleiben.«

»Jawohl, Sir«, sagte Bet. »Wenn Sie es wünschen, bleibt er drauf.«

Er sah sie lange, lange an. »Wo hat man Sie aufgegabelt?«

»Sir?«

»Die Geschniegelte. Wo hat man Sie aufgegabelt?«

»Auf Thule, Sir.« Ihr Herz schlug in harten, schmerzhaften Stößen. »Das wissen Sie doch.«

»Eine von denen, die Fitch sich ausgesucht hat.«

»Ich habe bei dem Kapitän angeheuert, Sir. Zumindest habe ich *ihn* um eine Heuer gebeten.«

»Fitch hat sie aus dem Stationsgefängnis geholt.«

»Ich wurde verhaftet, nachdem ich mit dem Kapitän gesprochen hatte. Ich hatte Schwierigkeiten auf Thule. Es ist nicht meine Gewohnheit, Leute zu erstechen, Sir.«

»Zu erstechen. So habe ich es nicht gehört.«

»Der Mann hatte es herausgefordert, Sir.«

»Herausgefordert, was Sie taten?«

Es war eine Menge von dem aufrechten Handelsschiffer in Bernstein. Viel Empfindsamkeit. Wie bei Nan und Ely auf Thule. Bet versuchte sich darauf einzustellen, was ein Mann wie Bernie denken würde, wenn sie ihm von Ritterman erzählte.

»Jawohl, Sir.« Sie hielt inne. »Er hat es herausgefordert.«

Bernstein schwieg ein paar Sekunden lang. Dann meinte er: »Muß er wohl. Muß er wohl. Also der Kapitän hat Sie angeheuert. In eigener Person.«

»Jawohl, Sir.« Jetzt kam es ihr seltsam vor, weil es

Bernstein seltsam vorkam. »Wenigstens mündlich. Draußen vor dem Schiff begegnete ich als erstem Mr. Fitch. Ich fragte, brauchen Sie jemanden? — Sprechen Sie mit dem Kapitän, sagte er. So bin ich an Bord gegangen und bei ihm gewesen, und er sagte, melden Sie sich. Aber zuvor hat man mich verhaftet.«

Bernstein hakte die Daumen in den Gürtel, blickte kurz zu Boden, dann zu Bet hin. »Und Fitch kam Sie holen.«

»Jawohl, Sir.« Bet fühlte sich mehr und mehr in die Ecke getrieben, fragte sich, ob sie es ausführlicher erklären solle, als sie bisher getan hatte, oder ob sie es damit nur noch schlimmer machen würde. »Ich wurde wegen der einen Anklage verhaftet, und sie führten eine Hausdurchsuchung durch und fanden diesen Mann ...«

Bernstein widmete dem keine Aufmerksamkeit, merkte Bet. Es war nicht ihre Akte, es war nicht der Mord, es war die Verbindung zu Fitch, die Bernstein beunruhigte, und die Frage, für wen sie arbeite, hier auf der *Loki* und ganz dicht in seiner Nähe. Bet schwieg und wartete darauf, daß er mit seinen Überlegungen zu Ende kam.

»Jetzt seien Sie einmal wirklich klug«, sagte er endlich. »Sagen Sie mir die Wahrheit, die ganze Wahrheit. Gehören Sie zu Mallorys Leuten?«

Das traf so weit ab vom Ziel, daß ihr der Mund offenstehen blieb. »Nein, Sir.«

»Orsini hielt es für möglich.«

Bet spürte, daß sie zitterte, und versuchte, es sich nicht anmerken zu lassen, ihre Stimme ganz ruhig zu halten. »Hat dieses Schiff Schwierigkeiten mit Mallory?«

»Orsini hielt es lediglich für möglich. Miliz auf Panparis, wie?«

»Jawohl, Sir.«

»Sie lügen mich an, Yeager.«

»Nein, Sir.« Dabei lief ihr der Schweiß über die Brust, und die Luft kam ihr dünn und kalt vor. »Ich bin ein bißchen herumgekommen. Vielleicht habe ich mir dabei irgendwelche Gewohnheiten zugelegt.«

»Und ob Sie lügen!«

Bet stand da und sah Bernstein in die Augen und dachte verzweifelt, daß es jetzt kein Zurück mehr für sie gab. Wenn Bernstein durchdrehte, war sie tot, das war alles.

»*Afrika*«, stieß sie mit trockenem Mund hervor. »*Afrika*, Sir. Wurde auf Pell von meinem Schiff getrennt.«

»Schiffsmannschaft?« fragte er nach langer Pause.

»Soldatin, Sir.«

Das Schweigen hing in der Luft.

»Ich habe nichts Böses gegen dieses Schiff im Sinn«, sagte Bet. »Die Wahrheit ist, ich wollte nur weg von der Station.« Und in das andauernde Schweigen hinein: »Ich habe Ihnen die ganze Wahrheit gesagt. Sie sind ein guter Offizier. Sie haben mich gefragt, und ich habe Ihnen geantwortet. Ich konnte doch nichts anderes tun, Sir.«

»Haben Sie es sonst noch jemand erzählt?«

»Nein, Sir.«

Bernstein rieb sich den Nacken. Schüttelte den Kopf. Sah sie von der Seite an. »Sie gehorchen Befehlen?«

»Jawohl, Sir. Ihren.«

»Haben Sie Fitch geschlagen?«

»Nur aufgemischt. Ich dachte, er würde Spuren hinterlassen. Das war meine einzige Möglichkeit, mich zu verteidigen, Sir, die Leute wissen zu lassen, was er tut, das einzige, was mir einfiel, um es vielleicht in die Akten zu bekommen, was er tut. Ich weiß nicht, ob das klug war oder nicht.«

»Es war klug«, sagte Bernstein, »bei diesem einen Mal. Was jetzt kommt ... Seien Sie vorsichtig, Yeager. Seien Sie *verdammt* vorsichtig!«

Bet holte tief Atem. »Jawohl, Sir. Das ist mir klar. Das ist uns allen klar. — Aber es gibt weitere, die in dieser Sache mit Hughes unsere Partei ergreifen. McKenzie und seine Schicht. Williams, Zigeuner Muller und seine Freunde. In der Unterkunft hält niemand mehr zu Hughes. Das wäre also geregelt, Sir.«

Bernstein kaute an dieser Neuigkeit eine Sekunde lang herum. Dann: »Sind Sie überhaupt beim Arzt gewesen?«

»Nein, Sir.«

»Machen Sie sofort, daß Sie hinkommen.«

»Ich kann ...«

»Dokumentation.«

»Jawohl, Sir.« Sie hatte begriffen. »Aber was soll ich sagen, das passiert ist?«

»Sagen Sie, es war die Schranktür, die schon NG erwischt hat. Musa und Freeman können Sie einbringen. Dann haben Sie Zeugen.«

»Musa ...«, protestierte Bet.

»NG ist im Dienst, er wird nirgendwohin gehen. Ich will nicht, daß man *Sie* unterwegs anfällt.«

»Jawohl, Sir. Danke, Sir.«

Aber sie hatte Angst, ganz tief in ihrem Innern, daß sie zum Arzt gehen und NG alleinlassen sollte. Ihr fielen ein Dutzend Dinge ein, die schiefgehen oder außer Kontrolle geraten konnten. Es war dieses abergläubische Unbehagen, das sie kribbelig machte. Man ließ Dinge unerledigt zurück, und sie erwischten einen auf Wegen, an die man nie gedacht hatte.

Bet blieb wie ein Feigling stehen und blickte zu Bernstein zurück. Wie gern hätte sie ihn gefragt, was er denke, wie sehr wünschte sie sich von ihm eine Ermutigung! Aber das war nicht das Wichtigste. Wenn Bernstein offen heraus erklärte, er könne ihr nicht trauen, war das nicht das Schlimmste, was passieren konnte.

Das Schlimmste war dieses irrationale Zeug, Sachen,

279

die schiefgingen, nur weil man ihnen vertraute — und die einen umbrachten.

»Sir — was ich Ihnen über mich erzählt habe ... ich glaube nicht, daß es für NG gut wäre, wenn er es erführe.«

»Das glaube ich auch nicht«, antwortete Bernie.

20. KAPITEL

Sie gingen an den Schränken vorbei, um die Kurve zum Gemeinschaftsraum, wo das Frühstück des Schichttages weggeräumt wurde und die Haupttag-Leute ihr Abendbier tranken. »Nicht stehenbleiben«, warnte Musa.

Verdammt richtig, dachte Bet, die sich bewußt war, daß ihr Gesicht der Grund für die neugierigen Blicke war. Gott, da war Liu das Miststück mit Pearce, dem dienstältesten System-Techniker, gestern noch Kameraden von Freeman. Liu und Pearce starrten, Musa winkte ihnen ein ›Hallo‹ zu und ging weiter, und Freeman blickte zweifellos zurück — ein Mann konnte nicht anders, wenn er, am Schichttag im Dienst, an seinen früheren Kollegen vom Haupttag vorbeiging und ihm durch die Versetzung alles weggenommen war, das gemeinsame Bier und die Unterhaltung, das Teilen des Bettes und die Partnerschaften und vieles andere mehr.

Es war, als werde man entführt und obendrein noch vergewaltigt, und es war kein Wunder, daß Liu und Pearce nicht gerade erfreut dreinblickten, als sie ihn in Bernsteins Auftrag vorübersegeln sahen.

Es war überhaupt keine glückliche Crew, und es waren keine glücklichen Blicke, die Bet, Musa und Freeman folgten. Der Haupttag war in Unordnung gebracht worden, die Technik war bei weitem die größte Abteilung, und wenn Kollegen versetzt worden waren, wenn Mr. Smith verstimmt und Mr. Fitch wütend war, dann würde sie eine ganze Weile eine unglückliche Crew bleiben.

Freeman, der arme Tropf, sah aus, als blute er ein bißchen, und Bet wünschte, sie könne ihm sagen, daß es ihr leid tue. Aber wahrscheinlich würde Freeman das am wenigsten von ihr hören wollen.

»Eine Schranktür, wie?«

»Ja, Madam«, sagte Bet zu Fletcher. Musa und Freeman warteten draußen, und sie saß splitternackt auf dem Behandlungstisch und ließ sich von Fletcher in die Augen leuchten und in den Ohren nach Blut oder dergleichen suchen.

»Ich glaube nicht, daß es eine Gehirnerschütterung ist«, murmelte Bet. Wenn die Untersuchung doch nur vorbei wäre und sie ihre Kleider wiederbekäme! Im Behandlungszimmer war es kalt, und Fletchers Hände fühlten sich noch kälter an. »Ich habe schon mal eine gehabt. Fühlt sich nicht so an.«

»Zufällig haben Sie recht.« Fletcher schaltete das Licht aus, drehte ihr kleines Instrument um, legte Bet die Hand auf die Schulter und hielt sie auf diese Weise fest.

Und stach ihr mit dem Instrument in den Rücken. Bet fuhr in die Höhe und schluckte mit einem Schwall Luft ein *Verdammt!* hinunter, denn ihr wäre beinahe das Frühstück hochgekommen, und das Wasser schoß ihr in die Augen.

»Es geht Ihnen gut, wie?«

»Das Ding ist so kalt«, behauptete Bet. Während all die Schränke und Arbeitsflächen durch das Wasser in ihren Augen schimmerten und ihre Nerven immer noch zuckten, fuhr Fletcher ihr mit der Sonde leicht den Rücken hinauf und hinunter.

»Sie hätten gestern abend schon herkommen sollen«, sagte Fletcher. »Ich nehme an, da ist es passiert.«

»Ja, Madam ...« Sterne explodierten. Bets Atem ging rasch. Gott, sie würde gleich das Bewußtsein verlieren.

»Sie haben also darauf geschlafen. Mit wem?«

»Ich bin einfach zu Bett gegangen.«

»Allein?« Finger liefen über die wunden Stellen. »Teufel, konnten Sie nicht herkommen, gleich nachdem es passiert war? Mußten Sie warten und mich in meiner Freizeit holen lassen?«

»Es tut mir leid.«

»Sollte es auch.« Fletcher trat an einen Schrank, sah von neuem auf die eben gemachten Aufnahmen, schrieb Anmerkungen mit Linien, die zu diesem Teil und jenen gingen, und fing dann an, auf den Regalen in dieser Weise zu suchen, die unvermeidlich Medizin bedeutete. Ein hoffnungsvolles Zeichen. Eine Verschreibung bedeutete, es gab eine Pille, die den Schaden beheben konnte.

Fletcher sagte: »Es muß passiert sein, kurz nachdem ich Sie gestern abend gesehen habe.«

»Ja, Madam.«

»Wann?«

Diese Frage gefiel ihr nicht. Dokumentation hatte Bernstein gesagt. Mit Fragen und Antworten sollte festgehalten werden, welche Geschichte sie über Fitch verbreitete, darauf lief es hinaus. Sie wollte von der Tischkante herunter, sie wollte die Füße auf den Boden stellen und ihren Rücken entlasten. Vor allem wollte sie hinaus und mit Musa zurück zur Technik-Abteilung gehen, wo, Gott wußte es, NG ganz allein mit einem halben Dutzend von Leuten war, die vor Wut über ihre Versetzung kochten. Dann brauchte Bernstein nur noch auf die Brücke oder sonstwohin gerufen werden ...

Fletcher fand, was sie wollte, und griff nach einer Spritze. Steckte den Zylinder auf.

»Ich brauche keine Spritze«, protestierte Bet. Sie dachte an Fitch, sie dachte daran, daß Fletcher sie vielleicht narkotisieren wollte, daß Fletcher mit Fitch zusammenarbeitete ...

Wenn man auf einem Schiff anheuerte, hatten einen die Ärzte in der Gewalt, so war es nun einmal. Der Arzt war wie Gott. Man wurde wegen einer einfachen Untersuchung und einer Pille ins Krankenrevier geschickt, und nicht einmal Bernstein könnte Fletcher daran hindern, ihr diese verdammte Spritze zu geben ...

Fletcher wußte es natürlich. »Ich treffe die Anordnungen, Miss Yeager. Und Sie werden sich daran halten. In den nächsten beiden Wochen werden Sie nicht im Kern herumkriechen. Sie werden kein Deck scheuern. Keine Arbeit tun, bei der Sie sich bücken müssen. Nichts heben. Das ist ein Befehl. Ich werde es in Ihre Personalakte schreiben.«

Danach gab ihr Fletcher Spritzen erst in die Schulter, dann in drei grausam schmerzhafte Stellen am Rücken und teilte ihr mit, während Bet kurz davor war, sich zu übergeben, sie werde sie für achtundvierzig Stunden im Krankenrevier behalten.

Gott!

»Ich muß zum Dienst ...«

»Sie haben einen verletzten Rücken, Miss Yeager, ganz zu schweigen von den Prellungen.«

»Madam, mir ist eine Arbeit im Sitzen zugeteilt worden. Die Abteilung ist knapp an Personal, es sind neue Leute zu uns versetzt worden ...«

Fletcher kehrte ihr den Rücken und suchte wieder in dem Medikamentenschrank herum.

Gott, vielleicht steckte sie tatsächlich mit Fitch unter einer Decke.

»Dr. Fletcher, ich schwöre Ihnen, ich brauche nicht im Krankenrevier zu liegen. — Hören Sie doch, ich werde sitzen. Ich werde überhaupt nicht herumlaufen.«

Fletcher öffnete eine Packung und begann, sich irgendwelche Notizen zu machen. »Na gut, ich werde einen Handel mit Ihnen abschließen. Sie tun keine der Arbeiten, die ich eben erwähnt habe. Sie benutzen die Arme nicht. Sie sitzen und sehen auf den Bildschirm, Punkt, sonst stecke ich Sie ins Krankenrevier und stopfe Sie mit Beruhigungsmitteln voll und sorge dafür, daß Sie schlafen.«

»Ja, Madam«, antwortete Bet.

Dokumentation von wegen. Gott, Bernie, was haben Sie mir angetan?

Aber, Scheiße, es könnte alles mögliche passieren, wenn ich im Krankenrevier festgehalten würde. NG ist mit diesen Kerlen in der Technik und in der Unterkunft allein, und es braucht nur jemand Musa abzulenken, Musa braucht nur den Kopf zu drehen, NG braucht nur eine halbe Minute aus dem Auge gelassen werden, in die Nähe von Hughes oder seinen Freunden zu kommen ...

Im Duschraum oder sonstwo ...

»Der Drogentest bei Ihnen war negativ.« Fletcher reichte Bet zwei verschiedene Tabletten und einen Becher Wasser. Und nachdem Bet die Tabletten geschluckt hatte, sagte die Ärztin: »Es wird nicht jetzt geschehen. Haben Sie verstanden?«

Bet starrte Fletcher einen Augenblick lang an, ließ das im Geist nochmals ablaufen, versuchte zu ergründen, was Fletcher ihr mitteilen wollte, ob es eine Falle oder eine Rettungsaktion war ...

Es gab jetzt keine Möglichkeit mehr, an ihr einen gültigen Drogentest vorzunehmen — falls sich ein Grund zu einer Wiederholung der Prozedur ergeben sollte ...

»Können Sie stehen?«

»Ja, Madam.« Bet ließ sich von der Tischkante rutschen, entschlossen, nicht zusammenzuzucken, und zog sich an, schnell, denn der Ruck hatte einen Schweißausbruch zur Folge gehabt, und sie fürchtete, Fletcher werde das zum Vorwand nehmen, sie doch noch dazubehalten.

Ich will nichts wie weg von hie!

Aufnahmen. Auswertung der Aufnahmen. Spritzen. Tabletten. Je länger das alles dauerte, desto länger stand Musa draußen im Flur.

Und desto länger hatten Bernie und NG keine Hilfe.

Fletcher gab ihr ein Blatt Papier und zwei Tablettenpackungen. »Sie halten sich aus Schwierigkeiten heraus«, sagte Fletcher. »Sie folgen den Anweisungen. Sie haben hier einen schriftlichen Befehl, der Sie von bestimmten Arbeiten entbindet. Tragen Sie ihn bei sich. Kommen Sie zu mir, wenn die Schmerzen schlimmer werden. Und ignorieren Sie sie nicht, verdammt noch mal.«

»Ja, Madam.«

»Eine dieser Tablettenpackungen ist für NG. Der Idiot hat sie nicht abgeholt. Sorgen Sie dafür, daß er sie auch weiterhin nimmt. *Verstanden?*«

Fletcher stand auf ihrer Seite, das begriff Bet plötzlich. Sie wußte jetzt, was Fletcher mit ihren schriftlichen Befehlen und ihren Spritzen und ihren Tabletten bezweckte, und sie erkannte mit einemmal, warum NG als Opfer einer Unterschiebung von Rauschgift nicht in Frage gekommen war.

»Ja, *Madam*«, sagte Bet.

Fletcher sagte jetzt gar nichts mehr, Fletcher entließ sie nur mit einem Rückhand-Winken und schrieb weiter.

Geh. Sei klug. Bleibe mit dem Kopf in Deckung.

Verdammt richtig, dachte Bet. Frohgemut vor Erleichterung ging sie in den Korridor hinaus, um Musa und Freeman abzuholen.

Dort standen nicht nur Musa und Freeman.

Auch Liu.

Bet blieb wie angewurzelt stehen. Das überrumpelte sie, und sie konnte nur denken: O Gott ...

»Alles in Qrdnung?« fragte Musa sie.

»Sie hat mir Tabletten gegeben.« Bet umklammerte das Blatt Papier und die Packungen, die sie von Fletcher bekommen hatte, während der Korridor kippte und ihr Kopf sich drehte. Liu, dienstälteste Technikerin des Haupttags, musterte sie mit einem Seitenblick von oben bis unten und sagte zu Musa, damit ein vorher geführtes Gespräch abschließend: »Jedenfalls so viel wir können.«

Geheimnisse. Der ganze Korridor trieb davon und machte auf Lius verdrießlichem Gesicht halt. Musa nahm Bet beim Arm und steuerte sie ringabwärts auf den Kombüsenabschnitt zu.

»Was ist los?« fragte Bet.

»Alles in Ordnung«, versicherte Musa und ließ sie an der Stufe, wo das Deck sich verengte, los.

Durch den Kombüsen-Zylinder in den Gemeinschaftsraum, zwischen anderen Leuten hindurch, nicht schnell, nur im Schrittempo.

Liu war bis dahin hinter ihnen gegangen. Jetzt scherte sie zur Theke aus. Freeman blieb für eine Sekunde bei ihr stehen, dann holte er Bet und Musa wieder ein.

Es roch nach Bier, in der Unterkunft lief wieder derselbe verdammte Film, Bet konnte den Text mitsprechen. Es hätte die Freizeit des Schichttages sein können, ihr war, als müßten McKenzie und Zigeuner und alle übrigen hier sein. Aber es waren die verkehrten Gesichter, die Gesichter, die am Morgen kamen und am Abend gingen, zu ihnen gehörten die Körper, die während des Schichttages nur die Betten füllten, und jetzt standen sie, richteten die Blicke auf sie, und alle Gespräche verstummten. Es wurde unheimlich still.

Vielleicht lag es nur an Fletchers verdammten Tabletten, das ihr alles so unnatürlich und so gefährlich vorkam. Vielleicht waren es die Spritzen, die immer noch weh taten und eine leichte Übelkeit hervorriefen.

Vielleicht glotzten tatsächlich alle sie und ihre Begleiter an, und es war bis zum Haupttag das Gerücht vorgedrungen, sie sei die Idiotin, die sich mit Fitch angelegt und all die Unruhe erzeugt habe.

Bet war nicht allzu sicher auf den Füßen, als sie die Technik betrat. Sie hielt schnell Umschau, ob NG anwesend und in Sicherheit und der Krieg noch nicht ausgebrochen sei. Bernstein wollte wissen, was Fletcher gesagt habe. Bet murmelte: »Ich muß sitzen, Sir«, und danach war alles ziemlich verschwommen, nur daß Stimmen kamen und gingen und alles einen Widerhall hervorrief.

»Ich glaube, ich bin krank«, sagte Bet. Sie war nicht richtig wütend, sie war nicht richtig verängstigt, so weit brachte sie es nicht, aber sie war jetzt sicher, daß sie betäubt worden war und daß sie keine Schmerzen mehr hatte und der Rücken ihr nicht mehr weh tat. Sie hätte arbeiten können, sie hätte so gut wie alles tun können, einschließlich Umherfliegen in der Abteilung, doch Bernie trat zu ihr, das Arschloch, und weckte ihre Aufmerksamkeit mit einer Hand auf ihrer Schulter und fragte, ob sie etwas zum Lunch wolle ...

... was den Becher Tee und die kleinen Keis-Brötchen bedeutete, die die Dienstleistung brachte, dieses Zeug, das ungefähr so lecker schmeckte wie Dichtungsmaterial. Für gewöhnlich verzichtete Bet darauf, aber Bernie hielt es für eine gute Idee, wenn sie etwas äße, und sie konnte sich nicht erinnern, wohin sie ihren Widerstand gegen aufdringliche Leute gelegt hatte, die sie zu etwas überreden wollten. Deshalb aß sie.

Sie war betäubt worden, keine Frage. Sie hatte den gepolsterten Sitz ein bißchen zurückgekippt, sah und hörte in völliger Gemütsruhe zu, hörte Leute ringsumher sprechen.

Und schließlich, es war eine Weile nach dem Lunch, wurden die Stimmen allmählich klar, und die Schirme vor ihr gewannen ein bißchen festere Umrisse.

Sie mußte zur Toilette. Sie war sich bewußt, daß sie high war, sie blieb solange sitzen, wie sie es aushalten konnte, bis das Unbehagen das Schwindelgefühl mehr oder weniger überwand, und schließlich stand sie auf und tat ein paar Schritte.

Jemand hielt sie fest. Es war NG. Sie blinzelte ihn an und sagte: »Ich habe Tabletten für dich, Dr. Fletcher hat sie mir mitgegeben ...«

Im Laufe des Nachmittags wurde ihr die ganze Sache verdammt peinlich. Sie war wieder stocknüchtern, und es kam ihr mit einem Ruck zu Bewußtsein, daß sie auf Arbeitsplatz drei in der Technik saß und daß in ihrer Nähe Leute miteinander redeten. Einer davon war Freeman, einer Musa und einer Bernstein.

»Wieder wach?« fragte Bernstein sie.

»Jawohl, Sir.« Bet stützte sich auf die Armlehnen und stand auf, immer noch wackelig auf den Beinen. Sie versuchte, sich zu erinnern, wie sie hierhergekommen war. Der ganze Tag war wie eine leere Stelle. Einfach futsch. Und Bernstein hatte sie nicht hinausgeworfen, er hatte sie einfach in ihrem Sessel ausschlafen lassen. »Verdammt«, murmelte Bet, »ich hoffe nur, daß ich niemanden beleidigt habe.«

Bernstein sah sie mit einer hochgezogenen Augenbraue an und lächelte ihr zu. Er war in guter Laune, um Himmels willen, nach allem, was sie ihm erzählt hatte, nach allem, was passiert war. Bet stützte sich auf die Rückenlehne und sah von einem zum anderen. Walden, Slovak und Keane hatten die Köpfe zusammengesteckt — und NG war drüben an Platz eins, heil und ganz.

Offensichtlich hatte er Fletchers Tabletten nicht genommen.

»Es war ein ganz ruhiger Tag«, bemerkte Bernstein und sah Freeman an. »Sie können gern früher Schluß machen.«

Bet mochte betäubt worden sein, dumm war sie nicht. Sie stand da und hielt sich an der Lehne fest, der Rücken tat ihr ein bißchen weh, die Beine fühlten sich wie Gummi an und signalisierten ihr, ein langer Spaziergang sei keine gute Idee — und sie sagte sich, wenn Bernstein eine unter Drogen stehende ehemalige Soldatin von der *Afrika* den ganzen Tag vor den Schirmen sitzen ließ und einen gesunden System-Techniker in die Unterkunft schickte, konnte der Grund nicht einfach der sein, daß er etwas durcheinandergebracht habe.

Es wurde eine ganze Menge geredet, verdammt noch mal, es ging zwischen der Schichttag-Technik und Lius Team auf verschiedenen Ebenen hin und her — Musa hatte etwas mit Liu vereinbart, Freeman machte vorzeitig Feierabend, es sah nicht so aus, als habe es in der Technik während der Schicht Schlägereien gegeben, und Bernstein war in bester Stimmung — sie kannte ihn in verärgertem Zustand, und so ein Tag war es nicht, nein.

Es läuft nicht so, wie Fitch es haben will, dachte Bet, und mit einem Gespür für fein ausbalancierte Situationen dachte sie weiter, daß Fitch, der ihren ganzen Tag über nicht aktiv gewesen war, weil er geschlafen hatte, aufwachen und Dinge feststellen würde, die nicht geeignet waren, ihn glücklich zu machen.

Dann würden sie alle zu Bett gehen, und Fitch würde wach sein und sich überlegen, was sich dagegen tun ließe.

Eine saublöde Art, einen Krieg zu führen, dachte Bet. Freeman trug sich soeben aus. Zweifellos kehrte er in die Unterkunft zurück und kam dort rechtzeitig an, um mit seinen richtigen Kameraden zum Frühstück zu gehen.

»Haben Sie Schmerzen?« erkundigte Bernstein sich bei Bet, als sei zwischen ihnen beiden alles in Ordnung, als sei überhaupt alles in Ordnung.

»Nicht sehr«, antwortete sie langsam und fragte sich, was, zum Teufel, Bernstein vorhatte. Aber Bernstein würde es ihr nicht sagen, und sie würde keine Unruhe stiften, indem sie Fragen stellte.

Sie setzte sich wieder hin, sie nahm nirgendwo Veränderungen vor, sie ließ die Simulationen durchlaufen und betrachtete die farbigen Lichter, und von Zeit zu Zeit trat sie immer wieder weg. Immer noch war ihr gesunder Menschenverstand nicht ganz da; sie hatte das Gefühl, sie müsse mehr Angst empfinden, als sie es tatsächlich tat.

Am Feierabend ging es ihr wieder ganz gut, gut genug, um ein Bier oder zwei zu trinken, mit den Neuen auf der Bank zu sitzen, mit NG und Musa und McKenzie und Park und Figi, und NG ging es auch ganz gut, Fletchers Zeug hatte ihn ruhig und friedlich gemacht.

Fletcher hatte in ihren Unterlagen Aufnahmen eines Rückens, der es rechtfertigte, daß sie Bet Happy-Pillen gegeben hatte, und es spielte überhaupt keine Rolle, daß der Rücken nicht halb so weh getan hatte, bevor Fletcher sich daran zu schaffen machte. Und Fletcher hatte genug an verschiedenen Mitteln in sie hineingepumpt, daß es so gut wie unmöglich geworden war, mit einem Test irgend etwas nachzuweisen. Ihr *und* NG ...

Gott, NG war irgendwie mitleiderregend, wie er entspannt auf der Bank zwischen ihr und Figi saß und sich an die Wand lehnte — die Pupillen ganz groß und dieser glückliche Ausdruck im Gesicht, als sei er jetzt vollkommen weggetreten und man könne mit ihm tun, was man wolle, ihn kümmere es nicht.

»Geht es dir gut?« fragte sie ihn, und er murmelte ja und nahm noch einen Schluck Bier.

In diesem Zustand durfte er nicht viel trinken. Bet holte ihm die Getränke, und Alkohol würde er nach dem einen Bier auf keinen Fall mehr bekommen, nur noch Softdrinks. Wahrscheinlich würde er es nicht einmal merken.

Sie saßen beisammen, sie unterhielten sich, Leute kamen, um Freeman und seine Freunde kennenzulernen und sie willkommen zu heißen und zu sagen, wie glücklich NG aussehe ...

Meech, der Hurensohn, ging sogar so weit, daß er NG bei der Schulter faßte und schüttelte und dazu bemerkte: »So nett habe ich ihn noch nie gesehen.« Bei vollem Bewußtsein hätte NG sich vielleicht auf ihn gestürzt, jetzt nahm er es mit verwirrtem Blick hin.

Traue nie einer Medikamentenpackung, in der nur eine einzige Tablette ist.

»Ist er in Ordnung?« fragte Zigeuner.

»Fletcher hat ihm einen Relaxer gegeben«, antwortete Musa. »Ärztliche Anordnung.«

Seit dem Dinner hatten sich Hughes und seine beiden Arschlöcher nicht mehr blicken lassen. Vielleicht sahen sie sich den Film an. Eine Versetzung war nicht so leicht durchzubekommen, wenn man jeden einzelnen der Fernerfassungsspezialisten vom Schichttag fragen mußte. Jedenfalls sagte Musa so. Die Brücken-Spezialisten gewöhnten sich an ihre Operatoren und umgekehrt, und der Haupttag stand im Rang über dem Schichttag, und es war ganz ausgeschlossen, daß die Haupttag-Operatoren Hughes und Genossen nehmen würden, und ebenso ausgeschlossen, daß sie ihre Wache mit dem Schichttag tauschten, nur weil Lindy Hughes jemandem einen gemeinen Streich gespielt hatte.

Deshalb verhielt sich Lindy Hughes heute abend irgendwo ganz ruhig, und es war erstaunlich, wie nett die Leute waren, absolut erstaunlich, Leute wie Liu und Freeman und sie alle, die jedes Recht darauf hatten, böse zu sein, und sie waren so freundlich, daß man eine Blutzuckererhöhung davon bekommen konnte ...

Denn — man brauchte nicht viel Verstand, um es sich zusammenzureimen — der Schichttag war schikaniert worden, auf einen bloßen Tip hin war ein Rollkommando in die Unterkunft gekommen ...

... und die Offiziere hatten jemanden zusammengeschlagen, dem sie nicht die geringste Kleinigkeit nachweisen konnten.

Und das ging in den Augen der Mannschaftsdienstgrade einen Schritt zu weit.

Ich will nichts sagen, was gegen die Dienstvorschriften wäre, war Musas Einstellung gewesen, Bet hatte ihn in Aktion gesehen, *aber das muß ich doch sagen, wenn irgendwer auf die Idee kommt, uns oder einen von uns zu schikanieren, müssen wir in dieser Sache eine feste Haltung einnehmen ... nichts gegen die Dienstvorschriften, aber wir sind nicht bloß die Maschinerie auf diesem Schiff, die man treten und beschimpfen kann, und vielleicht sollten wir das den Leuten, die es nicht mehr so richtig im Gedächtnis haben, klarmachen ...*

Deshalb lächelten sich die Lius und die Musas und die McKenzies und die Zigeuner Mullers aus den Zwischendecks an und sagten ihren Freunden, sie sollten lächeln und nett sein, und Bernie war nett zu Freeman und ging fast so weit, sich tief zu verbeugen, um die Neuen hereinzukomplimentieren, und Musa tat desgleichen, und es wurde Bier spendiert, und die Leute wanderten umher und waren betont höflich zueinander. Und es war komisch, es kam wirklich eine gute Stimmung auf, und die Leute amüsierten sich, als werde ein Witz von einem zum anderen weitererzählt — und da NG dermaßen auffällig unter Drogen stand, kamen Leute herbei, nur um ihn sich anzusehen.

NG in seinem Zustand war anfangs nichts als verwirrt gewesen, doch dann amüsierte er sich auch recht gut, vor allem, als eine von Meech und Rossi angeführte Delegation ihm das zweite Bier brachte, das Bier, das Bet ihm nicht mehr hatte genehmigen wollen. Rossi drückte ihm den Becher in die Hand, weckte seine Aufmerksamkeit, indem er ihm leicht mit den Fingern gegen die Wange schnippte. Er sehe aus, sagte Rossi, als brauche er noch ein Bier, und eine Gruppe von Brückentechnikern habe zusammengelegt und beschlossen, er solle eins auf ihr Wohl trinken.

NG starrte Rossi nur mit offenem Mund an. Rossi ging, und schließlich begann NG mit glasigem Blick zu trinken.

»He«, sagte Bet, »laß mich auch mal!«

Sie senkte den Pegel ein bißchen, und vielleicht verhinderte sie damit, daß er da, wo er saß, das Bewußtsein verlor. Auf seiner anderen Seite saß Figi, und falls er in die Richtung kippte, Figi war gebaut wie ein Felsen und würde es wahrscheinlich nicht einmal merken.

Im Gemeinschaftsraum durfte man sich nicht auf den Boden setzen für den Fall, daß jemand eilig durchmußte, aber man konnte hocken. Meech und Rossi und noch ein paar brachten Würfel zum Vorschein, und sie hockten sich hin und spielten um Cred-Punkte, ein Zehntel die Runde.

Verdammt, sogar Freeman und seine Kollegen machten mit, sie waren richtig ausgelassen, kurz davor, stockbetrunken zu sein. Battista und Keane verschwanden in die Koje oder zu einer Laderaum-Party, Gott allein wußte es. Im Gemeinschaftsraum wurde es so laut, daß man das Hab-acht-Signal nicht gleich hörte.

Aber der Lärm verstummte schnell — sehr schnell, als jemand von der Brücken-Crew auftauchte, ein kleiner, dunkler Bursche. Die Würfelspieler standen auf und machten den Durchgang frei.

»Kusan«, flüsterte Musa.

Nav 2 persönlich, Schichttag-Kommando.

Kusan hielt Umschau, Kusan musterte Gesichter und sagte: »Yeager.«

Mit einemmal war es ganz, ganz still, das einzige Geräusch kam aus der Unterkunft, wo ein Film lief.

Und sie konnte nichts anderes tun, als Musa den Rest ihres Biers geben und NG mit einem Knuff aufrecht hinsetzen, damit er nicht ganz so kaputt aussah, wie er war, aufstehen und sagen: »Hier, Sir. Ich bin Yeager.«

»Miss Yeager.« Nav 2 winkte sie näher, und zu der Allgemeinheit sagte er: »Weitermachen!«

Es war kein Laut zu hören. Kein Laut, außer daß NG plötzlich fragte: »Was ist los?« und aufzustehen ver-

suchte, aber Musa hielt ihn fest. »Halt den Mund!«
mußte Musa sagen — zu laut.

»Kein Problem«, sagte Bet.

Hoffentlich nicht. Es war Fitchs Wache, das Ende
von Orsinis Wache. Wie letztesmal.

Und sie hoffte, Musa oder sonst jemand bekam einen Anruf zu Bernstein durch.

»Bet!« schrie NG. Es klang wütend, verrückt. Er gab
sich alle Mühe, sich in Schwierigkeiten zu bringen,
darauf lief es hinaus. Aber irgend jemand brachte ihn
zum Schweigen. Bet hatte Angst, den Kopf zu wenden
und nachzusehen.

295

21. KAPITEL

Bet ging neben Kusan die Korridore entlang und war immer noch nicht so ganz da, zuviel Bier und eine von Fletchers kleineren Tabletten, eine Kombination, die sie keinen richtigen Schmerz empfinden ließ, aber sie erinnerte sich, was Schmerz war und wer ihn verursachen konnte. Zwar war es gewiß nicht verboten, daß die Mannschaften im Gemeinschaftsraum tranken und ein Würfelspiel machten, aber ebenso gewiß war es verboten, betrunken und unordentlich vor einem Vorgesetzten zu erscheinen. Sie zupfte verstohlen an ihrem Jumpsuit, fuhr sich mit den Fingern durchs Haar, rollte die Ärmel herunter und ließ den Sicherheitsverschluß vorschriftsmäßig einschnappen. Gegen den Biergeruch und den großen feuchten Fleck am Knie konnte sie nichts tun, und wenn Fitch sie nur ansah, fielen ihm bestimmt gleich drei oder vier Beschuldigungen ein.

Zum Beispiel Bier und Tabletten. Zum Beispiel Spukken auf das Hauptdeck, wenn Fitch sagte, sie habe es getan, oder betrunken und unordentlich zu sein — ganz einfach.

Aber an der Stufe zur Brücke wartete nicht Fitch, sondern Orsini — und offensichtlich sollte Kusan sie bei Orsini abliefern.

»Sind Sie betrunken, Yeager?«

»Nicht nüchtern, Sir, um die Wahrheit zu sagen.« Bet war ziemlich durcheinander — sie hatte sich in Gedanken zurechtgelegt, was ihr bevorstand, und nun hatte sie es mit Orsini zu tun, der ein Vollidiot sein müßte, wenn er es für ungefährlich hielte, sie zu dieser Uhrzeit zu sich zu rufen, wenn das, was gestern abend geschehen war, von neuem geschehen konnte.

Es sei denn, Orsini kümmerte das nicht.

Orsini musterte sie von oben bis unten. »Sie haben einen Großteil des heutigen Tages in diesem Zustand verbracht, wie?«

Was soll denn das werden, eine verdammte Moralpredigt?

Aber für diesen Zustand hat Fletcher gesorgt, und Fletcher steht auf Bernsteins Seite ...

»Ja, Sir. Ich bitte um Verzeihung, Sir.«

»Kommen Sie!« Orsini ging ihr voran durch den Brücken-Zylinder, vorbei an der Haupttag-Betriebsabteilung, an der Navigation, an ...

Fitch stand auf der Brücke und sah sie vorbeigehen. Er hielt Orsini nicht an. Bet war sich nicht sicher, ob er ihnen folgte. Hören konnte sie es nicht bei dem Lärm, den zwei Paar Füße auf dem hohlen Deck, das Wispern der vielfältigen Kühlungs- und Zirkulationsventilatoren und andere Leute, die ihren eigenen Angelegenheiten nachgingen, erzeugten. Sie blieb bei Orsini und zerbrach sich den Kopf, was er vorhaben mochte. Doch sie sagte sich, es werde schon gutgehen, Bernstein hatte sich über das, was sie ihm erzählt hatte, nicht übermäßig aufgeregt.

Als hätten sie alle schon gewußt, daß mit mir etwas nicht stimmt, und Bernie habe trotzdem meine Partei ergriffen ...

Aber Orsini dachte, ich sei eine von Mallorys Leuten ...

Jetzt warf sie doch einen schnellen Blick zurück, um festzustellen, wo Fitch war. Nicht hinter ihnen ... aber Fitch wußte zweifellos, wohin sie gingen, und vielleicht wartete Fitch nur auf den Schichtwechsel, denn wenn Orsinis Wache zu Ende war, kam immer er an die Reihe.

Ich will nur hoffen, Sie haben eine gute Idee, wie Sie das verhindern wollen, Mr. Orsini, Sir.

Ich will nur hoffen, Sie und Bernie sind zu einem Einverständnis über das, was hier vorgeht, gekommen ...

Orsini ging an seinem eigenen Büro vorbei, ging an Fitchs Büro vorbei.

Wohin gehen wir? dachte Bet. Und: *O Gott ...*

297

Sie blieben vor einer Tür mit der Beschriftung *Wolfe J.* stehen, die sich in sonst nichts von der Tür zu Fitchs oder Orsinis Büro unterschied.

Orsini drückte auf den Knopf, die Tür öffnete sich, das Büro und der Mann darin wurden sichtbar, und Orsini meldete: »Yeager, Sir.«

Ein luxuriöser Raum, Teppich, Wandtäfelung, ein großer schwarzer Schreibtisch und der Kapitän, der dasaß und auf sie wartete — ein blonder, schmächtiger Mann in Khaki. Helle Augen, die es einen Dreck interessierte, welche Entschuldigung man für seine Existenz hatte, die einen nur für fünf Minuten zur Kenntnis nahmen, wenn man ihm irgendwie in die Quere gekommen war.

Die Tür schloß sich hinter Bet. Orsini verließ sie. Wolfe kippte seinen Sessel zurück, kreuzte die Arme vor der Brust.

»Sie sind Maschinistin?« fragte Wolfe.

Bet fühlte sich von allem, was um sie war, losgelöst. Sie verstand überhaupt nichts mehr, nur, daß sich alles, was sie Bernie erzählt hatte, verbreitet hatte, Orsini wußte es, jetzt wußte Wolfe es. Zwischen einem lauten Herzschlag und dem nächsten dachte sie: *Bernie, verdammt sollst du sein, aber na ja, du mußtest es tun, wie?*

Sie antwortete: »Ich habe als Maschinistin gearbeitet, Sir. Auf der *Ernestine.*«

»Rang.«

»Master-Sergeant. Elizabeth A. Yeager, Sir.« Und sie setzte hinzu, weil sie eine verdammte Klugscheißerin war und es haßte, in die Enge getrieben zu werden: »Außer Dienst.«

Wolfe fand es nicht witzig. Wolfe saß da und blickte zu ihr hoch, und sein Gesicht hatte überhaupt keinen Ausdruck.

»*Afrika*, ja?«

»Jawohl, Sir. Früher.« Sonst gab es nichts zu sagen. Bernie hatte ihn offenbar voll informiert.

Das war verdammt sicher.

Und sie hatte diese dumme schwache Hoffnung gehabt, Bernie halte sie nicht für eine Bedrohung und daß man sich vielleicht auf einem Schiff, das sich die Leute aus Stationsgefängnissen holte, bis hinauf zum Oberkommando nicht darum kümmerte, wer die Leute waren.

Leider hatte sie bei all diesen Überlegungen Wolfe vergessen.

Du bist eine verdammte Idiotin, Yeager. Was meinen sie wohl, für wen du arbeitest, wenn du nicht zu Mallory gehörst?

Das liegt auf der Hand, Yeager.

»Sie haben mich belogen«, stellte Wolfe fest.

»Nein, Sir. Alles ist so, wie ich gesagt habe. Ich wollte nichts, als auf einem Sternenschiff Dienst tun, und auch jetzt will ich nichts anderes.«

Langes Schweigen. Wolfes Gesicht zeigte nie irgendeinen Ausdruck. Bet stand da, schaltete in ihrem Innern ein bißchen ab, sagte sich, von einem bestimmten Punkt an würden sie tun, was immer sie zu tun wünschten, und wenn das Oberkommando sich entschlossen hatte, sie nach Pell und zu Mallory zu verfrachten oder sie in der nächsten Stunde in den Raum auszustoßen, konnte sie absolut nichts dagegen tun.

Aber dieser Mann konnte etwas dagegen tun. Konnte ihr helfen, wenn er wollte, wenn es ihn überhaupt kümmerte, was in den Zwischendecks geschah, wenn er die Crew nicht ungerührt unter Fitchs und Orsinis Privatkrieg und den Manövern ihres Machtstrebens leiden ließ.

In der Flotte hatte es auch solche Schiffe gegeben.

»Wann haben Sie Ihr Schiff verlassen?«

»Als die Flotte sich von Pell zurückzog. Ich war in der Station.« Unaufgefordert setzte sie hinzu: »Es ist aber nicht mehr mein Schiff, Sir. Die *Loki* ist jetzt mein Schiff.« Denn sie war sich nicht sicher, ob Wolfe es das erste und das zweitemal zur Kenntnis genommen hatte.

Sie war sich nicht sicher, ob Wolfe nicht vollkommen verrückt war. Sie war sich nicht sicher, welchen Kurs sie bei ihm einschlagen sollte. Vielleicht war auf diesem Schiff niemand loyal, und Wolfe verstand sie einfach nicht. Er hatte diesen Blick, gerade die Andeutung eines Zweifels in diesem kalten eisblauen Starren.

Vielleicht würde er sie einfach auf Fitch und Orsini zurückwerfen und die beiden es auskämpfen lassen.

Was, zum Teufel, tut *Wolfe auf diesem Schiff?* hatte sie Musa gefragt. Und Musa, dadurch in rechte Verlegenheit gesetzt, hatte geantwortet: *Er ist nicht gerade ein Aktivist ...*

Wolfe selbst mußte sich seinerseits sagen, daß er nicht völlig sicher war, falls sie entschlossen war, Selbstmord zu begehen und ihn mitzunehmen.

Aber da saß er. Er kippte seinen Sessel zurück, betrachtete sie lange Zeit und fragte: »Was war der letzte Kontakt, den Sie mit der Flotte hatten?«

Das war die Frage. Das war die große Frage. »Der letzte war, bevor mein Com zerbrach. Auf Pell. Seitdem nichts mehr.« Sie hörte ihn schon zu Fitch sagen: Finden Sie heraus, was sie weiß. Leise erklärte sie: »Mannschaften wissen nie etwas, ebensowenig wie hier, Sir.«

Ein langes, langes Schweigen. Wolfe saß einfach da.

»Sie waren Master-Sergeant, ja?«

»Jawohl, Sir.«

»Mechanikerin?«

»Für meine eigene Ausrüstung, Sir. Das waren einige von uns.«

»Kampfeinheit.«

»Jawohl, Sir.«

»Wo waren Sie davor?«

»Ich bin mit sechzehn an Bord gekommen, Sir. Geboren bin ich auf einem Raffinerie-Schiff.«

Wolfe schob seinen Sessel auf den Schienen zurück, stand auf, kam hinter dem Schreibtisch hervor. Er war nicht bewaffnet. Bet hatte es für möglich gehalten.

Er trat neben sie, ging weiter, stellte sich hinter sie. Bet wußte nicht, was ein Zivilist unter diesen Umständen tun würde. Sie war als dummes Kind auf die *Afrika* gekommen, und dann hatte sie gleich die Verhaltensregeln gelernt, die man beherrschen mußte, wenn man im Zwischendeck überleben wollte. Und diese Regeln sagten, steh still und halte den Mund, wenn ein Muf darüber nachdenkt, was er mit dir machen soll.

Ganz wie Sie wünschen, Sir.

Bis Sie sich als Dummkopf erweisen, Sir.

Bis ich weiß, daß es nichts gibt, was mir nützen könnte, Sir. Dann werde ich mir ein paar Dinge herausnehmen.

Aber ...

Gott, was würden sie dann mit NG anstellen? Und was würde NG anstellen?

Wolfe ging zu dem niedrigen Tisch und den Polstersesseln an der Wand des Büros hinüber und machte sich an irgendwelchen Gegenständen zu schaffen, als habe er sie vergessen.

Vielleicht hatte er das. Vielleicht war er einfach verrückt. Vielleicht wollte er sehen, wie lange ein Mannschaftsmitglied dort stehen konnte, ohne in Panik zu geraten und etwas Dummes zu tun.

Bis in alle Ewigkeit, Sir.

»Setzen Sie sich!« forderte Wolfe sie auf. Bet sah ihn an. Er bot ihr einen Sessel an dem Tischchen an.

Das ängstigte sie mehr, als wenn er gebrüllt hätte. »Jawohl, Sir«, sagte sie und kam und wollte sich setzen, und dann dachte sie an ihre Arbeitskleidung und die Möglichkeit von Bierflecken, Deckstaub und Schlimmerem auf diesen schönen weißen Polstern. Sie klopfte sich ab, so wenig das helfen mochte, aber Wolfe saß schon, sie setzte sich ihm gegenüber, und er öffnete ein Kästchen.

Es war ein Schachspiel. Ein richtiges, nicht nur eine Simulation. Ein richtiges Brett, richtige Figuren. Gott allein wußte, wie alt es war.

»Sie spielen?« fragte er.

»Ein bißchen.« Im Zwischendeck spielte man alles, was es gab.

»Schwarz oder Weiß?«

Gott, er war verrückt, sie saß hier und war in der Gewalt eines Irren. »Wählen Sie, Sir.«

Er drehte den Kasten um, gab ihr Weiß.

Also mußte sie den ersten Zug tun.

Ein paarmal gelang ihr ein guter Zug, was er mit dem gleichen eisigkalten, abschätzenden Blick auf das Brett quittierte, mit dem er sie maß, wenn sie seine Fragen beantwortete ... noch lange, lange, nachdem die Glocke den Schichtwechsel verkündet hatte.

Welches Raffinerie-Schiff?

Was für ein Mensch ist Porey?

Schließlich: Welche Zeitdifferenz auf Tripoint-Pell?

Eine Frage, die ein Schiff töten könnte. Jeden Menschen töten könnte, mit dem zusammen sie gedient hatte — wenn ihre technischen Kenntnisse ausgereicht hätten, die Sprungkapazität der *Afrika* haargenau anzugeben.

Aber dazu mußte man wissen, wieviel Masse sie beförderte.

Wolfe fragte auch das. Und Bet wußte es wirklich nicht. Die Zeitdifferenz konnte sie bis zu einer halben Stunde angeben, aber über die Masse wußte sie gar nichts.

»Viele Fahrten zu den Hinder-Sternen gemacht?«

»Ein paar. Meistens Pell-Mariner-Pan-paris. Wyatts Stern. Viking.«

Daran werden Sie sich erinnern, Sir. Verdammt ge-

nau werden Sie sich erinnern, wenn Sie während des Krieges ein Spuk waren.

Währenddessen bewegten seine zartknochigen Finger eine Figur und bedrohten einen Springer, ein paar Züge später einen Turm.

»Sie erinnern sich an die *Seemöwe?*«

Der Name mußte irgendeine Bedeutung für sie haben. Es hatte eine Menge Namen gegeben. Sie hatten die *Seemöwe,* ein kleines Schiff, genommen, aber, Teufel, sie wußte nicht mehr, hatten sie es vernichtet oder war es das, das abgebremst und ein Enterkommando an Bord gelassen hatte, als sie bei Tripoint operierten?

Schiffskorridore, durch die Maske gesehen, vorbei an den grün leuchtenden Anzeigen im Helm. Verängstigte Gesichter. Meistenteils verängstigte Gesichter.

Ausgenommen die Narren, die immer noch kämpfen wollten, wenn ein Beiboot längsseits lag und Soldaten auf ihrem Deck waren.

»Ich weiß es nicht mehr genau, Sir, wir haben sie genommen. Bei Tripoint. Ich erinnere mich an den Namen.«

Hatte sie etwas mit Ihnen zu tun, Sir? Oder mit diesem Schiff?

Aber mehr als das sagte Wolfe nicht.

Bet faßte nach einem Bauern und zerbrach sich den Kopf, ob das richtig war. Wolfe war der bessere Spieler. Wolfe war ihr um Züge voraus, und er zwang einen, die Route einzuschlagen, die er wollte.

Das tat er auch diesmal.

»Sie ...«, begann Bet und schluckte es noch rechtzeitig hinunter.

»Kampfeinheit.« Wolfe setzte einen Bauern weiter. »Enterkommando. Stationen und Schiffe.«

»Jawohl, Sir.«

»Wissen Sie mit Andock-Ausrüstungen umzugehen?«

»Jawohl, Sir.«

304

»Waffensystemen.«

»Jawohl, Sir.«

Bet verlor einen Bauern. Würde gleich einen Springer verlieren. Sie erkannte es. Zog mit dem Turm.

Verdammt.

»Raumpanzer?«

»Jawohl, Sir.«

»Was halten Sie von diesem Schiff, Sergeant Yeager?«

»Ich bin kein Sergeant mehr, Sir.«

»Was halten Sie von diesem Schiff?«

»Ich habe Freunde an Bord.«

»Auf der *Afrika* auch.«

Das war ein schrecklicher Gedanke, und es war verdammt klar, was er damit sagen wollte. »Jawohl, Sir. Aber dieses Schiff hat keine Möglichkeit, die *Afrika* zu nehmen, und selbst wenn es das könnte, ist es nun einmal so. Ich habe Freunde dort, ich habe Freunde hier.« Sie hob die Schultern und bewegte den bedrohten Springer. »Ich weiß nicht einmal, wer dort noch am Leben ist. Hier weiß ich es. Ich zum Beispiel.«

»Und wenn Sie nicht an Bord wären?«

Bet dachte ehrlich darüber nach, versetzte sich im Geist auf die *Afrika*, stellte sich die *Loki* als Ziel vor. Ihre Hand schwebte über einem Bauern, und ihr Blick verlor sich ins Leere. Sie sah sich als Angeklagte, das Gesicht des alten Junkers Phillips ...

»Sie müßten mich erschießen«, sagte Bet, machte ihren Zug und gab den Bauern auf. »Ich weiß es nicht, ich weiß wirklich nicht, ob ich es soweit kommen lassen würde. Aber hier habe ich Freunde — ich habe eine Menge Freunde auf diesem Schiff.«

»Davon habe ich gehört.«

Er hat von mir und NG gehört. Gott, ich habe NG in Gefahr gebracht, vielleicht hätte ich auch Musa in Gefahr gebracht, wenn Musa nicht wäre, was er ist ...

McKenzie — Park und Figi — alle diese Jungs ...

305

Vielleicht auch Bernstein.

Wolfe nahm den Bauern. Bet nahm seinen Springer.

Dann sah sie es kommen. Sein Turm nahm ihre Königin in vier Zügen. Schach und matt.

Bet biß sich auf die Lippe, betrachtete das Brett.

Auch in dem anderen Spiel war Wolfe ihr um mehrere Züge voraus.

»Sie können gehen«, sagte Wolfe.

»Ich danke Ihnen, Sir.« Bet stand vorsichtig auf, als sei der ganze Raum mit Sprengstoffen verseucht. Sie schwitzte. Den Schmerz in ihrem Rücken spürte sie nur halb.

Was soll ich sagen? Das Spiel war mir ein Genuß, Sir?

Wolfe ließ sie zur Tür gehen, ließ sie die Tür öffnen, ließ sie in den Sperrabschnitt hinaustreten.

Bet ging zur Brücke durch, ging durch Fitchs Territorium zum Korridor des Krankenreviers, durch die Kombüse zum Gemeinschaftsraum und in die dunkle Unterkunft.

02.58 Schichttag.

Sie ging zu Musa, sagte ihm, sie sei wieder da. Musa war hellwach, fragte sie: »Bist du in Ordnung, Bet?«

»Alles bestens«, flüsterte sie zurück, und erst jetzt überfiel sie ein heftiges Zittern. Sie wandte sich NG's Koje zu. Musa folgte ihr und sagte: »Er schläft es aus.«

Von wegen. Er war an die verdammte Koje festgebunden und bewußtlos. »Verdammt noch mal!« Bet küßte NG leicht auf die Wange und machte sich daran, seine Fesseln zu lösen. Sie zitterte so, daß sie den Knoten kaum aufkriegte, vor allem, als NG ein bißchen zu sich kam und anfing zu ziehen. »Was habt ihr ihm gegeben?«

»Figis Spezial-Narkose, um es geradeheraus zu sagen. — Ihm fehlt nichts. Ich habe ihn im Auge behalten.«

»Teufel! — Halt still!«

»Bet ...«

NG war nicht verrückt. Nicht halb so verrückt wie der, bei dem sie eben gewesen war. Bet band ihn los, er umarmte sie, bis er ihrem Rücken weh tat, aber das machte ihr nichts aus. Ihre Muskeln schmerzten, und NG hatte offensichtlich einen gewaltigen Kater, denn er gab einen kläglichen Laut von sich und hielt sich den Kopf.

»Fitch?« fragte er.

»Wolfe«, antwortete Bet.

NG ließ die Hände sinken. Musa, der neben Bet stand, wollte wissen: »Was war denn los?«

»Der Kapitän brauchte einen Schachpartner«, sagte Bet, und beinahe wäre es ihr herausgerutscht, was Wolfe drei Stunden lang gefragt hatte, sie war so sterbensmüde und so durcheinander. Doch sie fing sich wieder, und sie erinnerte sich, daß niemand vom Zwischendeck wußte, was die Offiziere von ihr wußten. Vor allem wußte NG es nicht. Und sie hatte keine Ahnung, wie lange dieser Zustand währen oder was er tun würde, wenn er es herausbekam.

Er war ein Handelsschiffer, der sein Schiff verloren hatte. Und es gab im Krieg nur einen Weg, wie das passieren konnte.

»Mehr war nicht«, sagte Bet. »Wir haben Schach gespielt.«

22. KAPITEL

»Was war los?« war eine Frage, die ihr beim Anstehen vor dem Duschraum und beim Frühstück zu verdammt oft gestellt wurde, jeder wollte es wisssen, angefangen bei McKenzie bis zu Masad von der Frachtabteilung. Die Leute kamen zu ihr, und dann steckten sie anderswo die Köpfe zusammen und beredeten die Sache im Flüsterton.

Das erstemal wurde Bet ein bißchen überrumpelt. Sie zögerte und sagte dann: »Der Kapitän hat mir weitere Fragen gestellt«, als gehe es noch um Fitchs Angelegenheit, was im Grunde eine verdammte Lüge war, und sie wünschte, nicht so dumm gewesen zu sein. Es ließ sich so auffassen, daß sie Fitch herausforderte, indem sie Wolfes Namen als Waffe benutzte. Das mochte Fitch weitererzählt werden, und er konnte dabei auf Gedanken kommen. Er konnte auch zu dem Kapitän darüber sprechen, und das war bestimmt nicht die Entwicklung, die Bet begrüßt hätte.

Deshalb hätte sie ihre Äußerung gern zurückgenommen. Das nächstemal, als sie gefragt wurde, änderte sie sie ab, so weit sie konnte, und sagte: »Der Kapitän wollte mir ein paar Fragen stellen und sagte, ich solle den Mund darüber halten.«

Verdammt dumm, Yeager. Dein Mundwerk wird dich eines Tages noch umbringen.

Sie frühstückte zusammen mit ihren Freunden, und sie machten sich Sorgen wegen Fitch, sie dachten über Wolfe nach und versuchten, sich auszurechnen, ob Wolfe sich auf ihre Seite stellen würde. Das war alles, was sie darüber verstanden hatten.

»Ich wäre längst tot«, hatte NG leise im Dunkeln gesagt, bevor Bet sich noch ein bißchen Schlaf gegönnt hatte, »wenn Wolfe nicht gewesen wäre. Ich weiß nicht, warum. Vielleicht wollte er Bernie damit einen Gefallen tun. Ich verstehe es nicht.«

Soviel wie dieses Dutzend oder so Worte hatte sie aus NG über das Thema noch nie herausgeholt.

Und als sie heute morgen darüber nachdachte, sagte sie sich, Fitch habe Grund, sich rechte Sorgen zu machen, und sie sollte glücklich über diese Situation sein und Gott danken, daß Wolfe eingegriffen hatte, und eigentlich müßte sie viel fröhlicher sein, als sie es war.

Doch Fitch hatte schlicht vor, sie zu töten. Anscheinend war Wolfe letzte Nacht zu einer Entscheidung gelangt, Wolfe hatte sie gehen lassen, Wolfe hatte sie als Passiv- oder als Aktivposten gebucht, sie wußte nicht, als welches von beidem.

In diesem wie in jenem Fall — sie war entbehrlich.

Also hängt der Schwanz wieder im Feuer, dachte Bet und trank ihren Morgentee. Was ist nun anders als früher?

Die Antwort bekam sie, als ihr auffiel, wie NG an diesem Morgen die Leute ansah, sich umsah, sie und Musa ansah und menschlichen Wesen eine Aufmerksamkeit widmete, wie er sie sonst nur für seine verdammten Schirme hatte. So vernünftig hatte Bet ihn noch nie erlebt.

Er hatte sich gestern abend mit Freunden betrunken, Leute hatten genug Teilnahme für ihn gehabt, daß sie sich auf ihn gesetzt und ihn k.o. geschlagen hatten, um ihn zu retten, und sie selbst war heil und ganz zurückgekehrt, Gott hatte in der Person von Wolfe eingegriffen und Fitch daran gehindert, sie zu töten, und vielleicht würde das Leben nicht die Hölle sein, die es drei Jahre lang gewesen war.

Nur ...

Bisher hätte ihn nichts verletzen können. Nicht einmal Fitch. Als ich an Bord kam, war er verrückt genug, daß ihn nichts verletzen konnte, und nun sehe man sich an, was ich für ihn getan habe. Hat es ihm vielleicht genützt?

Er wäre diese Nacht für mich gestorben, auch wenn er sonst nichts hätte tun können, aber das hätte er getan.

Vielleicht hat er sich die verrückte Idee in den Kopf gesetzt, er sei schuld an meinen Schwierigkeiten. Vielleicht glaubt er, dafür die Verantwortung zu tragen, ebenso wie bei Cassel.

Wenn er jemals für Cassel die Verantwortung getragen hat.

Ich kann es nicht beweisen, ich werde es niemals beweisen könne, ich kann nicht einmal das für ihn tun.

Und wenn er erfährt, wer die Frau ist, mit der er geschlafen hat ...

NG war in einer gesellschaftlichen Situation ungefähr ebenso heikel zu behandeln wie eine scharfe Granate. Die ganze Zeit mußte man auf all die kleinen Dinge achten. Zum Beispiel fuhr er zusammen wie elektrisiert, wenn jemand ihn unerwartet berührte, er erstarrte, wenn Leute zu ihm kamen, er hatte dieses kleine, fast unmerkliche Zucken, wenn er merkte, daß ihn jemand ansprechen wollte. Es fiel einem nur auf, wenn man ihn gut kannte, aber er war eben die ganze Zeit in Alarmbereitschaft, richtig verrückt, und dabei gab er sich so schreckliche Mühe, und er war gerade vernünftig genug, daß er Angst hatte, jemand werde ihn erschrecken und er werde überschnappen — er hielt sich an Bet und Musa fest, als seien sie seine Rettungsleine, das tat er beim Frühstück, als die Leute andauernd fragten, wie es ihm gehe, und was macht der Kopf, NG?

Hughes hatte sich rar gemacht. Er war früh zur Arbeit gegangen, Gott sei Dank.

Und NG hielt sich bis jetzt wacker, wurde auch in nüchternem Zustand von den anderen akzeptiert und brachte einmal, bei Freeman, sogar ein dünnes, versuchsweises Grinsen zustande ... nicht dieses überhebliche, sondern ein echtes, offenes.

Es ging alles gut, bis Bernstein sie in der Technik mit

den Worten empfing: »Yeager, Mr. Orsini möchte Sie sprechen.«

»Das ist in Ordnung«, sagte sie zu NG und berührte seinen Arm. »Ich weiß, um was es geht. Kein Problem.«

»Um was geht es?« fragte NG sie unumwunden und hielt sie an der Tür auf. »Um Fitch?«

»Sie versuchen nur, in bestimmte Dinge Klarheit zu bringen.« Die beste Lüge, die sie fertigbrachte. »Fitch wird nicht Hand an mich legen. Das kannst du mir glauben.«

Bet trug sich also aus, noch bevor sie sich in der Technik eingetragen hatte. Sie sagte zu Bernstein kein Wort über letzte Nacht, und Bernstein sagte nichts darüber zu ihr.

Wahrscheinlich hatten Bernstein und Orsini miteinander gesprochen. Orsini und der Kapitän bestimmt. Vielleicht der Kapitän und Fitch — letzte Nacht, an Fitchs Tag, nachdem sie gegangen war.

Bet ging ringaufwärts, betrat Orsinis Büro und bekam, wie sie es sich gedacht hatte, Frage auf Frage gestellt, während Orsini sich Notizen auf seiner Eingabetafel machte.

Nein, Sir; nein, Sir; jawohl, Sir; nein, Sir, ich weiß gar nichts über Betriebssysteme, Sir.

Wenigstens benahm Orsini sich nicht so, als wolle er sie umbringen.

»Sie haben ein Problem mit Mr. Fitch«, sagte Orsini.

»Ich hoffe nicht, Sir.«

»Sie haben ein Problem«, wiederholte Orsini.

»Jawohl, Sir.«

»Ich vertraue darauf, daß Sie in diesem Zusammenhang nichts Dummes tun werden.«

»Ich habe nicht die Absicht, Sir.«

Orsini sah sie lange, lange an. Und stellte ihr neue Fragen, Fragen von der Art, die sie lieber nicht beantwortet hätte.

311

Spezifische Einzelheiten über die *Afrika*, ihre Kapazität, was sie transportierte, wie viele sie transportierte ...

Ich weiß es nicht, sagte Bet manchmal. Manchmal scheute sie innerlich vor einer Antwort zurück, aber das ging nicht — sie mußte letzten Endes den Sprung doch machen. Entweder sie gehörte zur *Loki* oder nicht, entweder sie sprach oder nicht.

Was kann ich ihnen schon sagen, das sie nicht auch von Mallory erfahren könnten? Teufel, sie haben eine übergelaufene Flotten-Kapitänin, die imstande ist, ihnen jede Kapazität zu nennen, die sie wissen wollen. Was ist das bißchen, das ich weiß, dagegen wert?

Deshalb antwortete sie, saß da und erzählte Dinge, die dazu beitragen mochten, ihr Schiff zu töten, ein kleines Detail und noch eins und tiefer und tiefer hinein — so weit, wie es überhaupt möglich war, daß eine Soldatin aus dem Zwischendeck ihr Schiff verriet, tat sie es.

Denn hier war hier, das sagte sie sich immerzu. Denn der Krieg war verloren, um was auch immer er gegangen sein mochte, und Teo war tot, und für sie durfte nur noch das Schiff, auf dem sie sich befand, eine Rolle spielen.

Es gab nichts mehr, wohin sie hätte zurückkehren können. ›Piraten‹ wurde die Flotte jetzt genannt. Vielleicht stimmte das sogar.

»Der Krieg ist vorbei«, sagte Orsini. »Mazian kann nichts mehr erreichen. Nicht auf lange Sicht. Nur noch sinnlose Zerstörung. Nur noch weitere Todesfälle. Das Beste, was Mazian für seine Leute tun könnte, wäre, daß er käme und den Waffenstillstand unterzeichnete — sein Schicksal akzeptierte und die armen Teufel auf seinen Schiffen rettete. Aber das wird er nicht tun.«

Bet sah die Docks wieder vor sich, stellte sich vor, auf einer Station zu leben, für immer, Dreckarbeit auf einer Station zu tun, falls sie einen nicht so fertigmach-

312

ten, daß man nicht mehr fähig war, sich zu verteidigen. Vielleicht benutzten sie Thule als ein großes Loch, in das sie alle Probleme der Allianz werfen konnten, wie sie es mit der Q-Zone gemacht hatten.

Mazian und seine Leute würden nicht kommen. Bestimmt nicht.

»Kommen wir wieder zur Sache«, sagte Orsini, und Bet wollte nicht, sie wollte eine Weile nicht reden, sie mußte immerzu an Teo denken und fragte sich, ob Bieji noch am Leben und auf der *Afrika* war.

Bieji würde sie mit einem seiner dunklen Blicke bedenken und erklären, nimm's mir nicht übel, aber ich werde versuchen, dir den Arsch wegzupusten.

Bleibt am Leben, pflegte Junker Phillips zu brüllen, *bleibt am Leben, ihr blöden Bastarde, ich habe zuviel in euch investiert!*

»Yeager?«

»Jawohl, Sir«, sagte sie und kehrte in die Gegenwart zurück. Dieses Schiff, diese Kameraden.

Das geht nicht gegen dich, Bieji.

Schließlich hatte sie einen rauhen Hals vom Sprechen. Orsini machte sich wieder Notizen.

Bet dachte: Bei dem, was ich getan habe, gibt es doch keine halbe Sache, oder? Ich kann nicht die neuen Kameraden *und* die alten verraten.

Sie wäre gern hinausgegangen und hätte eine Tablette gegen die Schmerzen in ihrem Rücken und ihrem Kopf genommen, sie hätte gern geduscht, sie hätte gern NG's und Musas Gesichter gesehen und wäre gern mit ihrer Schicht im Gemeinschaftsraum gewesen, sie hätte sich gern ins Gedächtnis zurückgerufen, warum sie dieses Schiff wollte. Im Augenblick erinnerte sie sich an nichts als die *Afrika*, sah nichts als Bieji und Teo und wie es gewesen war ...

Aber das waren die guten Jahre gewesen. Das waren die Jahre gewesen, bevor sie ein Leben ohne die *Afrika* geführt hatte, bevor sie auf die *Ernestine* gekommen war und von Pell nach Thule und dahin, wo immer sie jetzt sein mochten.

Vielleicht lag es daran, daß sie älter geworden war. Müde. Daß sie nach jedem Ausweg griff, den das Schicksal ihr bot. Das ließ sich erst entscheiden, wenn sie wieder wußte, was sie auf diesem Schiff empfand, und die Teufel verjagen konnte, die Orsini heraufbeschworen hatte.

Orsini legte seinen Stift hin und stand von seinem Schreibtisch auf. Er würde sie in die Technik zurückschicken, dachte Bet. Bis zum Schichtwechsel war noch genug Zeit.

Gott, sie mußte zurückgehen und so tun, als sei alles in Ordnung ...

Irgendwie mußte sie es NG beibringen — bevor er es von jemand anderem erfuhr.

»Ich möchte Ihnen etwas zeigen.« Orsini winkte zur Tür.

»Sir?«

Darauf antwortete er nicht. Er schob sie hinaus, ringaufwärts in Richtung der Brücke, bis zu einem Schrankraum. Er öffnete die Tür und schaltete das Licht an.

Wie zwei Leichen standen helle, vom Feuer versengte Gestalten da, an der linken Wand festgezurrt.

Raumpanzer.

Afrika war der eine beschriftet. *Europa* der andere. Und Namen.

Walid — M. Walid.

Bet erinnerte sich an einen kleinen dunklen Mann. Immer grinste er, immer war er mit einem Witz zur Hand.

Gott ...

Orsini sah sie an. Sie trat in den Schrank, legte die Hand auf den einen Panzer. »Ich habe diesen Mann gekannt«, sagte sie. Und dann, da sie befürchtete, Orsini könne eine Drohung herauslesen: »Jedenfalls flüchtig.«

»Wir haben sie auf Pell mitgenommen«, sagte Orsini.

»Sie hätten meinen haben können«, antwortete Bet. »Ich habe ihn dort zurückgelassen.«

»Vielleicht hat Ihr Freund Glück gehabt.«

Sie schüttelte den Kopf.

»Sie sind nicht in gutem Zustand«, erklärte Orsini. »Wir dachten uns, sie in Notfällen gebrauchen zu können, sie waren herrenloses Gut, also warum sollten wir sie dalassen? Die Lebenserhaltungssysteme funktionieren halbwegs, an diesem da sind die meisten Servos in Ordnung — bewegen wird er sich, aber niemand hat Zeit, ihn zu reparieren.«

»Sehr angenehm wird es für den, der drinsteckt, nicht sein«, bemerkte Bet. Sie dachte: O Gott, die verdammten Idioten! Es saß ihr in den Knochen, was ein menschliches Gelenk fühlte, wenn ein Servo es ein bißchen über das vernünftige Maß hinaus bewegte. Ob Mallory, die der *Loki* die Panzer überlassen haben mußte, ihnen auch die Bedienungsanleitungen mitgegeben hatte? Bet berührte die Oberflächen, probierte die Spannung im Arm aus. Ihr Magen regte sich auf über das, was in ihrem Gehirn vor sich ging, all die alten Kenntnisse kamen hoch wie Stücke einer Katastrophe — Parameter, Verbindungen ...

Ihre Hände waren kurz davor zu zittern. Sie war im Innern der *Afrika*, in der Werkstatt, sie hörte Stimmen, an die sie sich vorher nicht mehr hatte erinnern können, sie nahm die Gerüche und Geräusche wahr ...

»Sind sie zu reparieren?« fragte Orsini.

»Jawohl, Sir.« Bet sah ihn an und versuchte, die weißen Plastik-Schränke und Orsinis Gesicht zu sehen, nicht den grauen, widerhallenden Raum, an den sie sich erinnerte. Sie sagte, und sie wußte, das interessierte niemanden auch nur einen Dreck: »Aber ich will nicht.«

»Warum nicht?«

Ich will diese Dinger nicht wieder anfassen. Ich will nicht einmal über sie nachdenken!

Bet erkannte, daß sie Verdacht erweckt hatte. »Ich hatte geglaubt, ich hätte mit solchen Panzern nichts mehr zu tun.« Dann fiel ihr noch ein Grund ein, und es war wie ein Tiefschlag. »Und ich möchte nicht, daß jemand erfährt, woher ich komme.«

Orsini fragte ruhig: »Können Sie die Panzer in Ordnung bringen?«

»Jawohl, Sir, wahrscheinlich.«

Er hörte gar nicht richtig hin. Bet hatte nichts anderes erwartet.

»Es braucht nicht allgemein bekannt zu werden«, sagte Orsini. »Wir befinden uns innerhalb eines Systems, haben eine niedrige Geschwindigkeit, werden hier andocken und auftanken. Sie können mit dem Aufzug kommen und gehen. Sie haben hier genug ebenes Deck.«

Bet betrachtete das L am Eingang und dachte darüber nach, was sie sich aus der Werkstatt besorgen könne. »Jawohl, Sir.« Ohne Begeisterung. Was er meinte, war, daß sie, solange die *Loki* im Dock lag, arbeiten mußte und keinen Urlaub bekam. Aber unter diesen Umständen hatte sie auch eigentlich keinen Urlaub erwartet. »Nicht ganz einfach, aber es würde gehen.«

»Es bekommen nicht alle von der Crew Urlaub«, sagte Orsini. »Nur die, die mindestens fünf Dienstjahre haben. Und die Genehmigung des Kapitäns.«

»Jawohl, Sir.«

»Für Sie könnte eine Beförderung dabei herausspringen«, bemerkte Orsini. »Wenn Sie die richtige Einstellung zeigen.«

Bet stand da und dachte nach. *Richtige Einstellung.* Zum Teufel! Die Mufs bildeten sich wohl ein, diese Panzer gehörten ihnen, aber so einfach war das nicht, daß man sie anzog, und dann klappte alles. Sie fragte nicht: *Für wen soll ich sie reparieren?*, sie erklärte Orsini nichts, und sie glaubte auch nicht, etwas sagen zu müssen, solange Orsini nichts sagte.

Vielleicht würde Orsini so etwas eine falsche Einstellung nennen.

Sie sagte nur: »Ich werde sehen, was ich machen kann, Sir.«

23. KAPITEL

Die Nachricht, daß sie ins Dock gingen, kam über den Lautsprecher, als Bet vierzig Minuten vor dem Schichtwechsel in die Technik zurückkam.

»Alles in Ordnung?« fragte Bernie, und Bet konnte sich denken, daß er mehr als das wissen wollte. Sie sah ihn stirnrunzelnd an. Sie war einfach noch nicht fähig, sich von ihren Gedanken loszureißen, und dabei wußte sie, daß sie es tun mußte — sie mußte ein harmloses Gesicht zeigen und durfte Bernstein keinen Anlaß geben, sich über sie Gedanken zu machen. Denn Bernie würde sie beobachten, Bernie würde Orsini und Wolfe und vielleicht auch Fitch regelmäßig Bericht erstatten. Wenn man einen Menschen dahin gebracht hatte, daß er zum Wendehals wurde, tat man gut daran, ihn im Auge zu behalten, falls man noch irgendwelche Achtung für ihn empfand.

Verdammt richtig, Sir.

Sie dürfen solchen Leuten nicht vertrauen, wenn sie Sie anlächeln.

Sie sagte: »Angenehm war es nicht, Sir.«

Bernie blickte traurig drein. Aber wenigstens erwiderte er ihr Stirnrunzeln nicht.

»Stimmt etwas nicht?« fragte NG — NG war der erste, der zu ihr kam, ganz von selbst, während man ihn früher nie dazu gekriegt hatte, vorzutreten.

Bet dachte schnell nach. »Sieht so aus, als bekäme ich keinen Urlaub.«

Es war bestimmt nicht das, worüber NG sich Sorgen gemacht hatte. Er berührte ihren Arm. »Ach, ich habe noch nie welchen bekommen. Ich werde hier sein.«

Das traf sie mitten ins Herz. Eine Sekunde lang konnte sie überhaupt nicht denken, konnte sich nicht erinnern, welche Geschichte sie sich noch zwei Herzschläge vorher zurechtgelegt hatte, oder ihre Gedanken irgendwie in die Reihe kriegen.

NG wird an Bord sein. Er und ich. Gott.

»Du hast nicht damit gerechnet«, sagte Musa neben ihr.

»Ich weiß nicht, ich habe nicht darüber nachgedacht, bis die Ankündigung kam. Orsini sagte mir, Urlaub gebe es erst nach fünf Dienstjahren. Scheiße, Musa!«

Sie wollte nicht mit Monaten und Jahren rechnen. Eine Woche war schlimm genug, NG würde bestimmt fragen, was sie oben zu tun habe, solange sie im Dock waren, oder warum Orsini sie aus der Technik-Abteilung abgezogen habe und warum sie dauernd zwischen der Werkstatt und dem oberen Deck unterwegs sei.

Verdammt!

Musa faßte sie um die Schultern und drückte sie freundschaftlich, Bernie hatte nichts dagegen, wenn ein bißchen Zuneigung öffentlich zur Schau gestellt wurde, und NG sagte nichts mehr. Er war wieder in seine übliche Teilnahmslosigkeit zurückgesunken. Bet gab sich Mühe, fröhlich zu wirken, und fand, daß sie eine einigermaßen gute schauspielerische Leistung bot.

Verdammt, verdammt und nochmals verdammt!

Vor dem Schichtwechsel erfolgte eine Zündung, danach weitere.

»*Wir docken an der Thule-Station an* ...«, teilte Wolfe der Allgemeinheit mit.

Bet spürte ihren Magen.

Möchte doch wissen, ob Nan und Ely noch da sind. Wie lange waren wir draußen, nach Realzeit gerechnet?

Sie zählte die Sprünge nach, die sie gemacht hatten. Danach mußte auf der Station vielleicht ein Jahr vergangen sein.

Ebenso wie diejenigen, die die Station besuchen durften, verstaute Bet alles, was sie nicht brauchen würde, und packte das, was sie brauchen würde, in einen Matchsack. »So ein Pech, Bet«, sagten die anderen, und ein paar, McKenzie gehörte auch dazu, waren so frech zu sagen: »Ja, aber du und NG habt freie Kojen und das ganze Bier an Bord. — Soll ich dir etwas besorgen?«

Bet stellte im Büro des Zahlmeisters fest, daß sie ihr Urlaubsgeld ausgeben durfte, auch wenn sie an Bord blieb, und NG war geradezu reich, da er sein Guthaben nie für etwas anderes als ein an Bord getrunkenes Bier verwendet hatte.

»Ja, Wodka«, sagte Bet zu McKenzie und vertraute ihm einen Scheck über eine beträchtliche Summe an. »Bei Walford auf Dock Grün ist er billig. Hör zu, ich brauche ein paar Kleinigkeiten, und du bekommst drei Flaschen, wenn du sie für mich einkaufst.«

»Am besten gibst du uns eine Liste mit«, schlug McKenzie vor. »Es wird niemand im Hafen sein als wir, wir müssen uns mit den Docks begnügen, und du weißt, Figi wird vom Augenblick des Kontakts an bei einem verdammten Kartenspiel sitzen. Park und ich können einkaufen gehen und dir alles besorgen, was du möchtest.«

»Du bist ein Schatz.« Bet fühlte sich in diesem Augenblick besser. Sie nahm McKenzie mit in die Ecke und tauschte etwa zwanzig konzentrierte Minuten lang die angehäuften Pluspunkte mit ihm aus.

Diesmal war es etwas ganz Besonderes, so schnell es gehen mußte — es ließ sich schwer sagen, warum, vielleicht, weil sie beide in verzweifelter Eile waren und sich doch die Zeit nahmen, sich gegenseitig Höflichkeit zu erweisen, vielleicht, weil sie sich mehr geworden waren als bloße Bekannte und auf dem besten Weg dazu, sich nacheinander zu sehnen.

Bet wollte das genau in diesem Augenblick, sie wollte jemanden, mit dem es nicht kompliziert war, jemanden, dem sie etwas bedeutete. Ihr tat der Rücken weh bei jedem Stoß, aber sie bereute es später nicht, als der

Sicherungsalarm losging und sie dreißig Kilogramm Hängematte und Matchsack in den Laderaum-Abschnitt hinunterschleppte, um sich zusammen mit dem Rest der Schichttag- und den meisten der Haupttagleute anzuschnallen und zu warten.

Die Mufs hatten das nicht nötig. Die Mufs und ein paar der Haupttag-Spezialisten fuhren natürlich mit dem Aufzug von der Brücke zur Schleuse — ausgenommen die paar Pechvögel, die während der ganzen oder eines Teils der Zeit Dienst hatten.

Ich hoffe nur, Fitch hat einen langen Urlaub bekommen. Ich hoffe, der Hurensohn kommt endlich irgendwo zum Vögeln. Könnte seine Laune verbessern.

Am meisten Sorge machte es ihr, daß Hughes und seine Freunde mit Musa da draußen waren und sie und NG nicht. »Halte ein Auge auf ihn«, hatte sie McKenzie gebeten, und McKenzie hatte geschworen, das werde er tun.

Sie dockten einigermaßen weich an, es wurden keine Zähne eingeschlagen, es gab keine blauen Flecken. Dann wartete die Crew auf die Erlaubnis, sich loszuschnallen. Alle machten grandiose Pläne für die Bars, in die sie einfallen wollten — *ja, klar, Leute, auf Thule ...*

Die Erlaubnis kam, sie öffneten die Sicherheitsgurte, sie wanderten umher oder setzten sich auf ihre Matchsäcke und zählten ihre Cred-Scheine nach.

Johnny Walters hatte seinen Sack vergessen. Irgend so einen armen Trottel gab es immer. Es fand sich immer ein Freiwilliger, der das Gepäck bei Schichtwechsel herunterholte. »Ja«, sagte Bet, »NG oder ich, einer von uns beiden. Wer hat sonst noch etwas oben? Macht eine Liste.«

Die verdammte Liste wuchs immer dann, wenn die Leute erfuhren, es werde jemand in die Unterkunft hochsteigen. »Scheiße. Macht es schriftlich! Dafür verdiene ich mir von euch einen Jahreswert an Pluspunkten ...«

Dussad von der Haupttagsfrachtabteilung murmelte etwas, er wolle nicht, daß sich NG an seinen Sachen zu schaffen mache.

»Willst du, daß wir dir einen Gefallen tun« — Bet drehte sich um und las den Namen auf seiner Tasche — »Dussad? Willst du, daß wir dir einen Gefallen tun, oder hast du irgendwelche Probleme mit mir und meinem Kumpel?«

»Du hast einen lausigen Geschmack«, gab Dussad zurück, und ausgerechnet Liu beschwichtigte ihn mit einem »Immer mit der Ruhe«. Und McKenzie sagte: »NG ist in Ordnung. Er ist nur nicht besonders gut im Quatschen.«

»Frag Cassel«, bemerkte eine Frau vom Haupttag.

Gott, sie konnten nicht weg, sie mußten hierbleiben, bis der Befehl kam. NG stand bloß da, niemand konnte irgendwohin gehen oder irgend etwas tun.

Zigeuner sagte: »Das wird ihm jetzt lange genug vorgehalten.«

Und Musa:

»Das verdammte Ventil flog heraus, Ann, und wenn einer dann gerade seinen Kopf im Weg hat, passiert es, ganz gleich, ob ein Kumpel danebensteht oder nicht. Alles übrige ist viel zu lange her, als daß man es jetzt noch aufklären könnte.«

»Hat er keine eigene Meinung?«

»Verdammt noch mal, laßt ihn in Ruhe«, rief Bet und warf einen Blick zu NG hinüber. NG starrte einfach ins Leere, hatte den Unterkiefer angespannt — Gott, er konnte nicht sprechen, er konnte einfach nicht, er war im Augenblick da draußen. »Laßt ihn in Ruhe.«

»Ich weiß, was seine Kumpel sagen. Ich will hören, was er darüber zu sagen hat, ist das klar? Es gehen unerfreuliche Dinge vor. Ich will wissen, was der Mann zu sagen hat.«

McKenzie schlug vor: »Ich lade dich zu einem Bier ein, Dussad. Dann können wir darüber reden.«

Für ein paar Sekunden herrschte angespanntes Schweigen. Der Aufzug klirrte und winselte hoch oben auf dem Ring — die Offiziere wickelten die Formalitäten mit den Leuten vom Dock ab.

»Hör auf«, sagte Liu. »Hör auf, Dussad. Später. Ja?«

»Was ist mit meinem Matchsack?« fragte Walters in die nun entstehende Stille hinein. »Wird ihn jemand holen?«

Sie beendeten die Liste der herunterzuholenden Gegenstände. Die Offiziere waren draußen und verhandelten mit dem Zoll. Es kam eine Menge Lärm vom Aufzug und von der Schleuse, und sie warteten und redeten und meckerten ...

Denjenigen, die Dienst hatten, blieb nichts übrig, als zu den anderen zu sagen: »Trinkt ein Glas auf mein Wohl.« Dann kam die Stimme des Kapitäns über den Lautsprecher. Er gab die Erlaubnis, das Schiff zu verlassen, und teilte mit, wann der Bordruf ergehen würde. »Ich habe hier zwei alte Freunde«, sagte Bet zu Musa. »Geh im Stellenvermittlungsbüro vorbei, grüße Nan Jodree und Don Ely von mir. Lade sie zu einem Glas ein, wenn sie Zeit dazu haben.«

Es war deprimierend, wenn alle in geräuschvoller Eile gingen und den unteren Korridor ihnen beiden überließen. NG war wieder da, aber niedergeschlagen, still. Zur Hölle mit diesem Dussad.

»Nun?« Bet sah NG an, seufzte und nahm Matchsack und Hängematte auf. »Wo bringen wir das unter?«

NG sah den Korridor hinunter und nach links und rechts in die Kurven hinein, und schließlich seufzte er und sagte in dieser schrecklichen, einsamen Stille: »Von mir aus im Schrankraum.«

Um Walters' Matchsack herunterzuholen, dazu Sachen von Bala und Gausen und Cierra *und* von Dussad, mußte man mit Hilfe der Sicherheitsclips die Kurve hochklettern. NG übernahm all das Herumturnen,

323

den gefährlichen Teil, bei dem man tief, tief fallen konnte, wenn man sich in der Unterkunft unvorsichtig bewegte. »Du wirst dir den Rücken weh tun«, sagte er zu Bet. »Bleib du unten und fang das Zeug auf.«

Er machte es gut. Bet wünschte, ihr fiele etwas ein, das sie über Dussad und die Haupttagsleute sagen könnte, die NG's — und Cassels — Kameraden gewesen waren. Sie wünschte, sie wüßte, was in NG's Kopf vor sich ging, und sie wünschte, sie hätte Musa hier, der, wenn schon sonst nichts, mit NG hätte reden können. Oder Bernstein. Bernie konnte zu ihm durchkommen. Sie war sich nicht sicher, ob es ihr gelingen würde, sie war sich nicht sicher, ob sie das Thema überhaupt anschneiden wollte.

Verdammter Dussad. Hughes hatte sich herausgehalten, Hughes hatte alles mitangehört und bestimmt etwas sagen wollen — und zweifellos würde er etwas sagen, fünf Tage lang, in den Bars und von einem Ende der Dockanlagen zum anderen, und soviel Schaden anrichten, wie er nur konnte, Bemerkungen in Ohren träufeln, von denen er wußte, daß sie dafür empfänglich waren. Und während eines Urlaubs mischten sich die Schichten bis zum letzten Tag.

Verdammt, sie wünschte sich, da draußen zu sein. Vor allem wünschte sie, NG sei da draußen unter Musas Obhut, nicht auf dem Schiff, wo er soviel Gelegenheit zum Grübeln hatte, wenn er allein arbeitete, während seine Partnerin ihm nicht sagen konnte, was sie die ganze Zeit über tat.

Sie mußte NG früher oder später sagen, was vor sich ging, und wenn sie beide allein die Schichttag-Wache hatten, wäre die beste Gelegenheit dazu gewesen. Doch jetzt, nachdem Dussad und diese blöde Frau vom Haupttag den Mund aufgerissen hatten — Thomas hieß sie wohl, Ann Thomas, Navigationscomputer, *Hughes'* Gegenstück. Alle Navigatoren, ob nun Schichttag oder Haupttag, waren ein Schmerz im

324

Arsch, entschied Bet — das mußte eine besondere Veranlagung sein. Dussad von der Frachtabteilung war ein kaltschnäuziger Hurensohn, aber allzusehr wollte sie ihm das nicht verübeln — sie wollte ihm nur den verdammten dicken Schädel einschlagen, das war auch schon alles.

»Achtung!« rief NG von oben. »Zerbrechlich!«

Sie waren nicht die einzigen, denen der Urlaub entging. Park und Merrill arbeiteten haupttags in der Technik, und Dussad und Hassan waren eigentlich auch im Dienst, sie mußten die Lieferanten aufsuchen und für das Schiff einkaufen, und wenn sie es geschickt anstellten, blieb ihnen ein bißchen Freizeit übrig. Wayland und Williams durften nur drei Tage wegbleiben, dann mußten sie zurückkommen und das Einladen der Vorräte beaufsichtigen, und eine Handvoll Pechvögel unter der Brücken-Crew, die das Schiff nur zum Schlafen verließen und an Erholung dazwischenquetschten, was sie konnten, waren verantwortlich für das Auftanken, was zumeist auf das Betrachten der Anzeige hinauslief, und die Kommunikation mit der Thule-Zentrale. Bei dieser Arbeit hätte Bet sich ausgekannt, denn die Komplikationen mit Kabeln und Schläuchen, die Namen der Leitungen und die möglichen Gefahren waren ihr vertraut. Sie hatte es gelernt, weil man sich im Krieg immer Sorgen wegen Sabotage machen mußte, und wenn die *Afrika* im Dock lag, war die Kampfeinheit in voller Ausrüstung draußen, überprüfte die Verbindungen, stand Wache ...

Verdammt.

Andauernd stiegen Erinnerungen in ihr auf. Sie wollte das gar nicht. Oben waren diese toten Panzer, warteten auf sie wie Geister ...

Und NG würde Fragen stellen, NG hatte jedes Recht, sie zu fragen, wohin sie jeden Tag gehe und warum.

Wenigstens hatten sie die Nacht. »Ich schlafe nicht mit dir in einer Hängematte«, sagte Bet zu NG, nachdem sie Park und Merrill über den Com konsultiert hatte, was abwechselnd die Unterkunft für vier Personen im Hauptladeraum werden solle. Also legten sie nur zwei Hängematten der Polsterung wegen auf den Boden. Walters und noch ein paar kamen, um sich für das Herunterholen ihres Gepäcks erkenntlich zu zeigen, und so waren sie mit einer brandneuen Flasche Wodka versehen.

Walters hielt sich lange genug auf, um ihnen zu versichern: »Ihr verpaßt nicht viel. Der Ort ist *tot*, die Läden sind geschlossen, nur zwei Bars und ein schäbiges Hotel haben noch offen, das ist alles. Da draußen lebt nichts mehr außer das Echo ...«

Aus irgendeinem seltsamen Grund machte sie das traurig, vielleicht nur, weil es ein Stück aus ihrem Leben war, wenn auch ein jämmerliches, vielleicht weil es sie unheimlich berührte, daß hier ein Stück Menschheit starb. Die Dunkelheit kam, wie es geheißen hatte, und nahm sich die ersten Basen, die die Menschen sich nach dem Verlassen des Sonnensystems geschaffen hatten.

Wie jene Namen in der Toilette, die gerade übermalt wurden. *Polaris* und *Golden Hind*. Gott, Musa konnte sich wahrscheinlich an Thule in seiner Glanzzeit erinnern.

Und jetzt kam er als Mannschaftsmitglied eines Schneller-als-Licht-Schiffes zurück, um es sterben zu sehen.

»Bet?« NG stupste sie an. Die Schleusentür hatte sich geschlossen, Johnny Walters war wieder draußen. Ohne Grund dachte Bet: *Alles, was wir je getan haben — der Krieg und alles, das werden sie übermalen, als wäre es nie gewesen, als sei keiner von uns je gestorben ...*

Mazian sieht das nicht. Er führt immer noch Krieg ...

Verdammt. Was heißt Siegen? *Was heißt* Siegen, *wenn*

326

alles sich so schnell verändert, daß niemand vorhersagen kann, was irgendeinen Wert haben wird?

Sie spürte NG's Hand auf der Schulter. Immerzu sah sie die Dockanlagen von Thule vor sich, Rittermans Wohnung, die Stellenvermittlung ...

Die nukleare Hitze von Thules trübem Stern.

Es läutete zum Zapfenstreich.

Walters' Wodka, ein Bett, Abgeschiedenheit, soviel Bier, wie sie trinken wollten, und aus der Dienstleistung nebenan konnten sie sich so viele tiefgekühlte Sandwiches holen, wie sie essen wollten.

Das war gar nicht so übel, sagte sich Bet und verbannte den morgigen Tag aus ihren Gedanken, wie sie es zu tun gelernt hatte. Sie dachte nur an die Nacht, sie und NG würden sich ordentlich betrinken!

Sie würde es ihm später sagen. Der Mann verdiente eine kurze Zeit ohne Kummer.

Also aßen sie die Sandwiches, tranken ein Bier, jagten einen Wodka hinterher, liebten sich.

Sie brauchten die Bilder nicht. Sie brauchten überhaupt nichts. NG war zivilisiert, war schrecklich vorsichtig mit ihrem Rücken, bestand darauf, daß sie sich auf ihn setzte ...

Darüber mach dir nur keine Gedanken, sagte sie. Und vergaß den Anstand und zeigte ihm einen Trick, mit dem sie und Bieji sich damals im Zwischendeck immer amüsiert hatten.

»Gott«, sagte NG. Er fuhr ihr mit der Hand über den Nacken. Niemand anders konnte das. Niemand hatte sie je so erschauern lassen. Niemand, niemals.

Er war doch derjenige, der an Klaustrophobie litt ... aber eine Sekunde lang konnte sie nicht atmen.

Hier und jetzt, Yeager. Dieses Schiff.

Dieser Mann. Dieser Partner.

»Bist du in Ordnung?« fragte er.

»Mir geht es gut«, sagte sie und seufzte schwer. »Ich kann nur etwas nicht aus dem Kopf bekommen.«

Er machte sich daran, das Problem zu lösen. Nach einer Minute oder zweien war es ihm recht gut gelungen. Bet atmete tief und dachte fast nur noch an die Gegenwart. — Eins mußte man NG lassen, er fragte nicht viel, er wußte, was Zustände waren, und er wußte auch, wie man sie für eine Weile heilen konnte.

Später, als sie den Mut dazu gefunden hatte, sagte Bet: »Bernstein hat mir so ein paar blöde Arbeiten übertragen, die ich oben machen muß. Sieht so aus, als sei ich die Mechanikerin, und dir bleiben die Computer.« Sie versuchte, ihm zu erklären, was es war. Und hatte einen neuen Anfall von purer verächtlicher Feigheit. Sie konnte nicht wissen, wie er reagieren würde. Sie wollte keine Explosion, bis sie einen Tag oder so mit ihm allein gewesen war, ihn in gute Stimmung gebracht und eine Ahnung davon gewonnen hatte, was in ihm vorging. »Ich hasse das wie die Pest. Du wirst da unten allein sein.«

»Bin früher auch allein gewesen«, sagte er. »Seit Jahren bin ich immer allein gewesen, wenn wir im Hafen waren.«

Er fragte nicht, um was für eine Arbeit es sich handele. Sie redete sich ein, wenn er gefragt hätte, dann hätte sie ihm gleich die Wahrheit gesagt. Aber er fragte nicht. Er war nicht einmal neugierig.

Gott sei Dank.

24. KAPITEL

»Miss Yeager«, sagte Wolfe, als sie auf der Brücke ankam und sich nach dem Offizier vom Dienst umsah. Sie hatte nicht damit gerechnet, den Kapitän vorzufinden.

»Sir«, sagte sie und setzte als Erklärung hinzu: »Mr. Orsini ...«

Wolfe wußte Bescheid. »Fangen Sie an, Miss Yeager.«

»Danke, Sir.« Bet nickte und beförderte sich und ihren Werkzeugkasten in den oberen Laderaum Nummer eins, wo sie leichter atmen konnte.

Es war nicht Fitch, der Dienst hatte, Gott sei Dank. *Gott sei Dank!*

Sie hoffte, daß Fitch auch nicht anderswo auf dem Schiff Dienst hatte, aber es gab keine Möglichkeit, das herauszufinden, ohne zu fragen, und Fragen hielt sie nicht für eine geschickte Politik. Die Sache lag in der Hand von Offizieren, Offiziere hatten ihre eigenen Methoden, das Gesicht zu wahren, und sollte Fitch tatsächlich an Bord sein und hatte man ihm den Befehl gegeben, die Hände von ihr zu lassen, dann war er doppelt so reizbar.

Sie durfte nicht daran rühren. Sie wagte es nicht einmal, sich deswegen Sorgen zu machen.

Also ging sie an die Arbeit, kletterte mühsam die in die Wand eingelassenen Sprossen hoch, um eine 200-Kilo-Expansionsschiene zwischen zwei Schrankpfosten anzubringen, hakte einen Flaschenzug ein, befestigte ein Kabel und zwei Haken in den Arbeitsringen des besseren der beiden Panzer und hievte das Ding hoch, so daß sie daran arbeiten konnte, ohne mit ihm kämpfen zu müssen.

Man konnte sich vorstellen, wie Walid gestorben war — wenn man in Betracht zog, daß der Panzer keine auffällige Beschädigung hatte, keinen Durchschlag, der Walid hätte töten müssen —, aber Leute, die in den Raum hinausgeblasen worden waren, hatten auf der Liste der Rettungsaktionen ganz unten gestanden. Niemand von denen, die auf Pell etwas zu sagen gehabt hatten, war an dem Überleben von Soldaten der Flotte besonders interessiert gewesen, und die Luft in dem Panzer reichte nur für sechs Stunden.

Sechs Stunden, die man in der Dunkelheit des Raums oder dem höllischen Licht von Pells Stern dahintrieb.

Die Arme reichten nicht weit genug, um die Knebelverschlüsse zu erreichen. Man konnte nicht einmal Selbstmord begehen. Der Panzer hatte einen Stoß abbekommen — vielleicht, als er aus Pells klaffenden Wunden ins Vakuum hinausgeblasen wurde. Das hatte er überlebt, aber der Stoß hatte genügt, Spiel in jedes seiner Gelenke zu bringen ...

... und einen Zirkulationsverschluß im rechten Handgelenk und einen Druckverschluß in der rechten Schulter zu sprengen. Das verkürzte die sechs Stunden. Man konnte einen Handgelenkverschluß verlieren und ohne die eine Hand weiterleben, aber wenn man einen Verschluß am Körper verlor, hoffte man nur noch, schnell zu erfrieren statt langsam gekocht zu werden — und was von beidem geschah, hing davon ab, wie stark man der nahen Sonne ausgesetzt war.

»Eine höllische Art zu sterben.« Mit einem Klaps auf die leere Hülle. »Du hättest in Deckung gehen sollen.«

Ein lausiger Sinn für Humor, Bet ...

Walids Stimme. Das Klirren von Flaschenzügen, entlang den Gängen stiegen die Leute in die Anzüge und meckerten, der Geruch nach diesem scheußlichen Zeug, mit dem die Innenseiten eingesprüht wurden ...

Ein Hauch davon wehte ihr entgegen, als sie sich die Verschlüsse ansah. Nachdem ein Mann in dem verdammten Ding gestorben war, nachdem der Panzer

Monate und Jahre in einem tiefgekühlten Laderaum gestanden hatte, roch das Innere immer noch wie Waschraumseife.

Bet machte Inventur bei dem *Europa*-Panzer, und hier sprang einem die Todesursache ins Auge, ein lausig großes Loch gleich unter dem Leistenverschluß. Ein großer Mann, der Name war W. Graham, er hatte zum B-Team der Kampfeinheit auf der *Europa* gehört — Willie wurde er gerufen, erinnerte Bet sich, stark wie zwei, aber gegen einen Druck oder Stoß, der genügt hatte, vierfaches Flexyn aufzureißen, hatte er keine Chance gehabt.

Gott.

Nun ließ sich der Zustand der einzelnen Teile am einfachsten so feststellen, daß man sich auszog und den Panzer Stück für Stück um sich aufbaute. Dabei fror man sich nicht nur den Arsch ab, sondern auch noch verschiedene andere empfindliche Stellen, denn die Innenheizung funktionierte nicht, bevor man die Energie einschaltete, und das war nicht zu empfehlen, solange man die Spannung regulierte. Man fummelte mit lausig kleinen Schraubenschlüsseln und Schraubenziehern von Nadelgröße herum und versuchte, nicht mit den Zähnen zu klappern, wenn man den Schraubenschlüssel oder den Schraubenzieher in kaum sichtbare kleine Löcher einführte, von denen drei bis fünf ein Gelenk ausmachten, und man probierte die Spannung in diesem und jenem Gelenk aus, bis es sich richtig anfühlte.

Und die ganze Zeit lief einem dabei die Nase.

Aber es wurde einem mit jedem Stück wärmer. Eins nach dem anderen, angefangen mit den Stiefeln, schloß sich der Anzug um einen und fügte sich zusammen, Glied mit Glied und Kontakt mit Kontakt, schwer wie die Sünde, und so gut wie alles, was man tun konnte, war, ein Knie zu heben und die Flexibilität zu prüfen.

Spanngurte zwischen zwei Keramik-Schichten, jede mit ihren eigenen kleinen Zugangskappen und dazu diesen ekligen kleinen Einstellschrauben, vier oder fünf pro Segment, die die Sensor-Kontakte gegen die nackte Haut zogen, Kontakte, die dafür bestimmt waren, Signale zu den Hydrauliken zu übermitteln. Sie mußten sämtlich zu- oder aufgedreht werden, damit sie sich alle im richtigen Maß lockerten, wenn man den Auslöser drückte, um aus dem Panzer zu steigen, und sofort zu der richtigen Anordnung zurückkehrten, wenn man hineinstieg und den Hauptschalter umlegte: Man spürte all diese kleinen Kontaktpunkte, und die Polsterung, die verhinderte, daß man an bestimmten Stellen zu heftig gegen die Kontakte stieß, mußte mit einer zweiten Kollektion winziger Federschrauben fester oder lockerer gemacht werden.

Irgendein verdammter Idiot war einfach hineingestiegen und hatte die Energie angestellt. Wahrscheinlich war er auf den Hintern gefallen oder hatte sich schon bei dem Versuch aufzustehen etwas verstaucht.

Bet hoffte aus Herzensgrund, es sei Fitch gewesen.

Vielleicht hatte ihn dieser Gedanke herbeigeführt.

Die Tür öffnete sich. Und sie saß da auf dem Boden, halb nackt und halb gepanzert, und Fitch stand in dem warmen Luftstrom, der zur Tür hereinkam.

Fitch sah sie an, sie sah Fitch an, und ihr Herz klopfte. Verdammt. Der Mann versetzte sie immer noch in Panik.

»Jawohl, Sir«, sagte Bet. »Entschuldigen Sie, wenn ich nicht aufstehe, ich habe im Augenblick keine Energie.«

»Wie geht es?« fragte Fitch.

Einfache Frage. Bet legte ein gepanzertes Handgelenk auf ein gepanzertes Knie. »Es ist sehr viel defekt, aber zu reparieren ist es. Ich werde eine Weile brauchen. Ein paar Tage für diesen Panzer hier.«

Schweigen. Dann: »Kampfeinheit, wie?«

»Jawohl, Sir.«

Wenn du Streit mit einem Muf hast, spiele dich um Gottes willen nicht auf und werde nicht spitz. Bewahre ein unschuldiges Gesicht und eine ruhige Stimme und bleibe sachlich, ganz gleich, was du denkst.

»Ist das Insubordination, Yeager?«

»Nein, Sir.«

»Empfinden Sie Groll gegen mich, Miss Yeager?«

»Ich habe schon schlimmeren empfunden, als Sie ihn hervorrufen, Sir.«

Fitch steckte das weg und schien eine Minute lang darüber nachzudenken.

Dumm, Yeager, sehr dumm, paß bloß auf dein Mundwerk auf.

»Wieder der Klugscheißer, Yeager?«

»Nein, Sir, ich habe nicht die Absicht.«

»Sind Sie sich dessen ganz sicher, Miss Yeager?«

»In zwanzig Jahren auf der *Afrika* habe ich mir nie eine Insubordination zuschulden kommen lassen, Sir.«

»Das ist gut, Miss Yeager. Das ist sehr gut.«

Danach ging Fitch hinaus und schloß die Tür.

Verdammt noch mal, Yeager, mußte das sein?

O Gott, NG arbeitet allein da unten. Wo ist Wolfe?

Wer hat sonst noch Wache?

Bet zog die vier manuellen Riegel des Handschuhs zurück, streifte ihn ab. Drei Riegel auf der Körperrüstung und an den Oberschenkeln und Stiefeln. Schnell. Sie kletterte hinaus, befestigte Clipleinen an den verstreuten Einzelteilen und schnappte sich ihre Kleider.

»Ich brauche etwas aus dem Lager«, rief sie der Brücke als Entschuldigung zu und lief hindurch. »Bin zurück, so schnell ich kann.«

Mit dem Aufzug bis ganz nach unten und das sich wölbende untere Deck in größtmöglicher Eile hinauf, vorbei an der verlassenen Betriebsabteilung, ringaufwärts in Richtung der Werkstatt.

Und natürlich sah sie auf dem Weg dahin in die Technik hinein. »Hallo!« rief sie über das Geräusch laufender Pumpen NG's Rücken zu und erschreckte ihn so, daß sein Herz das nächste Dutzend Schläge ausließ.

»Gott«, sagte er.

»Fitch«, meldete Bet. »Ich wollte dich nur warnen.«

NG lehnte sich mit dem Rücken gegen die Arbeitsfläche. Bet stieg auf den ersten der kardanisch aufgehängten Abschnitte, die die Technik-Abteilung in ein stufenförmiges Puzzle-Brett verwandelten. »Kein besonderer Ärger.« Sie zeigte lässig mit dem Daumen nach oben. »Der Kapitän ist auch da, soviel ich gesehen habe.«

»Sie kommen und sie gehen«, sagte NG. Beunruhigt, fand Bet. »Der Kapitän kann ins Dock gegangen sein. Geh nirgendwohin, wo du keine Zeugen hast.«

»Ich arbeite gleich neben der . . .«

Das Geräusch des Aufzugs übertönte den Herzschlag der Treibstoffpumpen, die die Tanks auffüllten.

». . . Brücke. Gehe jetzt besser in die Werkstatt. Ich hole mir ein paar Sachen, falls Fitch fragt.«

»Er wird fragen«, meinte NG mit ernstem Gesicht, und Bet wollte in den Korridor zurückkehren und blieb wieder stehen. Sie hatte diese schreckliche Angst, Fitch habe etwas vor. Als erstes konnte Fitch sie bei NG verraten.

»Ich muß dir etwas sagen«, begann sie. »NG . . .«

Er sah aus, als habe er Angst. Sie hatte Angst. Vielleicht übertrug es der eine auf den anderen. Und der Aufzug war am Kern vorbei, es hatte dieses kleine Stocken gegeben.

»Er wird versuchen, uns zu verletzen«, fuhr Bet fort. »Was auch immer er sagt, diese Absicht steckt dahinter. Was auch immer geschieht, glaube nichts, bevor du mich gefragt hast — hörst du? Hörst du mich, NG? Du mußt mir vertrauen.«

»Was ist los?«

»Ich ...« Sie hörte den Aufzug unten halten. Es war keine Zeit mehr, sie konnte nur alles verpfuschen, wenn sie es ihm jetzt einfach so an den Kopf warf. Wie es Fitch vielleicht tun würde. »Um Gottes willen, denk daran, er versucht, uns etwas anzutun. Ganz gleich, was er tut, was er sagt, darum geht es. Klar?«

NG sah sie groß an.

Bet schlängelte sich vorbei und zur Tür hinaus, schlüpfte schnell in den Eingang zur Maschinenwerkstatt und schaltete unterwegs das Licht ein.

Kalt war es, Gott, der Atem schlug sich als Rauhreif nieder. Die Kälte stieg gleich von den schrägen Deckplatten in die Stiefel, und die Luft biß ebenso in bekleidete Körperteile wie in nackte Haut. Bet stellte die Heizung an, verfluchte die Hurensöhne, die sich zum Energiesparen entschlossen hatten, und beeilte sich. Sie nahm sich ein paar zusätzliche Clipleinen, tippte *Flexyn?* ins Terminal ein und erhielt das Inventar und den Stellplatz von Röhren und Folien.

Flexbond?

Auch hier erfuhr sie, wo es stand. Sie hauchte in die hohlen Hände, trug sechs Clipleinen ein und fragte sich, was nebenan vor sich gehen mochte, fragte sich, ob sie einfach hineingehen sollte. War es überhaupt Fitch? Befand er sich im Nebenraum bei NG? Was, zum Teufel, spielte sich da ab?

Was hatte sie da eben gequasselt? Lauter dummes Zeug oder Schlimmeres ...

Du mußt mir vertrauen ...

Gott! Wenn das einen Mann nicht veranlaßte, den Inhalt seiner Taschen zu überprüfen ...

Bet klemmte die Unterlippe zwischen die Zähne und bibberte eine Sekunde lang, dann faßte sie einen Entschluß, lief wieder hinaus in den Korridor und die Wölbung hinunter an der Technik vorbei. Die Tür stand offen, und Fitch war tatsächlich drin, sie sah ihn mit NG sprechen, NG stand da und widmete seine ganze Aufmerksamkeit Fitch, wie es im Umgang mit Fitch ratsam war.

Sie konnte nicht verstehen, was sie sprachen; sie konnte nichts von den Lippen ablesen; NG sagte nichts, und Fitchs Gesicht war von ihr abgekehrt. Also ging sie nur vorbei und hinunter zum Aufzug und fuhr den weiten Weg zur Brücke wieder hoch.

Der Offizier vom Dienst — Bet war sich nicht einmal sicher, wer er war — drehte kaum den Kopf, als sie eintrat. In ihrer Verzweiflung ging es ihr durch den Sinn, ob sie geradenwegs zum Kapitän durchgehen und ihm berichten solle, wie Fitch sie schikaniere — doch das mochte keine gute Idee sein.

Sie blieb stehen, drehte sich um, holte tief Atem.

»Verzeihung, Sir, ist Mr. Bernstein oder Mr. Orsini an Bord?«

»Im Augenblick nicht«, antwortete der Offizier.

»Würde es Ihnen etwas ausmachen, Sir, Mr. Orsini holen zu lassen? Ich habe ein Problem mit der Reparatur.«

»Mr. Fitch ist im Dienst.«

»Ja, Sir, aber Mr. Orsini sagte, ich solle ihn persönlich rufen.«

»Ich werde Mr. Fitch entsprechend informieren.«

Scheiße.

Bet sagte: »Danke, Sir«, hinderte ihre Hand daran zu salutieren und ging sehr höflich davon, zum Vorratsraum hinunter.

Es war nicht sehr klug gewesen, daß sie noch nach dem entschiedenen Nein des Offiziers einen Versuch gemacht hatte, mit Wolfe zu sprechen. Am besten machte sie sich wieder an die Arbeit, blieb lange genug dabei, daß es aussah, als habe sie wirklich ein Problem, und fuhr dann noch einmal nach unten.

Wolfe konnte nicht an Bord sein, falls er nicht in der unteren Betriebsabteilung steckte und davon niemandem etwas gesagt hatte. Aber hier oben waren außer der Brücke nur der Vorratsraum und das Krankenrevier Schwing-Abschnitte, die einzigen Orte, die man erreichen konnte oder wollte. Denn die Offiziersunterkünfte standen alle auf dem Kopf oder lagen auf der Seite, solange das Schiff im Dock war, und der Ring war heruntergelassen. Wenn man einen Schritt über die Schwing-Abschnitte hinaus tat, setzte man den Fuß ins Leere. Wolfe mochte unten ein Bett stehen haben, in der Betriebsabteilung oder im Büro des Zahlmeisters, Kapitäne neigen nicht dazu, wie gewöhnliche Sterbliche ein billiges Hotel in den Dockanlagen aufzusuchen, Kapitäne verbringen die Zeit im Hafen für gewöhnlich an Plätzen wie dem Station Residency, wo der Service phantastisch war und hochgestellte Persönlichkeiten nicht mit Urlaub machenden Mannschaftsdienstgraden zusammengezwängt wurden.

Und falls Wolf auf seiner eigenen Urlaubstour war, sich Schweinefleisch und echten Whisky schmecken ließ oder was Kapitäne eben so essen, das Mannschaften nie zu sehen bekommen, dann wollte dieser kaltschnäuzige Bastard bestimmt nicht hören, daß Bet Yeager Zustände wegen Mr. Fitch hatte.

Verdammt, Orsini weiß, daß Fitch im Augenblick an Bord ist. Und Bernie muß es wissen — Bernie muß sich Sorgen machen ... Bernie wird doch klug genug sein, sich auszurechnen, was passieren kann ...

Wahrscheinlich ist es dumm von mir, in Panik zu geraten, Fitch tut nie etwas, das ihm später angelastet werden könnte, dazu ist er zu schlau, das ist ja das Problem mit ihm. Wenn es Bernie gelungen ist, Wolfe dazu zu bringen, daß er Fitch den Befehl erteilt hat, mich in Ruhe zu lassen und NG nichts zu sagen, dann wird Fitch sich gar nicht trauen, NG gegenüber den Mund aufzureißen ...

Bitte, lieber Gott.

Bet machte die Tür des Vorratsraums von innen wieder zu, befestigte die Clips an dem nächsten Ring und arbeitete an dem verdammten Panzer weiter. Das vertraute Gefühl, der vertraute Geruch weckten Erinnerungen an alte Methoden, Probleme aus der Welt zu schaffen — ausschweifende Gedanken, daß Fitch irgendwo tot aufgefunden werden könnte —, nur, verdammt noch mal, man konnte jeden Beliebigen auf diesem Schiff fragen, wer den meisten Grund gehabt habe, Fitch den Tod zu wünschen, und die Antwort würde immr lauten: NG Ramey. Es würde wohl niemand traurig darüber sein, daß Fitch einen langen Fall getan hatte, aber man konnte einen Mann in so hoher Stellung nur umbringen, wenn man es fertigbrachte, daß alle Umstände auf einen Unfall und nichts anderes hinwiesen.

Gott, will Fitch nie wieder nach oben kommen?

Was geht da unten vor sich?

Und sie mußte dasitzen und die verdammten kleinen Spannschrauben regulieren ...

Hoffentlich ließ dieser Hurensohn von einem Muf, der auf der Brücke Dienst tat, Orsini nicht holen. Bet konnte sich glücklich schätzen, wenn er sich vielleicht nicht einmal die Mühe machte, Fitch zu rufen.

O Gott, Bernie, komm zurück, du weißt doc, Fitch lechzt nach Blut — schwing deinen Arsch auf dieses Schiff zurück, schaffe Orsini her!

Nichts. Absolut nichts geschah, während sie Schrauben nachzog und Teile abnahm und wieder anmontierte, und sich, krank im Magen, Möglichkeiten ausdachte, Fitch zu ermorden.

Vielleicht konnte sie ihn dazu bringen, daß er sie schlug, ihn an den Rand des Korridors da draußen locken ...

Tut mir leid, Kapitän, er stieß mich, und ich bin nur einen Schritt weitergestolpert ...

Und wenn er nicht gleich tot war?

Wieder hörte sie den Aufzug fahren, hörte ihn oben ankommen und saß da und justierte geduldig Schrauben und dachte: *Ich brauche das Flexyn, in der Werkstatt wird es inzwischen wärmer geworden sein, ich kann hinunterfahren und mir ein paar Röhren holen, dann habe ich eine Chance, mit NG zu reden — ich weiß ja nicht, ob das Fitch war, der gerade nach oben gekommen ist, aber er kann doch nicht immer noch unten bei NG sein ...*

Verdammt, wenn ich nach unten gehe, muß ich NG alles erzählen ...

Aber dazu muß er in erträglicher Stimmung sein ...

Gott, ich hoffe, er hat Fitch nicht geschlagen.

Sie montierte den linken Handschuh an den linken Arm, bog die Finger — ihr ganzer Arm war allein von dem Widerstand in dem verdammten Ding erschöpft.

Wenn ich versuche, die Sache zu beschönigen, richte ich nur Unheil an — ich muß NG die Wahrheit sagen, ganz gleich, ob Fitch etwas verraten hat oder nicht, ganz gleich, was die Folgen sein werden.

Bet sicherte den Ärmel, schloß den Deckel des Werkzeugkastens.

Die Tür öffnete sich. Bet blickte hoch und sah Fitch. Fitch kam herein und betrachtete, was sie bisher getan hatte, die verstreuten Teile des Panzers.

»Sie haben ein Problem, Miss Yeager?«

Die Schleuse wurde betätigt, ein fernes Echo hallte im Schiff wider. Bet versuchte sich zu konzentrieren und sich genau daran zu erinnern, was sie zu dem Muf draußen gesagt hatte. »Mr. Orsini hat nicht angegeben, ob er Schäden von Grund auf oder provisorisch repariert haben will.«

»Wie läuft es bis jetzt?«

Von Fitch war das eine ruhige und höfliche Frage. Das irritierte Bet. Sie machte einen zweiten Versuch, ihre zerflatternden Gedanken zu sammeln, holte Atem. »Ich weiß es nicht, Sir, der Panzer hat keine besondere Beschädigung, nur daß er wahrscheinlich irgendwo ziemlich hart aufgeschlagen ist.«

»Wieviel Zeit werden Sie für diesen noch brauchen?«

»Ich weiß es nicht, Sir, das hängt davon ab, ob ich ihn von Grund auf reparieren oder zusammenflicken soll.«

»Wie gut wird eine Flickarbeit halten?«

»Ungefähr gleich gut. Es ist einfach eine Sache des ...«

»Wie lange?«

... *Stolzes*, hatte sie sagen wollen. Etwas in der Art. Fitchs Einstellung ärgerte sie. Aber sie sagte: »Bei diesem hier ... vielleicht achtzig, hundert Stunden. Ich möchte die Pumpen überprüfen, auch die ...«

»Was ist mit dem anderen?«

»Das weiß ich nicht, Sir. Es wird länger dauern als bei diesem.«

»Brauchen Sie Hilfe?«

»Ich weiß nicht, ob wir jemanden haben«, sagte Bet. »Vielleicht ist Ihnen bekannt, wenn jemand mit diesen Schräubchen an den Gelenken etwas falsch macht, kann er alles verderben. Waren sie einmal richtig eingestellt, hat man eine Chance; hat jemand daran herumgepfuscht, gibt es keinen Bezugspunkt mehr, von dem man ausgehen kann, und dann hat man ein richtiges Chaos, Sir.«

Ein Muskel in ihrem Knie zuckte, einer in ihrem Arm versuchte zu zucken. Es kam von dem Winkel, in dem sie saß. Oder es war die Kälte. Oder Fitch, der dastand und sie musterte.

»Ich will«, sagte Fitch, »daß dieser Panzer heute abend funktioniert. Der andere morgen. Brauchen Sie Hilfe, Miss Yeager?«

Hör mir zu, du Hurensohn ...

Doch so etwas sagt man nicht zu einem Offizier.

»Das geht nicht, Sir. Das kann ich nicht versprechen.«

»Es ist mir gleichgültig, wie Sie es schaffen, Miss Yeager. Ich will diese Ausrüstung so zusammengeflickt haben, daß sie funktioniert, und zwar beide Panzer bis morgen abend. Haben Sie mich verstanden, Miss Yeager?«

»Das kann ich nicht.«

»Wir reden nicht davon, daß Sie irgendwelchen Schlaf bekommen, Miss Yeager. Oder irgendwelche Pausen machen. *Ich brauche dieses Ding bis heute abend, Miss Yeager.*«

»Ich weiß nicht einmal, ob man den anderen Panzer überhaupt reparieren *kann*, ich weiß nicht, ob nicht irgendwelche von diesen verdammten Pumpen defekt sind, ich weiß nicht, wie viele von den Zirkulationsleitungen gerissen sind, als der Panzer ein Loch bekam, ich habe *keine Ahnung*, ob alle Motoren funktionieren oder ob nicht ein paar von diesen verdammten Schräubchen verlorengegangen sind. In dem Fall kann dieser Panzer *nicht* zusammengeflickt werden, Sir, bis ich welche hergestellt und das verdammte Auflager auseinandergenommen habe.«

»*Tun* Sie es, Yeager!«

Bet saß auf dem Boden und blickte zu ihm hoch. Sie war im Augenblick zu wütend, um zu zittern. Wollte er ihr etwas anhängen, war er einfach ein Hurensohn, oder ...

»Gibt es irgendein Problem, Sir?«

»Nicht Ihre Sorge, Yeager. Sagen wir, es gibt eine kleine Meinungsverschiedenheit mit dem Management der Station.«

Streiche den Gedanken, die Arbeit stillschweigend zu verpfuschen.

»Sagen wir, es gibt hier ein echtes Problem«, zischte Fitch zwischen den Zähnen hervor. »Sagen wir, wir brauchen diese Ausrüstung, Miss Yeager. Wir brauchen sie, und *vielleicht* brauchen wir sie in funktionsfähigem Zustand.«

Ihr Puls festigte sich zu einem langsamen, schweren Rhythmus. Plötzlich sah Bet mehr Grund zur Unruhe als lediglich Fitch.

»Würden Sie es mir sagen, Sir?«

Fitch sah sie an, als sei sie Dreck auf dem Fußboden. Bet starrte zurück, das Kinn vorgeschoben, mit dieser Idee, dieser plötzlichen Idee, sie könne für Fitch wirklich wichtig sein ... und daß Fitch das nicht mochte und daß er sie nicht mochte und daß er nichts mochte, was mit all dem in Zusammenhang stand, aber sie war alles, was er hatte.

»Ist Ihnen diese Crew sympathisch, Miss Yeager?«

»Einige davon.«

»Sie schlafen mit Ramey, Miss Yeager?«

Sie bedachte Fitch mit einem langen, kalten Starren und dachte: *O Gott, hinter was ist er her?* »So ist es«, sagte sie. »Jawohl, Sir.«

»Ich schlage Ihnen ein Abkommen vor, Miss Yeager. Sie liefern mir bis morgen, was immer ich will, wir löschen die Akte Mr. Rameys. Gefällt Ihnen der Gedanke?«

Der Mann ist ein absoluter Irrer.

»Was halten Sie davon, Miss Yeager?«

»Ich würde sagen, das ist ein akzeptabler Vorschlag, Sir, nur daß ich diese Hilfe brauchen werde. Ich könnte einen guten Maschinisten brauchen, vielleicht jemanden, der mir vier Lagen Flexyn zusammenfügen kann ...« Bet log, weil es das war, was Fitch hören wollte. Sie fing an, die Posten an den Fingern abzuzählen, dachte derweilen verzweifelt nach: *Kann ich diesem Hurensohn trauen? Darf ich ein Wort von dem, was er sagt, glauben? Was hat er vor, was versucht er zu tun?*

Und was ist da draußen los?

»Ich teile Ihnen Merrill zu.«

»... plus einer Versuchsperson.« Sie wies auf den *Europa*-Panzer. »Dafür, Sir.«

»Maßarbeit.«

»Anders geht es nicht.« Bet öffnete den Werkzeugkasten wieder, rammte ihre Hand in den Handschuh, legte den manuellen Knebel um. Machte eine Faust.

»Präzisionsarbeit. Sonst fallen Sie auf den Hintern oder werfen etwas um, Sir. — Wer soll die Panzer tragen?«

Es war ziemlich lange ruhig in dem Vorratsraum. Man hörte nur den fernen Herzschlag der Treibstoffpumpen.

Fitch sagte: »Sie und ich, Yeager.«

Sämtliche Tatsachen und auch Überlegungen flogen außer Reichweite. Bet blickte zu ihm auf und sah nichts anderes, als daß Fitch durch und durch verrückt war.

»Jawohl, Sir«, sagte sie dann mit diesem schrecklichen Gefühl, das zu dem Geruch und der Textur der Panzer gehörte. Sie waren anders als die Schutzanzüge, die man normalerweise trug. Verdammt anders. Befehle der Mufs brauchten keinen Sinn zu ergeben. Der Befehl dieses Mufs brauchte keinen Sinn zu ergeben. Sie sagten einem, geh und töte irgendwelche Hurensöhne, und man ging und tat das, bevor sie einen zuerst erwischten. Man fragte nicht, warum. Man fragte nicht, wer sie waren. Man tat es einfach.

Aber ich habe Freunde auf dieser Station.

Schiffskameraden waren auch da draußen, mit dem Arsch in der Schußlinie.

NG war unten, und sie wußte nicht, was Fitch ihm erzählt hatte ...

»Weiß NG es?« fragte sie Fitch. »Haben Sie ihm gesagt, woher ich komme?«

Fitch maß sie mit einem kalten Blick. »Das würde ihm gefallen, wie?«

»Was haben Sie ihm gesagt?«

»Daß er, wenn er am Leben bleiben will, Stunden und Stunden an diesem Arbeitsplatz sitzen muß. Wir haben noch sechs Leute an Bord, und *jeder* muß vierundzwanzig Stunden durcharbeiten. Oder dieses Schiff wird hier sterben. Er auch. Ihre Freunde da draußen. Und Sie. Hören Sie?«

»Jawohl, Sir«, sagte Bet. »Ich habe Sie genau verstanden.«

»Dann flicken Sie schleunigst die Dinger zusammen, Yeager, verdammt noch mal!«

Fitch ging zur Tür hinaus und schloß sie, und Bet griff nach dem Handschuh und dem Unterarm und fing an, Leitungen zu verbinden, und die ganze Zeit dachte sie daran, wie weh ihr der Rücken tat und daß er ihr bald noch viel weher tun werde ...

Sie wünschte, das sei alles, worüber sie sich Gedanken machen müsse.

Verdammt, verdammt, verdammt, du wirst in diesem hier sterben, Yeager, die ganze Sache riecht danach, alle sind sie in schrecklicher Eile, und wo, zum Teufel, sind sie denn alle, welche Katastrophe hat die Station für uns heraufbeschworen, und warum läuft die verdammte Pumpe *immer noch, wenn wir solche Probleme mit der Station haben?*

Fitch lüpt. Fitch lügt wie gedruckt. Wann hat der Mann je etwas anderes getan als das, was Fitch nützte?

Ich werde in diesem Ding sterben, ich werde sterben, ich werde sterben, und was, zum Teufe, wird NG davon denken?

Verdammt noch mal!

Sie sicherte den fertigen Arm, kam auf die Knie, zog sich auf die Füße hoch und ging aus der Tür und durch die Brücke, wobei sie sich den Ärmel zurechtzupfte.

»Yeager!« brüllte Fitch hinter ihr her.

Sie erreichte den Aufzug, drückte den Kopf und blickte zu Fitch zurück, der in ihre Richtung lief. Sie hielt fünf Finger hoch. »Fünf Minuten. Fünf Minuten unten. Wenn Sie wollen, daß ich den verdammten Panzer repariere, *Sir,* dann lassen Sie mich in Ruhe, dann lassen Sie meine Freunde in Ruhe.«

Die Tür öffnete sich bereits.

Bet stieg ein, drehte sich zu Fitch um. Er stand da, und sein Gesicht lief rot an.

Die Tür schloß sich, der Aufzug fuhr nach unten.

344

Zwischendurch: ▄▄▄▄▄▄▄▄▄▄▄▄▄▄▄▄▄▄▄▄▄▄▄▄▄▄▄▄
▄▄▄
▄▄▄
▄▄▄
▄▄▄
▄▄▄▄▄▄▄▄▄▄▄▄▄▄▄▄▄▄▄▄▄▄▄▄▄▄▄▄▄▄▄▄▄▄▄▄

▄▄▄▄▄▄▄▄▄▄▄▄▄▄▄▄▄▄▄▄▄ Bet bittet sich fünf Minuten aus:
„Wenn Sie wollen, daß ich den verdammten Panzer repariere . . .“
Wie wird Bet die gewährte Zeit nutzen? ▄▄▄▄▄▄▄▄▄▄▄▄▄▄▄
▄▄▄
▄▄▄
▄▄▄
▄▄▄▄▄▄▄▄▄▄▄▄▄▄▄▄▄▄▄▄▄▄▄▄▄▄▄▄▄▄▄▄▄▄▄▄▄▄▄
▄▄▄
▄▄▄
▄▄▄▄▄▄▄▄▄▄▄▄▄▄▄▄▄▄▄▄▄▄▄▄▄▄▄▄
▄▄▄

▄▄▄▄▄▄▄▄▄▄▄▄▄▄▄▄▄▄ Wir werden es gleich erfahren –
doch wir Leser sollten uns auch zwischendurch fünf Minuten
Zeit für uns selbst nehmen. So lange dauert es nämlich, wenn
wir uns die kleine heiße Mahlzeit für zwischendurch gönnen
wollen: Die . . . ▄▄▄▄▄▄▄▄▄▄▄▄▄▄▄▄▄▄▄▄▄▄▄▄▄▄▄▄▄▄▄▄
▄▄▄
▄▄▄
▄▄▄
▄▄▄▄▄▄▄▄▄▄▄▄▄▄▄▄▄▄▄▄▄▄▄▄▄▄▄▄▄▄▄▄▄▄▄▄▄
▄▄▄
▄▄▄
▄▄▄

Zwischendurch:

Die kleine, warme Mahlzeit in der Eßterrine. Nur Deckel auf, Heißwasser drauf, umrühren, kurz ziehen lassen und genießen.

Die 5 Minuten Terrine gibt's in vielen leckeren Sorten – guten Appetit!

Wahrscheinlich konnte er ihn von der Brücke aus anhalten, überlegte Bet. Es gab vieles, was er von der Brücke aus tun konnte.

Doch auch wenn ihm alle Teufel der Hölle helfen würden, er konnte diese Panzer nicht von der Brücke aus betriebsbereit machen.

25. KAPITEL

Kaum unten angekommen, rannte Bet los. Sie sprintete über das nach oben kurvende Deck und schoß in die Technik. Bei dem Klappern, mit dem sie die stufenförmig verlagerten Deckplatten hochsprang, fuhr NG erschrocken herum, ehe sie zu ihm gelangte.

»Ich habe fünf Minuten.« Ebenso wie vorhin hielt Bet die Hand hoch. »Die hat Fitch mir genehmigt. Ich muß es dir sagen — Fitch behauptet, das Schiff sei in Schwierigkeiten, sie brauchen mich oben, damit ich dieses Zeug repariere ...«

Verdammt, so kam sie nicht weiter. Sie blieb stecken, und NG stand da und starrte sie an ...

Er hatte Angst um sie, dachte sie, und an diesem Gedanken wäre sie beinahe erstickt.

»Fitch hat mir einen Handel vorgeschlagen«, setzte sie von neuem an. Aber so ging es auch nicht.

»Man hat mir diese Aufgabe zugeteilt ...«

Dritter vergeblicher Versuch.

»NG ... ich weiß nicht, ob du eine Ahnung hast ... Verdammt, ich bin keine Handelsschifferin, du verstehst?«

Das Wort *Miliz* lag ihr auf der Zunge, die letzte verzweifelte Lüge. Aber sie sprach es nicht aus. Man kann einen Mann vielleicht einmal zum Narren halten, nicht zweimal. Nicht, wenn man er einem jemals verzeihen soll.

»... Ich war bei Mazian.«

Sie wartete auf einen Hinweis, wie sie jetzt weitermachen solle, und er reagierte nicht. Er hatte diesen glasigen, verängstigten Blick.

Sie sagte: »Ich wollte dich wirklich nicht belügen, ich wollte dir einfach nicht aufbürden, woher ich komme. Wahrscheinlich bist du der erste auf diesem Schiff,

348

der mir die Haut abziehen will, und das mit gutem Grund ...«

Vielleicht war er fortgegangen, war wieder da draußen. Vielleicht hörte er nicht einmal mehr zu. Er sah nicht böse aus, nur wie erstarrt.

Bet berührte seine Hand. Sie war kalt und hart wie die Arbeitsfläche, auf der sie ruhte. »Ich wollte, daß du es weißt«, sagte sie. »Sonst habe ich dich nie belogen, ich habe nie etwas getan, von dem ich dachte, es könne dir weh tun. Ich würde es auch nie tun, hörst du?« Sie schüttelte seinen Arm. »NG, hörst du mich?«

Vielleicht hörte er sie, vielleicht auch nicht. Er zog seine Hand weg und drehte den Kopf zur Seite.

Sie hätte auch den Namen ihres Schiffes nennen können. Ihr ganzes Leben als Erwachsene war sie stolz darauf gewesen. Aber die *Afrika* war bei den Handelsschiffern berüchtigt. Das hatte sie auf den Docks von Pell erfahren. Und vielleicht brauchte er das noch nicht zu wissen, vielleicht würde er es lieber nicht wissen.

NG sprach kein Wort, er sah eine Sekunde lang ins Leere, dann entdeckte er die Tafel in seiner linken Hand und studierte sie, als könne er dort eine Antwort finden.

Das war ebenso logisch wie alles andere. Manche Dinge müssen eine Weile herumklappern, bevor man mit dem Denken auch nur anfangen kann.

Bet sagte sich, das beste werde es sein, wenn sie jetzt leise hinausginge und ihn alleinließe, damit die Sache sich setzte, wie sie sich überhaupt setzen konnte. Merrill würde kommen, Merrill und Parker würden beide hier unten arbeiten, er würde nicht allein sein, Gott sei Dank.

Aber als sie gehen wollte, faßte er ihren Arm. Sie blieb stehen, sie hätte ihn so gern umarmt — aber seine Haltung ließ das nicht geraten erscheinen, er legte ihr nur die Hand auf die Schulter und sagte leise: »Ich hasse dich nicht, Bet ...«

Er hätte genausogut hinzufügen können: »Aber ich bin mir nicht sicher, ob ich darüber hinaus jemals etwas werde sagen können.«

Er ließ sie gehen. An der Tür sah sie zu ihm zurück.

Sie fragte, weil sie ihn nicht in all dieser Stille verlassen wollte: »Ist Merrill da? Fitch wollte ihn rufen.«

»Fitch sagte, es gebe Arbeit in der Werkstatt, und wir müßten vierundzwanzig Stunden Dienst tun.«

Bet nickte. Das war für NG eine Chance, sich zivilisiert zu benehmen, seine Arbeit zu tun, die persönlichen Dinge beiseitezuschieben, bis der Verstand damit fertig wurde. Für sie war es so etwas wie eine Erleichterung.

»Was ist da draußen los?« erkundigte er sich.

»Ich weiß es nicht«, antwortete Bet. »Sie haben diese kaputten Raumpanzer, sie haben irgendein verdammtes Problem, und sie meinen, daß sie die Panzer dazu brauchen, ganz schnell — sagt Fitch. Nicht alles, was Fitch sagt, ergibt Sinn.«

Hörst du überhaupt zu, Mann?

»Jedenfalls sagt er, wir hätten Schwierigkeiten mit der Station, und im Augenblick seien nur sechs Mann an Bord, alle anderen hätten Urlaub. Ich habe das scheußliche Gefühl, es ist kein Zufall, wer an Bord ist.«

Sein Gesicht hatte wieder diesen verängstigten Ausdruck.

»Tu, was Fitch sagt«, riet Bet ihm. Das Adrenalin flaute ab. Sie bekam das Zittern, ihr Magen war krank. »Ich muß gehen. Fitch hat mir fünf Minuten für hier unten genehmigt. Ich muß zurück. Sieh zu, daß du keinen Ärger kriegst. Ich *brauche* dich, verstehst du mich? Um Gottes willen, ich brauche dich.«

»Was für einen *Handel?*« Plötzlich bekam er Wörter heraus.

Er hatte also doch alles mitbekommen, deutlicher, als sie gedacht hatte. Ihr Herz setzte für einen Schlag aus. Sie wollte schon lügen ...

350

Noch rechtzeitig fiel ihr ein, was sie eben über Lügen gesagt hatte.

»Eine saubere Personalakte«, antwortete sie wie programmiert. Sie war selbst wie erstarrt, und dabei versuchte ihr Gehirn auszurechnen, wieviel er verstanden, *was* er verstanden hatte und ob sie in zwei Sekunden etwas sagen konnte, das einen Unterschied machte. »Für dich und mich, saubere Personalakten. Sagt Fitch. Er sagt, die Schwierigkeiten hängen mit der Station zusammen. — Aber wenn wir Schwierigkeiten mit der Station haben — warum, zum Teufel, läuft dann die *Pumpe* noch?«

»*Yeager!*« gellte Fitchs Stimme aus dem Lautsprecher.

Bet sah NG's Gesicht, kalt und entsetzt, doch schon drehte sie sich um, rannte aus der Tür und, so schnell sie konnte, den Korridor hinunter.

Er könnte es gehört haben. O Gott, ich glaube, er hat es gehört ...

»*Zehn* Minuten«, stellte Fitch fest, als Bet oben ankam.

»Entschuldigung, Sir. Aber dafür ist jetzt etwas geklärt. NG ist bei Vernunft. Er ist in Ordnung. Das verspreche ich Ihnen.«

Fitch musterte sie eine Sekunde lang. Dann: »Vierundzwanzig Stunden, Yeager.«

»*Jawohl*, Sir.«

Bet ging in den Vorratsraum, und sie arbeitete mit doppelter Geschwindigkeit — sie sollte die Panzer nur provisorisch reparieren, hatte Fitch gesagt.

Sie machte also alles so, daß es mit etwas Glück sechs Stunden lang hielt.

Länger überlebte man ohne Reservepack sowieso nicht.

Und Reservepacks waren keine dabei gewesen.

351

Eine der Zirkulationspumpen war defekt. Damit hatte Bet gerechnet, Gott sei Dank hatte sich das nächste Ventil in der Leitung geschlossen, bevor es festgefroren war. Das mußte Jim Merrill machen — er hatte die Augen aufgerissen, und sein Gesicht war hart geworden, als er die Tür des oberen Laderaums Nummer eins öffnete und entdeckte, wozu das Flexyn benötigt wurde und woher die Pumpe stammte, die er in Ordnung bringen sollte.

»Scheiße«, sagte er. »Man erwartet von uns, daß wir *diese* Dinger reparieren?«

Also war zumindest Merrill nicht aufgeklärt worden. Vielleicht hatten viele Leute von der Crew gewußt, was in dem oberen Vorratsraum war, vielleicht seit Jahren. Vielleicht hatten sie es erst auf dieser Fahrt erfahren. Bet hatte keine Ahnung. Merrill gab ihr, was er mitgebracht hatte, sie stand auf und gab ihm die tote Pumpe. »So schnell, wie du sie umdrehen kannst«, sagte Bet und konnte nicht umhin zu fragen: »Wie geht es NG da unten?«

»Zeigt sich als Hurensohn wie immer.«

»Verdammt.«

»Er sagte ...« Merrill sprach, als sei er sich nicht sicher, in was er da hineintappte. »Er sagte, ich soll dich fragen, was, zum Teufel, hier oben vor sich geht.«

Das gab Bet ein bißchen Hoffnung. Sie hatte zwar keine Antwort für ihn, aber NG hatte wenigstens mit Merrill gesprochen, er arbeitete noch da unten.

»Sag ihm, er weiß alles, was ich weiß. Sag ihm, er soll mit dem Kopf in Deckung bleiben. Sag ihm, ich habe nicht die geringste Absicht, an diesem Ort zu sterben.«

»Und was geht wirklich vor sich?«

»Fitch sagt, Ärger mit der Station. Denk dir etwas aus. Ist Fitch noch da draußen?«

»Auf der Brücke«, berichtete Merrill. »Draußen. — Welchen Ärger, um Gottes willen?«

352

»Weiß ich nicht. Ich habe keine Ahnung. Der Kapitän fehlt seit heute morgen, die Crew ist weggeschickt worden ...«

»Verrückt«, meinte Merrill. »Die ganze Sache ist verrückt.«

Und als Bet weiter nichts mehr sagte, ging Merrill. Sie hörte den Lift hinunterfahren, während sie die neue Leitung ausmaß.

Thules Pumpe lief immer noch. Thule goß immer noch den Inhalt seiner kleinen Tanks in die der *Loki*, so schnell wie die veraltete Maschinerie ihn befördern konnte. Wumm. Wumm. Wumm.

Niemand ist an Bord zurückgekommen. Es müßten doch Leute kommen und ihre Einkäufe verstauen, wenn nicht etwas ganz verkehrt liefe ... Auf den Docks von Thule konnte man beraubt werden. Man schleppte kein Zeug mit sich herum, nur die notwendigen Cred-Scheine.

»Schwierigkeiten«, hatte Fitch gesagt, und die Station fuhr mit dem Auftanken fort, als habe das eine mit dem anderen gar nichts zu tun!

Vielleicht hat irgendwer irgendwen zusammengeschlagen, vielleicht haben wir Ärger mit der Polizei, müssen jemanden aus dem Stationsgefängnis befreien. Die Loki würde sich von der Polizei einer so schäbgen Station wie Thule nichts gefallen lassen.

Aber warum ist nur Fitch an Bord, wohin ist dieser andere Offizier gegangen, wo ist der Kapitän, warum, zum Teufel, hat Fitch jeden außer NG und Parker und Merrill — lauter Leute von der Technik — weggeschickt?

Außer uns, die wir nicht gerade seine Lieblinge sind ...

Hat er die anderen vielleicht hinausgeschickt, damit sie im Dock Stärke demonstrieren?

Hat Fitch schon einmal auch nur die halbe Wahrheit gesagt?

Bet hatte die Leitung repariert, den Verschluß angebracht, die Pumpe eingebaut: Die Pumpe hatte sie sich von dem *Europa*-Panzer geliehen, denn sie wollte we-

353

nigstens einen der beiden Panzer so weit fertigbekommen, daß sie ihn testen konnte. Sie schaltete die Energie für den Brustabschnitt ein und testete die Ventile an den Verschlußpunkten. Das System hielt es aus.

Darauf konnte man sein Leben wetten.

— Soldatenwitz.

Merrill brachte ihr ein Sandwich nach oben. Bet aß es, stopfte sich ab und zu einen Bissen in den Mund, kaute beim Arbeiten. Unabsichtlich bekam sie ein bißchen Schlaf, gerade genug, daß sie sich die Nase an dem Helm stieß, den sie in der Hand hielt, und sich fragte, wo, zum Teufel, sie sei und was sie halb erfroren mit einem Helm im Schoß tue.

Sie zählte die Stunden nicht, sie arbeitete nur, so schnell sie konnte, ohne daß es Probleme gab — sie hatte mit Fettstift auf den Fußboden eine Liste der überprüften und noch zu überprüfenden Systeme geschrieben, ein primitiver Gedächtnisspeicher anstelle des computerisierten Abhakens auf einer Eingabetafel mit eingebauten Erinnerungen, hatte eine Menge zusammengebastelter, von Hand hergestellter Teile umherliegen, weil es sie im Lager nicht gab. Auf der rechten Schulter fehlte eine Spannschraube, also borgte sie eine aus der linken Hüfte, zwei fehlten im rechten Ellbogen, also nahm sie sie aus dem linken.

Es gab noch mehr solcher Improvisationen.

Sie ging hinaus und bat Mr. Fitch um einen heißen Tee und eine weitere Tube Flexbond. Fitch, der auf seinem Arbeitsplatz vor den Schirmen saß, sah sich nach ihr um und knurrte sie an, sie solle sofort wieder an die Arbeit gehen. Aber der Tee kam jedenfalls; Merrill brachte ihn.

Dieses eine Mal hatte sie Fitch dazu bekommen, daß er ihr einen Gefallen tat.

Merrill brachte ihr auch noch etwas anderes, beugte sich dicht zu ihr herüber und sagte schnell und mit leiser Stimme: »Fitch hält die Systeme am Leben.« Damit reichte er ihr einen mit Fettstift beschriebenen, vielfach verschmierten Zettel.

Es stand darauf: *Funktionsstörung nicht geringfügig. Nimm jede Gelegenheit wahr, hinauszukommen. Frage Merrill.*

Außerdem las sie: *Die andere Sache — die hatte ich mir größtenteils schon gedacht. Ok. — NG*

Bet sah Merrill an, und ihr war innen ebenso kalt wie außen.

»Was meint er damit?« flüsterte sie.

Merrill näherte seinen Mund ihrem Ohr. »Die Betriebsabteilung hat dem Kommando schon die ganze Zeit gesagt, wir hätten ein Problem. Die Betriebsabteilung sagt, dieses Schiff wird explodieren, wenn wir weiter so umherrasen. Jetzt tanken wir hier fünf Tage lang auf. Das ist eine *höllische* Masse, die wir in diesen Tank nehmen. Was, zum Teufel, hat der Kapitän vor? Das versuchen wir herauszubekommen ...«

»Aber was sollen wir sonst tun?« fragte Bet. »Ich weiß, daß wir einen Defekt haben. Aber er läßt sich nicht hier beheben.«

»Wir brauchen keinen vollen Tank, um bis Pell zu kommen! Wir sollten den Tank hier zum Teil füllen lassen und mit leichter Ladung nach Pell weiterspringen, wo wir das verdammte Ding reparieren lassen können. So hatte Mike es gehört, so hatten Smitty und Bernstein es gehört. Was soll dieser Unfug mit den fünf Tagen, das fragt die Betriebsabteilung vom Haupttag. Warum sind alle Leute von Bord geschickt worden, und was haben diese Raumpanzer zu bedeuten? Die von der Crew, die draußen sind, merken doch, daß immer weiter aufgetankt wird! Denken der Kapitän und die Offiziere, die Betriebsabteilung wird nicht reden oder die Technik-Abteilung braucht nicht zu wissen, welche Masse wir transportieren? Die Betriebsabteilung sagt — ich bin mir nicht sicher, wer da Dienst tut.

Das Kommando ist verrückt geworden. Die Betriebsabteilung sagt — wir könnten vielleicht die Schleuse blockieren. Damit wir das Schiff verlassen können ...«

Bet wurde es immer kälter und kälter. Sie verwischte die Schrift auf der Plastikfolie, zweimal, um sicher zu sein. Für das, was da geschrieben stand, konnte man sterben.

Sie flüsterte: »Ich weiß nicht, ich weiß nicht. Sag NG — sag ihm, vierundzwanzig Stunden. Sag ihm, er soll um Gottes willen *warten*. Vertraut mir. Ich werde es herausbekommen.«

Merrill schnappte nach Luft. »Ich werde es ihm sagen«, versprach er. Er öffnete die Tür, um zu gehen ...

... und stand Fitch gegenüber.

»Stimmt etwas nicht, Mr. Merrill? Miss Yeager?«

»Alles in Ordnung, Sir!« Merrill schlüpfte hinaus.

»Wir können einen Versuch mit Nummer eins machen«, sagte Bet schnell, bevor Fitch sich eine zweite Frage einfallen lassen konnte. »Ich habe den Flicken für das Loch in Nummer zwei, werde die Grobeinstellungen an mir vornehmen, so weit es geht, damit ich Ihnen das lange Stehen erspare. Dann muß ich die Justierungen an der Person vornehmen, die den Panzer tragen soll. Es wird etwa zwei Stunden dauern. Besser kann ich's nicht.«

Fitch betrachtete sie. Bet fragte sich, ob ihre bösen Gedanken zu sehen seien.

»Sie sind sicher, daß Sie kein Problem haben, Miss Yeager?«

»Ja, Sir.« Ihre Stimme ließ sie im Stich. Sie schnappte gerade dann über, wenn sie sich die größte Mühe gab, ruhig zu sprechen. »Ja, Sir, es ist alles in bester Ordnung.«

»Sie sind sicher, daß die Technik kein Problem hat?«

»Ja, Sir. Absolut kein Problem.«

»Wir sind hinter dem Terminplan zurückgeblieben«, behauptete Fitch. »Sie verstehen mich, Miss Yeager?«

Bet hatte jedes Gefühl für die Zeit verloren. »Jawohl, Sir«, sagte sie und dachte: *Ich muß schlafen. Ich muß schlafen. Ich kann nicht mehr denken ...*

Fitch schloß die Tür. Bet zitterte. Sie trank den Tee und verschüttete ihn.

Er belügt mich. Der Mann lügt.

Was, zum Teufel, will Fitch von mir? Warum, zum Teufel, hat mich der Kapitän ihm überlassen und ist gegangen?

Vielleicht mache ich einen großen Fehler, wenn ich diesen Raumpanzer für Fitch rpariere, verdammt, ich wollte ...

Sie hatte verrückte Vorstellungen, zum Beispiel, daß Fitch eine Waffe ziehen, daß Fitch sie umbringen und den Panzer einem seiner Freunde geben würde, sobald sie fertig war ...

Wer hat meine Größe und hält zu Fitch?

Ich könnte ihn zuerst töten. Dieses Ding könnte es. Damit täte ich allen einen Gefallen ...

Aber der Kapitän hat mir diese Arbeit zugeteilt. Der Kapitän weiß von der Abweichung, von der NG spricht ...

Verdammt! Was hat diese Hast bei der Reparatur der Panzer zu bedeuten? Was ist anders geworden, seit wir angedockt haben?

Wer würde es riskieren, das Schiff zu zerstören, wenn er nichts weiter zu tun hätte, als Wolfe den Hals zu brechen, die Posten mit seinen Anhängern zu besetzen und nach Pell weiterzuspringen?

357

26. KAPITEL

Sie schlief noch einmal, auf dem Boden liegend, während sie darauf wartete, daß Merrill ihr ein fertiges Einzelteil nach oben brachte, legte sich mit der Wange auf das eiskalte Deck und trat eine kostbare Viertelstunde, vielleicht eine halbe Stunde weg, denn bis auf dieses Einzelteil war es geschafft.

Es mochte ein Fehler gewesen sein, denn sie wurde davon wach, daß Merrill sie schüttelte, und konnte sich zwei Herzschläge lang nicht erinnern, wo sie war, brachte die Arme nicht so weit zum Funktionieren, daß sie sich von ihrem Gesicht hochstemmen konnte, denn ihr Rücken wollte das Gewicht nicht auffangen. Sie war restlos fertig. Und der Rücken und die Gelenke taten ihr furchtbar weh, und die Kälte hatte sie völlig steif gemacht.

»Bist du in Ordnung?« fragte Merrill sie. »Bist du in Ordnung, Yeager?«

Nach einer Weile wich die Angst, sterben zu müssen, dem Wunsch, es hinter sich zu bekommen. Bet kroch in die Höhe, die Nase auf dem Boden, den Hintern in der Luft, die Ellbogen aufgestützt, und so blieb sie für eine Sekunde, während Merrill ihr berichtete, NG sei bereit zu warten, Mike Parker auch, aber für den Fall eines Falles würden sie nach unten gehen und sich an den äußeren Schleusenkontrollen zu schaffen machen. Zwei System-Techniker, daran gewöhnt, mit Zahlen in der Größenordnung von Milliarden um sich zu werfen, wollten versuchen, eine Sicherheitsschaltung kurzzuschließen ...

Gott. »Das wird Fitch *merken*«, zischte sie Merrill zu, voller Angst, Fitch habe den Raum verwanzt, Fitch stehe vor der Tür. »Verdammt, wo ist der Kapitän?« Merrill war unten gewesen, die Technik lag direkt neben der Betriebsabteilung, sie hätten es gehört, wenn jemand gekommen oder gegangen wäre.

»Nichts Neues«, flüsterte Merrill. »Nichts. Als wäre überhaupt niemand draußen ...«

»Die Crew muß doch wissen, daß das Schiff verschlossen ist, verdammt, wundert sich niemand darüber? Stellt keiner Fragen? Was, zum Henker, tun die da draußen?«

»Das weiß niemand«, antwortete Merrill. »Wir haben die Brücke angerufen, Mike hat darum gebeten, ihm ein Gespräch nach draußen zu vermitteln. Ohne Erfolg. An Bord sind nur zwei auf der Brücke und wir.«

»Ist Fitch auf der Brücke?«

»Nein, Goddard.«

Hughes' Operator. »Scheiße.« Bet setzte sich auf, knallte mit dem Rücken gegen die Wand, schlug sich den Kopf an. »Fitch *schläft!* Der Teufel soll ihn holen! Sag ihm, ich brauche ihn, sag Goddard, er soll ihn wecken, es ist Zeit, ihm den Panzer anzupassen.«

Man zog sich aus, ehe man den Panzer anlegte, man fing mit den Stiefeln an und baute ihn von da an auf, und es war kalt, verdammt kalt, kein Laderaum auf dem Schiff hatte eine gute Heizung.

Bet bereitete es eine rechte Befriedigung. Fitch stand da in seiner Unterwäsche — kein schlechter Anblick übrigens, auch wenn er ein Hurensohn war, er hielt sich in Form, indem er Untergebene gegen die Wand warf. Ein paar Narben, eine tiefe auf den Rippen, wahrscheinlich ein Messer in irgendeinem Stundenhotel und wahrscheinlich hatte er es verdient, dachte Bet und zog ein paar kleine Schrauben an.

Sie strich etwas schwarze Schmiere auf die Gurte innerhalb des Stiefels, klemmte den Stiefel zu und justierte ihn, bis alle drei Gurte eine Markierung auf der Haut hinterließen. Es war eine scheußlich klebrige An-

359

gelegenheit, aber wenn man einen Neuling ausrüsten mußte, war das leichter, als wenn man ihn fragte, ob die Gurte die Haut berührt hätten. Das Gefühl hatte man immer, bis man es besser wußte.

Außerdem war es Fitch.

Linker Stiefel, rechter Stiefel, linkes Schienenbein, rechtes Schienenbein, Knie und Oberschenkel.

Währenddessen stand Fitch da mit einem Stöpsel im Ohr, Bet hätte viel darum gegeben, mithören zu können.

Von der Unbequemlichkeit, der er ausgesetzt war, schien er leider gar nichts zu merken, als sei das, was er hörte, für ihn sehr viel wichtiger.

Unterkörper. Bet sagte sich, in einer Minute müsse sie sich hinsetzen und eine Pause machen. Ihre Hände zitterten so, daß sie den Schraubenzieher nicht in den verdammten kleinen, fast unsichtbaren Schlitzen halten konnte.

Ganz plötzlich bewegte Fitch sich, schlug ihr den feinen Schraubenzieher aus den Fingern. Es tat eklig weh. Bet setzte sich heftig auf den Hintern, und eine Sekunde lang war sie sich nicht sicher, ob er ihr nicht nachkommen würde.

Aber in dem schweren Panzer konnte man nicht schnell laufen. Fitch aktivierte seinen Com, sagte: »Keine Antwort« zu dem am anderen Ende und wiederholte lauter: »Keine Antwort, verdammt noch mal, tun Sie, was ich Ihnen gesagt habe ...«

Bet rappelte sich hoch, klopfte gegen die Panzerbeine, um Fitchs Aufmerksamkeit zu erregen, und machte sich wieder an die Arbeit — hier beugen, da drehen, Sir, jetzt stillhalten, Sir ...

Verdammt, sie hätte die Gelenke zu gern eine Idee loser eingestellt.

Aber eins mußte man Fitch lassen, Fitch war mit den Gedanken bei der Sache, und wenn man ihm sagte, er solle stillhalten, dann hielt er still, ohne zu zucken, oh-

ne sich zu beschweren. Auch Fitch hatte nicht ausgeschlafen, und seine Augen sahen schrecklich aus.

»Ich glaube, das Ding wird funktionieren«, vertraute Bet ihm mit dem Rest von Stimme an, der ihr übriggeblieben war. »Ich habe die Systeme überprüft, und sie haben nicht versagt ...« Und damit sprang sie zu der Frage, die sie mehr als alles andere beschäftigte. »Bereiten wir uns auf ein Feuergefecht vor, auf hartes Vakuum — oder was?«

»Auf alles«, sagte Fitch. »Auf alles, was sein muß.«

»Haben Sie sich jemals in einem solchen Panzer bewegt, Sir?«

Tödliches Schweigen.

»Sobald die Energie eingeschaltet wird, müssen Sie sich entspannen. Das ist der wesentliche Trick dabei. In dem Augenblick, wo Sie sich verkrampfen, erteilen Sie dem Panzer Befehle. Wenn Sie zucken, als würden Sie gleich fallen, rufen Sie bei dem Panzer eine Überreaktion hervor, und Sie verlieren die Kontrolle. Manche mögen es, wenn er ganz lose sitzt, andere wollen die Reaktionszeit so kurz wie möglich haben. Sie können es sich aussuchen, Sir — dieser Panzer ist auf schnell eingestellt, ich kann die Geschwindigkeit auf die Hälfte herabsetzen.«

»Ich verlasse mich auf Ihr Urteil«, entgegnete Fitch richtig höflich.

»Wieviel Zeit haben Sie zum Ausprobieren?«

»Ich weiß es nicht«, sagte Fitch. Er sah sie niemals an, während sie arbeitete, sie nutzte die Situation nicht dazu aus, sich Freiheiten zu erlauben. »Vielleicht überhaupt keine.« Fitch holte Atem, stieß die Luft wieder aus und sagte im den Com: »Ja, verstanden.«

»Wir haben ein Waffen-Interface«, sagte Bet. »Wir können es in die Systeme des Panzers einbauen, falls sie ein Gewehr mit einem An/Aus-Schalter haben, Zielpeilung, Zielverfolgung, automatisches Feuer, alles, was Sie wollen.«

Die reine klugscheißerische Arroganz. Natürlich hatten sie nichts dergleichen an Bord.

Und wenn, dann würde Fitch sie niemals in die Nähe solcher Waffen lassen.

»Wir haben einfache Handwaffen«, antwortete Fitch nach einer Pause. »Die Frage ist, ob wir ein Ziel finden.«

Es war ein anderer Fitch als der, den sie kannte ... ein erschöpfter Mann, ein meistens höflicher Mann mit einem Muskeltick im rechten Arm und einer Haut, die jetzt so kalt wie die einer Leiche war.

Ein schönes Paar gaben sie beide ab. Schließlich beschwerte Fitch sich mit heiserer Stimme: »Zum Donnerwetter, was ist los mit Ihnen, Yeager?«, als sie so heftig zitterte, daß sie den Schraubenzieher nicht mehr ansetzen konnte. »Entschuldigung, Sir«, sagte sie. Sie bebte, er bibberte, der Schraubenzieher rutschte immer wieder ab, Fitchs Körper war in einem fürchterlichen Winkel gekippt, während Bet sich bemühte, die Einstellungen am Rumpf vorzunehmen.

Sie vollführte alle Bewegungen nur noch rein mechanisch, bekam den Brustharnisch zusammen, befestigte den rechten Ärmel und den Handschuh daran und biß sich auf die Unterlippe und drehte winzige Schräubchen, bis Fitch von sich aus Goddard über den Com um heiße Coca und Sandwiches bat.

Frühstück oder Abendessen, Bet wußte nicht, was es war. Mike Parker brachte es herauf, er sagte nichts. Bet erinnerte sich dunkel, daß Parker und NG da unten einen Akt der Meuterei vollführten. Fitch brauchte nur zu entdecken, daß sich jemand an der Schleuse unten zu schaffen gemacht hatte ...

Fünfmal konnte man raten, wer angeklagt werden würde.

Bet hatte überhaupt keinen Appetit mehr. Sie kaute und schluckte nur große Brocken, spülte sie mit Coca hinunter und wünschte, es wäre Bier.

363

Noch lieber hätte sie einen Becher von dem guten steifen Wodka getrunken, den sie in ihrer improvisierten Unterkunft hatten. Aber wenn sie jetzt Alkohol zu sich nähme, wäre sie zehn Sekunden später bewußtlos.

Über den Com kam eine Meldung, die Fitch nicht gefiel. Bet sah, wie er Goddard — oder wer es war — zuhörte, die Stirn runzelte, ein bißchen den Kopf schüttelte.

»Verstanden«, sagte er zu Goddard, und mehr hatte er die ganze Zeit nicht gesagt.

»Was ist los, Sir?« fragte Bet schließlich, nur um es versucht zu haben.

Fitch maß sie mit einem kalten Blick, und schließlich antwortete er: »Immer noch dasselbe. — Machen wir weiter! Ich verspreche Ihnen, wenn das Ding läuft, bekommen Sie eine Schlafpause.«

Wenn das Ding nicht läuft — Bet dachte an Pumpen und Servomotoren und Filter, die überall im Panzer versagen konnten —*erschieße ich mich am besten.*

»Dann wollen wir mal.« Sie nahm den linken Ärmel auf, um ihn einzusetzen.

Alle diese kleinen Gelenke, alle diese kleinen Schrauben am Ellbogen und am Handgelenk und an den Fingergelenken.

Bet war halb blind, als sie fertig war. Sie dachte tatsächlich daran, die Energie einzuschalten, ohne Fitch zu warnen, denn Fitch zitterte selbst nicht schlecht, und sie malte sich aus, was geschehen würde, wenn die Körpersensoren dieses Zittern auffingen.

Aber sie tat es nicht — sie wollte keinen Krieg anfangen, wenn im Augenblick keiner geführt wurde, sie wollte einen halbwegs höflichen Fitch nicht lächerlich machen.

»Ich will Ihnen was sagen, Sir«, teilte sie ihm krächzend mit, »Sie haben lange genug gestanden. Wenn wir die Zeit dazu haben, sollten Sie sich lieber etwas

364

ausruhen. Wird die Energie eingeschaltet, während Sie zittern, wirft es Sie um. Ich möchte nicht, daß der Panzer Sie auf den Hintern setzt.«

»Wo ist der Schalter?«

Sie zeigte ihn ihm. Er schaltete ein und verdammt schnell wieder ab, weil der Panzer ihn gewaltig durchschüttelte.

»Funktioniert«, stellte Bet fest. »Das Wackeln kommt von Ihnen.« Und diplomatisch, wie Teo es nennen würde, setzte sie hinzu: »Die meisten fallen sofort um. Ich möchte nicht, daß es Ihnen passiert, Sir. Sie sollten besser etwas schlafen.«

»Sobald er läuft«, sagte Fitch. »Damit meine ich, daß er *funktioniert*, Yeager. Damit meine ich, daß er mir gehorcht. Also zeigten Sie mir die Schalter, zeigen Sie mir die technischen Einzelheiten, zeigen Sie mir die Systeme, damit wir beide wissen, daß er funktioniert. Und dann werden wir darüber reden, daß wir etwas schlafen könnten. *Verstanden?*«

Ich habe verstanden, Sir, verdammt sollen Sie sein.

»Jawohl, Sir, ich habe verstanden.«

Das erste, was man tut, wenn man jemanden instruiert, ist, daß man den eigenen Panzer anzieht. Fitch erhob Einwände. »Das ist nicht notwendig«, behauptete er, und Bet erwiderte: »Doch, Sir. Oder ich muß Ihnen die Anweisungen von außerhalb dieses Raums zurufen, bis Sie den Panzer unter Kontrolle haben, Sir.«

Man mußte es ihm lassen, Fitch kapierte, was sie meinte. Und Fitch hörte auf sie, wenn sie sagte, entspannen Sie sich, und stand da und sah zu, wie Bet sich auszog und nach der richtigen Methode in ihren eigenen Panzer stieg.

Sie ratterte und klapperte auch, als sie die Energie einschaltete. Sie drosselte sie. »Das ist Ihre Einstellung, Schalter Nummer drei, Empfindlichkeit der Scanner. Wenn Sie anfangen zu zittern, drehen Sie zu, bis es

365

aufhört. Wenn Sie laut genug rasseln, können Sie in Brand geraten.«

Fitch fand das nicht komisch.

»Sie haben Kreisel, die Sie im Gleichgewicht halten«, erläuterte Bet. Fitch war eine behelmte, gesichtslose Gestalt, eingegabelt in die grün glühenden Anzeigen ihres Visier-Displays, ein Sichtbereich von 360 Grad auf einem grünen Schattenband oben und unten auf dem Visier komprimiert und projiziert. Fitchs leichte Bewegung hüllte abwechselnd seine Hand und seinen Körper in ein gelbes Gestotter, die steigenden Dezibel der Geräusche, die er von sich gab, tickten und flackerten links unten. Bet nahm seine Hand und führte sie zu der ersten der Kontrollen unter dem Kragen.

»Sie können Ihre Hand sehen, unten auf dem 360-Grad-Display, an die Verzerrung gewöhnen Sie sich. Dieser Schalter ist für die Arretierung, dieser für die Kreisel, dieser für die freie Bewegung. Das sind drei Positionsschalter. Ich betätige den zweiten. Sehen Sie das blinkende Display in der rechten Ecke Ihres Schirms? Es sagt Ihnen, daß B eingeschaltet ist und die Kreisel Sie stabilisieren. A ist Arretierung, C ist freie Bewegung. Haben Sie sich das gemerkt?«

»A ist Arretierung, B ist Kreisel, C ist freie Bewegung.«

»Der Panzer vermittelt leicht das Gefühl, er sei nicht im Gleichgewicht. Er hat einen anderen Schwerpunkt, aber vergessen Sie die großen Stiefel unter sich nicht. Wenn Sie ihn auf B stellen, balancieren die Kreisel Sie aus, und Sie müßten sich richtig Mühe geben, um in die Knie zu sinken oder umzufallen. Ich würde Ihnen raten, ihn eine Weile auf B zu lassen. Schalter drei ist der Grad Ihrer Reaktionsfähigkeit. Ich würde sie auf 85 % einstellen. Das wird Sie etwas ermüden, doch das ist besser, als wenn Sie fallen. Ich halte meine auf 150 und kann sie bis auf das Maximum von 300 verstärken, aber ich benutze solche Panzer seit zwanzig

Jahren. Schalter vier brauchen Sie nicht, wir haben keine Basis-Station, also hat er keine Funktion. — Fühlen Sie sich bei 85 stabiler?«

»Unbeholfen«, sagte Fitch. »Steif.«

»Sie können Abschnitte für verschiedene Ampère bestimmen. Drehen Sie drei auf 90, einen oder zwei Punkte höher, wenn es Ihnen angenehmer ist, aber seien Sie vorsichtig, wenn Sie über die Hundert-Marke kommen. Mit diesem Ampère-Schalter bestimmen Sie, in welcher Stärke der Panzer Ihre Muskelzuckungen in Bewegungen übersetzt. Bei hundert bewegt er sich entsprechend schneller, schlägt härter zu, greift fester. Bei 150 kann man einen Gewehrschaft mit der Hand durchbrechen, und die meisten stellen den ganzen Panzer nie über 250 ein. Bewegen Sie sich vorsichtig, behandeln Sie alles, als sei es aus geblasenem Glas, zucken Sie nicht. Alles, was Sie tun, wird verstärkt. Sie haben mehr Masse. Wenn Sie gehen, brauchen Sie mehr Zeit, um anzuhalten. Ein Laufschritt wird zum Schweben. Sie werden sich leicht auf den Füßen fühlen. Wenn Sie fallen, wehren Sie sich nicht dagegen, zappeln Sie nicht, Sie werden sich nicht weh tun, nehmen Sie es einfach hin und stehen Sie wieder auf. — Stellen Sie die Kreisel jetzt ab. Entspannen Sie sich. Bleiben Sie einfach stehen. Heben Sie den Arm. Behutsam.«

»Verdammt!« sagte Fitch, als der Panzer summte und sich bog. Ein kleines Zucken. Bets Arm und Fitchs Arm krachten zusammen, Fitch stolperte rückwärts und vorwärts und brach dabei einen Schranktürgriff ab.

Bet faßte ihn und hielt ihn fest. Über den Helm-Com konnte sie seine schweren Atemzüge hören.

Der Mann war es nicht gewöhnt, daß ihm die Kontrolle entrissen wurde.

Er war erschöpft und wütend, und vielleicht hatte er auch ein bißchen Angst.

367

Er zuckte, ein Rasseln und Stottern lief die Gelenke hinauf und hinunter, er riß sich los und schwang den Arm weiter als er wollte, aber er fing sich wieder.

»Das ist schon recht gut«, lobte Bet. »Wenn Sie den Arm so schwingen, müssen Sie sich fester einstemmen als sonst. Das ist wieder die Masse. — Gegen wen sollen wir die Panzer benutzen, wollen Sie mir das sagen, Sir?«

Eine Minute lang sagte er überhaupt nichts. Aber Bet konnte ihn atmen hören.

»Ich schlage vor, Sie tun einfach Ihre Arbeit«, wies Fitch sie zurecht. »Sie erklären mir den Rest dieser Schalter und bleiben bei der Sache.«

»Damit habe ich keine Probleme, Sir, doch da es Hunderte von Schaltern gibt und unsere Zeit, wie ich annehme, begrenzt ist, könnte ich, falls ich genau wüßte, womit wir es zu tun bekommen, entscheiden, welche Funktionen Sie unbedingt kennen müssen. Sir.«

Schweigen. Dann: »Ich schlage vor, Sie spielen nicht den Klugscheißer, Yeager, denn dann ist es möglich, daß Sie am Leben bleiben. Ich möchte nur lernen, wie man das Ding bewegt.«

»Jawohl, Sir«, krächzte Bet heiser. Ihre Gelenke wakkelten, und die Anzeigen verwischten sich, und sie mußte sich sehr bemühen, daß ihr Temperament nicht mit ihr durchging. »So, wie ich Ihre Schalter eingestellt habe, sind Sie gut im Gleichgewicht. Versuchen wir es mit dem Gehen.«

Es gelang ihm gut bei 95 und bei hundert, er erhöhte auf 110, und es ging immer noch — es gelang ihm bei 110 gleich beim erstenmal, mit Hilfe der Kreisel stehenzubleiben, als Bet ihm in den Bauch drosch. Der zweite Versuch ohne die Kreisel klappte nicht so recht. Er flog gegen die Schränke, aber er traf Bets Hände nicht hart, als er in die Ausgangsstellung zurückkehrte und vorwärtssprang.

»Sie haben eine echte Begabung, Sir.« Bet erhöhte ihren Ampère-Wert und gab ihm mit 130 einen Stoß. Er flog gegen die Schränke, sprang vorwärts, sie schleuderte ihn zurück, er wurde besser darin, auf den Füßen zu bleiben.

»Wollen Sie sehen, wie das mit der Zielerfassung geht, Sir? Wenn Sie Waffen benutzen?«

Sie arretierte ihren Panzer, blieb stehen und brachte Fitch die Grundbegriffe bei. Sie betete die Standard-Vorlesung für Anfänger herunter, manchmal mit geschlossenen Augen, aber das konnte er nicht wissen.

»Sie haben vier Einstellungen, eine ist für Rechtshänder, eine für Linkshänder, manchen Leuten ist das gleich. Nummer eins ist für automatisches Feuern, vergessen Sie's, das haben wir nicht, stellen Sie auf Nummer zwei, sehen Sie die gelbe Gabel auf Ihrem Fuß hochspringen, das ist eine Glasfiber-Optik in Ihrem rechten Handschuh, vermittelt Ihnen eine gute Vorstellung davon, wohin Sie mit Ihrem Gewehr zielen. Sie können die Schärfe regulieren, der Panzer versteht gesprochene Befehle, Sie sagen Programm an, Ziel, Manuell, Sie sagen Aus, wenn Sie abbrechen wollen.« — Gitter und Anzeiger flatterten über ihr eigenes Visier und verschwanden bei ›Aus‹. »Sie können ihm links/ rechts und auf/ab befehlen, sagen Sie ›halt‹, wenn Sie zufrieden sind ...«

»Verstanden.« Es klang ein bißchen unscharf.

»Ich glaube, die Grundbegriffe haben wir.« Bet hoffte es wenigstens. »Die anderen gesprochenen Kommandos sage ich Ihnen beim nächsten Versuch, wenn ich dazu Zeit habe. Schalter sind zuverlässiger, manche Stimmen werden nicht hundertprozentig verstanden; ich weiß nicht, warum man einem Programm nicht beibringen kann, Schweiß von Scheiß zu unterscheiden. — Möchten Sie jetzt aus dem Ding heraus, Sir?« Bet wartete nicht auf eine Bestätigung, sie wollte kein Nein hören, sie trat einfach vor ihn und führte seine Hand zum Hauptauslöser. »Da sind Ihre Spanngurte. Links ist an, rechts ist aus, Sie lassen sie an und öffnen die Sperren, alles ist genauso wie bei einem Schutzanzug, auch die Reihenfolge — zuerst die Ärmel, dann Oberteil, Stiefel und Hose — langsam, Sir, lassen Sie mich das mit den Aufhängern machen.«

Bet schraubte die Ärmelringe ab, half ihm, den rechten Ärmel zu lösen, er löste den linken, befreite sich selbst aus dem oberen Abschnitt, auch aus dem Helm und allem, nachdem Bet ihn losgehakt hatte, und kam darunter zum Vorschein, bis zur Taille in Schweiß gebadet. Währenddessen schraubte Bet ihre Gelenke los und nahm die Teile ab und öffnete die Haken an den Schulterringen.

Fitch sah aus, als werde er vornüber aufs Gesicht fallen, er war bleich und schwitzte und war wackelig auf den Beinen. Er trocknete sich ab und begann, sich wieder anzukleiden.

Kein Mitgefühl, du Hurensohn. Ihr Rücken erinnerte Bet an alte Schulden, und, o Gott, wie sie sich nach einem Bier sehnte!

Fitch, halb angezogen, wischte sich das Gesicht. Bet stieg in ihren Jumpsuit. »In Ordnung, Yeager, machen Sie Pause. Sie haben vielleicht sechs Stunden.«

Bet blinzelte. Sie war zu erschöpft, um zu erkennen, was der Haken bei der Sache war.

»Gehen Sie!« befahl Fitch.

Sie zog ihren Reißverschluß zu. »Kann ich mir ein Bier holen, Sir?«

»Bumsen Sie mit jedem Kerl, den Sie wollen, trinken Sie, schlafen Sie, tun Sie, was Ihnen Spaß macht, solange Sie stocknüchtern hier oben erscheinen, wenn ich sie rufe. Verstanden?«

»Jawohl, Sir! Ich danke Ihnen, Sir.«

»*Raus!*«

Bet fuhr mit den Füßen in die Stiefel und schwankte auf die Brücke hinaus, wo Goddard immer noch Wache hatte. Sie stieg in den Aufzug und lehnte sich gegen die Wand. In ihrem Kopf hämmerte es, und ihre Knie wollten unter ihr wegschmelzen.

Sie ging nicht einmal in den Schrankraum, wo sie sich einquartiert hatten, sondern stolperte die Kurve hoch in die Technik.

»Ich habe sechs Stunden frei«, teilte sie NG mit. »Fitch wünscht uns angenehnte Ruhe. Wie geht es dir?«

27. KAPITEL

Ihr ging es nicht gut, sie war gerade noch fähig, in dem Sessel von Platz drei zu liegen und ein halbes Dutzend Dienstvorschriften zu brechen.

Bernie würde sterben, dachte sie und trank das kalte Bier, das NG ihr aus der Dienstleistung geholt hatte, Bier, keinen Wodka, weil Bier mehr wie Essen und eine größere Menge war. Ihre Hände hätten geschmerzt, wenn sie nicht taub gewesen wären, ihr Rücken schmerzte tatsächlich, sie hatte Angst, eine von Fletchers Tabletten zu nehmen, so müde wie sie war, und sie hatte das Gefühl, es würden viele Stellen schmerzen, wenn sie einige Zeit stillgesessen hatte.

Aber NG war da. Das war es, was sie sich am meisten wünschte. NG sprach noch mit ihr, er stand da, an die Kante der Arbeitsfläche gelehnt und hatte diesen verzweifelten Blick, als bemühe er sich ernsthaft, mehr Sinn aus allem herauszufinden als Bet.

Da war diese Schleuse unten, das war eine Alternative, eine, für die er den Hals riskiert hatte. — »Wir haben einen Weg nach draußen«, hatte er ihr zugeflüstert, bevor er sich auf den Weg zur Dienstleistung machte, um das Bier zu holen. »Es wird klappen.«

Und sie hatte gesagt, nicht sicher, ob sie sich nicht irrte: »Noch nicht.«

»Wann denn? Wenn du oben festsitzt?«

»Tu es nicht«, hatte sie gewarnt. »*Tu es nicht.* So einfach ist das nicht. Da draußen läuft etwas schief. Das habe ich mitbekommen, als ich oben dem Com zugehört habe.«

NG war nicht glücklich darüber. Aber er hörte auf sie. Jetzt lehnte er sich an die Tischkante und fragte: »Besser?«

»Viel«, sagte sie, und er stand einfach da. Wartete.

Weil sie es so verlangt hatte.

Mann, du hast nie gefragt, von welchem Schiff ich gekommen bin, was ich getan habe, wo ich gewesen bin. Du hast auch nie etwas über dich selbst erzählt.

Was denkst du jetzt? Daß du das alles wegschmeißen kannst?

Aber die Vergangenheit ist niemals vergangen, Mann, die Vergangenheit ist, das ist alles. Nur die Gegenwart und die Zukunft kannst du in den Griff bekommen.

Hast du das nicht gelernt, da draußen, wo du gewesen bist?

Ich habe es gelernt, das steht fest.

Es fiel ihr schwer, das Bier zu halten. Es erforderte Konzentration, die Finger um den Becher zu schließen, sie war so dicht davor, das Bewußtsein zu verlieren.

Die Crew würde herausfinden, was sie war, und es mußten ein paar dabei sein, die einen alten Groll hegten — auf einem Spukschiff waren es wahrscheinlich eine ganze Menge. Es war ein schrecklich gemeiner Streich, den sie NG spielte, sie hatte ihn aus seinem Loch geholt und ihn für die Kameraden halbwegs akzeptabel gemacht, und jetzt würde sich herausstellen, daß sie alle Welt belogen hatte ...

Wo blieb dann er? Gott ...

Aber NG wartete, er saß auf diesem Schiff, über das sich vernünftigere Leute wie Parker und Merrill beklagten, aus dem sie sich wegschleichen wollten, die ganze Mannschaft war bereit zu meutern, wenn sie es da draußen nicht bereits getan hatte — und sie und NG warteten ab, obwohl sie selbst keinen genauen Grund dafür nennen konnte. Sie mochten sich wohl Sorgen über die Folgen machen, wenn Bet falsch geraten hatte, aber wenn NG geistig wegtrat, dachte er keine fünf Minuten in die Zukunft, und ganz bestimmt tat er sich mit niemandem als Team zusammen ...

... jedenfalls hatte er es früher nicht getan.

Der Becher rutschte. Bet umklammerte ihn mit tau-

373

ben Fingern, führte ihn an den Mund, trank die letzten paar Schlucke und ließ den Arm dann ausruhen. Sie sah NG schweigend an.

Er hat mich nicht gefragt, was ich vorhabe.

Er kann mir auch nichts erzählen — was da draußen vor sich geht, wo die Crew ist ...

»Merrill und Parker«, sagte Goddards Stimme über den Lautsprecher. »Melden Sie sich auf dem Dock.«

Bet war mit einem Ruck hellwach und ließ diesen Satz im Geist noch einmal ablaufen. Merrill und Parker hievten sich von ihrem Deckenstapel drüben in der Ekke hoch. Sie blickten ängstlich drein.

»Was, zum Teufel, soll das?« fragte Mike Parker und sah in Bets Richtung, als halte sie irgendein Geheimnis zurück.

»Ich weiß es nicht.« Bet versuchte, den Sessel nach vorn zu kippen, versuchte aufzustehen. NG half ihr.

Parker jedoch ging zum Com an der Eingabe und versuchte, aus Goddard herauszubekommen, warum und wozu und was, zum Teufel, überhaupt vor sich gehe.

Goddard wiederholte nur den Befehl, sagte ihnen, sie sollten ihre Sachen nehmen und verschwinden.

»Was ist mit Yeager und NG?« fragte Parker. Gott segne ihn, daß er daran dachte. »Werden sie abgelöst, Sir? — Haben wir irgendein Problem auf diesem Schiff?«

»Die beiden bleiben an ihren Plätzen«, lautete die Antwort.

Parker versuchte es weiter. Goddard unterbrach die Verbindung. Parker sah Bet und NG an und erklärte: »Dieser Hurensohn!«

Bet hielt sich an NG's Schulter fest. Füße und Hände waren so taub, daß sie nur stehen konnte, wenn NG ihr den Gleichgewichtssinn ersetzte.

»Ich werde ein paar Fragen stellen, sobald ich draußen bin«, kündigte Mike Parker an.

Bet jedoch dachte nur: *Auf die Fragen kommt es dann nicht mehr an, auf das, was die Crew denkt, kommt es nicht an, sonst würde man Merril und Parker nicht hinausschicken, jetzt, wo man mit ihnen fertig ist, sie wissen zuviel über das, was hier drinnen vor sich geht.*

Sie dachte: *Wir sind die letzten. Fitchs Favoriten ...*

Parker und Merrill machten sich davon, bevor irgendwer den Befehl änderte: Die Schritte draußen verloren sich im Geräusch der Pumpen. Nach nicht einmal einer Minute hörte man die Schleuse. Bet und NG waren im unteren Bereich der *Loki* allein.

»Wir können immer noch raus«, sagte NG.

»Sie werden uns umbringen«, antwortete Bet. Einen anderen Sinn konnte sie in dem allen nicht finden. »Wir können nicht weglaufen. Ich weiß nicht, was da draußen los ist, aber irgend etwas stimmt da nicht.«

NG brachte sie zu einem Sessel, drückte sie hinein. Sie legte die Arme um seinen Hals, er hielt sie fest. Ihr drehte sich der Kopf.

»Ich sage dir«, flüsterte sie, »sie sind alle verrückt.«

Aber sie fürchtete sich nicht so sehr, wie sie sich eigentlich hätte fürchten müssen, vielleicht weil sie oben mehr gesehen hatte, als sie sich erklären konnte, und es immer noch in ihrem Kopf herumklapperte.

Fitch war höflich gewesen ...

Fitch hatte zu Goddard — oder wer es gewesen war — gesagt: *Keine Antwort ...*

Goddard hatte einen von ihren beiden System-Ingenieuren und den einzigen im Dienst befindlichen echten Maschinisten auf die Docks und in den Ärger, den es vermutlich dort gab, hinausgeschickt, und dem Schiff die beiden goldplattierten Probleme gelassen ...

Drei, wenn man Fitch mitzählte ...

Vier, wenn man diesen Hurensohn Goddard dazuwarf. Ein System-Techniker, ein Scan-Operator, eine Ex-Sergeantin von einer Kampfeinheit der Flotte und der Erste Offizier des Haupttags.

375

»Goddard ist Fernerfassung«, murmelte Bet gegen NG's Schulter. »Goddard ist Operator für die *Fernerfassung*, um Gottes willen!«

NG sah ihr ins Gesicht.

Verstand sie, wie sie glaubte.

Er hatte Angst. Aus gutem Grund.

»Wenn wir eine Warnung bekommen«, sagte Bet, »haust du sofort von diesem Schiff ab. Hörst du mich? Wir haben da oben zwei Raumpanzer, die gut funktionieren. In dem Schrank draußen sind Schutzanzüge. Hol einen herein. Wenn Alarm gegeben wird, ziehst du ihn an, und wenn wir angegriffen werden, verläßt du dieses Schiff, verläßt du die Dockanlagen, du hältst dich nicht damit auf nachzudenken. An diesem Punkt wird das niemanden mehr kümmern. *Fitch* wird es nicht kümmern. Es wird zuviel auf einmal geschehen.«

Die Schwärze des Raums gähnt hinter einem Druckfenster. Wirbelnde Papierfetzen, wirbelnde Trümmer, Staubfahnen und gefrierende Luft rasen so schnell aus einem Loch, daß man das meiste davon gar nicht sieht, nur ...

... nur die Explosion spürt, in der Dunkelheit spürt, des Nachts spürt, wenn man die Augen geschlossen hat, wenn man müde ist und allein und anfängt, sich zu erinnern ...

»Glaubst du, daß es wirklich ein Schiff ist?« fragte NG.

»Ich bin verdammt sicher. Sie wollten die Raumpanzer repariert haben, aus dem Grund bin ich hier, aber vertrauen tun sie mir nicht. Es hat nie irgendein Problem mit der Station gegeben. Darum kann Fitch von sechs Stunden, von vierundzwanzig Stunden sprechen. Sie wissen, daß es da draußen ist, sie wissen, wie schnell es hereinkommt. Fitch redete mit jemandern und sagte: ›Keine Antwort.‹ Wir sitzen in diesem Dock wie ein Handelsschiff mit einem Problem und sagen keinen Ton. Das ist Spuk-Taktik von altersher.«

»Bis sie uns deutlich sehen können. Und das können sie von verdammt weit draußen. Wir sind eine leichte Beute, und es wird sie nicht kümmern, daß auf der Station mehr als tausend unschuldige Menschen leben.«

»Du glaubst nicht, daß wir weglaufen können. Du glaubst, das Schiff sei absolut unfähig dazu.«

»Fifty-fifty«, sagte NG. Es war dieser Ausdruck in seinen Augen, vielleicht hatte er beim Sprung etwas gesehen, das zu vergessen menschliche Wesen Beruhigungsmittel nahmen. »Ich weiß es nicht. Ich habe daran gearbeitet, bis ich blind geworden bin, und ich weiß es nicht. Es kommt zu einer Deformierung, wenn man springt. Wir haben versucht, ein Programm zu schreiben, das den Computern den Unterschied meldet. Aber die Hälfte der Sensoren funktioniert einfach nicht — wir haben Wolfe gesagt, keine Garantie, fahren sie mit wenig Masse, mit minimaler Belastung.«

Die Einzelheiten verwirrten sich in Bets Schädel, der ganze Raum drehte sich um sie, sie hatte nur noch Angst, und es mochte sein, daß nicht nur sie keine Antwort wußte, sondern daß es gar keine Antwort gab.

Die *Loki* konnte nicht bluffen, NG hatte recht, sie konnten sich nicht darauf verlassen, daß ein Flottenschiff nicht auf sie feuerte, nur weil sie bei einer Station angedockt hatten — denn beide Seiten hatten nicht etwa außerordentlich viel zu verlieren. Die Flotte nicht, sie konnte einen Ort wie Thule gar nicht halten, sie hatte einfach nicht die Schiffe dazu. Sogar die Allianz sah in Thule nichts anderes mehr als Metall, das verschrottet werden mußte, und die Bewohner waren alles Flüchtlinge aus der Q-Zone, von denen die Allianz wünschte, sie hätte sie nicht am Hals. Nur irgendein Rechtsanwalt von Pell würde sich vielleicht beschweren, wenn Thule zerstört wurde, aber das half den Stationsleuten hinterher nichts mehr.

377

Eine veraltete Station. Nichts, an das man sich klammern würde.

»Eine einzige verdammte Pumpe«, erinnerte Bet sich plötzlich. Das Dock von Thule. Käsecräcker. Ritterman. Sie und Nan Jodree vor dem Bildschirm in der Stellenvermittlung. »Es gibt nur eine einzige Pumpe hier, die ein Sternenschiff bedienen kann. Wir sitzen darauf. Mehr als das — unser Tank kann diese Station leertrinken, und ihre Boote brauchen eine Woche, um sie neu zu füllen. Wenn wirklich ein Schiff da draußen ist, wenn seine Tanks so leer sind wie unsere und es uns vernichtet — dann hat es auch die Pumpe vernichtet, es hat den Inhalt unserer Tanks vernichtet, und es hängt hier fest. Es kann uns nicht einfach vertreiben, es muß uns *nehmen.*«

Dieser Bastard Wolfe kannte unsere Chancen, als er uns herbrachte. Die Tanks sind beinahe trocken. Wir haben einen Schaden am Antrieb. Wir können nicht fliehen.

Also docken wir an, wir trinken den gesamten vorhandenen Treibstoff aus, und wir bieten dem Hurensohn Trotz, der uns auf den Fersen folgt und den Treibstoff haben will.

Mit zwei Raumpanzern und den Waffen der Loki *sollen wir, dem Feind die Breitseite zukehrend, verhindern, daß er die Station entert?*

28. KAPITEL

Bet schlief eine Weile, sie erinnerte sich nicht einmal daran, sich hingelegt zu haben. Sie wachte nur in einem zurückgekippten Sessel auf. Eine Decke war über sie gebreitet, Lampen schienen ihr in die Augen.

Dann erinnerte sie sich an zu vieles, rollte sich herum, um zu sehen, wo NG war, und fand ihn, ebenfalls schlafend, mit dem Kopf auf der nächsten Arbeitsfläche. Wahrscheinlich hatte er den Autoalarm eingeschaltet. Er hatte ihre Tasche mit Kleidern zum Wechseln auf den Tisch vor ihr gestellt. Sie stand vorsichtig auf, steif und wund, und machte den Ausflug zur Toilette. Es war nicht leicht, sich in dem engen Raum und unter einem in die Wand eingelassenen Wasserhahn gründlich zu waschen, aber es half.

NG hatte ihr ihre Sachen bereitgelegt, hatte für sie gesorgt, NG, der niemals zwei Gedanken auf Dinge verwendet hatte, die über seine eigenen Bedürfnisse hinausgingen ...

Vielleicht, dachte Bet, vielleicht war er in größerer Aufregung, als er es zeigte, und er wollte allen Argwohn einschläfern, damit er dann etwas Dummes tun konnte, zum Beispiel Fitch anzugreifen ...

Aber ein Mann, der in einem Durcheinander auf die Weise dachte wie NG, handelte nicht plötzlich bedachtsam, konzentrierte sich nicht so wie er auf seine Arbeit. Und wenn Bet es sich überlegte, hatte er damit angefangen, als er einsehen mußte, daß er sie und Musa und Bernie nicht abschütteln konnte.

Als sei er in seinem privaten Raum dahingetrieben, bis er einen Leitstrahl empfing — *Es ist noch jemand hier draußen, Mann, jemand Zuverlässiges. Paß jetzt auf! Ich habe Informationen für dich!*

Vielleicht war es in den letzten Jahren für sie genauso gewesen, dachte sie. Vielleicht war das der Grund, weshalb es ihr unmöglich war, sich von ihm fernzuhalten. Auch er war eine Stimme in der Dunkelheit, die sagte: *Ich weiß, was du gesehen hast. Du brauchst nichts zu erklären, das ist nicht notwendig ...*

Du hast dir eine schöne Zeit zum Philosophieren ausgesucht, Yeager.

Mit diesem Gedanken kehrte sie in die Technik-Abteilung zurück. Sie beugte sich über NG's Sessel und wollte ihn aufwecken, wollte ihm das sagen, wollte ihm zumindest sagen, was sie empfand.

Aber es war zu peinlich, und ihr wurde ganz wirr im Kopf, wenn sie sich vorstellte, daß sie so mit ihm sprach. Vielleicht empfand er nicht so, vielleicht war das, was er empfand, etwas Verrückteres oder Vernünftigeres, und es war nicht fair, ihn mit ihren persönlichen Dingen zu belasten. Leute öffnen den Mund und bürden sich gegenseitig ihre Sorgen auf und tun sich damit etwas an, das sich nie wieder gutmachen läßt, und sie tun es, wenn alles bereits in Ordnung ist und für immer bleiben könnte, solange sie keine dummen Reden führen würden.

Also halt den Mund, Yeager! Weck ihn nur auf und sei nett, du mußt sehr bald gehen. Das Letzte, was du für ihn tun kannst, ist daß du dich ohne ein Lebewohl davonschleichst.

Sie beugte sich nieder, blies auf das Haar an seiner Schläfe, und als er aufwachte, trat sie zurück, um ihr Kinn zu retten.

»Ich wollte dich lieb aufwecken«, sagte sie, »aber du bewegst dich zu schnell.«

Er rieb sich das stoppelbärtige Gesicht. Er sah schrecklich aus. Etwas vor sich hinmurmelnd, zog er sich in die Höhe, klopfte Bet auf die Schulter, ergriff seine eigene Tasche an der Tür und ging sich waschen.

So saß Bet allein und betrachtete die kleinen Zahlen

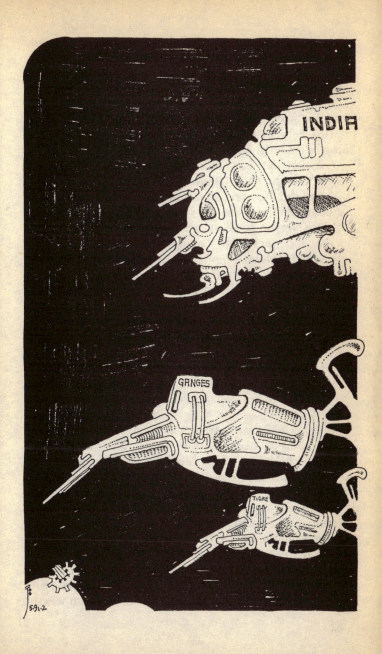

auf den Schirmen, bis er zurückkam, was nicht lange dauerte. Er hatte sich nicht rasiert, nur ein bißchen frisch gemacht, und er brachte zwei Softdrinks und zwei Sandwiches aus dem Schrank von Platz eins mit.

Bet trank. Ans Essen konnte sie nicht einmal denken. Sie steckte das Sandwich in die Tasche.

»Ich hebe es mir für später auf«, sagte sie und sah absichtlich nicht nach der Uhr.

Gib acht auf dich, hätte sie gern gesagt. Aber das klang zu sehr nach Lebewohl. Sie hätte so gern alles mit ihm durchgesprochen, hätte sich vergewissert, daß er einer Meinung mit ihr war. Aber das wäre nur gut für ihre Nerven gewesen, nicht für seine.

»*Yeager*«, sagte der Lautsprecher. »*Melden Sie sich oben! Fünf Minuten!*«

»Verdammt«, murmelte Bet.

NG faßte nach ihrer Hand. Hielt sie eine Sekunde lang fest.

»Ich muß mich melden.« Bet stand auf und entzog sich ihm, bevor sie etwas tat, etwas sagte, für das keine Zeit mehr war.

»Ich muß die Sache mit Fitch regeln.«

»Vertrau ihm nicht. Vertrau ihm bloß nicht.«

»*Yeager! Machen Sie sich kampfbereit! Wir haben keine* Zeit, *Yeager!*«

»Oh, Scheiße!« Ihr Herz tat einen Satz, ihr Körper folgte diesem Beispiel, sie verließ die Sessellehne, drehte sich NG zu, umarmte ihn fest und sagte: »Das ist es, darum geht das alles — *mach, daß du von Bord kommst!*«

Die Sirene begann zu heulen. Bet riß sich los und rannte, stieß sich am Türstock, sprang auf den Korridor hinunter und sprintete zum Aufzug.

Sie hatte NG nicht Lebewohl gesagt, sie sah sich nicht einmal um, bis es zu spät war und sie die Kurve hinter sich hatte, und nur ein Vollidiot würde diese Sirene ignorieren und sich für einen Blick zurück aufhalten.

Sie wollte ihm sagen, er müsse den Schutzanzug anlegen, sie wollte danebenstehen und aufpassen, daß er es auch tat. Er brachte es fertig, etwas Dummes anzustellen, sie hatte ihm zuviel erzählt.

Gott, nach der Uhr bei der Betriebsabteilung waren noch keine sechs Stunden vergangen, es konnte etwas unterwegs sein, das nicht erfaßt, nicht entdeckt, nicht erwartet worden war.

Verdammter Goddard! Verdammter Fitch! Ihr habt doch mit der Flotte zu tun gehabt, ihr habt doch mit Transportern und Beibooten zu tun gehabt, es gibt in jeder Situation soviel Unvorhergesehenes, daß man kein Risiko eingehen darf!

Bet erreichte den Aufzug und drückte den Knopf, und danach bewegte er sich mit seiner eigenen Geschwindigkeit. Sie konnte weiter nichts tun als dastehen, während er in die Höhe stieg und am Kern vorbeisprang ...

Wumm — wumm — wumm machte die Treibstoffpumpe. Für ein paar Sekunden war sie lauter als die Sirene, der Fußboden der Aufzugkabine bebte.

Wenn dieses Arschloch Fitch mich hereinlegen will, wenn er mich nur herumhetzen will ...

Das Schiff dröhnte und bebte, als sei es von einem Hammer getroffen worden. Bet faßte nach dem Sicherheitsgeländer und klammerte sich mit weißen Knöcheln daran. In ihrem Mund war der Geschmack nach Blut, sie hatte sich auf die Lippe gebissen.

Gott! Sind wir getroffen worden, oder haben wir geschossen?

Dieses kleine Schiff, das an der Station festsitzt, könnte sehr wohl geschossen haben ...

Könnte ...

Der Aufzug hielt, öffnete sich auf die Brücke. Gerade verstummte die Sirene. Bet eilte hinaus, Goddard saß an seinem Platz und war für sie nur ein khakifarbener Fleck, als sie an ihm vorbeirannte. Er rief ihr irgend

383

etwas nach. Ihr Ziel war der obere Laderaum, und der stand offen: Fitch war da und stieg bereits in den Panzer.

»Was war das?« Bet öffnete ihren Reißverschluß und zog sich schnell aus.

Fitch sagte: »Freunde von Ihnen.«

»Himmel! — Ist es die *Afrika*?«

»Das Schiff hat jede Identifikation benutzt, die im Buch steht. Wir wissen nicht hundertprozentig, wer es ist. — Scheiße!«

»Langsam, zurück — Sie streifen sonst diese verdammten Ringsiegel ab.« Bet faßte nach Fitchs Problem, aber er löste es selbst, schob sie weg, und sie trat in ihre eigenen Panzerhosen, legte den Hebel um, der sie fest um sie schloß, rammte die Füße in die Stiefel und arbeitete die Zehen hinein, während sie unter das hängende Oberteil mit dem Helm trat und ihre Arme und ihren Körper hineinschlängelte.

Verbindungen herstellen. Riegel schließen. Die Ärmel zuletzt, in der Mitte der Schulter befestigen, links und rechts, einrasten lassen, Ringe festschrauben, aber nicht zu fest.

Bet schlug Fitch um eine Sekunde, mit Verschlüssen und allem. Sie hörte ihren eigenen Atem und den Fitchs, spürte, daß eine Erschütterung durch das Schiff lief, und sah, daß die Anzeigen einen Sprung machten.

Sie murmelte: »Haben wir da geschossen oder die anderen?«

»Wir.« Fitch drehte sich um, plattfüßig, wie ein Neuling sich zu bewegen lernt, schaltete die Energie ein und geriet kurz aus dem Gleichgewicht.

Die *Loki* schoß jedesmal, wenn die Rotation der Station ihr ein Ziel gab. »Gehen wir davon aus, daß die anderen unseren Treibstoff wollen?« fragte Bet.

»Sagen wir, es spricht einiges für diese Annahme.«

»Was haben wir gegen uns? Beiboote, Transporter oder beides?«

384

»Ich schlage vor, Yeager, daß Sie das Denken jemand anderem überlassen.«

»Was werden sie tun, Sir? Werden sie die Station angreifen und uns mit dem Problem zurücklassen, das zweitausend Leute ohne Lebenserhaltungssystem darstellen, Sir?«

»Über dergleichen haben Sie sich früher nie Gedanken gemacht, oder, Sergeant Yeager?«

Bet holte Atem, hielt ihren Körper locker, verfolgte das Thema weiter. »Sie werden unser Feuer ablenken und ein großes Loch in die Station Thule schießen, und danach wird uns keine unserer Kanonen mehr von Nutzen sein, Sir.«

»Wir verstehen die Situation, Yeager, Sie können sich darauf verlassen, daß wir wissen, welche Möglichkeiten wir haben.«

»Zwanzig Jahre auf der *Afrika*, Sergeant der Kampfeinheit, *Sir*, ich habe diese Operationen von der anderen Seite her geleitet. Sie müssen damit rechnen, daß die *Loki* geentert wird, *Sir*, und mein Rat ...«

»Zwanzig Jahre auf diesem Schiff im Kampf gegen Sie und Ihre mordenden Freunde — gehen Sie mit Ihrem Rat zur *Hölle*, Yeager!«

»Mein *Rat*, Sir, geht dahin, Vorbereitungen zur Zerstörung der Tanks, die die anderen haben wollen, *und* der Pumpe zu treffen, ihnen das mitzuteilen, das Schiff zu verlassen und uns in den Dockanlagen Platz zu schaffen, Sir. Denn es wird ihnen keine Mühe machen, in dieses Schiff zu gelangen, von innen oder von außen, das kann ich beschwören, Sir.«

Nur das Atmen. Dann endlich: »Das Schiff da draußen ist wahrscheinlich die *Indien*. Sie benutzt die Identifikation eines Handelsschiffes. Es kommt ein Beiboot herein. Vielleicht auch zwei.«

»Das ist die *Ganges* oder die *Tigris*. Wir haben zwei Automatiken und zwei Raumpanzer, und jedes dieser Boote hat mindestens dreißig, hat mindestens eine

385

ganze Kampfeinheit mit der Waffen-Synchronisation, die wir nicht haben, und es sind keine Dummköpfe, sondern Profis. Sie können ein Dock für interplanetare Schiffe benutzen, sie setzen ihre Kampfeinheit auf der Station ab, im Kern oder am Rand — am Rand, wenn sie Thule kennen —, sie durchbohren die Abdichtungen zwischen den Sektionen, und in der Zwischenzeit setzt sich das andere Beiboot vielleicht unter uns, und eine zweite Kampfeinheit dringt durch unsere Hülle mit weiteren dreißig Leuten ins Innere ein.«

Das gefiel Fitch nicht. Er sagte kein Wort.

»Also geben Sie die Befehle, Sir, welche Absichten Sie auch verfolgen mögen.«

Zwei kleine Blips auf dem Schirm, der den Raum auf der anderen Seite der Station zeigte, ein weiterer auf dem Schirm der Fernerfassung, der nur die beste Schätzung der Position war. Goddard paßte es nicht, daß Bet hinter ihm stand; wahrscheinlich paßte es Goddard auch nicht, daß er selbst dort sein mußte. »Wir gehen in die Station«, teilte Fitch ihm über einen Außenlautsprecher mit. »Sie sind auf sich selbst gestellt. Entscheiden Sie über die Tanks nach eigenem Ermessen.«

»Ja, Sir«, sagte Goddard und wandte den Blick für eine Sekunde ab, um einen Schalter umzulegen. »Viel Glück, Sir.«

Bet hatte die Schleuse nicht gehört. Für gewöhnlich übertönte die Hydraulik sogar das Geräusch der Pumpe, und es war kein Laut nach oben gedrungen. Immerzu dachte sie: *Er wartet, wir schießen immer noch, er wartet bis zur letzten Minute.*

Gott, NG, lauf!

Sie und Fitch stiegen in den Aufzug. »Wo ist die Mannschaft?« fragte Bet. »Hat sie Schutz in der Station gefunden?«

»So tief drinnen, wie wir sie hinunterbekommen

konnten.« Der Aufzug setzte sich nach unten in Bewegung. »Wir zwingen die Zentrale mit Waffengewalt. Ein paar Leute haben ein schwaches Herz. Sie, Sergeant Yeager, müßten sich in einer solchen Situation richtig zu Hause fühlen.«

»Kann schon sein«, antwortete Bet ruhig und gelassen. »Jawohl, Sir.« Nun gab sie selbst einen Schuß ab. »Haben Sie sich hierfür freiwillig gemeldet?«

»Ich habe mir aus der Mannschaft die besten Leute ausgesucht«, sagte Fitch.

»Ist die Sprengung der Tanks vorbereitet?«

»Ja. Das hat Goddard erledigt.«

»Wird Goddard rechtzeitig von Bord kommen?«

Schweigen.

Du Hurensohn, dachte Bet. Doch sie sagte nichts. Sie konnte nichts sagen.

Der Aufzug kam unten an. Bet verließ die Kabine hinter Fitch und dachte immerzu: *Ich könnte diesen Bastard töten.*

Ihn auseinandernehmen.

Glied für Glied.

»Werden Sie Goddard befehlen, das Schiff rechtzeitig zu verlassen, Sir?«

»Goddard hat da oben das Kommando. Es ist seine Entscheidung.« Fitch öffnete das Waffenlager. »Das hier steht uns zur Verfügung.«

Zweihunderter für die Automatiken, Patronen, Sprengkapseln, Fernsteuerungen. Bet nahm sich eine Fernsteuerung und eine Rolle dünnen Draht, entdeckte eine Schachtel mit Gibbs-Sprengkapseln und faßte danach. Fitch streckte die Hand dazwischen und nahm die Fernsteuerung an sich.

»Haben wir Sprengstoff? Die Station muß welchen haben, Sir. Bergbaubedarf.«

Fitch antwortete ihr nicht. Fitch reichte ihr eine Automatik und eine Handvoll Patronengurte.

»Sprengstoff«, wiederholte Bet. »Sir. Wo?«

387

»Wir kümmern uns darum.«

»Verdammt noch mal, Sir, wollen Sie Selbstmord begehen, oder was?«

Fitch rückte ein Stück herum, in Bets Richtung. Unbeholfen. Bet war es nicht. Ganz und gar nicht. Vielleicht dachte Fitch gerade daran. Vielleicht hatte Fitch schon die ganze Zeit daran gedacht.

»Haben diese Panzer eine direkte Verbindung zu den feindlichen Coms?«

Eine kluge Frage. »Ja, Sir, möglich ist es. Die Beiboote versuchen wahrscheinlich, die innere Kommunikation der *Loki* abzuhören. Sie könnten ein bißchen davon mitbekommen. Halten Sie sich für Gespräche zwischen uns an Kanal B. Wahrscheinlich haben sie nicht die notwendigen Lauschgeräte, nicht auf einem Beiboot.«

»Können Sie sich in ihre Com-Verbindung einschalten?«

Die zweite kluge Frage. »Ich kann ihre Identifikation nicht nachahmen, Sir. Ich kann zu ihnen sprechen, ich kann sie hören, aber ich werde in der Sekunde, die ich mich einschalte, als eine weitere Nummer auf ihrem Schirm aufleuchten, und zwar als *Afrika*. Einen solchen Fall haben sie schon vor langer Zeit vorausgesehen.«

»Sie glauben nicht, daß man Sie willkommen heißen wird?«

»Nein, Sir. Mein Code ist nicht mehr gültig, und sie werden dafür sorgen, daß ich als erstes Ziel abgeschossen werde. Nimmt Ihnen das einen Stein vom Herzen, Sir?«

»Einen großen.« Fitch nahm sein Zeug an sich, legte Bet die Hand auf die Schulter und schob sie an. »Hinaus!«

Sie setzte sich in Gang, schlang sich ihre Automatik und zwei Patronengurte über die linke Schulter, stopfte den Draht und die Sprengkapseln in einen dritten Patronengurt und schlug die Richtung zur Schleuse ein. In diesem Augenblick kam ihr der Gedanke, daß es doch eine Möglichkeit gab. Sie konnte die *Indien* ansprechen, sie kannte Namen, viele ihrer alten Saufkumpane waren auf der *Indien*, und die kannten sie und Teo und Bieji Hager. Sie mochten zumindest erst einmal abwarten, verdammt, wenn sie auf dieser Frequenz sprach, würde Fitch es nicht einmal merken ...

Sie konnte ihnen sagen, haltet die Augen offen nach einem verrückten System-Techniker und holt ihn lebend heraus ...

Auf die *Indien*. Steckt NG ins Zwischendeck.

Was würde er ihr dafür dankbar sein!

Sie folgte Fitch aus der Schleuse, die Rampe hinunter, auf das Dock, von dem sie Alpträume hatte.

Man hatte die Sektion mit Mauern an beiden Enden abgedichtet. Durchgänge für das Personal befanden sich unten an den kernwärts gelegenen Kanten, Luftschleusen im Bogen der Tore. Es gab vier Abdichtungen auf Thule, um die Docks voneinander zu trennen und zu verhindern, daß eine Dekompression auf die ganze Station übergriff. Bet erkannte oben ein sich ständig bewegendes gelbes Flackern in den Schläuchen. Die Pumpe war immer noch dabei, die Tanks der *Loki* zu füllen.

Es hieß, Mazian habe nach wie vor Möglichkeiten, sich zu versorgen. Er sollte irgendwo eine Basis besitzen, vielleicht war es sogar die alte Station Beta, wohin niemand, der seinen Verstand beisammen hatte, gehen würde — aber Versorgungslinien erstrecken sich nur über ein bestimmtes Gebiet, und Fitch hatte gesagt, die *Indien* sei verzweifelt. Das bedeutete, wahrscheinlich war die *Indien* von ihren regulären Versorgungsstellen draußen im tiefen Raum abgeschnitten worden.

Die kleine *Loki* hätte sich still verhalten können, solange die *Indien* sich auf Thule mit Treibstoff und Vorräten versah — und statt dessen hatte die *Loki* einen

Zusammenstoß heraufbeschworen. Vielleicht hatte die *Loki* nicht gewußt, daß die *Indien* hereinkam, und es war nichts als Pech, daß sie angedockt hatte und eine Hitzespur hinterließ, der die *Indien* wie einem Leitstrahl folgen konnte, und nun stand der *Loki* kein Fluchtweg mehr offen.

Aber vielleicht hatte Wolfe doch gewußt, daß die *Indien* im Spiel war. Nachdem sie ein System in einer solchen Eile verlassen hatten, daß ein Mann dabei ums Leben gekommen war, hatte Wolfe über Lautsprecher bekanntgegeben, sie hätten ein Schiff der Transporter-Klasse gesichtet — Wolfe hatte also gewußt, mit wem er Haschmich spielte.

Sie hatten mit einem Allianz-Schiff gesprochen, das hatte Wolfe gesagt. Sie hatten Informationen ausgetauscht, und dann war die *Loki* nach Thule gesprungen.

Ein altes Spukschiff, dessen Systeme bis an den Rand des Selbstmords störanfällig waren — eine größtenteils schon geschlossene Station, die zerstört werden sollte.

Die Gleichung war leicht zu lösen. Das war die Mathematik der Oberkommandos.

»Wissen Sie was?« sagte Bet zu Fitch. »Wir hätten hier Hilfe bekommen sollen. Und nun sitzen wir da und warten. Aber Treibstoff müssen wir haben, ohne ihn bekommen wir dieses Schiff hier nicht mehr weg, also entscheiden wir uns, selbständig vorzugehen, Thule zu überfallen, den verdammten Tank zu leeren, die Pumpe zu zerstören und wieder zu verschwinden, und zum Teufel mit den Stationsleuten. Aber dann tauchte nicht unser Verbündeter auf, sondern die *Indien* — habe ich recht?«

Bet glaubte schon, Fitch werde ihr nicht antworten. Doch schließlich sagte er:

»Zur Hälfte. Wir kommen mit einer trägen Annäherung herein, so still und so dicht heran, wie es eben geht. Wir hätten diese Pumpe zerstören können, wir hätten der Station befehlen können, sie zu zerstören. Wenn es uns möglich gewesen wäre, den verdammten Transporter aus der Gleichung zu entfernen, hätte uns das Schiff, mit dem wir unser letztes Rendezvous hatten, genug Treibstoff abgeben können, daß wir es bis nach Dorado geschafft hätten, aber uns war es nicht möglich, und jenes Schiff konnte nicht. Also treffen wir hier mit einem Problem ein, Miss Yeager, und es ist inzwischen immer größer geworden. Im Augenblick kommen erst einmal diese Beiboote mit niedriger Geschwindigkeit auf uns zu. So, wie sie sich benehmen, und bei der niedrigen Geschwindigkeit, mit der sie hergekommen sind, ist die Masse in jenen Tanks nicht mehr der Rede wert. Also spielen wir das dumme kleine Handelsschiff — als könnten sie uns ohne Mühe zwingen, den Treibstoff wieder auszuspucken. Nur haben sie uns inzwischen genau betrachten können, jetzt wissen sie, daß ihnen nichts weiter übrig bleibt, als die *Loki* zu nehmen, und sie wissen, es ist eine Falle, die dabei ist, sich zu schließen. War es das, was sie wissen wollten?«

Das hatte Sinn und Verstand. Zum erstenmal hatte Bet das Gefühl, Fitch sei ehrlich.

»Das heißt, wir bekommen möglicherweise Hilfe?«

»Das heißt, wir haben uns einen Transporter der Flotte eingefangen. Das heißt, dieser Hurensohn Keu kommt direkten Weges auf diesen Stern zu, und wir werden jedes Boot, das Thule besitzt, die Abdichtung und diese Pumpe zerstören, und wir sitzen hier und beschießen die Beiboote mit Raketen, die sie nicht zurückschleudern können, weil sie weder die Pumpe noch unsere Tanks beschädigen wollen. Die letzte halbe Stunde haben wir immerfort Amnestie-Angebote bekommen.«

Fitch überraschte sie. Wenn man ihn einmal in Gang gebracht hatte, konnte der Mann *reden!*

»Keu wird sein Wort nicht halten«, sagte Bet. »Kreschow würde es vielleicht tun, er ist der einzige Kapitän in der Flotte, der es vielleicht tun würde, aber Keu nicht. — Vertrauen Sie übrigens Mallory?«

»Nur, wenn es sein muß«, sagte Fitch.

Das war komisch. Ein Spuk-Offizier und eine Frau von der *Afrika* hatten die gleiche Meinung. In dieser halben Sekunde empfand sie fast so etwas wie Anerkennung für Fitch.

»Ihnen traue ich auch nicht«, sagte Fitch da. »Aber Sie müssen Rücksicht auf Ramey nehmen. Wenn das Schiff explodiert, wäre das nicht das Schlimmste, was Mr. Ramey zustoßen könnte — nicht bei seinem besonderen Problem. Der Junge ist nicht fähig, Befehlen zu gehorchen. Was meinen Sie, wie lange wird er auf der *Indien* am Leben bleiben?«

Bet bemerkte nichts dazu. Sie hielt es nicht für notwendig.

»Nur eine Rückversicherung«, sagte Fitch. Sie kamen an die Luftschleuse der Sektionsabdichtung, der wahrscheinlichsten Zugangsmöglichkeit, da die riesigen Tore von der Zentrale unbrauchbar gemacht worden waren. Fitch schwenkte die Hand in die allgemeine Richtung der Schleuse und lud damit jeden, der ein Dummkopf war, ein, weiterzugehen und einen Versuch zu machen, sie zu öffnen. »Wenn Sie die Arbeit kritisieren wollen, Yeager, gehen Sie nur vor.«

»Teufel, nein, Sir. Wenn Mr. Bernstein oder Mr. Smith etwas mit diesen Schleusenkontrollen zu tun hatten, habe ich volles Vertrauen. Ich möchte nur ein paar Drähte anbringen, wenn Sie nichts dagegen haben, Sir, und ein halbes Dutzend Patronen mit den Spitzen hineinstecken und die hinteren Enden abschaben.«

Fitch hob seine Patronengurte auf die Schulter. »Wenn Sie das tun möchten, werde ich einen kleinen Spaziergang nach da drüben machen.«

392

Bet hätte beinahe gegrinst. »Wissen Sie, was Muf bedeutet — Sir?«

»Ja«, sagte er und ging davon. Der Com teilte ihr mit: »Es bedeutet, ich stehe da drüben, und Sie verdrahten die Schleuse, Yeager.«

29. KAPITEL

Etwas explodierte, man konnte es durch die Deckplatten spüren, und wenn man nervös war und einen Handschuh ausgezogen hatte, weil man mit dem Verdrahten dann schneller vorankam, *haßte* man es, solche Geräusche zu hören.

Aber die Luft blieb drinnen.

Gott sei Dank.

Trotzdem hatte Bet ihren Sicherheitshaken an der nächsten Metallstrebe befestigt, denn es bestand eine gewisse Wahrscheinlichkeit, daß es zu einer Dekompression kam, und ebenso wahrscheinlich war es, daß plötzlich eine Rakete durch die Deckplatten oder die Abdichtungsmauer flog, ein Gruß von dem Beiboot Nr. 2 da draußen.

Es war eine heikle Arbeit, Fitch hatte recht. Man nannte es eine Weintraube, niemand erinnerte sich warum — eine kleine Gruppe von Automatik-Patronen, bei denen man das hintere Ende abgeschabt und den nackten Draht unter das Endsiegel gesteckt hatte, gleich unter den kleinen schwarzen Punkt, wo der Kontakt war. Man drehte des besseren Kontakts wegen die Schwänze bis hinunter zu den Köpfen zusammen, steckte eine kleine Gibbs-Sprengkapsel in die Mitte der Drähte, und dann bog man den zusammengedrehten Schwanz der Traube und hängte ihn über einen geeigneten Gegenstand.

Meistens hängte man die Traube in Kopfhöhe auf, an Streben und dergleichen. Und in diesem Fall drehte man ihren Schwanz extra lang und machte einen festen Knoten hinein, damit sie auch ja hängenblieb.

Nicht daß die Explosion in eine andere Richtung losging.

Bets bloße Hände erstarrten, denn Thules Energie

394

war abgestellt, und durch die Schlitze des Panzers kam grimmig kalte Luft. Aber sie beeilte sich, denn sie hatten sechs Stunden, länger, wenn sie die Zirkulation nicht beanspruchten, und noch länger, weil sie den Panzer nicht beanspruchte, solange sie hier saß und Drahtschwänzchen drehte und sich mehr Sorgen über die statische Aufladung machte als über das Donnern und Krachen rings um den Rand.

Wenigstens saß ihr Fitch nicht auf der Pelle, er hatte sich hingesetzt und hielt den Mund und sah nur zu, wie er gesagt hatte. Er hatte das Visier geschlossen und sprach da an der Pumpstation über die gesicherte Telefonleitung der *Loki* mit Goddard, vielleicht sogar mit der Zentrale und Wolfe oder Orsini.

Bet griff zu einer neuen Sprengkapsel, drehte die winzige Randskala, stellte sie auf Nummer drei und steckte sie gerade zwischen die Drähte, als das Dock erbebte und Fitch sich taumelnd auf die Füße stellte.

Bet hakte ihre Sicherheitsleine los, fuhr in den rechten Handschuh, nahm ihr Gewehr und den Rest der Patronen. »Programm«, befahl sie, »Öffnung schließen, Ampère 200, Kreisel.«

Sie stand auf. Eine zweite Explosion. Nach den Anzeigen kam diese genau von vorn. Da war der Liegeplatz der *Loki* — entweder war es die *Loki* oder die Stationswand um die *Loki*.

Verdammt!

Bet rannte zu Fitch hinter dem Pumpengehäuse hinüber, kam schwerfüßig an und brauchte die Kreisel, um anzuhalten. »Sie sind da, Sir, das Schiff ist getroffen worden — holen Sie Goddard und NG heraus, sagen Sie ihnen, sie sollen herkommen!«

»Das habe ich gerade getan«, antwortete Fitch. »Goddard ist auf dem Weg nach draußen. Ihr verdammter Handelsschifferknabe meldet sich nicht am Com, Yeager.«

»Scheiße!«

»Da ist das Telefon. Die Schiffslautsprecher sind an die Leitung angeschlossen. Sagen Sie ihm, er soll seinen Arsch hinausschwingen.«

Bet griff nach dem Telefon, zog den Stecker heraus und schob ihn in den Com-AnschluB. »NG? NG, hier ist Bet. Melde dich, verdammt noch mal!«

Das Deck erbebte wieder. Die Anzeigen sagten, hinter ihr. Also die Luftschleuse. Fitch war hinter dem Pumpengehäuse in Deckung gegangen. Bet sagte sich, wenn die Leute von der Kampfeinheit etwas taugten, würden sie die Schleuse untersuchen, bevor sie jemanden hindurchschickten, und sie würden die Schichten einfach eine nach der anderen durchlöchern. Das kostete noch eine Minute oder mehr. »NG? Halte dich nicht mehr damit auf, dich zu melden, zieh sofort den Schutzanzug an und rase los!«

Das Flackern im Helm gabelte jemanden auf der Rampe ein. Er trug einen Schutzanzug.

Bet hoffte, es sei NG, glaubte es aber nicht.

Goddards Stimme erklang: »Ich kann den Hurensohn nicht finden.«

Möglicherweise hatte er sich längst hinausgeschlichen, vielleicht hatte das niemand gemerkt. Vielleicht war er schon auf der Station und hatte Angst, sich zu melden ...

Vielleicht war er weggetreten, hatte sich in irgendein Loch auf dem Schiff verkrochen — bekam gar nicht mit, was hier und jetzt passierte ...

Dieses verdammte Loch hinter den Vorratsstapeln ... Gott!

»NG, verlaß sofort das Schiff!«

Das Flackern gabelte Goddard ein, der bei Fitch hinter dem Pumpengehäuse in Deckung ging. Goddard trug eine Automatik und zwei Patronengurte, das mußte man anerkennen, auch wenn er ein Hurensohn war.

Bet hätte ihn am liebsten umgebracht.

»NG!«

Wenn sie ihn in diesem Augenblick doch packen, wenn sie ihn schütteln könnte, bis er klapperte, verdammt noch mal, verdammt sei seine Spinnerei!

»NG! *Verlaß das Schiff!«*

Die Anzeigen meldeten weitere Einschläge, nach dem Markierungspunkt war die Schleuse hinter ihr getroffen worden. In einem Raumpanzer hatte man es nicht nötig, sich dem, was man sehen wollte, zuzuwenden. Trotzdem blickte Bet ständig zu der Rampe hin und hoffte, es werde dort ein verdammter Idiot auftauchen.

Der Punkt flackerte immer noch, die Geräuschauswertung erschien, ein zweiter Punkt überlagerte die Eingabelung, als Goddard versuchte, sein Gewehr zu laden ...

Es war keine Zeit mehr übrig, gar keine. Bet nahm den Telefonstecker heraus, hockte sich zu Fitch und Goddard und hakte ihre Sicherheitsleine an die Pufferrandstütze des Pumpengehäuses, den einzigen Gegenstand in Sichtweite, der halten mochte. Fitch folgte ihrem Beispiel, er hakte auch Goddard an.

NG, verdammt noch mal!

Feuer züngelte aus der Luftschleuse, und plötzlich quoll Dampf hervor ...

»Gott!« Das war Fitchs Stimme.

Dort traf Luft auf hartes Vakuum und gefror.

Die Luftschleuse flog heraus.

Bet hielt sich an der Stütze fest. Staub und Trümmer wirbelten vorbei, die Aufnahmegeräte des Panzers registrierten das Pfeifen und Heulen entweichender Luft ...

»Sie müssen sie in dem Augenblick erwischen, wo sie auftauchen!« sagte Bet zu Fitch und Goddard. »Wir haben die *Loki* im Rücken, eine zweite verdammte Kampfeinheit kommt von hinten.«

Gegenstände erhoben sich vom Boden und flogen, trafen die Abdichtungswand und blieben unter dem

398

Druck des Windes dort kleben, zwei Transportbehälter segelten dahin wie Folienfetzen, die Lichter gingen aus, altmodische Scheinwerfer zerknallten im Vakuum. Weitere Dinge begannen zu explodieren; je mehr Luft entwich, desto weniger war es zu hören.

Es war unmöglich, daß die Kampfeinheit sich auf dem Pfad dieses Sturms befand. Die Leute waren in Deckung gegangen, hatten sich festgehakt, sie waren nicht in der Luftschleuse gewesen, als sie explodierte, sie warteten einfach da draußen, daß Thule sich zu Tode blutete.

Ebenso wie die drei von der *Loki*.

Bet hatte die Fernsteuerung, Fitch und Goddard hatten die Automatiken, und als die Leute von der *Indien* durchkamen, trafen sie auf Sperrfeuer. Sie schossen zurück, während sie hinter den Stützpfeilern zu beiden Seiten Deckung suchten.

Bet ließ sie gewähren. Sie drückte *001*, und die Weintraube explodierte in Kopfhöhe, gerade als die zweite Welle hereinkam und geradenwegs in das Automatik-Feuer lief. Das dritte Team kam durch ...

002, 003.

Bet hatte keine Lust, sich anzusehen, was die Explosionen anrichteten.

Helmvisiere waren da, wo man sie nicht wünschte.

»Wir haben sie erwischt«, japste Goddard.

»Wir haben sie am Arsch, verdammt noch mal!« berichtigte Bet. Sie hakte sich los, griff nach den Patronengurten und ihrem Gewehr und stand auf. »Wir haben es hier unten mit der Besatzung des einen Schiffes zu tun, und weitere Leute nähern sich uns von hinten — sie werden gleich hier sein!«

Es kümmerte sie nicht, wohin Fitch und Goddard gingen, sie hörte Fitch rufen: »Warten Sie, Yeager«, und sie hielt sich nicht damit auf, ihm zu widersprechen, sie stellte den Panzer auf Maximum und raste die Rampe hoch auf die Luftschleuse der *Loki* zu.

Die Luftschleuse flog heraus, die ganze Luft der *Loki* traf sie wie eine Faust, warf sie zu Boden, die Kreisel richteten sie wieder auf. Sie paßte sich den Bewegungen des Panzers an und hatte das Gewehr eher in die Höhe gebracht als den Rest von sich, und auch damit war sie halbwegs fertig, als ihr das Vibrieren der Rampe verriet, daß etwas Schweres dort eingeschlagen hatte ...

Der Instinkt sagte ihr, daß es ein Raumpanzer war, das Gehirn hatte keine Zeit zu einer Diskussion. Ihre Hände wußten, wohin der Schuß gehen mußte, und das bewußte Gehirn erhielt die Information, daß ein Ziel eingegabelt war, bevor es erkannte, daß die Hände bereits auf den Abzug gedrückt hatten.

Das bewußte Gehirn fragte sich, ob es ein Schutzanzug oder ein Raumpanzer war, bevor die Patrone im Gesicht des Mannes explodierte.

Bevor Bet merkte, daß ein Schuß sie getroffen und umgeworfen hatte und der Panzer sie wieder in die Höhe schnellte und ins Innere der *Loki* weiterschleuderte ...

Nichts konnte sie aufhalten.

Sie hielt auch nicht an, als sie in der Schleuse mit der Hälfte der Leute einer Kampfeinheit zusammenstieß, die vielleicht zwei kritische Augenblicke lang nicht glauben konnten, ein auf sie zustürmender Panzer könne zu einem Spukschiff gehören — bis Bet einen weiteren Gegner erledigt hatte und von ihm angeschossen worden war. Sie brüllte: *»Programm-Kreisel aus«*, und sie fragte sich, ob das Bein einen Durchschuß habe, es bewegte sich nicht richtig.

Ihr Gegner wurde von seinen Kreiseln wieder aufgerichtet, Bet feuerte, erwischte ihn in den Lenden und schleuderte ihn aus der inneren Tür, während seine Automatik gegen das Schott ballerte, daß man vor Rauch nichts mehr sehen konnte.

Ihr Helmvisier war voll von Spritzern und Ruß. Sie

400

bewegte sich noch, das Bein funktionierte noch, es wackelte, aber es funktionierte. Sie spürte Kälte an dem Bein, vielleicht schloß der Panzer das Loch selbsttätig, sie wußte es nicht, sie hörte Fitch keuchen: »Goddard ist tot.«

Bet lief über das untere Deck der *Loki*. Irgend etwas an ihrem Panzer klapperte, sie war sich nicht sicher, ob sie die Spannschraube in der linken Schulter verloren hatte, das Display meldete, der Panzer habe Probleme, das ganze linke Bein blinkte rot, die Schulter blinkte gelb ...

Sie erreichte den Aufzug. Die Tür stand offen, die Kabine war nicht da, es hingen nur Kabel in dem dunklen Schacht, Kabel von der Art, wie Soldaten sie für einen schnellen Abstieg benutzen. »Kern«, sagte Bet zu Fitch, »sie sind vom Schiffskern aus hereingekommen.«

Verdammt noch mal, sie wollte haltmachen und auf Bord-Com schalten und versuchen, die Technik-Abteilung anzurufen, aber dazu war keine Zeit, es konnte alles mögliche passieren ...

Irgendwo gab es eine Explosion. Das Schiff bebte.

»Das könnten die Tanks sein«, bemerkte Fitch.

»Scheiße!« Bet packte eins der hängenden Kabel, klappte die Klemme an ihrer linken Schulter hoch, befestigte sie an dem Kabel. »Wir müssen zum Kern!« Sie griff nach einem Kabel für Fitch, hängte ihn an, zog ihr Kabel unter ihrem rechten Bein durch, sicherte es.

Die Zähne rutschten ein bißchen auf dem Kabel, und das war furchterregend, wenn man halbwegs oben war.

Es war furchterregend, wenn man daran dachte, jemand könne über oder unter einem in den Schacht kommen und einen, wie man da an dem Kabel hing, abschießen. Bet mußte das Nachtglimmlicht einschalten, in der Dunkelheit und Kälte konnte sie sonst nicht sehen, was sie taten und wohin sie sich bewegten, und das half natürlich jedem, der im Kernzugang mit einem Gewehr wartete ...

Fitch kam gut nach oben, Bet sah, daß das andere Kabel sich spannte, sah, daß sie sich schnell dem Schott vor dem Kernzugang näherten, an dessen Stützen die Kabel befestigt waren. Sie hatte es nicht nötig, lange herumzuturnen, sie befahl die Einschaltung der Kreisel, schwang die Füße hoch, pflanzte ihre Stiefel auf den Rand, beugte sich vor und sah an den matt schimmernden Kanten des offenen Zugangs in absolute Finsternis hinein.

Fitch stieß gegen sie, fiel vom Rand, als sie nach ihm griff, nur gut, daß sie sich an der Stütze festhielt. Ihr Panzer beschwerte sich, sein linker Arm glitt ab, aber sie hievte Fitch hoch, und Fitchs Kreisel brachten ihn wieder auf die Füße.

Nichts als Dunkelheit. Kein Laut außer ihrem eigenen Atmen, nichts kam von den Aufnahmegeräten. Totales Vakuum.

Der Kernzugang stand weit offen. Jemand mußte eine Handkurbel benutzt haben, um beide Türen aufzubekommen — große weiße Kreise um die spritzlackierten Schleusenkontrollen ...

... wo man etwas nur aus *dieser* Richtung kommen sah.

Fitch faßte ihren Arm, Panzer prallte gegen Panzer.

Hatte das vielleicht Goddard so arrangiert, als er Vorbereitungen getroffen hatte, um die Tanks explodieren zu lassen? Sollte es eine Warnung an die Crew der Loki *sein, das Schiff zu verlassen?*

Bet fiel auf, daß die Pumpe nicht mehr zu hören war. Das Deck vibrierte nicht mehr.

Der Kern lief von hier aus an dem ganzen Rückgrat entlang, eine dunkle Leere. Mit Glimmlicht und Nachtvisier konnte Bet gerade den Anfang der Rohre erkennen, den vorderen Teil des Gitters, das, wenn das Schiff im Dock lag, den Gehsteig bildete.

Bet wurde es unheimlich. Sie blieb stehen. Auch Fitch rührte sich nicht.

Ein Lichtstrahl fiel in den Kern. Eine Sekunde lang dachte Bet mit klopfendem Herzen, es sei der Scheinwerfer des Beibootes, dann erkannte sie, daß Sonnenlicht durch eine Wunde in der Hülle der *Loki* eindrang, grelle Helligkeit wurde von den Oberflächen entlang des Gehsteigs zurückgeworfen, Eis glitzerte, so daß die Displays und Anzeigen mühsam dagegen ankämpfen mußten. Das Licht machte riesige Schatten aus den beiden großen Rohrbündeln, als die Rotation Thules die Sonne am Zenit vorbeitrug. Licht- und Schattenbalken bewegten sich über den Gehsteig, auf dem gleißende weiße Gestalten lagen, und der Gehsteig selbst war verbogen und geschmolzen — und vereist ...

Die Augen erkannten keinen Sinn darin.

Das Sonnenlicht wanderte weiter, stieg die Wand hinauf, wurde zur Dämmerung.

Bet riß einen metallenen Mehrzweck-Clip von ihrem Panzer ab, warf ihn auf das Gitter.

Keine Funken ...

Fitch faßte ihren Arm, für die Ampère-Zahl ihres Panzers geschah es ohne Kraft, es war nichts als ein Geräusch, das Scharren von Keramik auf Keramik. »Yeager, wir haben hier nichts verloren, lassen Sie das sein, wir haben zwei Beiboote und einen verdammten Transporter auf dem Hals, kommen Sie schon, Yeager!«

Man konnte nicht rufen, um festzustellen, ob hier drin noch jemand lebte, man konnte überhaupt nichts tun, es war keine Luft mehr da, um den Ton zu übertragen, und der ganze Kern war eine Falle, eine ganze Kampfeinheit war ausgelöscht worden — ausgenommen die Männer an der Spitze, die durchgekommen waren und sich an den Kabeln abgeseilt hatten.

Das war nicht Goddards Werk, das konnte nicht Goddards Werk sein.

Energie in diesem Maßstab — eine unglaubliche Arbeit. Die Kabel von dem ganzen elektrischen System der *Loki* liefen auf dieses Gitter zu.

»Yeager!«

»Programm«, sagte Bet zu ihrem Panzer. »Flotten-Com.«

Sie bekam Geplapper herein, das Zischen ferner Stimmen, nicht die deutliche Übertragung von einem in der Nähe befindlichen Beiboot.

»*Nummer eins? Nummer eins?*«

Irgendein armer Teufel war da draußen jenseits der Station verlorengegangen.

Von noch weiter weg, voll von Störungen hörte Bet: »*... Charlie neun eins, das ist vierzig.*«

Und nach ein paar Sekunden: »*Wir hören vierzig ...*«

Bet ging wieder auf Kanal B und teilte Fitch mit: »Ich hatte mich eben in den Flotten-Com eingeschaltet. Die Zeitverzögerung zwischen ihnen wird größer, sie bewegen sich.«

Sie waren auf dem Rückzug. Und sie hatten es eilig.

Standard-Richtlinien. Der Kapitän eines Beibootes ist verpflichtet, in jedem Fall seinem Transporter Rückendeckung zu geben. Geht etwas schief, sind Kampfeinheiten auf sich selbst angewiesen, der Transporter geht vor.

Es gibt für sie keinen Fluchtweg mehr. Sie sitzen in der Falle. Das wissen sie. Der Transporter steckt im System fest.

»Es ist Zeit, daß wir tief in der Station Zuflucht suchen«, meinte Fitch. »Wir werden bald von diesem Transporter hören, der macht eine Rundreise. Keu wird dies nicht passiv hinnehmen. — Kommen Sie, Yeager, verdammt noch mal!«

Bet ignorierte das Ziehen an ihrem Arm, murmelte: »Gehen Sie zum Teufel, Sir!« Und versuchte nachzudenken, versuchte, sich zu erinnern, an welchem Punkt die Hauptkabel abzulösen waren. Sie malte sich aus, wie es möglich war, diese Falle aufzubauen und zu-

404

schnappen zu lassen, ohne daß man sich an einem Ort befand, wo man sah, wann man den Schalter umlegen mußte. Das ging von der Technik-Abteilung aus — aber nicht ohne Monitore, die es im Kern nicht gab, und es war keine Zeit gewesen, welche anzubringen. Es mußte also auf die primitive Art gemacht worden sein, es hatte sich jemand so aufgestellt, daß er seine Opfer beobachten konnte, bis er sie da hatte, wo er sie haben wollte. Dann hatte er die Energie eingeschaltet. Und war vielleicht selbst dabei draufgegangen.

Bet lief auf das Gitter hinaus, stellte den Helmscheinwerfer an, hörte Fitch sagen: »Verdammte Idiotin«, und ging einfach weiter. Sie schwitzte, sie hoffte inbrünstig, das Kabel hatte sich selbst verbrannt, was es, so wie sie die Sache sah, auch getan hatte.

Sie durchforschte die Schatten, schwenkte ihr Licht von einer Seite zur anderen, hatte Angst, auf dem Gitter zu gehen, denn es konnte durchgeschmolzen und lose sein, sie mochte eine gebrochene Verbindung unwissentlich mit einem Schritt überqueren, und sie hatte ebenso Angst, von dem Gitter hinunterzutreten und zu riskieren, im Dunkeln in dieses Kabel zu laufen.

Langsam kam die Sonne wieder, warf Licht und Schatten auf die Trümmer des Kerns, Netzwerke und Rohre und das Glitzern der Sonne auf Eis, wo eine Leitung eine spritzlackierte Oberfläche hatte, blankes Eis auf Leichen, von Eis umhüllte Raumpanzer ...

Von einem Bündel lang herabhängende Stücke von einem verbrannten Schlauch ...

Oder ein freihängendes Starkstromkabel.

Von Eis überzogene Oberflächen, in Eis eingebettete Leichen, wieder Schatten, als die Sonne vorüberzog.

Bet sah sich um, leuchtete die bedrohlich wirkenden Kabel an. Eine Bewegung wurde eingegabelt, sie fuhr herum, die Automatik in der Hand, die Anzeigen für den Schuß und für die Bewegung überlappten sich, als ihre Hand das Ziel fand ...

Ein ziviler Schutzanzug! Gott!

Ein Schuß traf sie, warf sie um, Rauch hing in einer Wolke über ihr, sie kam wieder hoch, Bewegung in dem Rauch, Rauch von ihrem Schuß, Rauch von seinem ...

Beide standen wie erstarrt mit erhobenen Gewehren, Bets Schuß war nur durch ein winziges Nervenzucken an ihm vorbeigelenkt worden. Er stand vor dem vorderen Schott, ein Mann mit einem Gewehr, ohne Helmscheinwerfer, zu erkennen nur in dem Sonnenlicht, das von den Pfeilern und von seinem Anzug reflektiert wurde, und dieser Anzug hätte einen Volltreffer niemals überlebt.

Entweder hatte er die Situation erkannt, oder er hatte keine Munition mehr, jedenfalls schoß er nicht noch einmal, er hatte sich nur in das bißchen an Deckung zurückgezogen, die das Schott und der Schatten der Pfeiler ihm boten.

»NG?« Bet versuchte es mit der Frequenz der *Loki*. Sie war sich nicht sicher, ob er sie hören konnte, war sich nicht sicher, ob NG irgend etwas hörte oder sah, das nicht Jahre zurücklag, als ein anderes Schiff geentert worden war ...

... von Leuten in Raumpanzern ...

Sie senkte ihr Gewehr, hob die linke Hand, hinkte über das Gitter zurück, ein Zittern in jedem Gelenk ...

Winkte ihm. Komm heraus!

Sie sah, daß er das Gewehr von neuem hob.

Und in der Bewegung innehielt.

Sie winkte wieder. Langsam richtete NG sich unter dem Gewicht des Schutzanzugs auf.

Plötzlich gabelte Bets Bewegungssensor etwas anderes ein — Fitch stand im Eingang, jedenfalls hoffte Bet, daß es Fitch war.

NG taumelte bis zu dem Gehsteig. Bet faßte seinen Arm, half ihm auf das Gitter, klopfte ihm die Schulter und steuerte ihn auf die Tür zu.

406

Fitch sagte: »Schwingt eure Ärsche hier raus, verdammt noch mal!«

Tatsache war, wie Bet plötzlich zu Bewußtsein kam, daß Fitch den Umsteuerungshebel an der Kabelklemme nicht kannte.

Tatsache war, daß Fitch vor Wut darüber beinahe platzte.

Sie waren unten und hatten den halben Weg über die Dockanlagen zurückgelegt, als sich plötzlich Orsini über ihren Com meldete und ihnen mitteilte, soeben sei etwas Großes ins System eingetreten, das Mallorys Identifikation benutze.

Bet faßte NG, brachte seinen Helm in Kontakt mit ihrem und brüllte ihm zu, bis er es verstand: »Die *Norwegen* ist gerade im System angekommen! Sie hat Beiboote verteilt! Wir haben Hilfe gekriegt, verstanden? Die *Indien hat eine zu niedrige Geschwindigkeit, Keu hat keine Chance mehr.«*

NG war sich vielleicht zum erstenmal sicher, wer von den beiden Gestalten im Raumpanzer wer war.

Ganz bestimmt hätte er die Arme nicht um Fitch gelegt.

30. KAPITEL

Wieder Reihen von Flüchtlingen, verängstigten Menschen vor dem zusammengeflickten Rohr, das quer über Dock Grün führte. Sie trugen ihre mageren Besitztümer, und die Schlange rückte nur von Zeit zu Zeit weiter, aber sie ließen sich nicht dazu bewegen, anderswo zu warten. Denn da draußen war ein Schiff, das sie aufnehmen würde, und die Leute dachten nicht daran, Anweisungen zu folgen und sich Nummern geben zu lassen und auf die nächste Fähre zu warten, sie stauten sich einfach auf und standen in der Schlange und wollten ihren Platz nicht verlassen.

Sollte man vielleicht einen Aufstand provozieren? Wolfe meinte, laßt sie. Neihart, dessen Schiff von denen, die angekommen waren, das größte war, sagte, laßt sie, Gott allein wisse, wo Mallory sei.

Das Gedränge im Korridor machte es dem Schiffspersonal beinahe unmöglich, hin- und zurückzukommen, man mußte Leute von ihrem Platz in der Schlange wegstoßen, was die Stationsleute in Aufregung und Panik versetzte, aber der Crew von der *Loki* wich man aus. Bet, die zum Dock hinunterwollte, nahm an, daß man sie für schlimmer als Mallorys Haufen und nur wenig besser als Keus Haufen hielt.

Sie gingen ihr aus dem Weg und räumten ihr Gepäck zur Seite, so daß sie freie Bahn hatte.

Aber sie blieb stehen, als sie einen Mann in der Schlange und die Frau hinter ihm erkannte.

Der Mann blickte auf. Er wirkte besorgt.

»Mr. Ely«, sagte Bet. Sie bot ihm die Hand nicht, bis er es tat; viele Stationsbewohner legten keinen Wert auf Freundschaft.

»Miss Yeager«, sagte er, und: »Hally Kyle, meine Frau.«

»Mrs. Kyle, ich freue mich, Sie kennenzulernen.« Bet sah, daß Nan Jodree, links von ihr, ebenfalls die Hand ausstreckte, drehte sich um und begrüßte auch sie. Nans Hand war kalt wie Eis, aber ihr Griff war immer noch fest.

»Wie schön, Sie zu sehen«, sagte Nan. »Ich freue mich, Bet.«

»Ich habe versucht, Sie zu finden«, erzählte Bet. »Ein Schiffskamerad von mir sagte, er habe Ihre Namen auf der Liste gesehen, aber es war alles ein ziemliches Durcheinander.«

»Jetzt geht es wieder hinaus«, stellte Nan fest.

»Ich muß mich leider vordrängen«, sagte Bet. »Entschuldigen Sie, aber ich muß diese Fähre erwischen. Es geht zurück nach Pell, sie wird uns abschleppen, wenigstens unser Vorderteil. Das ist sowieso alles, worauf es bei einem Schiff ankommt ... Ist bei Ihnen alles in Ordnung?«

»Es wird in Ordnung kommen«, erklärte Ely. »Und bei Ihnen? Wir hatten uns solche Sorgen um Sie gemacht, Bet.«

»Mir geht es gut.« Der Bordruf erklang. »Verdammt, ich muß weg — wir sehen uns auf Pell wieder — schön, Sie kennengelernt zu haben, Mrs. Kyle.«

Bernstein war außer sich, überall Flickwerk und Improvisationen, und drei Wochen hatte es gedauert, die Verbindung herzustellen. Smith sagte, es sei okay, Bernie sagte, es sei eine Schweinerei, und Musa sagte, er habe schon Schlimmeres gesehen.

In jedem Fall, dachte Bet bei sich, war es besser, als sie es allein fertiggebracht hätten.

Besser, als sie es mit ihrer Expedition nach Thule fertiggebracht *hatten*.

Viele Schirme waren abgeschaltet, viele Systeme dunkel. Der größte Teil des Schiffes war einfach nicht vorhanden; sein hinterer Abschnitt würde zusammen mit der Station Thule eine Reise zu Thules Sonne unternehmen.

Da verschwand ein Stück Geschichte.

Bet trat zu NG und fragte: »Wie läuft es?«

NG antwortete mit diesem kleinen frustrierten Achselzucken und: »Was noch übrig ist, gut.«

Das war eine merkwürdige Sache. NG hatte seine Chance gehabt, Neihart hatte gehört, was er getan hatte, und ihm einen Posten auf der *Ende der Ewigkeit* angeboten, wie Bernie berichtete.

Und NG hatte gesagt: »Nein, danke.«

Bernie war ein bißchen beleidigt gewesen, daß Neihart versucht hatte, seinen System-Techniker zu stehlen, aber trotzdem hatte Bernie zu Bet und Musa gesagt: »Ich verstehe NG nicht.«

NG gab keine Erklärung ab, weder Bet noch Musa, er erwähnte es nie.

Bet sagte jetzt, weil sie sich Gewissensbisse machte: »Wie ich hörte, hattest du ein Angebot.«

NG schüttelte den Kopf. »Bernie hat mir ein besseres gemacht.«

HEYNE
SCIENCE FICTION

CYBERPUNK

Die postmoderne Science Fiction der achtziger Jahre

06/4704

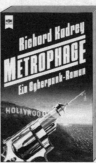

06/4758

06/4790

06/4802

06/4768

06/4721

**Wilhelm Heyne Verlag
München**

HEYNE
SCIENCE FICTION

Romane und Erzählungen internationaler SF-Autoren im Heyne-Taschenbuch.

06/4444

06/3572

06/4737

06/4769

06/4749

06/4763

06/4795

06/4756

BATTLETECH

HEYNE SCIENCE FICTION UND FANTASY

06/4628

06/4629

06/4630

06/4689

06/4794

06/4829

Weitere Bände in Vorbereitung

Wilhelm Heyne Verlag München

HEYNE
SCIENCE FICTION

Romane und Erzählungen internationaler SF-Autoren im Heyne-Taschenbuch.

06/4700

06/4740

06/4748

06/4738

06/4792

06/4773

06/4774

06/4775

Die großen Werke des Science Fiction-Bestsellerautors

Arthur C. Clarke

»Aufregend und lebendig, beobachtet mit dem scharfen Auge eines Experten, geschrieben mit der Hand eines Meisters.« (Kingsley Amis)

01/6680

01/6813

01/7709

01/7887

01/8187

06/3259

Wilhelm Heyne Verlag München